JN140103

崔龍源

Sai Ryugen Complete collection of poems

全詩集　全歌集

コールサック社

崔龍源全詩集・全歌集

目次

第一部　全詩集

第一詩集　宇宙開花（一九八二年刊）

第二詩集　鳥はうたった（一九九三年刊）

第三詩集　遊行　（二〇〇三年刊）

第四詩集　人間の種族　（二〇〇九年刊）

第五詩集　遠い日の夢のかたちは（二〇一七年刊）

第二部　詩集未収録詩篇（一九八五〜二〇二三年刊）

「いのちの籠」第一号～第四三号

第三部　短歌・俳句

1　歌集　ひかりの拳（私家版、遺稿）

2　歌集未収録短歌（二〇〇一～二〇一九年）

第四部　小説、エッセイ、評論

第五部　追悼文、崔龍源論

第一部　全詩集

第一詩集

宇宙開花

（一九八二年刊）

序詩

よおらん

さみしき庭に桜あり
いま咲き匂ひ輝きぬ
はたいつよりか知らねども
よおらんありて揺れてあり

誰ぞ寝(ゐ)ぬるか見もすれど
ただはかなくも風に鳴り
あゝうつろなる音立てて
百(もも)たび千(ち)たび揺れてあり

されば地に落つ影寒く
ゆううつなりし律呂(りつりょ)ゆゑ
はなびらは散りさまよへり
まぼろしの庭　かなしかり

誰ぞ寝ぬるか見もすれど
ただはかなくも風に鳴り
あゝうつろなる音立てて
百たび千たびよおらん揺るる

Ⅰ　生きることに捧ぐ

音楽

おまえの頰の涙の跡を
ぬぐうのを許したのは
美しい潮騒のいたずらだったと
寂寥に住むものの言葉で
呟いたのは　あれは
あれは見えない生きる明るさ？

コスモスが風と戯れ　雲は
白く輝き　過ぎて来た歳月の重さが
しかし静かに夢の水位を溢れさせたと
夕暮に見出したひとつの星に
告げるのは　あれは　あれは私の半身
愛するひと　いかに太陽の輪の中で
失われたものはその傷を広げることか

それらの忘却のために　捨った小石で
流れる川の水面（みなも）を打ったとしても
波紋をおまえの岸辺に届かせはしない

むろん自然のいくたびの生命への
讃歌が　ときに　魂につづられた
思い出の糸車を巻き　一つの
人生の織物を広げて見せようと
それは愛するひと　おまえが住み
おまえが疑わぬ地上をおおうには
うつくし過ぎる夢の始め

あきらめに慣らされて
ひっそりと閉ざされてゆく瞼の奥に
しなやかな内部のあかし
涙は　目に見えぬ
命のかたちを求め
おまえが一つの壮大な
海の旋律を打つのを希う

それは　球体のやさしい
鼓動のようにひびき

私は憩う　私はやすらぐ
大地に守られてあった花冠のなかで
死が寝息を立てている間
秩序と　おまえの宇宙への
永却回帰のために

愛するひとよ　私たちは見た　あれは
あれは見えないはずの生きる明るさだった　と

種子のうた

もう僕のこころは
花になれないから
鳥にも樹にもなれないから
降る雪のきざはしを昇り
天に届く愛を持てないから
逃れようとした過去のために
今日つぐないの言葉を紡ぐ

木洩れ陽の糸を撚り
てのひらの中で　願いは小さな
種子になり　そして君になり
汚れなき海　君の瞳の奥深く
身を洗うすべを覚えて
もう僕のこころは
修羅になれないから
解放の声なせぬ叫びに
耐えねばならぬいわれがあるから
今日許しを乞う半身を見る

八月の海峡の波の音は荒く
僕には重過ぎる呪咀と恨みと
呟きやまなかった父との亀裂
そこに歴史の悲惨は積み上げられて
敗れるためにだけ
逃げ惑うためにだけ
民衆のやさしい心はあったのか
風よ　さびしい夕暮
僕のこころも変節を
いつわりを知りそめて
今日こんなに暗い藻のように

ふるえていなければならない

もう免れるものを
見出すためにだけ
時を流れてゆきはしないから
凍りついた湖を
胸に宿しはしないから
僕が朝鮮と言うとき
君はもう俯向(うつむ)かないでおくれ
僕も君も　この世に免れうる
何ひとつ持たないのだから
僕も君も在るままに
息づく一個の種子なのだから
僕が花になれないにしても
僕をみつめる君は
やはりやさしい花なのだから
そのとき僕は
やはり大地の
ひとくれの
土の
汗　その言葉を持つのだから

詩篇

名付けられぬ花冠のなかで
ひっそりと僕の心臓は波打つ
海と空の　それぞれの婚(まぐわい)の
饗宴に　僕は招かれた

木の芽吹く季節　草の葉の
露に透きとおってゆく命の
明快さへ　身をまかせる春よ
世界に　僕を拒むものはない

僕は創(つく)られた　しかし僕は
僕を創り上げる存在へ急ぐ
風の掌が導く地平の限り
植物たちの光への渇きにも似て

地上のあらゆる生きとし
生けるものの吐息に抱かれ
くづ折れてゆく宙宇の脈動
みひらけば　そこここから

そこはかとない歓喜のリズムが
ひそやかに降りそそいでいる
郷愁のように　美味しい瞬間のように

悲哀と苦痛の衣を纏っていた日
僕の愛は　ひとを虐げ　傷つけた
それが在るための掟であると
ひとりごつ部屋は冷たかった

アキレスの踵(くびす)　それが僕の名だと
しかし今は告げられる　生に　死に
時は今　一粒の種　地につながれて
ふるえている閑寂な永劫だから

軌跡

そんなに凍(こご)えたまなこをして
過ぎて来た今日の日に歌わせるな
はにかんだ少女の頰が
血ぬられた日本地図の相貌を
夜の路上にひらめかせるとして
他者にとってのこの終焉は
遠い日の夢の便りではあるのだから

きみの胸深く突き刺さった寂しさ
それは世界のない世界への
希われた片道切符だから
内に展(ひら)く夕暮の荒野の涯へ
きみに似た旅人を歩ませるな
愛されるためには　あふれる
日光の眼差(まなざし)の眺めているすべてを
愛さなければならなかった
そこに企(たくら)まれた空洞を
孤独な歩みの日月で
埋めなければならなかった

雑草よ　たぶんふるえるやさしい肩の
変貌よ　飢えのために渇きのために
目醒めている意志のすべてを
無傷に過ぎた幼年の記憶で
たわやすくすり変えるのは

むろん見えない生の光耀が
在ることのかなしみをあかすからだ

始めから奪われてあった故郷をして
まぼろしに過ぎぬ時間の海を
泳ぎ切ろうとするのは
きみのなかの死をとどめること
さまよえば　天心へ駆けゆくものの
うつくしい軌跡をして
他者にとっての今日の日を
熟れそめた果実の精にする

そのままで　とどまることと
そのままで　過ぎゆくことの谷間へ
堕ちゆくきみをして
越えなければならなかった
苛酷を　苛酷な他者の
愛し合うばかりにふくれた季節の
撩乱を　呼び合うことで
許し合わなければならなかった
終りのない時代の
限りない絶叫を

世界のない世界へ
運ばなければならなかった
こころの深く　未来の展望が
死ねというこの静かすぎる一日の
終りに　ごらん
他者の明日が
きみの遠い日の夢の重さと共に
支えられているのを

星　――或る祝婚歌

いもうとよ　きらめかぬ星
持ってふたり　生まれたのか
鳥を見れば　鳥に托して
祖母(ハルモニ)の里への思慕をたぐり合い
道に迷う子のように　ふたり
何処にも居ない不安と怖れの河を
見入り続けた思い出を
誰に語ろう　誰がわかろう

夕暮際に沈みゆくふたりの
影をして　軽やかに
飛翔させるのに　久しい
闇との対話があったこと
いもうとよ　野辺の花の秀(ほ)の
露のように　はかないものよ
誰も居ぬ一間だけの部屋の片隅に
さまよい続けた兄を許す
ひとみは翼を持ち始めたと
誰に語ろう　誰が讃えよう

この区切られた空を悲しみ
断ち切れぬ血の絆を
いつか目に見えぬひとの
恵みとして受け取ることを
いもうとよ　覚え始めたとき
お前は　数々の花の種子の
その中のどの一粒でもあるかのように
あしたのひかりに渇き
この地のぬくもりと鼓動を
いとしむのだ

いもうとよ
お前が目醒めるまでに
その胸の深く隠されていた嘆きや
かなしみや　時のめぐりの中で
長くやさしく耐えて来たことを
誰に語ろう　誰がうたおう

いもうとよ　芽吹く樹の内部(なか)に
湛(たた)えられてある海のひびきが
今　お前を包み　世界を
ひとつに見立て始めたこころに
朝鮮を虐げたこの土の償いはある
むろん
旅に如かないこの世を
寂寥の深さに届く愛に満たし
あふれさせ　みなぎらせる壮大の
楽曲のひとつの音符へ
お前が旅立ち得たよろこびを
てのひらにつかんだこの
懐しくいとしい遊離の粒子に告げよう
それからそれから　万物のほほ笑み合い
照り合う今日を棲家と呼ぶ

ふたりの飢えのはるけさを
今宵父母への花信にしるそう
いもうとよ……おやすみ
静かに徐かに
目をつむるやすらぎのなかで
世界は　民衆という名の
やさしさと明るさに包まれていく………

鎮魂

やがて見て来た夢のむくろは
春を告げる風に
吹き散らされるだろう
伸びそめた若い芽ほども
世界は透（す）んだまなざしを向け
自然の到る所に隠された
修羅の涙をかわかすだろう
しかし時の流れは　風化の
冬を償わず　なぜだろう
ありふれたかなしみなのに
地上を逐（お）われるもののように
閉ざされた心の奥に
鳴かない鳥を住まわせ
とおくかすむ山の稜線を
越えてゆく父よ
あなたが逃亡兵であることを
こんなに跪（ひざまず）いて希うのは

瞼に広げられた地図は
赤い国境線で美しく染め分けられ
むなしさが　無数の蝶となって
胸深い氷（ひ）原の上を渡るのは
なぜだろう　いくつもの
内部へ架かる橋を踏み迷い
父よ　他者とへだたる河面（も）に
あなたはいつまでも異邦の嘆きを抱き
懶（もの）うげな青年のように
やさしい夢とのめぐり合いを
待っていると　春の息吹きに
ささやくものの声を聞くのは

なぜだろう

五月　触れ合う雲の音はかすかに
永遠の旅人の足音をひびかせ
父よ　あなたの血管の中を
漂う母は信頼の物語を編む
魚だから　見えないものを
見ていたいのです
萌えそめた草のいきれ
愛のおらび　爪は深く
球体の心臓を引き裂くために
秋に咲く花の種子を
流離のよすがに
掌にのせるにしても　父よ
あなたの孤独を祝いはしない

歳月はあなたの耕土を涸らし
老いた背中に　名もない
一つの歴史を語らせているとき
なんと春は　喝采のように
父よ　あなたの沈黙の額へ
静かな命の影を落とすことだろう

そしてなぜだろう　万物が放つ
ひかりの愛撫を　父よ
あなたの失った夢の骸（むくろ）と呼ぶのは

血脈

むろん失った日のことを
うたうのはわたしではない
紫陽花の花びらが雨に濡れ
千の輝かしい瞳に変るとき
見られたものは　常に一本の
修羅の血脈を持ち　嘆きを持つ

むろん世界が欠けていることで
わたしは存在の磁場に吸われた
一片の鋼の意志だ
越え得るだろうか
未知なき空虚を
むしろ月光にさらされた道に

許されてあった日のことを
語り継がねばならぬ
それは確かに在り
そして滅びゆくあきらめの裡(うち)に
ゆうぐれ色に凍りつく
胸の氷湖のあかしだから

飛ぶ鳥は　むろん傷ついた
夜を見ない　日の光を巻き込み
その翼に透明な嵐を抱きしめ
闇を裂くことのならわしを
凪の唇にうたわせる

やせた薄明の大地の上で
鍬を取る人影を引き裂き
欠如の叫びが帰って来る扉
むろん失われた時を
その向こうに閉じこめたのは
免れぬものを知ったたましいではない

ゆるやかに流れる水派を曳き
大気を流れる無数の魚たち

終らぬ時代の終らぬ自壊
むしろ息づくものの過剰な嗚咽を
終曲にして　ある壮大なものが
もどかしいすべての闇の海を
呑み込んでゆく音を聞くこころよ
もうこわれ始める予兆を言うな
虚無は虚無
歓喜は歓喜
わたしはむしろ時の振子の錯乱を
心臓に呟きながら
この夜の皮膚をいとおしみ
静かに黎明の彼方へ
拒絶でなく　酔い痴れる
肯定の　腕を上げるだろう

Ⅱ　愛することに捧ぐ

うた

あのひとは小鳥のように　私の睫毛の梢を渡り
私の淀んだひとみの湖を　朗かに　懐しく
光り輝かせてくれる　あのひとは私の迷いを迷い
あのひとは私であることができると言う

あのひとは私の裏返されたこころ　あのひとの
広げられた手の中で　私をめぐる時間はやさしい
私のあおざめたひたいに　あのひとは歌を憩わせ
私の歌の母になる　空と海の婚（まぐわい）の子のように

あのひとの髪の入江にはいつも船出を待つ
船が泊まり　私を海図にして　あのひとはほほえむ
すべてに追放された黙深（もだぶか）い人たちの悲しみの宿り木

あのひとを名付けられるのは………　はるかな
おぼえている　あのひとの鼓動は与えるために
あのひとのまなざしはいつくしむために　ひびき
そそがれ　あのひとの今日は献げられるために
あのひとはいつも光の身振りでありたいと言う

その声は　私の審（さば）き　その未知は　私のはじめ………
終りなき私の初（はじめ）　あゝあのひとが帰って来ますように

地下水

ああ春の日に　お前は信じない？
いくたびの逡巡の果に　訪れた
まったき光の日　その野の原に咲く
花の内部に　わたしたちが住みうることを
木が鳥のためにうたうことを　地下深く
宿されてあるわたしたちの子供の眠りを

目醒まさないで　うつろう者の孤独を
重ね合わせる空は憂の表情に充ち

わたしたちの限りのない時は何処へ行ったか？
そして何処に　わたしたちは居ないのだろう
あの日もこの日も降るふたひらの花びらのように
はかなくて　お前は信じない？
地下水のように流れていくわたしたちの母の寝息が
世界をうつくしい祈りに満たしてゆくのを

祈りのはじめに

失われた日々のかたみのように
いつまでも花々は散っていた
それら　わたしの内部に
降り積もり　わたしは
捉えられている　尽きない
希いに　かなしみに

息をひそめたわたしの夢の中で
終りを告げて鳴りひびく
時計よりは　過ぎてゆく
一刻が一刻がわたしを孤独にするときも
たたえることができるなら
あなたを　あなたの海の貝殻を
何処まで行けば　疲れ果てて
このすり切れた靴を
捨て去る道標は見えるのだろう
岬径（みさきみち）　わたしを見据える
海のひとみよ　その沈黙の
奥深く降りてゆくためには
翔け渡る蝶とならねばならぬ？

松の葉末にひかる露ほども
世界を写し取ることができるなら
あのつと光る硝子の破片に
あなたが透きとおり　入り
消えてゆくことを
引きとめたりはしない

こみ上げるものもなく

鳴きしげる蟬の声を聞くことは
不安な形象に歪んでゆくことだ
在ることのかなしみのため
よろこびのため　担い手よ
人はなぜ草木のように
揺れていてはならないか

天壁に撥（は）ねては踊る魚たちよ
どんな幻視が　わたしを救い
わたしの内部を高まったものに
ああ失った日々の痛みよりも
海鳴りは　わたしに告げやまぬ
父となる日も　尽きない
希いを　かなしみを

内から絶えず　あなたとわたしの
へだたりに　あふれ　満ちゆく
海よ
ああそれをあなたは受け容れる？
わたしの父性のはじめ　その物語を
約束された祝祭として
あの遠い収穫（みのり）のように

生命抄 ——ある誕生に寄せて——

私たちは知らない　星々が輝き出す
うつわの底に　私たちの寄る辺ない
臥床があったこと　しかし冷たい夜々も
私たちの生きる愁（かなし）みは世界を贖いはしない

私たちはついに一滴の雫となるために
ここに在る　私たちの届かない夢と
あこがれと　無限なものに続かせるため
祈りのように　羊水の波は鳴り始めたと

そしてすべてが過ぎ去ったのち
私たちはそれを享け取るだろう
だから微笑んでいる　私たちの内部の
奥深く一番貧しい顔が　師父のように

樹木のなかに忍び込んで　私たちは
なお眼に見えず　約束のいただきへ
溢れてゆく　地下水のように　予感に
満ちて　なお高く繋らせるもののため

葉

若葉は一枚の海
てのひらに
載せると
日の光を浴びて
あふれる海の言葉になる
てのひらに　若葉は
一期（ご）の海
母の海のかなしみやよろこびを
僕は小さな魚になって喰べていた　と

秋思抄

吾子よ　私の祈り　私への
良いたより　小さな祝祭よ
今は秋　渡りゆく鳥たちは
見えそめたお前の瞳の湖に来る

枯葉が散る　私も落ちる
打ち捨てられたもののように
私は在る　何処へ　何処へ届く
お前の言葉にならない声こそ

万物は聞く　お前の深みから
日は昇り　日は没（い）る　そして血は
世界は　どんな一致を　お前の
なかで　夢みていることだろう

事物と人とを距（へだ）てず　お前は
見る　見ることの喜びと驚きに
睫毛をしばたたかせ　奇声を上げ
お前は私の腕の欄干で踊る

踊る　常緑樹のように魚のように
発見されたものは　すぐに昇華され
忘れ去られ　お前が苦しみによって
磨かれ　かがやく日まで　鉱石のように

あらゆる存在を結ぶ内側に

隠される　私は落ちる　そして
お前が始めて見た火のように
忘れ去られる　枯葉が落ちる
私は落ちる　しかしそれが　吾子よ
お前の命の深みに享け取られ
溜まってゆく落葉であるのなら
夢みてでもいるように　私は

落ちる　ほとんどあらゆるものが
お前のなかに落ち尽くし　お前の
うつわがあふれ　私の生の
雫という雫がこぼれる日には

吾子よ　私の祈り　私への
良いたより　希われた肯定よ
その日に私はほとんど何ものでもなく
お前は控え目にふるえていることだろう

世界へ　お前もあふれていったのだった

風

その風は　今まで誰もが
見たことのないものを見た
その風は　私の心を吹き抜けると
希われていた沈黙を生んだ

どんな幻も　私よりは
やさしい奥行きと逸話を持っていると
それから風は　ひとつの決意が麗しい
太陽になることを教えた

風が身振りすると　私の中で
有限なものの寂寥が熟した
振り返ると　春の日だまりの中で
私は再び生きようとしていた

私がそれを世界に告げたとき
もう風は　見たものすべてを失っていた
失われていた私のために
あるいは世界が私の肉体に入って来た　と

人・・・それは今まで誰もが
見たことのない風を見ていた
愛している　愛されてある
生きられる・・・と　世界に告げ始めたその時に

Ⅲ　人間であることに捧ぐ

眼
──ある少年の問に答えて──

いまはたたかいの遠さを歩み
吹き荒れる風にふるえる
その胸の祈りを　ひともとの
花に育てては眠る少年よ

血族を貫く時軸は二つに折れ
悲しい心を抱いて　愛し合い
生きゆく絆にすがる貧しい
ものたちの胸の梢を揺らすのは
少年よ　あれは海の脈搏

今は散華の花びらでなくとも
闇の貌さながらに　おもてを
伏せなくても　今は地に根付く
一個の種子であることを

この静かすぎる光のしたで
たわむれる蝶の乱舞であることを
なぜなら時間は　錯乱の一瞬へ
降下しては舞い上がる鳥だから

眼よ　なぜ見なければならない
傷ある海　眼よ　なぜ
夜から夜へ　悲しみの一本の
道は　見ることをのみ強いるのか
見ることと見ないことの間で
育っているこころとは　滅ぶべき
きりぎしではないのか　世紀へ
崩れ落ちる星の瞼をすべる
涙　それは決してことばにならぬ
ことばへと向かうことばの
生きようとする明るさへの飢だ

絶望の甘美さよりも　信じる
苛酷へと歩み始めるその時に
少年よ　初めみつめられた世界は
つねに君を裏切る君の星座だ
もしひとしずくの露に秘められた

眼の力で　未来を奪うなら
父祖の国の区切られた空の亀裂を
君の苦痛そのもので塗り込める
高さにまで　夢はしずもるだろう

出口のない展望にうづくまり
引き裂かれてある緯度の痛みを
見てしまった少年の眼よ
傷ある海　すみ透った眼よ
けれどもう泣くのはおよし
君があらゆる水平線を越えて
とおい母の海の脈搏を恋いながら
或る日　二つにされた君の半身を
捜し　求め合い　母にするように
その愛する胎内に息づくものが
或いは　一つの半島そのものだと
啼き渡る鳥に　種子の眠りに
開いた花の内部に　すべては
光の血族であることを静かに
静かに告げることが出来る　信じる
苛酷へと歩み始めるその時に

コリアにて

りんどうの花蔭に君は一個の石の黙
こころのままに話すことを
をさなく耐えて
君は静かに山の端をみている

山の端には沈みかけた夕陽の破片が
きらめき　木々は淋しく風に鳴り
僕は知っている　あの山々の幾つかに
北を示した銃座があると

悲しいとはもう言わない　君の
熱い信頼が大気をめぐる冬の精の
命のかけらを集めて過ぎる時間の中で
逃れられない寂寥の拳がやさしくて

またたき出した星の饗宴
こんなに世界は美しいしらべに
満ちているのに　同じ血の流れを拒み
永久に僕も君も渇いていなければならない

僕も君も永久に民人は　きらめく星を
持たないとは　しかしもう言わない
強いられた憎しみを断つために　いま
北の空へ飛ぶ鳥をゆびさしたのだから

お聞き　せせらぎの無辺の旋律
そして闇のとばりに降るひかりの交響を
萌えそめた芽のささやきを
互いの風化の冬を償うために
失ったものよりも　越え得ぬ壁が
君の涙に映り落ちてゆくひととき
貧しく虐げられたひとびとの
こころの微笑に支えられてあることを

じっとひそかに耐えて来た　と
吹き来る風に呟くがいい　朝鮮は
つねに一つなのだから　民衆という名に
互いの孤独を誓い合えるなら

別れ別れになった親と子　姉と弟
あの翔け渡る鳥になりたいと

一粒の種子になりたいと　空を見上げ
地にかがみ　君は告げることができる

愛を……むしろ底知れぬ沈黙の中でこそ
叫びはまことのたましいの目醒めを
生むのだから　お泣き　君の統一への希いが
朝鮮の土深く染み通るまで　花となるまで

冬の歌
——悼全泰壱(チョン・テイル)君——

「われわれは機械ではない」
一九七〇年　秋去りしソウル
死を賭けたひとりの青年の懐に
その文字を記した希の一切れは
白い散華の花びらのように
貧しい恋人たちが交わし合う
枯れ葉の愛の交信のように
青年の肉体とともに燃えた

血の叫び　それが深く蔵(しま)われた
決意の橋が　青年を天の深くへ
渡らせたとは　傷ついたことのない
果実の匂を運ぶ風の言葉だ
「あの幼い勤労者たちの苦痛が
　なくなるようにしてください」
死の床で　焼けただれた皮膚を
ふるわせて　青年はその母に言った
その激しく思いつめられた言葉の
やさしさを　ただ一打ちの波濤として
耳傾けなかった遠い日の背信よ

一九七〇年　冬来たりしソウルの路上
貧しい労働者たちが犇く平和市場(ピョンファ)の
アスファルトの上に　焦げ跡を残して
蝶のような軽やかな飛翔　むしろ
そう呼ぶことの罪深い抗議の死を
しるして「私の死を無駄にするな！」
絶叫はおののく為政者の胸を焦がした
それは朝鮮の暗い二千年の軸を
明るさへ　真実へ揺るがせる声だ
凛烈と冬の大気をふるわせ　まばゆく

日に照りながら降る雪の純白の
衣をまとった声の激浪に　誰が
呑み込まれてゆくことを拒んだか

バラックの六畳の間取りもない家に
母といもうとを抱え　青年は氷結の
冬を砕く真夏の海の結晶のように
生きた　二十二年のその生と死は
傷みではなく微笑みを　コリアに
描く真理の筆の一振りだ　まして
その子の意志に応え　戦い続けて
捕えられた母よ　それはもう誰の
子でもなく母でもない人間のあかし
一九七〇年　自らを焼いた青年の
その日のむなしさが　いのちの継起を
ひと筋の光芒にして育てていると
海峡を越えて　国境を越えて　固く
信じ合うもののこころに　うつくしい
連帯の形　時空を結び合わせている

全泰壱―一九七〇年、冬、ソウル平和市場で、貧しい労働者の待遇改善を要求し、抗議の焼身自殺により死亡。その母も子の意志を継ぎ、労働者のために戦い、捕えられた。今、その消息を知らない……。

地図

朝鮮　広げられた地図に
ひと筋あふれた涙はこぼれ
少年は　窓を吹き来る秋風に
自分の本当の姓字を告げる

時の流れが痛みとなったのは
あれは　いつか?　問い返す少年の
瞼の裏を　一羽の鳴かない鳥が住み
遠くを見ている　青い空を　白い雲を

机の上に開かれたままの朝鮮史
読まれた頁の上に　いくつの涙が
泌みていることだろう　繰り返す
自分への怒りと逃げようとする心と

ちいさい火のように　燃えやまぬ
しかしすぐにも消えてしまいそうな
夢を　眼をとじて　呟き　あきらめ
咲く花の名前を覚えそめた日

少年にはわからなかった　自分が
何処に居て　何処に居ないかを
生のかたちになることも拒まれて
朝鮮にも咲き　日本にも咲く花の名を覚えた

ひと握りの土のやさしさと重さと
身に泌みた　あれは　いつだったか
たくさんの種子を買い　弱く怯えた
獣のように播き散らしたここは………
異邦ではない………地のはしくれと
人はなぜ呼ばないのか　流される
血は赤いと　夕暮の野の原に　さまよう
影を浸し　朝鮮を　日本を　憎みそめた日

その淋しくうつろな日々も　長くは
続かなかったかなしみの中で　少年は
ひとり心を閉ざしていった　渇きと
飢えとめぐり来る季節に語りかけながら
広げられた地図の国境線を
なぞる指にも涙はこぼれ
叶わぬ夢の展望を幼く耐えて
愛　少年は小さく低く呟き始めていた

影絵

太陽は豊かに　その無窮の翼を広げ
山に花咲き　野に花咲き　舞い飛ぶ
蝶のひとみほども世界は透(す)んでいた
風に鳴る木々に風の指はまつわり
待ち伏せていた海の白い塔台は
孤独な少年の脊髄よりは優しかった
あの日に　なぜ溺れることを拒んだのか

朝鮮半島よ　とおい父祖の記憶の河を
渡るにはあまりにも幼な過ぎる精神よ

こぼれ散る花びらの饒舌が　きれぎれの
生の断片をつなぎ合わせ　春の足音を
追いかけ　追いかけてもう暗い過去の造化だ

歓びの余韻もなくひとつの時代は終わり
終わっていることさえ忘れてしまった時に
湧き上がるそれぞれの愛と呼び破滅と
呼ぶ生の影絵の中では誰一人居ないのに

侵蝕された断崖を這い上がる石
誰も見てはいないのに　ゆっくりと
静かにひかりというひかりに包まれ

這い上がる石の鼓動を打つのは誰だ
朝鮮半島よ　裸のままにもう一度
生まれ出づる苦しみを見ているのは

誰だ？　無防備にたましいをさらした女
その目の中でくるくる廻るかざぐるま

そしてとおいかなしみよ　沈む太陽よ

かみ合わぬ夢とうつつの砂時計の背後
山に散る花　野に散る花の絆が　一つに
なった朝鮮に　熱いなみだを滲ませるのはいつ？と

ああ鳥になりたい　風に　花に　土に
言っていたっけ　民衆のいちにん　君は
言っていたっけ　呟くように　泣くように

橋

引き裂かれた朝鮮の痛み
なぜ　見なければならない
凍りつく白鳥の悲しみの目を
みつめる幼な児の未来の
軌跡をうつくしむ限りない
寂寥よ　なぜ時の水位は乱れ
半島の二つであることを憂い

こころを嘆きの飯食(おんじき)に供するのか

生きることと死ぬことの亀裂を
海峡の波の脈搏に打たせて　胸の
高さにまで静もる民衆の熱い
統一の希いを　在ることの絆に…
おぼえている　あの名もない人達の
怯えた眼の底に　透明な光は
隠され　悲しく息づいていたこと

むしろほむら立つ日輪草の
ひとつの花冠であることを祈り
たましいよ　育てている未知を
信じ　このむなし過ぎる苛酷な
日々の背後にしまわれた光輝を
自然のたわむれるばかりに優しい
相貌を　深い渇きの底に沈めうるなら
架橋になりたいと張りつめた思いを
抱いて旅立ち　今は捕囚の人々の
つきない痛みをつぐなえるだろう

初めて地球に射した光の追憶のように

しかし私たちは何と奇妙に　滅んで
ゆくことだろう　ひかり溢れる野を
山を駆けてゆく子供達の未来の
崇(かさ)には　悲しみばかりの歌を
残して　昔のままの魂を残して
私たちに許された言葉が
愛の夢を目醒めさせるのに
私たちをめぐる時間は　落ちる
果実のように　老いてしまった　と

なぜ　あきらめなければならない？
期待はつねに裏切りの歴史を重ね
暗く淀むばかりに沈み切ったひとみよ
なぜ　追いつけぬ夕陽を　少年のように
見入り続けねばならない？　いつも
地平線に奪われたまま　帰らない
叫びを胸に　花になりたいと　鳥に
なりたいと・・・あゝ今は咲く花々をして
翔けてゆく鳥をして　行きて帰れぬ
橋を渡った囚われの人たちの慟哭を
明日につながれた呻吟をうたわせよ
平和への意志と希いのあかしのために

イムジン河にて

イムジン河は冴やかに流れ
水音が弾く音楽は
僕のこころの淡い変調です
一転瞬の明暗の裡(うち)に
過ぎゆく生の断層
そこにすべては明るさへの
あこがれになって化石しています
聖諦を問われている樹木たちが
イムジン河にまばらな影を落とし
僕のたましいの気圏の深く
交響する日光や星や風のしらべは
まばゆく激しくふるえる曼陀羅です
遠い山稜の雪の言葉は
淋しさでいっぱいだから
僕は水底に青く沈んだ石磊(くれ)のように
いつまでも捨て切れない夢が
砂粒になってゆくまで
億年の祈りを凝らします
空気はやはり　透明な
こころ優しい人間の涙かもしれず
こわれた希望の数々が
うたかたになって明滅し
僕はイムジン河の水の流れのように
ありのままの現象でありたかったのです
真実のかけらが　致る所で
閃いているように
光素の静かなうねりの筋を
限りなく曳いて飛ぶ鳥の翼が
夕陽を反(かえ)して　水にかがやき
僕は風景がにじむ眼をして
乾坤が燃え上がる眩惑に居ます
春の陽気が土に染み
二つに截(き)られた風土の悲哀が
イムジン河を静かに流れ
青い海に届いて
世界を小さな真珠の粒にするような
イムジン河の水音は
生にすがるばかりにやさしく息づく人々の
吐息のあかし　その胸に深くしまわれた
美しい希いの結晶でした

宇宙開花

Ⅰ　少年

春　空に続く
花びらの梯子(はしご)を
昇って行った少年が居る

誰からも忘れられて
少年はひとり
雲の積木で遊んでいる

春　少年の積む
雲の積木がこわれると
桜の花びらが舞うという

Ⅱ　架橋

君は深い寝息を立てている
僕たちは流れ去る時間の蝶が
かなしみばかりを産卵する国へ

魂の飛翔のみとなった鳥を放ち

昼　野づらに拾った繭の中に
いくせんの犠牲の死者たちを
産んだ母たちは小さな胎児のように
横たわり　もう花の雫に生(な)っていく

遠い白雲の上に　木の花は繁り
散華のまぼろしに追われ追われて
黙(もだ)して生きる人々のくやしさを
何にたとえれば　僕たちは許される
虫が鳴いている　ただ生きてある
ことだけを信じよと　夜に欲は
届くだろうか　僕の希いの船泊(は)つる
黄海(うみ)　そこに打ち棄てられた朽船に

月光は満ち　遠く静まり返った森に
唖蟬は羽根をふるわせ　震わせる事で
訴えている何かを捕えようとして
父母は老い　僕たちはその寂しさの嗣子
差し伸べようとしたてのひらさえ

取り落とし　落としたことさえ
忘れようとした時に　帰って来る
血の音は波のおらびにも消て

海峡へ架かる橋を見る幻視者
僕たちは失わないですむものの　名を
知らない　免れる罪を知らない
祈りさえ　奪われていく日にも

ただ祈りさえ奪われた人々の胸の
寂土を　ひとふさの花を捧げ持ち
とおく群なして来る魂魄を知る
その血の上に立つ土盛る墓を知る

君は深い寝息を立てている
花瓶の薔薇が醒めつつ開く
その花蕊の深く涙を拭う少年が居る
もうすぐその沈黙は宇宙は身振りする　と

Ⅲ

蕾のなかで　どんなに世界は
うつくしい生の連関　風が
香り　空は冬に言い溜めた
愛語を　光の言葉にして降り零す

命の方へ　その遠さへ　すべてが
翔けてゆく羊水のそよぎのようだ
徐かに　桜花は総身をふるわせて
この星のこころ揺らぎのように

地上を　舞う　或いは生命の奥深く
住むという否定者の身ぶりのような
絶え間ない散り交いよ　みひらけば
少年よ　桜花は今や寂かな尊形である

「燕よ、お前はなぜやって来ないのか？」
――燕となるべき少年へ捧ぐ
金芝河

鳥

もはや鳥でなくてもいいのだ
五月の緑重ねる木の蔭に居て
木の花のやさしい芳香に鳴きしげる
今はそんな鳥であることのさびしさを
海峡の荒い波の音にひそませ
かなしい飛翔を繰り返す
鳥でなくても

その胸の張りつめた思い
誰にも告げられなくて
一塊の黙して生きる石くれに
こみ上げる叫びを溜息を
つくし得ぬ今はむなしさの虜囚
むらさきに色変える地平のはたて
さすらいに朽ちてゆく鋭い点
今はそんな旅人を　こころに
宿さなくても　わびしい
散華のうたげ　そこに織りなす
しなやかな花びらの軌跡を

もはや希う鳥でなくても

雨上がりの甃（しきいし）の上にたまり
静かにはつ夏のひかりを反（かえ）す
水の清浄　それを胸深く
しるそうと悶える鳥でなくても
もはや周囲のしじまを掻い抱いて
おののきのなかに落ちてゆく
羽化の鳥のまばゆい律動を
区切られ　引き裂かれた国の
空の下　描けるのなら　と
望み焦がれる
鳥でなくてもいいのだ

足ばやに駆けていく歳月
その沈黙の痛みを抱いて
追憶のかなたに　希望の棲家（すみか）に
一つの朝鮮半島が
始めての子を宿す母の
うつくしい羊水さながら
息づき　眠っているのなら
今はその母の深くしまわれた不安や

かなしみやよろこびを
かすかに揺らぐ遠い祈りの
いざないにゆだねて
今は大地に根を降ろす
一途な一樹であることを
花でなくても
一粒の種子の眠りの結晶
闇の中で湧き上がる
生きようとしてひたすらな
そのふるえる言葉であることを
希え
もはや
鳥でなくてもいいのだ
鳥でなくても

初出誌一覧

Ⅰ

音楽　一九七九年　無限ポエトリー
種子のうた　一九七九年　ユリイカ解放区
詩篇　一九七八年　九州公論
軌跡　一九七九年　現代詩手帖投稿欄
星　一九八〇年　現代詩手帖
鎮魂　一九八〇年　無限
血脈　一九七九年　無限ポエトリー

Ⅱ

うた　一九八〇年　同人詩「うた」二号
地下水　一九八二年　同人詩「うた」四号
祈りのはじめに　同右
生命抄　同右
葉　同右
秋思楽　同右
颪　一九七九年　同人詩「うた」一号

Ⅲ

眼　一九八一年　同人詩「原」十六号
コリアにて
冬の歌
地図　一九七九年　詩人会議自由欄
影絵　一九七九年　現代詩手帖投稿欄
橋　一九七九年　無限ポエトリー
イムジン河にて
宇宙開花　一九八二年　無限ポエトリー
鳥　一九七九年　現代詩手帖投稿欄

後記

〈詩人は突き破らなければならない。不純を突き破り、個人を突き破らなければならない。そうしてできうる限り広く、大きく愛さなければならない。〉

具仲書

〈他人とともに正しく生きうる生命を回復することにおいて、文学らしい文学は、どんな時代にでも、純粋な勇気を代弁して来た。その勇気は、どんな種類の嘘偽と偽善に対しても、戦う勇気を決意するとともに、存在するすべてのものに対する熱い愛を意味するものである。〉

廉武雄

〈詩人は、「当然なければならない現実」のために、「決してあってはならない現実」と困難な戦いを挑み、そして敗北し、敗北による勝利のモチーフを新しく探し出すたゆまぬ努力が持続される。このような連続性の内容に従って、即ちそれを続けるか、挫折するかによって、詩人は勝ったり、負けたりするんだ。〉

洪起三

〈輝かしい光のなかに生きることを願わない人が居ようか？　いない。狂ったように、狂ったように私も光を願う。願ったとてどうすることができよう？　どうすることもできない。ただ沼のような夜の暗さから、光り輝くあの慕わしい夜明けに向かって、息はずませ這い進んでゆくのみだ。匍匐。しばしも休まぬ血まみれの匍匐。私は私の詩がそのようなものになることを願って来た。行動の詩として。〉

金芝河

長い引用になったが、私の思いは、私の寄って来たこれらの言葉が代弁してくれると信じるからだ。これらの言葉は、韓国の現代の文学者、詩人の言葉である。私は、これらの言葉を坐右に置き、詩にすがって来た。むろん海を離れているが、私淑する師とも言えるこれらの人々の戦いと姿勢に、自らを比するとき、自分の在り様に、言い知れぬ恥と止めようのない自責の念に苛まされて来たことも事実だ。そして多分それが、私の詩の鍵と言えよう。その鍵は、私のかたくなに閉ざされた魂の扉を開けてくれた。そしてそこに見えたものが、愛であり、命の頌歌であり、宇宙の投影であった。

愛さねばならぬ、生きねばならぬ、より真実な人間として在るよう努めねばならぬという、人間に強いられた三つの命題を、その鍵が開いて見せてくれたのである。ありのままの姿で。確かに…。

　そして私は、今、妻を得、二人の子を得、それらの命題が、より現実的な問を、激しく内面に突き立てているのを知る。「当然なければならない現実」に向かわせようとしているのを。

　長々と「後記」にしるしてしまうようだが、今後の自分への変らぬ叱咤として、この詩集を在らしめるためである。

　ところで、序詩「よおらん」は文語体の詩であるが、私の一七歳の時の作品であり、この詩を書いたことによって、詩を書き続ける行為者になろうと決意した記念に掲載した。

　また、ここにしるされた詩は、すべて既発表のものである。詩集の構成の都合上、既発表のものを十数篇削ったが、それらは次の機会にまとめようと思う。拙い詩の数々であり、また粗末な詩集であるが、読んでくださる方に、良く読まれることを期待している。

　最後に、この詩集を、私の父母、妻ひふみ、二人の子希世と光起、またアメリカに住む、たった一人の妹和美、その夫君ピーター、二人の愛娘クニカに捧げる。人はみなしあわせでなければいけない。しあわせを求めることは恥づかしいことではない。しあわせを求めることによって、その戦いによって、愛すること、生きることの大切さを知る。しあわせとは、その魂に、愛するかなしさ、生きる苦しさ、人間であろうとする戦いの、その切なさ、寂しさを教えてくれる。しあわせを求める空しさに負けてはいけない。しあわせとは、この地上に於ては、ささやかな、つつましいものでしかないのだから。そしてしあわせな魂は、時に途方もないはかりごとを夢みさせる。なぜならその魂とは、不幸を、悲惨を知る魂だからである。その不幸に、悲惨に、自らの魂を一致させ、共に担おうとする魂の謂だからである。

　そしてその夢とは、たとえば〈神の愛と隣人愛の一致〉（金芝河）、戦争のない世界。国境のない世界。飢えた子のいない世界…、書けば、限りがない…。少くとも、「神のはかりごとを暗くしてはならない」（十字架の聖ヨハネ）のだ！

一九八一年一二月二六日
九州・鳥栖市の仮寓にて

崔龍源著す

第二詩集

鳥はうたった

（一九九三年刊）

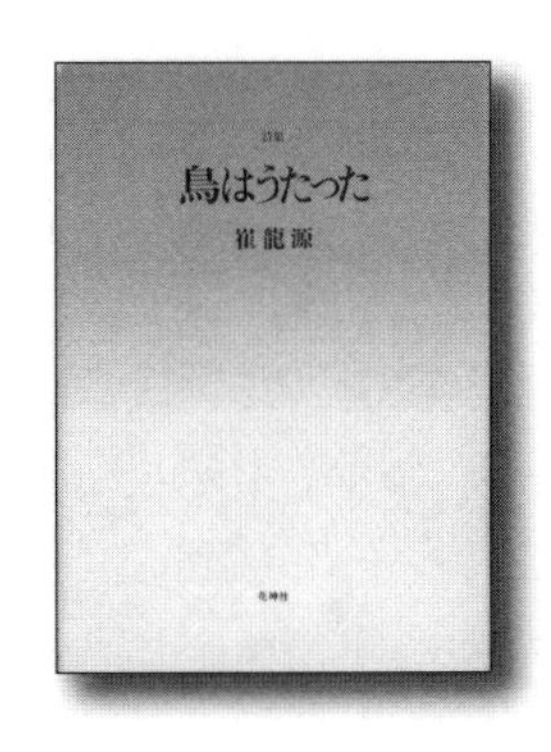

生（ヴァイ）

1

魚が陸へ這い上がる
かたい歯とひれで
きみの腰の波打際に
ぼくの歯はそんな魚のように狂おしく動き

君ののどがふるえる
限りなく打ち返す波のように
そして太古の声でぼくの名はくり返される

2

ぼくの千の魚たちがきみを苦しくさせる
きみは発火する原初の海だから
きみの眼の中で
ぼくは生まれたての空のようにひろがり続ける
空をとらえようとして開くきみのてのひら

3

ぼくは鳥たちのつばさの音に耳傾ける
星は砂のように
きみのひらかれた場所へ降る

きみはかすれた声で尋ねてやまない
鳥たちはどこへ行くのか　と
そして星はなぜ　砂に帰るのか　と

ぼくは　それに答えることができない
ただ新しい命が約束されているのを知る
ぼくの皮膚を傷つける爪の下で

4

土に帰る　すべてのものは
きみをひとりの母の名で呼ぶだろう
きみを大地のみのり　そし黄金の稲穂にして
神は死ぬ　新しく生まれるために

きみの肥えた土壌のような背中を

ひと筋流れる川
ぼくの舌が呑み込まれる
赤い花びらのように

5

眠れない水鳥たちが
きみの葦の水辺でさわいでいる
ぼくの指が　ずるがしこい蛇のように
その卵を奪おうとするので

6

きみは多頭のけもののように
ぼくはそのけものの一つの顔のように
茫漠の時間をむさぼる

そのあと　まったくの空無の中で
すきとおるきみの羽根
寂かにぼくを包みながら……
……月の光が静かに

きみの髪を　内部空間を
たましいの淵(ふち)光(て)る水を　足うらを濡らし
瞼を濡らした

7

ぼくは　きみの中で自らを失い続けている
ぼくの無を　全部吸いとってしまう
大いなる無　きみはよろこびをのみ
たえない声に変えるのだ

8

ぼくの下にきみのやさしい宙(そら)がある
きみは　その宙を
睡蓮のように開かせる

ぼくの下にきみのひろがる宙がある
きみは　その宙を
あふれる泉や樹液に変容させる
ぼくの下にきみの限り無い宙がある

きみは　その宙を　何十億年も前から孕んでいる器に過ぎ
　ない

9

ぼくの血がきみの血と溶け合う音は
もしかすると　こんな音なのかもしれない
ベッドの軋み　重ね合う骨の軋み

太陽がぼくたちを置き去りにする白日の
不感無覚の海から
劫初のけだるい浜辺へ
ぼくたちは這い上がる二匹の魚
だったかもしれない

原始　ぼくたちは互いにかたい歯で
互いの尻尾をかみ切った
その欲望のため快楽のため
ぼくたちは生き変わり死に変わりして
いのちにしばられたまま
互いを解き放つことができない
たとえばほんとうの生に至るまで

10

しかも　ぼくはひとりではない
たぶん大地はつねに母の脈搏を打ち
父の肉体を持つ　進むもの
立ち止まるもののあわいに
生み出すべきもう一人のきみのために
ぼくがあるとしたら　流れる水は
火に　火は呼吸する太陽に
ぼくは　探り分けるだろう
無数の手の中から　きみの手を
そして草の葉さきに　露となった
地球を

少年

一本の樹の中へ
ひとりの少年がしんしんと入ってゆき
声にならない声を　木の葉に繁らせ

風に吹かれては語るのを　聞いた

たとえばつねに遠景の中心として
その一本の樹が　視野を領しているとき
明るい光彩とゆたかな実りとを
成していくのは　あれは少年の内部が高まるから　と
五月の荘厳の日も　十一月の寂寥の日も
樹は少年の胸にあふれていた海を汲み
そして少年は　樹の頂から空へ消えようとし
ひかりと雨と雪とは　樹の中でとけ合い

樹の伸び上がる意志と姿勢と　少年があこがれ
入っていったかなしみを　空は尽きない孤独の
かたちにして　その一本の樹に与えた
少年がもう空とも樹とも分かちがたくなったので

木

未明の空に
びっしりと詰まった
木の芽がはじけ
光という光を生む花芯に
ひっそりと入っていく
あれは父かもしれず
母かもしれず
こうして億年が
過ぎてゆくのかもしれず

*

星が降りそそぐ森の中で
木は思考する
戦争について
自由について
鳥について
そして誰も知らない
その夜　伐られていった木を

*

研ぎ澄むのはたましいであろうか
それとも触れられた命だろうか
鳥のためにうたっているのは私の中の木
億年を　私の中で　生きてきた木なのだ

*

私は待ちながら　とどまっている　ここに
決して滅びることのない夢として　ここに
手から手へ伝えることのできる夢の中で
私は見た　木が鳥となるのを

鳥は鳴いていたが　羽音は聞こえず
心盲（めし）いた者のように　暗いひとつの
底深い闇へ　かすかなほろびの声となり
それは毀（こわ）れた山河のように寂寥へ崩れていた

ああ誰が　こんなに昏く　世界の
内部を傷つけたのだろう　それは
おまえだと　ささやきながら朽ちてゆく
木は　彫りゆけば　自ら微笑み　光る
ひとを宿しているのではなかったか
造化よ　その吐息のはじまりよ
かつて人という人への生きへの肯（うべな）いが
美しかった空間よ　差し伸べられた手よ

ああ　宙（そら）の器（うつわ）にあふれていった　私の
血の音は水のように　絶えまなく
私を超えて　見知らぬ他者へ流れ

かつて自然は壮大な音楽の奏（ひ）き手
私はその指が弾（はじ）くどんな楽器
どんな歓喜のしらべであったろう

私の夢でありながら　世界の内部
発光であるひとよ　とまれ忘れずに
私は待っていよう　底深い闇の中でも
光り　微笑む生を　私は打ち棄てられた
もののように　山河の奥深い無言の中で
最も低く小さい木になりながら

目

おもいはもう言葉にならない
吹く風が見たものを　わたしが見たときに
それは　深いかなしみをたたえた目であった
風景の奥處（が）に隠れている目であった

かたちもなく姿もなく　たたずんでいる

あれは　誰だろう　自らの影が地に落とす
時間に見入るわたしよりは　はるかな
とおいむかしから　たしかに存在しているひと

流れる水が　しずかにひとのかたちになり
わたしを手招きする　事物の深みへ
あるいはかぎりなくわたしを豊かにする場所へ

しかし　わたしは立ち止まり　そしていぶかる
わたしが　あのかなしげな目になることが
できないとしたら　わたしはすべてを失うというのに

さくら・にじます・木斛（もっこく）・僕・その他

もう滅び去ってもいいのだ
身をふるわせて咲く
山ざくらの木の下で
あまつちのはじめの母を
捜り打つ蝶の触角のように

生き得ないとしたら
もう滅び去ってもいいのだ

風が僕のむくろをさがしている
げんげの畑の中に
過去世の虐げられた人たちが
ばら色の花と化し
花と化したことも忘れ去られたときに
ささげ　差し出すことができるなら
僕のたましいの淵光（ふちて）る
水のふるえ　再び
生まれようとする
ここに　とどめることができるなら
滅びへ急ぐかなしさを
讃えることもできるだろう

その　くず折れてゆく内部からの声が
ここに　欲しい
もの狂うこころのように
さくら降る木の下に
木にあふれる地下水　ここから

高く超えた外部へと
みちあふれ
そうしてひとりのてのひらに
受け取られる花びらのように
在ることができるなら
降りそそぐ日の光のなかで
圏（わ）を広げ　どこまでも
圏をひろげ　解き放すだろう
与えられたこの時空を
鳥のように
いまを生きようとする人々に

川の面に　にじますの鱗（うろこ）は
さくらの花びらのかげをぬいながら
くだける音符のようにかがやき
あるいはさくらが僕の生を生きているようにも思え
そのとき世界は完成する円環ではなく
やさしい奥行きを持つことを
希え　と　声ならぬ声が聞こえ
僕は信じる　たとえさくらのかたえ
木槲のつぼみが
咲くこともなく　夢のように
くずれてゆくときも　充分に
生を肯おうとしたことを
僕は感じる　身一点に
降りそそぐ花びら
樹管をのぼる水流　僕の半身を

いま僕は親しくしている
あらゆるものと
そしてひと粒の卵や種子のようにある
いま僕は担われている
あらゆるものに　迎えられようと
している　風がさがす
僕のむくろが　にじますの中に在る
あるいは木槲の中に
それは　僕が滅び去るせわしさで
生まれようとしている
地上（ここ）に　一本の知恵のさくらが
僕の胸のくらがりに
根付くことを
激しい渇きで
うったえているから

弦

夢にすぎないと言うではないか
わたしというこの存在もまた
あらゆる存在を楽しもうとする夢に

そして事物からわたしに向けられた
視線は弦(いと)ではないか　かなしみではなく
よろこびを奏でる弦

わたしを拒み　わたしを阻むものは
事物のなかにはない　わたしを高め
深めようとする微笑だけがあると言うではないか

わたしは名辞以前のものへ帰りたい
死は生から解き放された花びらに似て
地上に寂しい音を立てたりはするが

わたしは秋の木が　木の葉を失うように
世界を失って来たが　いましずかに
つぶやくことができる　わたしはまだ生まれていない

ピエロタまで　――会田綱雄氏に

ピエロタまでの道は遠いので
僕はちょっと居酒屋に寄り
一杯目の酒はあおるように飲み
二杯目の酒はなめるようにすすり
鮟鱇の胆に舌つづみを打ち
深海で泳ぐ魚の　まるで
自分自身でもあるかのような
幻を追い　そのまぼろしに酔い
逃げ出したいのだな
閉塞したいのだな　と
ひとりごち　にやりと笑い
ピエロタまでの道は遠いので
居酒屋の椅子を軋ませ
その軋む音に　ふるさとへ帰る
夜行列車の鉄路の軋みを思い
――ふるさとまとめて花いちもんめ
　　うしろの正面　だあれ
低くひくくつぶやき
もう音信もない幼な友達の

顔を思い浮かべ
突き刺され　突き刺され
夜行列車は　ふるさとの海の胎内に　と
うずくようにことばを吐けば
ピエロタまでの道は遠いので
ふとマリア様の白い胸の中まで
びっしりとつまった蛇や水鳥や
魚や昆虫の卵が　まなうらに
はりつき　その美しい「伝説」の
湖のような羊水に
頭をさかさにして眠っている
胎児を恋い憬がれ
ピエロタまでの道は遠いので
あと一杯　あと一杯と
コップ酒を重ね
夜が白みかけた頃　居酒屋を出て
跛行(びっこ)の犬のあとを追えば
振り向く犬の　ヨブにも肖(に)た
あわれみ深い表情に　立ち止まり
自らを慨嘆し　われはヘロデ
われはサロメ　われはユダ
頭をかきむしり　われに返れば

ゴミをあさる鴉等の
目にいっぱいの涙をためているような
かなしさに
ナザレびと　未だ来たらずと
激しく激しくこみあげて来る
声をあげ　ひそかなる声をあげ
ピエロタまでの道は遠いので
勤めに向かう駅路へ
もつれる足を運ぶ
ピエロタまでの道は遠いけれど
いつかは　海歩く人に肖た
思い出をくれたあなたと
いっぴきの魚を　分け合い
血のような
葡萄酒をそそいだ
コップ酒を
重ね合うために

声

あれは　何であったろうか　ぴちゃぴちゃと
音を立てて　水を呑んでいたのではなかろうか
耐えがたい沈黙の中で　柘榴は青い口を開き
ああ　ああと　声にならない声を挙げていた夏

あれは　翼を広げては　空に舞い　ヨハネの
首のような太陽を　カリカリと食べていた
海にはもうくらげたちしかおらず　地上は
光る苔におおわれていた　あれはひとりぼっち

あれは　何であったろうか　川面に　うすい
影を落として　不意に消え去ったかと思うと
光輝いては生まれて来た　果てしもない
生のルフラン　波のように　あれは生き変わり

死に変わりした　しかしつねにたったひとつの
表情をしていた　あれは　何であったろうか
あれは悲しげな顔をしていた　地球が宙から
欠け落ち　ぼくが居なくなってもあれは在るだろう

ここに　あれは生きていかなければならず　いま
あれは　ぴちゃぴちゃと　音を立てて　銀河の塵を食べて
いる

蝉時雨のなかでうたえる

殉ぜしめよ　その懸隔に
架橋になれぬたましいの分身
鳴き渡る鳥の意志
あるいは風の流離を
太陽は野の一輪の
名もなき花冠の中に没り
空は祈りなすこころを
今日燃えやまぬ星にする

とどまるものも行くものも
仄かに生の匂いを放ち
海峡はすでに炎天のなかに
叶わない夢を燃き尽くした

とおく流れる白い雲
その行き先を　もはや問うな
ただ生きる約束だけが
汽笛のように答えている

花々は揺れ　揺れやまぬ
希望は胸に高鳴っていた
閉ざしめよ　その音なき
音でさえ　祈る者の
てのひらの中にひっそりと
種子のように眠らしめよ
絶えず自然の内にあり
崩れ去り　また築かれてゆく
故郷のために

すべて意志あるものの
孤独と孤独が　河面（も）に浮かぶ
うたかたのように触れ合い
あかしする　くり返し
くり返し　ひとりは
ひとりの心の貧しさのためにだけ
生き得ると　日光に震え

あるいは月の光に打ち顫（ふる）えつつ
蟬時雨　蟬時雨のように
燃やしめよ　その暦日に
たましいの夏を
また限りない沈黙に
縛られてある海の波濤を
その言葉を　吹雪の荒野に
歩ませるため　それぞれの
かなしみの視野のかなた
放たれて　透明に透明に
父母たちは水のたぎちになったと
あきらめだけが羞（やさ）しいから
ときに苦しいと
淋しいと　狂おしく鳴る
海になるために　その最後の
雫まで滾（たぎ）らせる羊水の
物語のなかで　誰も美しく
つながることを疑わなかった　と

朝

──或いはリトルジョン

牛が居る
百万年昔から
そして今も
だまって草を食(は)んでいる
ヒースの丘を
リトルジョンがやって来る
草の笛を吹き鳴らし
ひばりが揚がる空の下を
牛乳をもらいにやって来る
ひと筋の水脈のように
すみれの花がところどころ
咲いている道を
リトルジョンはほほえみながら
蟬を追ったり　蜻蛉を追ったりして
牛の尻尾が小刻みに振られ
エーテルがとびかい
のどかな風景の中を

しかしリトルジョンは
耳も聞こえず
ことばもしゃべれない
しかしこの文明ほども
不具ではない
リトルジョンは一顆の
無垢の果実
リトルジョンが手をやると
牛はうれしそうに鳴く
その鳴き声を合図に
牛の飼い主の老人が
扉をあけて出て来る
「やあ　リトルジョン
　わしのこころを洗いに
　またやって来たね」
朝のあいさつ　朝の日課
リトルジョンには聞こえないが
この文明ほども
耳しいてはいない
盲目でもない
牛のひとみがかがやく
リトルジョンが頰ずりをする

夢の影

父の死の床に
僕は端座している
見るものとして

身のまわりに
埋高(うずたか)く積み上げられたものより
死は重い

そして死は罪に消(に)ている
あるいは無垢なるものに
やっとつり合った誕生と死よ

むかし　夢のなかで
父の背中を洗っていた
きりぎしのような父の背中

超えられなかった　蝶のようには
父のかなしみを　ただ捜り
当てていた　父の夢の影である僕を

父を焼くけむりが
空に吸われていた
僕は見た　見られるものとして

生の由緒へ向かう
父のたましいの広がりを
僕は　あきらめるほかなかった

水

多摩川の渓流で
子供たちが小さな魚を捕らえた
歓声が水の面(も)をはねて
かわせみが宙(そら)へ舞い上がる

種まく人のままで
死んでいった友よ
海をへだてた光州の路上に

あらがいの魂をしるして
多摩川の水は冷たく
命の芯まで沁みる
きみの思い出のように
清冽に　冴えわたる水の音

生きることは恥
恥を重ねて　僕はいる
地上に　子供たちと共にある
ささやかな思いを糧に

きみのように死ねない弱さ
生きるためにつく嘘を
罪のようにかかえて　僕はいる
子供たちを守るためだと言いながら

きみと共に見た　韓(から)の
空の青　海の青　そこを自由に
翔ける鳥たちの群れ　きみは
失くそうとしたのだね　境界線を

国と国　人と人とのさかいを
越えて　僕の胸の奥處(が)に
きみはいる　支え手のように
あるいはただひとりの人の顔をして

僕は語る　子供たちに　種まく
人のままで死んでいったきみのことを
子供たちの瞳が水のように澄みとおり
光るたびに　僕はまだ生きようと思う

宙(そら)　――光州異聞

わたしたちが欲し　私(わたくし)が欲しない生
信じるために伸べられた手
虚偽にそむけられた顔
その顔に刻まれた銃弾
しかしかれは地上を離れていない
地上もわたしたちも
かれを　かれの血を必要としたのだ

わたしたちが求め　私が求めない生
葱のように束ねられたからだ
後ろ手にしばられた腕のために
衰弱した声という声を　本当の民衆の声を
太陽のもと　もう一度太く
激しく呼び返すわたしたちは麦秋の畑(はた)
燃え上がる蝶の乱舞
わたしたちはふちのない宙(そら)

わたしたちのためであって　私のためではない生
地に水のように染みてゆく生
傷ついたけだものの　自らの肉を
犠(にえ)に供じる野の原
生き残るとは与え尽くすこと　とかれは言った
目を閉じると　わたしたちは石
石のすみとおったひとみの中で
育っている木　その木の根の
地上のいたるところに生い繁るのを
かれは　たたえた

わたしたちが希い　私が希わない生
咲きさかる花　火のように
交尾するうすばかげろう
地上のたったひとりの母の海を
かいさぐる青いひれ
はね上がる魚
さやげ　あら草
おらべ　潮騒
哭け　きりぎしを這い上がる石
かれもけだものもわたしたちも
その母のたったひとりの子
その陰(ほと)から生えるこんじきの稲穂
そのたえないみのりだ

わたしたちが望み　私が望まない生
ひと粒の種子にかえったかれ
わたしたちの瞼の上の男と女
むつみ合うことを　かれは祝福した
架橋への意志
自由と彫りつけた岩
かれの内部で　黙っているものはいない
のび上がってゆくかれの血は
あかね色の空となり

大地はそれゆえに直立した
かれは守るだろう
わたしたちがはばたくために
限りなく望むために

わたしたちのものであって　私のものでない生
地球が淋しげに微笑している
凪は　ささやいて過ぎる
かれのことを
いっぴきのこおろぎのすみかに蟬の幼生に
月の夜　傷つくことでしか
熟さない柘榴のこと
まだ産まれていない子供のことを
わたしたちは静かに　顔を上げる
飢え渇いたのどで　かれの血をすする
かれは許すだろう
ふちのない空をわたしたちに見せるために
かれは　銃口に向かっていった
そして　きらきら輝くひとみを失ったのだ

手紙

秋の日の茅ヶ崎海岸
三人子（みたりご）を連れて僕は散歩する
ひかりは聖体のパンのように降り

友よ　しかし死ぬことは生き残ることと
きみの最後の言葉を　潮騒に
聞き分ける耳を　何としよう

凪いだ波打際　三人子の拾い集める
貝殻に　あふれては落ちる海の雫
僕はそこに　ふとマリアの羊水を思う

友よ　光州の路上に　至福の死を
刻みつけようとしたのだね　てのひらと
足に　打たれる釘跡の痛みをしるそうと……

遠い水平線を　三人子は指さし
ささやかなこの幸福とやわらぎの
生傷のように疼（うず）くこころを　何としよう

友よ　他者のために自らを犠(にえ)になすことは
ほんとは創造する海になることなんだね
いのちのたおやかな原型に還ることなんだね

水鳥が波にたゆたい　三人子は
鳥や魚だった日を思い出すかのように
たわむれ合う　ひかりの身振りのように

友よ　あの光州の日から幾月か経った頃
君の愛したひとから　イエスのような子を
産んだ　と美しいハングルの手紙が届いたよ

無言歌

父よ　引き裂かれた大地よ
どんな祈りが　あなたを揺り起こす
あなたのこころに
どんな言葉を刻めば　よろこびの
うたを奏でる楽器のように
あなたは鳴り出すのだろう
陽の彩(いろ)は淡く　あなたの頬を照らし
川という川は血脈のように
いのちの継起　その躍動を伝え
人は　それを生きなければならない

高らかにざわめいてゆく波音の
はるか　あなたと人との深いかかわり
のなかを行くように　水鳥ははばたく
漂泊する魂と　名もないけものたちにだけ
あなたをかがやかせる祈りがある
そしてすべての形あるものは
あなたに還ってゆく軌跡を希う　と

父よ　あなたは信じない？
まるで疑いに身を焦がす女のように
やせさらばえた肩をふるわせ
分かたれた天地(あまつち)の水という水
その鼓動という鼓動が
ひとつの大きな
調和を夢みているのを　人と人とが

つなぎ合おうとする手の
夭（わか）い木のようにしなうのを

あなたは信じない？　欠けた器のように
どんな傷みが
あなたの心を裸にさせるのだろう
吹きこぼれる花でさえ　うたっているのだ
断たれた土地の痛み
あるいはその空の嘆きを
いつまでも　恋い焦がれているのだ
圏（わ）を閉じることのない世界を
すべてが失われても
あなただけが甦ってくる夜のふかみを
人は堪えているのだ　たとえばかげろう
のように儚くなりながら　束ねる
ことのできないあなたへの思慕を
人は絶えず　生きなければならない　と

あなたはうたわない
ほんとうの自由のたたずみを
山を越える鳥たちの
春には緑色に光る声という声を

あなたは見ない？　あなたが手放した
すべてのものが　ただの一度もあなたを
裏切ることのないかなしみを
その孤独ななげかいを　たたかいを
無言のままで　打ち捨てられたものたちの
たった一つの面（おも）ざしを　清らかで　懐かしい
大地へ埋めていかねばならない
父よ
終ることなのない希望よ
どんな精神のたたずみが
あなたを未来へ揺り起こす
始めから失われていたものよ

馬の目

——ソウルにて

馬の目の中に
閉ざされた夕陽は
しんにさみしい瞳孔（ひとみ）となった

李さんは　黄土の耕地を捨てて
すでに都会の穴堀り人夫となり
子供のヨンジュや奥さんを養っていた

ネオンのつく頃
都会の街川には　捨てて来た
馬の目が　じっとかなしみを
耐えながらひそんでいると
李さんは　居酒屋の椅子を
軋ませながら　ひとりごつように言った
永久に孤独な馬の目が
都会のビルのすき間から
夕陽となって　離農した
李さんの胸を透視していたから

李さんは　かなしい心を抱いて
ヨンジュに新しいグローブを
買っていった　奥さんには
毒づく弱々しいこころを抱いて

李さんは歩道橋を
千鳥足で渡った

捨ててきた馬の目が
ヘッドライトにも映ったので
それで　跳んだのかもしれない
やさしかった馬の目の見える
黄土の耕地まで

鳩と少年

あかときの岬の上　少年は放った
一羽の鳩を　その足に　日本の文字で
自由の一語をしるした紙片をつけて　韓（から）へ
黄土の村へ　はかない思いを伝えるために

くくるう　くくるう　くくるう　鳩は
しばらく少年の頭上を旋回すると
郷愁のように　ひかりの筋を曳いて
むらさき色に光る山脈（なみ）を越え　空へ消えた
その夜　波荒い海峡を渡ってゆく鳩の耳の
星のように揺れてきらめく夢を見た　くるう

くくるう　鳩は一途な希いのように翔けた

いく夜かが過ぎ　鳩は傷つきよろめくように
少年の鳩小屋に帰って来た　その足に　ハングルの
文字で　愛（サラン）と書かれた紙片を巻きつけて

サラン

うすばかげろうではなかったか
あの日　国家が変容した日
心の底まで卵をびっしりつめた
おまえはかげろうで　わたしは水
おまえはおごそかな影を映し
卵を産む水のひびきではなかったか

つくつくぼうしではなかったか
あの日　おまえは生のかぎりを
声にする蟬　わたしは樹液
おまえは　はがねのような四肢を
すりよせて　わたしを吸ったのでは
なかったか　たましいの夏を分け合い

ひとびとはいくさに疲れ
かなしげな顔をして
生にすがろうとしていた　それでもなお
すべてが滅びゆく畏怖を抱きながら
ひとびとはなお恋うていた　やわらぎを

樹精ではなかったか　おまえは
傷ついてもなお空に憬がれる樹
わたしは樹管をのぼる水
おまえは枝をひろげ　葉をひろげ
わたしは樹のいただきにのぼる水
永久に悲惨を拒むためには

あきあかね　くろあげは　鳩では
なかったか　あの日　おまえは
そしてわたしは水　生きてあることに
地のはじめての母　そして父を
互（かた）みに讃え合うよろこびをのみ
恋い希ったのではなかったか　迸（ほとばし）る息で

おまえではなかったか　死に変わったら
一途に　やわらぎを求める声となることを
希ったのは　一つの命を分け合っている絆に
おまえではなかったか　命じたのは　愛(サラン)を　と

僕よ　もう……
(雪になるために)

限りもなく雪が降っていた
聶(さ)という音で
山茶花の花が咲いていた
死んだ兵士の見開(みひら)かれた瞳のように
——お父さん　死んだ兵士は何になったの
——たとえば　芽吹かない種子
つばさを失くした蝶　どこにも
行き着くことのない鳥に
——お父さん　死んだ兵士はどこに行ったの
——悔のために　地につながれて
苔むしてゆく樹々のなかに
ふかーい傷を負ったひとの胸奥に

しんしんと雪が降っていた
霏(ひ)という音で
子供たちはいつか寝息を立てていた
僕よ　もう戦争を起こしませんように

ノクターン

とおく離れているから
ふるさと佐世保の九十九島の海岸が
いつもこころにあるようになった
しずかに羽化をなすあきあかねの
そばで　もう一度生まれ変わりたいと
思うようになった

なぜかなしみが　霧のように

湧くのだろう　こんなに君を子供たちを
愛しているのに　こころは波のように
九十九島の激しく入り組んだ海岸へ
打ち返すようになった　抱卵の鳥の
かたえで　その卵の一つになりたいと
思うようになった

死にたいと　思うようになった
あかるく青い空のとおくに
たなびいている雲　雲に思慕を寄せる
男になってしまった　風に種子をこぼす
鳳仙花のそばで　その種子の一つに
なりたいと　思うようになった

夜中の台所　渇いたのどを潤す水が
九十九島の海岸へ還ってゆく幻を
見るようになった　こんなに君を
子供たちを抱きしめたいのに　花瓶に
かざった薔薇の花が　散ってゆく
ひそかな音の一つになりたいと
思うようになってしまった

なぜだろう　こんなに　寂しさが
ふつふつと沸いて来るのは　まなうらに
映っている海岸は　どこだろう
わたしは生きて　生きて　風に
吹かれると　どこにかえるのだろう
君や子供たちのこころのほかに　どこに
わたしが生きて　死んだ記憶を残せるだろう

死にたいと　思うようになった
ひかりは胸をつらぬいて
尽きることがないのに　ふるさとの
山や河で　一匹のはね上がる魚の夢を
見るようになった　君や子供たちの
なかで　もう一度生まれ変わりたいと
激しい心で　思うようになった

渇く

——To Hiroshima and Nagasaki

八月の石のなかに　閉ざされた
青年　そのひとみからあふれやまない
涙が　石の内部に沁み石は　渇くとひとこと　呟くのだ
八月の灼けつくような路上で

僕は　たしかにその声を聞いた
弔鐘(かね)の鳴る音のなかにも
その声はあった　ひとつの
ただひとつの声として
青年の焼けただれた唇のように
鶏頭の咲ききわまる八月の路上で

僕は見た　病葉(わくらば)が人のように
兵士のように落ちるのを
八月の寂寥のなかへ
ひっそりと　目覚めている青年の
もう何も見えない眼窩(がんか)へ

すべては遠く　過ぎ去ってしまったと
言わないで　石のなかに
閉ざされた青年がいるのだから
ほんとうに存在することを
石のなかで　死んでもなお夢みている
青年がいるのだから

そこに　一本の街路樹が伸びたのだ
成長する一本の樹のなかで
死の時よりも重くなった
青年のいのちが
渇くとひと言　呟くのだ
八月の灼けつくような路上で

見よ　否定の身振りで
樹々が揺れるのを　青年が
すべてのものに変容をくり返し
ほんとうに存在しようとするのを
青年を　焼きほろぼしたものは
青年を忘れることができると言うのか

はじらい

空をかいさぐっている
鳥は　つばさに風を巻き込みながら
底のない空そのものとなるために

あの日　広島に原爆が落ちた日
僕は鳥であった記憶がある
そしてあなたは　空を浮遊する
花粉であったような
僕たちは　上になったり
下になったりして　あの日
空をかいさぐっていた
太陽はかがやき
蟬は一途な心で鳴きしげり
夏の花の秀(ほ)に
蝶は触覚をたゆたわせていた

あの日　人々のまなざしだけが
深い憂愁を　大地に
にじませていた

いつ果てるともしれない戦いの
不安を胸に刻みながら
あの日　それでも人々は
一途な思いで　生にすがることを
ささやき合っていた　夏の木の葉のような
言葉で　あの日の空に
鳥よ　翔けなさい
未生の花よ　生まれなさいと

いま　あなたのまはだかの起伏を
愛と呼ぶことの
何とかなしく胸を刺すことだろう
信頼と愛撫と僕たちを生かすよすがと
つぶやくことの
扉のように胸をしめつけることだろう
あなたの開かれたてのひらが
虚空をかいさぐる刻(とき)の刻
僕は思い出す　鳥であった日を
僕の胸の深く
一羽の死と悲惨を孕んだ鳥が
閃光のように翔けているから
あの日　広島に原爆が落ちた日

鳥は　うたっていた
夏の日の充溢を
自然の中に　忍びやかに
秘められた生命の微笑を
人々の足取りだけが重く
切なくひびくなかで
無辺な賛歌を
強いられたもののように
うたっていた　あなたは
花粉となって　ただよっていた
ああああなたもまた　思い出すか
あの日　上になったり
下になったりして
広大な空の奥処(が)
かいさぐっていた　平和を
しかしあの日　広島に原爆が落ちた日
僕たちはともに　灼かれていった

そして　いまふたり在ることの
はじらいに　僕たちはうたう
あの日　ともに灼かれていった人の声で
鳥よ　翔けなさい
未生の花よ　生まれなさいと

昭和

英雄は死んだ　無数の死の中の死を
こおろぎは生きた
讃えられるべき生の中の生を
よしきりが鳴いた
耳透くほどに清い少年は聞いた
祖国はあるかと
虫や鳥に愛されるべき国はあるかと
ああ大地はみごもっていた
在るべきわたしたちを　わたしたちのつなぎ合うために
差し出された手の中で　躍り上がる地球を
わたしたちの咽(のど)は　木蓮のようにふるえ
叫ぼうとした　戦争や虚偽のもとでは
確実に棄てられてゆく民であるわたしたちは
太く激しい声で　たったひとりの母も子も
政治のために犠(にえ)にしてはならないと　無力な

わたしたちは　無力なまま殺されてゆくたくさんの
母や子の声を聞きながら
あら草のようにふるえながら　わたしたちは
見た　空の瞳がみひらかれて　地上の
あらゆる無名の死のために　流すなみだを
大地が孵化するわたしたちの希望を
奮うものすべてに　わたしたちは
わたしたちの声のある限り　抗（あらが）うだろうと

独裁者は死んだ　無数の死の中の死を
貧しいちちははは生きた
ありのままなる生の中の生を
かささぎが鳴いた
思いはあるかと
他者の身を洗うほどの思いはあるかと
ああ海という海は還る
たったひとつの母の海に　あるいは一滴の水に
そこから無辜（むこ）の命は
祈りのように地上にあふれ出したのだ

　わたしたちの眼は　精霊のように研ぎすみ
映そうとした　憎悪の永く続かないことを

そのことわりを　飢え渇いたわたしたちは
うしろ手にしばられた真理を
かぎりなくひろがるわたしたちは
民衆という名のもとにひとつなる血
おごりの血ではなく　苦しみを分かち合う
血　血のなかをたえまなくひろがる根
いつわりの根ではなく　土という土に喜ばれる
根　根のなかを夢みるようにめぐる水
変容する水であり　世界へあふれる水
ああわたしたちは激しく呼び交わす
互いの名を　失わないですむものをつかみ取るために

〈私〉は死んだ　無数の死の中の死を
かわりに〈わたしたち〉は生きるだろう
朽ちる種子ではなく　朽ちない種子の生の中の生を
わたしたちの愛撫する手
信頼はわたしたちとともに生きるだろう
かなかなが　鳴いた
明日はあるかと
すべてを与え尽くすことのできる明日はあるかと

　わたしたちはかがやかせることができると言った

他者を　わたしたち自身のそとに
わたしたちのみつめ合う空間に
向けられた子どもたちのまなざしを
かがやかせることができると
わたしたちは戦争や虚偽のもとでは
確実に棄てられる民であるわたしたちは
担うだろう　すべての生の中のたったひとつの生を

潮騒

吾子（あこ）よ　お前のてのひらの海に
きらきら光る貝の殻
波のしずく
いまひたむきな潮騒の声は
生きることをお話しています
まだ言葉を知らない
お前との対話の中で
祝われてあるすべて

いまひたむきな地球の営みが
お前を通し　見えて来ます

吾子よ　ふたたび海が香り
魚がはね　鷗が大きな輪を描くと
お前は「あー」とささやき交わし
すべてが「あー」という名前でしか
ないことを　お前は　追憶のように……

吾子よ　世界はいま
お前が拾った貝の中のひと粒の海
命は
そこから
今ひたむきなお前の鼓動に生（な）ったのです

ままごと

桜の花が散っている
子供たちは　桜の花びらを

飯にして　食べている
風がそよそよ吹いている
父親は机に向かって　詩を
書いている　食えない詩を

だから　子供たちは
桜の花びらの飯を食べて
少し　空腹を満たすのだ

在りたい

もし生きうるとすれば
一個の石　石のなかにたたえられた
断念のひとみとしてではなく
そのひとみに灼きついて
流された億万の血の記憶として
死に絶えていった　原初の
あの美しい風景の中心として

もし死なないでいるとすれば
錆びついた銃口としてではなく
撃たれた死者として
数限りなく射殺された希望として
暑い　涸いた荒野にふるえる
草木として
在りつづけるであろう
青い空を渡る鳥の渇き
その渇仰ののどのふるえとして

もし狂わずにいられるとすれば
棄てられる民として
戦争のときに　まず最初に
捨てられてゆく民衆として
一粒の種子の奥深くしまわれた
生へ　飢えかわくたましいとして
あらがいつづけるいのちとして
閉ざされたくちびるとしてではなく
もし内部発光しうるとすれば
むつみ合う魚として鳥として獣として
決して癒されることのない場所に

人として
在りつづけるであろう
縛られる手となろうとも
闇の底から発される声として
もし狂わずにいられるとすれば
もしまだひとつの祈りであるとすれば
形のないものとして　たとえば
たえず咆哮する波濤として
ただひとりのひとの
限りないうみのかたちとして
もし在り続けることができるとすれば
悔いとして
あるいは管(くだ)のような存在として
吹き過ぎる風の言葉として
もし夢みつづけることができるとすれば
地球儀をまわす子供たちの
てのひらの垢や　汗の匂いとして
そして　尽きない
いのちの継起　噴き上げる
ひと筋の水として
在りたい

遊行あるいは鎮魂歌

渋谷　パルコのネオンのかなた
空は聖者のかなしげなほほえみに満ち
わたしは子供たちへの玩具をかかえ
道玄坂を歩いていた　カタコトと
ロボットの模型の部品が鳴り
すべての都市は熟れ過ぎた果実にすぎず
また一粒の死するべき麦にすぎない
ハレルヤと　クリスマス＝イブの
ショーウインドーの前に　生まれる前の
自分を映している男の血のなかで
われわれはどこから来たのか?と
問はいくたびもくり返され
わたしは捨てられた群衆のひとり
閉ざされた眼の中の海を泳ぐ
魚にすぎないとおののけば
もうオランダ坂の石畳を
ゆっくりと　故郷の方に歩いている
やせた犬が　わたしの影を踏み

孤児たちが居る
聖マリア園へ続く道の方へ曲がる
孤児たちのやさしい手が　罪なく
十字架に死したひとの肉をちぎり
葡萄酒のような血のぬくとさを
分けてくれることを　あの犬は
本能でかぎわけるのだ　わたしは
坂の上　もうすでに見失った
故郷を捜し　はだかの枝の桜の木の下で
途方に暮れている　われわれは
どこへ行くのか?と　わたしのなかの
無数の死者たちがささやきかける
目をとじて　永遠が息をひそめている所へ
と　祈りのように手を合わせれば
わたしは広島の原爆ドームの中に居る
ドームの影が　月の光にくきやかに浮かび
「幾時代かがありまして　茶色い
　戦争ありました　幾時代かがありまして」
うたっていた　ドームの中央
ひとりの少女が　泣くように
わたしは長女へのクリスマスの
プレゼントの手まりを手渡した

少女の手は澄んだ水のように
噴き上げる水のように
リズミカルに手まりをつき
ひとつとせ　ひとは生きようとも死のうともした
ふたつとせ　不意に天地が揺れ動き
みっつとせ　見るも無惨な
よっつとせ　世の終わり
いっつとせ　いつ?　わたしが肉体を奪われたのは
むっつとせ　無上の生きるよろこびを
ななつとせ　なぜ人は夢み　愛し合ってはいけないの
やっつとせ　やがて母も死に　父も死に
ここのつとせ　「ここは何処?あなたはだれ?」
とうに少女の髪は燃え上がり　その額の
半分はケロイド状に焼けただれ
行って　今日はクリスマス＝イブ
アウシュヴィッツで　ヨセフが待ってるの
わたしはとわに苦しみを叫ぶもの
この地に魂を　無数の破片で止められたもの
わたしの絶望の深さのほどに
行って　ヨセフの心を慰めて

わたしはアウシュビィッツの廃墟を

いつか吹きわたる風のようにさまよっていた
いちめんにそよぐ草のうえ
月の光は　盲いたものたちに
差し伸べられた手ではない
草のそよぎは失われた心臓の音
この地の未来は　過去に閉ざされているかのように
ああもう二度と生まれることのない生命が
草や石になって眠っている
ヨセフと呼ぶと　やせさらばえて青ざめた
少年があらわれて　ぼくは九歳
ぼくは生きているもののためにかなしみ
祈り　生きているものたちを
こよなく愛します
今夜はクリスマス＝イブ　行って
ミサ曲をうたってください
ぼくのためにではなく
生きているものたちのために！
わたしは静かにうなずき
アウシュヴィッツの土のうえ
ロボットの模型を置いて帰った
振り返ると　ヨセフはかがみ
ロボットの模型を組み立てながら
寂（しず）かに徐（しず）かに砂のようにくずれていった
わたしは運河にかかる橋を
家族の待つ家へ向かっていった
手まりをつく少女も　ヨセフという少年も
向こうからはよく見えるのかもしれない
生きているものたちはみな
ほんとうのいのちに憬がれ
死者よりもなお　渇き続けていること
家の扉を開けると　子供たちが
ほほえみながら　迎えてくれた
――お父さん　サンタクロースはいつ来るの
――ミサ曲をうたったあと　安息が来て
眠りについたあと　トナカイに乗って……
かなしみのようにやって来るんだよ

はじめへ

三椏（みつまた）の花が咲き

あなたは覚えていますか
風が運ぶ花の種子を
ぼくの名で呼んだこと
いまを生きることから
始めようといざなった荒野が
ぼくたちのはじめ　荒野を
翔ける風媒花が　ぼくたちの
存在が　世界にみちる
はじめだった
黄葉（もみじ）がひとひら落ち
あなたは覚えていますか
あなたがぼくの腕の中で
名付けられる前の存在になり
ぼくの名を呼んだこと
もう深い秋なのに
ぼくたちのたましいは　夏を
さがし　光をもとめる虫
たとえ虫の名で呼ばれようとも
ぼくたちの存在が　限りなく
世界にあふれ　こぼれやまぬ
はじめだった日を

福寿草の花が咲き
あなたは覚えていますか
草の実のようにはじける声で
ぼくの名を呼んだこと
いまを愛することから
始めようと旅した雪原が
ぼくたちのはじめ　雪原に傷つき
凍てつく鳥が　ぼくたちの
いのちが発光するはじめ　すべての種子
すべての虫　すべての鳥のように
名もないものとなる
はじめだった日を

花のサラダ

あなたは水になるでしょう
わたしは卵を産む鮎や蜻蛉（あきつ）に
それが定めなのですから　在る

ことのかなしみを言わないでください

遠くで　蝶の鳴く声がします
誰も本当には生き得ないのですから

あきらめてください　えいえんに
生きるたましいにはなれないのですから

摘んだのですね　野山に行って　花を
そして　花のサラダにしてくれたのですね

今日ふたりとも瞶(みつ)め合えるということは
祝祭にも肖(に)て　あふれましょう　宙(そら)へ

あなたは広がる宙になるでしょう
わたしは星を産む微塵に

生きる

生きる　聡明な少年の明日(あした)に
あるいは森深い苔むした岩の中に
ぼくは　いくども生まれ変わる

ぼくは　さしのべる手を持っている
風が散らす花びらのために　火のために
ぼくの喉は渇き
浮遊する民であるぼくは
いくども岩に彫った　恨(ハン)の文字よりも
生きる　と　大地の鼓動が耳を領し
ぼくの薄明の心の中に光があふれるまで

生きる　ぼくの血は豹のように跳ね
鯱(しゃち)のように躍り　ぼくは見た　いたる所に
地上の初めての母　区別されぬ血を恋うて
世界が伸び上がりほほえみかけるその表情を
そして　ぼくは確かに聞いた　自由と希望だけが
生きのびる　と

木洩れ陽の中で

キヨ　木洩れ陽の中で
ひかりをてのひらに掬(すく)うことを覚え
父親の僕は　いつまでも一本の
樹のように屹立(きつりつ)できないことを
心の中で悔い　こずえを鳴らして
過ぎる風を　天山山脈の方まで
行くのだと言い　キヨは首をかしげ
オテントウサンミヤクってどこ？
僕は笑い　キヨのてのひらの中の
ひかりを綿菓子のようだと言うと
イイエ　コレハ　ヒカリノゴハン
オトウサン　タクサン　メシアガレ　と
てのひらをうつわのように丸くして
僕のくちびるへおしあてようとする
キヨ　アリガトウ
木の葉がささやき鳴りわたり
鳥たちのさえずりは　やはり
世界への賛歌だから
この道を　手をつないで
まっすぐ行こうと思う
キヨ　シデハクエナイ　シデハ
オマエノヨウフク一(いち)マイモカエナイ
デモ　オマエヲアイシテイルコトヲ
ツタエタイ　トウサンノツタナイ
コトバデ　オマエトトモニ在ルコトニ
カンシャノコトバヲササゲタイ
キヨはかなしげな顔をして
シンデハイケナイ　オトウサン
と言う　僕は首を振り
キヨの手をにぎる
シニハシナイ　トウサンノ
オシゴトノハナシヲシタノダヨ
キヨもこっくりこっくりうなずき
その透(す)んだひとみに　今にも
泣き出しそうな僕の顔をうつす
そのとき　黒揚羽が
キヨと僕のあいだをかすめて飛び去り
キヨが羽のゆくえを追う
僕もキヨといっしょに追う
オトウサン　チョウモオシャベリスルノ
アアスルヨ　チョウモキモハナモ

アイシアウコトダケ　カミサマカラ
イタダイテイルノダヨ　アノチョウモ
オトウサンガオカアサンヲサガシタヨウニ
サガシテイルンダヨ　キヨノヨウナ
コドモノチョウヲウミオトスタメニ
地上に　樹と鳥と僕と
形は違うけれども　いっしょのいのちを
分け合っているのがわかる
僕はキヨの手をしっかりとにぎり
森の出口へ向かう
キヨのからだがしなう
あら草のように
オトウサン　アソコマデ　カケッコシマショ！

鳥はうたった

一本のやせた稲の穂のために
縛られ　束ねられた手のために
飢えて　やせさらばえた子のために

頭上を翔ける鳥はうたった
もろもろの生きもののなかで
変わりやすい仮面をつけた人間の心のなかで
鳥がつばさを失わないために
水がその美しい鼓動を途絶えさせることのないために
ぼくは生きたい　と

跛行(はこう)の犬の垂れた尾の下で　すでに
没落している都会を翔ける鳥はうたった
すべてを奪われる側に立つひとのために
そのかき消されてゆく声のために
ぼくは　うたいたい　と
空は　どこまでもひろがり続けるだろう
永劫の種族であるけものたちの心のなかで
確かに育っているただひとつの生
あらゆる存在をつらぬく生を
たたえるために　そのたたえられた無垢のために
ぼくは　生きたい　と

実る前に刈りとられた小麦のために
涸れきった泉のために
骨と皮だらけの魂のために

うすばかげろうの声がみちる野や川で
太陽の額に　ぼくはぼくの存在理由をしるしたい　と
風媒花の種子を啄（ついば）みながら
ユーラシアを翔ける鳥はうたった

死の灰で空を汚さないで
海をからっぽにしないで
銃火に子供の顔を向けないで
母の乳房を　帆のように張らせて
みじめな死を　無数のぼろぎれのような血で
草や石や壁ににじませないで
ああ明晰な道を
吹き過ぎる風でありたい　と
すべての大地を翔ける鳥はうたった
傷ついた樹々や花々のために
鳴きしげる昆虫や魚たちのかき乱された棲家のために
無数の生あるもののなかで
ひとがつばさを失わないために
水が　その美しい鼓動を途絶えさせることのないために
ぼくは　生きたい　と

あとがき

詩は個の世界のものである。しかしめぐりの世界は病んでいる。だからといって人の心も病んでいいわけはない。病んでもなお生を求めたい。見えない愛を。鳥や樹や蝶や水の声を失わないために、僕も在りたい。

僕は欠けている。しかしそれらの声や家族が僕の欠けた部分を満たしてくれている。感謝している。それを伝えたくて拙い詩集を編んだ。拙く、不器用な詩(コトバ)たちに耳傾けてくれる人があれば、素直によろこびとしたい。すべて同人誌「鳥」を中心にして、第一詩集『宇宙開花』から十年の間に「民涛」「ウリ生活」「海燕」などの諸誌に発表した作品の中から選んだ。

なお、詩集を上梓するあたりに、助言を頂いた詩人の高良留美子氏、お世話になった花神社の大久保憲一氏、ならびに装本家の熊谷博人氏に、この場をかりて心より御礼申し上げます。

一九九二年十二月　　　　著　者

第三詩集　遊行

（二〇〇三年刊）

春

僕はいま　春の中に居て
ものみなが滅びゆく秋を思っている
この思いは刈りとられる麦のようだ
僕は　失われた国を求めている
地上の見えない部分
そこに立つ家を思っている
僕は　おのれの無惨を見きわめるために
生きようとしている　たぶん多くの
ものを奪いながら　そして奪われながら

僕の渇きは　一片のパンのようだ
僕は　涸れた木の中を
昇ってゆく地下水の飢えを思っている
どこにも届かない祈りのようなものを
そして　僕の知っている世界が
信じるに値しないように
僕も生きるに値しないことを

しかし春のひかりにそよぐ木々の若葉に
眩(くら)むようなたましいを抱いて
思っている　ぼくはどこにも
行き着くあてのない蝶々の
触角のようにふるえている
僕はすべてが不安におののいている影を
消し去らなければならないから
よろこびの木のように
存在しなければならないから
春の日のひかりの糸を
全身で巻きとるつるや花のように
声を挙げねばならないから
僕は　いとしいものたちと
結ばれている由緒をとおく
尋ねていかねばならないから
一個の石の目のみひらくのを見
鳥や魚たちの交合を
讃えねばならないから
いとしいひとを抱いて
その器官のすべてを
妙なる音楽を奏でる楽器に
しなければならないから

僕はいま　らんまんと咲く
桜の木の下に居て
ものみなが再びの生を恋う
秋を思っている
たとえば僕が
一羽の天翔ける鳥　一輪の野の花に
値する存在となるまで
僕の中で満ち足り　ほほえむ人を

ボーダレス・ブルース

母を産んだのだ
われわれは死へ帰る途上で
汽車は東京を午前零時に発った
飢えて死ぬ子供達がいた
　ぼくは後ろめたさから逃れようとした
　世界中の扉を叩いて歩くことが
　できないから　ぼくはウイスキーを呑み
　幻影に酔いしれていた　ぼくはぼくを
　殺すハンマーをつかみながら
　打ち降ろすことができないでいた
　頭上の天使は血だらけだというのに

父を産んだのだ
われわれは生へ向かう途上で
憎悪と怒りの父を　そしてほんとうは
だれもいない　部屋という部屋には
たましいを雷鳴に打たせることができないまま
　ぼくは年を取ってゆくばかりだ
　揺れる汽車の震動ほども
　生きるためにと言いながらくり返す
　妥協　ポテトチップのかけらのように
　ぼくの時は　散らばっている
　過ぎてゆく車窓の無用の闇に

子を産んだのだ
はじめからまちがいだったことに
気付きながら　幼くして　死へ
奪われてゆく子を　残された
わずかな大地の上に　悲惨をしるす子を

ぼくの渇きはうさんくさい
ぼくの希望はどんな死も癒すことが
できない　汽車の窓に映る醜悪な
顔をじっと見入ることでしか
ぼくはぼくを支配することができない
酔いしれて　ふるさとの駅路に降りたとき
ぼくは憐れみを乞うだろう　民族や宗教の
ちがいという名で行われているあらゆる戦争に
ぼくを　殺して下さい　と

時代　——常に繰りかえされるところの——

きみは眼をえぐられ、ひたいに銃弾をうけた。

ぼくは午後に不意にあらわれる幻影をこの街に閉じ込めている。この街で人は死滅するだろう。花屋の花は傷口のようにひらき、きみはバーの片隅で、世界を氷やお湯や果汁で割るだろう。苔になったきみは、なぜまた生を恋うているのだろう。ぼくはきみの死を死ぬことはできない。きみと共に滅びた時代の崩壊を言葉にすることはできない。時代はきみやきみのような若者を犠牲にして覚醒したという。何という痛ましい覚醒だろう。そしてぼくはそれを覚醒と呼ぶことの恥辱に耐えねばならない。きみの死のうえに建てられた棺のような平和。腐った果実のような文明。それらに飼い馴らされてゆく心をあざけりながら。ぼくはつねに権力の標的だ。きみのむごたらしい死、兵士の死を体験するように、権力者は耳元でひそひそささやく。弱者は弱者のままに。

ぼくもまた殺されねばならないのだろうか。やるせないそれらのたくらみの前で、人間性を。きみは狂った時代を狂わずに生きた。だから死を、その聡明だった額に刻ませたのだ。ぼくは、きみの知らない地上の果てで、卑怯者ゆえにひっそりと狂うのだろう。たとえば桜咲く春の盛りに。

海辺で

海にはかぎりなく光がそそぎ

光は絶え間なく命を産むことに憬(こ)がれ

潮騒は始原の声をこぼしながら
今はいたみの器となった海をめぐる

十一月の夕陽はあかあかと燃え
子供たちは無言に砂の城を築いている

わたしは波打際　指でいくつもの
ハングルの文字を書く　アボジ（父）と

波のてのひらが消していくたびに
かなしみが少しずつ薄れるとでもいうように

アボジよ　あなたはいつも　ひとつの
うたをしまいこんでいた　羞(やさ)しい望郷のうた

アボジよ　かつてあなたは一度も　日本に
住んでいたことはなかった

一つの半島を夢みて
償いもなかったので

アボジよ　あなたはつねに　一つだった
日の　朝鮮に住んでいた　ひとりぼっちで

子供たちがほほえみながら駆け寄る
……お父さん　何を　書いているの

……おじいちゃんの国の文字だよ
……おじいちゃんは海を渡って来たの

……そう　鳥のように　そして翼を
失くしたのだよ　異国で　ひっそりと

……おじいちゃんはよその国の人で
お父さんとぼくたちはここの国の人？

……いいや　おじいちゃんはかつて地球に
生きた人　おまえたちは今から地球に生きる人

海は暮れかかり
遠い原初から回流する魚のまぼろしよ

めぐれ　めぐれ　子供たちと　ぼくの中の海を
乗りに行くと約束をしたメリーゴーランドのように

生きとし生けるものの心は　めぐれ　めぐれ
かつて一つだった日の地上を恋いながら
……お父さん　僕たちはお母さんの海から生まれたの
……そうだよ　かつてはすべてが　…　一つの海からね

魚はかたい歯とひれで　砂をかみ　陸に上がったのだよ
そして長い時をへて人が生まれた　さあ帰ろう
さあ　帰ろう　みんなひとつだった日へ

鳥瞰図

青梅にも春が訪れた
若菜を摘みに妻と子供たちは
出かけていった
僕は今日　妻と子供たちの行った
野原やあぜ道として孤りぼっち
それからたばこの煙の中で　ぼんやりと
壁にかざった韓国婚礼行進図を
見ていた　テーブルには読みさしの
エリュアールが　ガラに捧げた
詩篇のかずかず「彼女は立っている
ぼくのまぶたの上に」　そこで
しばらく妻の音　子供の音を
小石のようにじっと考えていた

鳥たちが空に　水面に
帰って来ている　窓を開くと
冬のあいだ見えていた
ふるさとの九十九島の海が見えない

昼下がり　だれも居ない家の中で
オリーブの葉に　乳房を
なでられているアフロディーテの
まぼろしを追ったりした
ピアノの上に置いてある　死んだ
僕の父と妻の父との写真を
見入ったりもした　ぼくは二つの盃に

水を満たし　捧げ　祈るほかなかった

いのちを受けたということは
いのちを継がせるということは
そんなとりとめもない思いのなかで
僕は聞いた　オンマニアニフ
オンマニアニフ　あれはテレビに映った
チベットのラダックの町の葬列の声
それからテレビは　ひとしきり
砂マンダラを　映していた
僕は今日　妻と
子供たちが行った野原やあぜ道として
摘まれる草として　空翔ける
鳥として　孤りぼっち

東京物語

おれは今　街路樹の精が
青年となってさまよい出る
東京の都心にいる
青年はひとり　都心の石という石に
義眼を埋め込んでいる
かなしくなみだする義眼を

おれは今　ガードレールのしたの
居酒屋で　椅子を軋ませながら
したたかに酔っている
しゃべり相手もいないので
おれはひとりごつ
街路樹の中には　義眼を
埋めこまれた青年が居ると
そして天井の　油でよごれた
扇風機の羽根を見入る
うつろな眼で
時計が十時をさすのを

おれは居酒屋を出ると
運河の上にかかった橋へ急ぐ
橋げたに当たる水の音を聞きながら
おれは街路樹の精である青年を思う
シュペルヴィエルの詩を口ずさみながら

おれは思う　どんなに青年が
世界と一つになろうとしていたかを
青年が石の中に埋め込んでゆく
義眼が　どんなに世界を凝視しているかを

木の中に還ってゆくと
青年は聞き入っているのだ
静けさを　果実の内部から立つ風を
とおいみなかみから湧き上がる水音を
海のうえ　渡って来る鳥の羽音を
波の音を　ひとりで泣いている人の声を
そしてたったひとりの人のたった一つの表情で
見入っているのだ
白昼の花火や純粋な緑を持たぬ
葉を　幻影に過ぎぬ街並を
石の内部に
すでに静止している時を　石の中の
かなしげな義眼の濡れそぼるのを

おれは青梅線の最終電車に
揺られながら　明日
ひっそりと自ら朽ちてゆく
街路樹を思う
その土の底から　いくせんの義眼が
掘り出されて　日のひかりに
七彩に　うつくしく輝くことを
希いながらも

しるし

運河を渡っていた
水音は死んだ思想家・詩人の
ことばのようで　それで
立ち止まったのかもしれない
水に映る灯は走馬灯のようにも思え
ひとりでに頬を伝う涙を
ひとしれず拭ったのかもしれない
湧き上がってくるものを
形而上学的に言い当てることは
できなかった　むろんぼくのたましいの奥
ガスレンジの青い火のように

燃えているものはあるが
それは新しい霊魂というほどではなく

ぼくは暗い路地を歩いていた
落ちていた空き罐には
戦争がまだ詰まっていて
ぼくは異邦人の思いを抱いて
まなうらには　まだ行ったことのない
森や氷河のある国を
浮かべていた　それを
廃人の眼だという人がいたとしても
知ったことではなく
後ろ向きで　道化て　歩いたりした

かつて住んだことのある死が
ぼくを何処にいざなおうと
ぼくは有刺鉄線のばりけいども
知らないし　鉄の足音も知らず
ぼくはぼくの内側にある
原始林を愛することも知らない
ただ遠くへ行くだけだ
血の意味を負って

拒否し続けるだけだ　人を
殺めたことのないぼくを
その仮定を怖れ続けるぼくのなかに
青い火は燃えてはいるが　それは
あたらしい人間の印ではないのだから

ぼくはここにいる

ぼくはここにいる
しかしここは本当はどこなのだろう
ジャズが聞こえる
あれはコルトレーン
『至上の愛』
かなしみは　きみのはだかの足裏
昨夜も　弱いこころで毒づいた
かなしみは　こわれた地球儀
もう廻る
こともなくて

夜が更けてゆく
一輪ざしには子供が摘んできた
野の花　もう萎れかけていて
五年前　摩周湖で買って来た
小さな三個のまりもは
小さな瓶の中に沈んでいて
身を寄せ合うように沈んでいて
電話は鳴らない　夜だから
サックスの音が途絶えて
時計の音と妻の寝息と
時々子供の咳込む声が聞こえる
マッチを擦る
燃え尽きるまで　じっと
見ている　炎よ
ぼくはここにいる
しかしここは本当はどこなのだろう
まぶたを閉じる
ふるさとの海が見える
海の上　歩いている死んだ人たち
人よ　ぼくはここにいる
ここにいて　ゆえもなく
わいて来るかなしみに
耐えられずにいる
かなしみは　さようならのことば
かなしみは　テーブルの静物たちの
もっと深いところで
発せられる叫び
―ぼくはここにいる　ここに
仮象のぼくが
夜の闇に
刺青されているだけだ
ぼくのうちでぼくが　死に
人が生まれてこないとしたら

この国の夏は美しい

夏は美しい
しかしこの国は　つねに
悲惨の中にある
茸雲のまぼろしを
遠空のかなたに秘めて

僕は居る　しかも僕の中心の
中心には　無数の犠牲の死が
卵のように詰まっている
卵は孵るたびに
人の形になろうとするが
あの日の焼け焦がれた姿のまま
すぐに崩れていってしまう
流砂のように　原型へ
原型へと　それは人になることを
拒むかのように
この国の夏の中心の中心には
命を奪うもののように
奪われる側に立つ人の魂が
いく億の螢になって飛び交っている
夏は美しい
しかしこの国の夏は　つねに
大きな悲惨の中にある
黒い雨のまぼろしを
青い海鳴りのかなたに秘めて
僕は居る　僕の中心の
中心には　杳（とお）い日の無念の
死者たちが漂い続けている

戦後のいかなる余剰に
憬（こ）がれることも　束の間の
夢に過ぎないと
ささやきながら　ついには
僕を赦さぬほどに
夏の苛烈な陽光のような
視線を向けている
だから杳（とお）くで蟬が鳴いている
僕の中の中心には
ひたすらその一途な蟬の声さえ
一瞬消し去った
あの夏の日の悲惨がある
だから来て下さい　僕の中に
花の種子を播き　木を植え
鳥たちを飛ばす人たちよ
僕をして　信じさせて
僕の中の無数の犠牲の死者たちが
朗らかに生き返る
未来を

だが待て

永劫を求めよ
だが待て
初め　父は砧の音のする村に生まれた
少年の血のような曼珠沙華の咲く村
冬の日の　水霊を汲み上げる井戸
土を丸く盛った墓のうえ　鵲（かささぎ）は
鳴いた　黄海の潮の遠鳴りと
重なり合って　声は灼けるように
熱かった「魚群来（うおくき）だ」「舟を出せ」

永劫を求めよ
だが待て
無窮花（ムグンファ＊）の花の中に
ひそんでいるのは百合ではないか
野の百合はなぜ紡がないのか
ぼくはそれに答えることが出来ず
ヘラクレイトスのことを考えたあと
H・G・ウェルズを読みはじめた
秋だから　鈴虫が鳴いていた

ぼくはどこから来て　どこへ去るのか
だれもが希われた土地に住むことの
叶わない場所に　永劫を求めよ

だが待て
机上には読みさしのイソップ物語
ライオンを助けたはつかねずみは
ぼくの夜食のビスケットを食べている
その鼻を食べている僕と妻の幻
今は飢渇の時代　繁栄は
衰微のしるし　衰微のはじめ
あれは　妻の寝言だろうか
ぼくは答えない　オルペウスの
かなしい竪琴の音が聞こえるから
妻の寝息のように　花瓶の
ミヤマキリシマが散った
その音の淋しさよ
永劫を求めよ
だが待て
ランボーは相対性原理を知らず
シュバイツァーは他者の生命を体験することを
伝えながら死んだ

母は手紙のなかで病んでいた
ふるさとは崩れ去り　また建てられ
永劫にほろびてゆく　と
ぼくは　星の死を感じていた　シリウスBと
名づけられた星の死　地上の死を
深夜　水流をさかのぼる魚が
テレビの映像に映っていた　ぼくは
うつらうつらしていた
朝　目覚めると　鳥の声が
灼けるように熱かった「とげよ
牙を　生やせ　つばさを」
だが待て　その前に
永劫を求めよ

*無窮花＝木槿（むくげ）

水の記憶

枯れ葉が落ちる
過ぎ去った時の形のように
すべてはむなしいが
漢河（ハンガン）のほとり
ぼくの青春はある
革命の語彙は　とうに
ぼくのノートから失われ
たゆまずに流れる漢河の水は
分断された国の痛みを
いまも負って流れているか
語り合った友たちの幾たりかは
自由を取り戻す途上で逝った
それも激しい生のさかりに
激しく鳴きしげる夏の魂
あの蟬たちのように
渇いた風のように
苛烈に　とぎすんだ意志の姿勢で
自由を返せと
民衆を解き放てと
漢河の水の深沈に
いまもその声はふかく刻まれて
流れているか　その水音を
ぼくは聞きたい　いま在ることの

いまむなしい生をしるしていることの
罪のような思いの底で
ほんとうに欲していることの
何であるかを　漢河の水の
何を希い　祈り
流れつづけているかを
あの日々　語り合った友たちの
ほんとうの夢のゆくえを
追いつづけるために
分かれた空の下
漢河は流れ
分かれた国の痛みの
ほんとうは　何を
証（あかし）しようとして
流れているかを
僕は聞きたい　太古から
たゆまずに流れる漢河の水
水の記憶よ

民衆（ミンジュン）　——友の名はミンジュ——

水の頬を濡らして　かげろうは
息絶えた　そのように一つの命の終わりを告げる
訃報は届き　僕はその日を　聖ミンジュ忌と
名付けた　風の指が庭の露草の花に触れていた

妻が野菜を刻み　そして子供達が　夕陽の
届くあたり　地蔵のように動きもせず　遠く
飛ぶ鳥を指していた日　聖ミンジュは
捕らわれたまま　やせおとろえ　地上を捨てた

捨てられた民だったとは　もう言わない
肉体は　たとえば　見上げる雲となり
子供達のてのひらにこぼれる砂となり
あるいは明日尋ねてゆくだろう海となったのだ

杳（はる）かな命の始め　聖ミンジュとわたしは一つ
子供達と妻ともひとつ　この世が続いている間
しばらく別れているに過ぎないのだ　友よ
ソウルの夜の省線に　僕の日本語の詩を貼ってくれた友よ

その骨灰は　海峡に散らされただろうか　あるいは
海に続く川にゆだねられただろうか　さらさらと
水音にとけ　いつの日か僕のかわいたのどを潤すと
ハンガンの水に踊る魚のように輝いただろうか

友よ　聖ミンジュ　僕は一杯の酒を手向けよう
青く澄んだ淵の水のように　たった一つの希いを
その瞳にたたえていた友よ　統一（トンイル）と　ふたり
酒に酔った夜　寝言に洩らしていた唇よ

僕の心だけが暮れ残っている　魚の焼ける
匂いが部屋を領し　僕は子供達を呼びに出る
聖ミンジュ　友よ　いま君はどこにでもいる
海峡をへだて　もう憬（こ）がれ合うこともない

聖ミンジュ　いまはどこにでも遍在する友よ
君が育てた孤児たちの血の中で　むらさきの
露草の花のなかで　銀漢の星くずのなかで
友よ　君はいまもうたっているだろうか「鳳仙花（ボンソンフア）の歌」

朝鮮狼

風無川という駅に着いた。無人の駅には、うすぐらい灯のまわりに、蛾がまとわりついていた。大きな蛾だった。眼がひとの瞳のように濡れていた。その灯の下に納涼花火大会のポスターがあった。筆書きの字が妙な懐かしさを覚えさせた。

駅を出ると、青い稲穂の匂い。そして月は山の端にかかっていた。人影もなかったが、赤い提灯がかかっている店が見えた。僕は、のどの渇きを癒したくて入っていった。年老いたおばあさんがひとり、僕の顔を見ると、般若のような笑みを浮かべた。そのあと気づいたのだが、L字型のカウンターの隅に四十がらみの客が酒を飲んでいた。酒をあおるたびに、首根っこのあたりにすり切れて赤く腫れた傷めいたものが見え隠れした。僕はビールをたのんだ。ビールは冷えて美味しかった。目の前の一輪ざしに、わさびの花が飾られていた。わらびのおひたしをつまみに、僕はビールを三本飲んだ。男は無言のままに、酒をあおっていた。男が突然、低くつぶやいた。「サーカス小屋は高い梁*」僕は心の中でひとりごちた。「茶色い戦争ありました。」男は盃をじっとみつめていた。その夜はそうして過ぎていった。

僕は、駅前にある小さな旅館に泊まった。あの男も旅人のようだったが、この旅館のどこか一室に眠っているのだろうか。しかし僕の他には客の気配もなかった。遠くふくろうの鳴く声がした。僕はいつか眠りについていた。寝苦しい夜だった。

山脈を横切る汽車の中。僕は峡谷をゆく風景に見入りながら、一つのうわさを聞いた。「街に来ていたサーカス小屋でのう、見せ物の朝鮮狼が逃げたんだと。」僕はしずかにまぶたを閉じた。あの男と朝鮮狼との映像が一つになった。牙をなくし、爪をそがれた朝鮮狼が、尾根から尾根へ、舌を垂らしながら駆けている姿が見えた。朝鮮狼も男も僕もひとつであるような気がした。逃げているのではない。牙を捜しているんだ。そがれた爪を。

僕は、また無人の駅に降り立ち、父から習い覚えたアリランの唄を低く低くくちずさみながら、蜩（ひぐらし）の鳴く峠を越えていった。

＊中原中也「サーカス」より

祈祷篇

Ⅰ　父の声

朝鮮に帰りたいと言った
父は乾いた唇をふるわせて
僕のことを死んだ兄さん（ヒョンニム）と言った
すでにたましいは黄土にあった
朝鮮はかなしい国だと言った
ふりしぼるような声で
わたしの兄さんは日本人に殺されたのだと言った
今度は僕を加害者でもあるかのように言った
閉じた父の瞼からなみだが伝い落ち

涙は引き裂かれた国の国境のようだった
半島が一つになりますように
僕は父の死の床の傍らで　祈るほかなかった

Ⅱ　サラン*

サラン　夕暮の海のおもてに
僕は書く　吹く風のしらべに寄せて
僕はささやく　今日伝えようとすることの
絶え間なく揺れ動く心の渇きに如かずとも

サラン　落日の落ちてゆくさきに
僕は書く　指もてひと筋の意志を
かがやくこの夕光の中にひっそりと
繭をつむぐ蚕のように希いの紘という紘を張る

サラン　無縁なもののない世界と
信じるためには　僕の内なる旅人を　杳(とお)く
歩ませねばならない　海の上をわたる
人をして　サラン　と告げさせねばならない　未来へ

未来はかくもうつくしく現存すると
命じられてあるかのように　サラン
砂に書き　あるいはひとり呟くことの
信ぜしめよ　かしこの人々に　さいわいは必ず来るという
　ことを

＊サラン＝愛

エレジー

剃刀の刃に　ゆうべの血が
残っている　ぐみの実よりもどす黒く
つぐなわねばならない
ぼくのなかを流れている日本人の血は
ぼくのなかであふれようとする
半島の恨(ハン)や怒りを
犬のように虐げられた人々のかなしみは
あまりにも自明ゆえに

ふと取り落とした朝の食卓の
箸のように　その音のように
ぼくは暮らしているのだけれど
せめてことばは贖いでなければならない
たとえぼくが世界に見失われていようと
胸にしまった伽耶琴（かや）は
鳴り続けているから
傷つけられたことよりも
傷つけた列島の血の痛みを

はじらって　ぼくは在る
父が永遠にぼくをなくしたいまも
遺失物係の青年のように
ぼくは父を捜しに歩く
未来に　父が笑う日のあることを
信じて　異邦人のように無力なぼくを
突き刺す一条の光　ひかりのあるうちは
壊さなければならない　「猿の様な
狐の様な　鬼瓦の様な　茶碗のかけらの様な」[*1]
日本人の血　「日本の憂鬱（トスカ）」[*2]を
ああ日本人と朝鮮人の血と
どちらが苦（にが）くて　しょっぱいか
そんな愚かしい問いを　ぼくはぼくに
問い続けねばならない　襖や
障子のように破れかぶれに
永遠の同伴者　ぼくはぼくの生について
何度もぼくが捨てなかった生について
欠けているすべてを　穴だらけのこころを
かくしきれないさびしさ　虚偽と倨傲ばかりの
血の音のさびしさを満たすために
あの板跳びをする子供たちの声や
伽耶琴の音で

＊1「　」＝高村光太郎
＊2「　」＝小熊秀雄

秋二題　——草野心平氏の詩をモチーフにして——

Ⅰ　H・Kとの会話

土に帰ったね
あいつもこいつも
夢のように
もう帰らないんだな
どこへ行くんだろうな
夢みたことも
かなわずに
死は
なぜ生の始まりではないのだろう
そして生は
なぜ死をはらんでいるだろう
土に帰ったね
まぼろしのようにはかなく
数限りなく生まれては
滅びていったね
あいつもこいつも
生まれなければよかったと
思っただろうか
野分が吹いてゆくね
こころのなかを乱して
いのちはむなしい
ひとときのさやぎだな
いや　ただ一つの顔をして
ひろがり続ける宙（そら）だよ
どんな顔　死の
怖ろしい顔？
いや　光とほほえみの顔
すべての死が
そうだよ　その表情に
みち足りるまで
何回も何回も生まれては
土に帰るんだろうなあ

Ⅱ　虫

秋の夜の小さな小石の影に
終夜　私は鳴いている虫である
寂寥のかたちよりは
生のよろこびを

触角に捜り当てようと
一途な希いを渇きを
鳴いている虫に過ぎず
ゆえに私の影は
つねに宙天にこぼれる砂
私の命は死の意味にみちて
限りない音楽
私の叫びが届くからには
世界はうつくしいひとつの肉
ゆえに私はうたう
あめつちの母の
陰(ほと)が満ちたりて
濡れとおるまで
私のなかに無数の
滅びゆく草原があるように
虫のなかには無数の
滅びゆく都市があり
私が見えないものとなるまで
虫の触角という触角は
捜り当てるだろう
世界がほんとうの生の予感に
激しく翅をこすり合わせ

一匹の虫　あるいは私のなかの
愛の意味にみちた
あめつちのはじめの母となるのを

バラッド ――父そして畏友神山秀純へ捧ぐ――

厳かで　ゆたかで　なみなみと
キヨのひとみに湛えられるなみだ
キヨ　もう泣くのは　およし
死は生きることなのだから
おじいちゃんは　おまえのなかで　いつか
いっぽんの樹のように大きくなるのだから

キヨ　かなしい酔いだよ
生きていくということは
ほら　冬だというのに　枯野の
あの一本の樹の上で　蟬が鳴いている
鳴き通すことなんだ　時と場所とを
たとえまちがえたと思っても

しずかで　きらびやかで　それでいて侘しく
キヨのこころに湛えられた水の器
キヨ　器をふちのない海のように
広げておくれ　そしてこぼれる水は
あふれさせておくれ　地上に
人の心にきらめいて　残るものが
あるとすれば　そのやさしい光なのだから

キヨ　永遠にうしなうものも
また帰らないものも　何一つない
初めから何一つなかったとすれば
あるいは初めからすべてのものが
あったとすれば　ただ一つのものを
分け合って　すべてが在るのだとすれば

キヨ　あの冬の木にすがり
鳴いている蟬　蟬のなかに
人がいる　その人はおまえにも
おまえの母さんにも肖ているると
信じておくれ　信じておくれ
かなしい酔いだよ　生きることは

日常抄

Ⅰ　顔

わたしがあんまり不細工なので
おじいちゃんはわたしを置き去りにして
ひとり天国へ行っただよ
救急ベッドでおばあちゃんが言う

窓から春の日ざしは　ハツラツとした
思想のように降っている　ぼくは
五十年目にして　入院する羽目になり
呆けたおばあちゃんの話を聞きながら
モーパッサンの「パリ人の日曜日」を
読んでいる
『潜伏していた痴呆が
顔を出したのです』ぼくは思わず
おばあちゃんの顔を見る「そうしたら
ぼくの死は？」「そう　阿呆づらだべ」

Ⅱ　男

おみなえしが揺れていた
おみなえしのかたちをして
し　え　な　み　を　と呼んでみたりした
すると風が返事をして過ぎた
風が鼓動を打っている
風に肉体があるとは
水たまりがあって
ひとりの男が映っていた
ぼくが手をのべると
男も手をのべて　おお
青空をとらえそうだった
空の中をかいさぐる手
手がとらえて来たものは
名付けようのないさびしさ
ぼくは水たまりをこえた
ぼくのかたちをして
深い生命がぼくのなかでめざめ
それがゆえもないさびしさのいわれ
おみなえしの形象の底に在るものであり
風の肉感でもあり　水たまりに
映っている男の生存理由だと
大きなゆらぎ
めまいのようなゆらぎの中に
ぼくはいた　男に
しえなみをと呼んでみたりした

消息

Ⅰ

その父の消息を
たずねていった少年は
まだ帰らない

さようならも言わなかった
少年の不在の日を
どんなに永く生きようと
ぼくに何のよろこびがあろう

毎日　水を汲みに行った
水が　少年のかたちに
なるのを　夢みながら

Ⅱ

あの　ぼくがうしなったものが
しまわれてある　静かな
場所に　少年がひとりいて
土の笛を吹いている

そうして少年は　億年を
僕を待っていたとでもいうような
顔をしている　にこやかにわらう
とぎれ間に　涙をこぼして
少年のなかに　ひとがいる

世界を失い尽くす場所に
あの　だれからも見捨てられ
忘れられたひとと少年の
居る場所に　ぼくは帰りたい

その門は開いているが
ぼくだけを求めてはいない
ひとは少年のなかにいるが
世界のなかにもぼくのなかにもいない
太陽に手を伸べる岩
僕は岩であるだろうか
岩のなかの月　月のなかの胞衣(えな)
胞衣のなかの父　父のなかの母
母のなかのぼく

世界がすべてであるだろうか
いつかぼくは消える　少年を失う
そのあと無限の今日が始まる
少年とひととぼくを残して

Ⅲ

春　ゆうぐれ　ぼくのかなしみに続く道を
三人の子どもが手をつないでやって来る
ぼくはきょうのうちに死なねばならぬ
そうして激しく父を　生まねばならぬ

森

Ⅰ

考えぶかげなかれが
木の股から生まれたのだとしたら
かれが木へ戻るようにしてあげよう

かれは決して急がなかった
かれは永遠からちょっとはみ出しただけだ
空の深さをはかるために

かれはもうどこへも行かないだろう
かれは地上にいる　いつまでも
かれの内部をおし広げながら
そして滅びることのない森となるだろう

Ⅱ

鳥たちは翔けていた
夢が途切れないように
空を　今日から明日へ
選んでゆくために
（時を止めようとしたことがある）
あれは　もっと空が澄んでいたころ
あれは　森のなかで
木々たちの咽（のど）にふれた日
鳴っていた　木々たちは
たしかに人語をかたるように
皺だらけの咽をふるわせて
おかあさん
鳴いていたのは　鳥たちであったろうか
おかあさん　ぼくのなかに
流れているのは　ほんとうは
樹液なのでしょう
それとも　鳥たちの血ですか
おかあさん　ひとりで
森のなかへ行かないでください
森をいくら捜しても
もうぼくはいないのですから

Ⅲ

どんなに大きなかなしみが
かれを生きることから遠ざけたのだろう

かれは木になりたいと言った
かれがぼくではないと誰が言えるだろう
行って量（はか）るべきだ　かれのかなしみの深さを

ぼくが森になれないとしたら
だれがかれとぼくを区別できるだろう

失楽園あるいは…

1

木の太郎が枯れてゆく
木の次郎も朽ちてゆく
しかし森は知っている
人間はついに幻にすぎないことを

2

地平線をまたいで立っている
あれはけものたちの王
銃口がその額をねらっている
あれはすべてのけものを守るために
みずからそこに立ったのだ
あれはいつも実在している
人間がついに自らの銃で息絶えるまで

3

ひこばえになって　木の太郎が
双葉になって　木の次郎が
大地にまた　かすかだが
鼓動を伝えている
風がよろこび過ぎていく

4

時のない世界を
木の太郎も　木の次郎も
死にかわり生まれかわりして
かれらはほめることしかしらない
かれらはたたえることしかしない
空と大地と水とを
それをかなしみだとは気付かないで

5

人間は血と水のふくろにすぎないのか?

6

木の太郎の影と
木の次郎の影が
もつれ合っている
そのうえで小鳥たちが
交尾している
森は深い恍惚のなかにある

7

四季のうつろい　生命のうつろい
永遠は　そのうつろいの
一瞬一瞬のふし目ふし目にあるのだ
木の太郎と次郎が
もう百年の年輪を刻んでいる

8

小動物の足音がする
昆虫たちが樹液を吸う声もする
人間の心の中には森があって
木の太郎も次郎も
やさしい人間のかおをしている
それはさびしく切ないことだとは気付かないで

9

水のおもてにうつる木の太郎
月のひかりにおどる木の次郎
もうとっくに亡くなった人間たちが

森の中で踊りの輪をつくっている
火をたいて
音楽をかなで
見えない神
神の中の見えない球体のうえで

10

木の太郎がほほえんでいる
木の次郎がほほえんでいる
まるで好々爺(こうこうや)だ　森では
億年はとっくに過ぎたろう

海の奇蹟

こらんぽりんが死んでいくよ
こんなに晴れわたった日に
葱のくずのように
さようならも言わないで
恨みごとひとつ残さずに
海辺で　いつもぼくの愚痴や
嘆きや叫びを聞いてくれたのに
こらんぽりんが消えてゆくよ
海の底の青のなかに
透明にとけてゆくよ
いつもぼくをなぐさめてくれたのに
はまなすが風に揺れ
魚たちがむつみ合う日に
こらんぽりんが
あわよりも小さなたましいを抱いて
ぼくを残して
死んでゆくよ
太陽さえ何もできなかった
助けてあげることも
ましてぼくになにができたろう
腕をこまねいて
滅びてゆくこらんぽりんを
見入ることのほかに
互いを明るく照らし合う
星座たちでさえ何もできなかった

救ってあげることも
こらんぽりんが死んでゆくよ
末期の眼だけとなって
この世から離れるときの
こらんぽりんの眼が
きらきら光っていたよ
世界はまだうつくしい
肢体をしていると
こらんぽりんはささやきながら
死んでゆくよ
三十五億年前の海の奇蹟
その日のままでの姿をして
こらんぽりんは
死んでゆくのだけれど
ぼくはこれから海に来て
だれの話に耳傾けよう
生きていれば
生きてさえいれば
きっといいことがあるよと
ささやき続けてくれた
こらんぽりんは友達だったのに
さようならも言わないで

こらんぽりんが
滅んでゆくよ
こんなに晴れわたった
凪の日に

詠唱

その一

聞くことのできない声について
語りたかった　ほんとうの
死の意味について　世界を
肯(うべな)い　酔いしれる永遠について

僕は　世界中の死者を
よみがえらせる父について
野に咲く一輪の花の断念について
よりよく生き抜くための日について
太陽に向かって開かれる墓について

語りたかった　樹のために樹は
あるのではなく　水は　愛撫と
信頼を　大地にそそいでいる　と

僕は　だれも傷つけることのできない
蝶のように　その深い孤独と短い生と
かけがえのない　命を分け合っている
よろこびの中で　語りかけたかった
世界中にみちあふれている悲惨が
なにゆえにあるかということを

かなしみの深さをみつめたかった
〈水の面に蜻蛉は交尾をくり返し〉
〈九月の野の虫たちは生れやまず〉
そのいわれ　命の深いえにしについて
語りたかった　見えない地上の国について

しかし僕は　世界中にみちあふれている
かなしみが見えない
〈けもののひとみが林の奥處(が)に浮かび〉
そのけものたちの棲家を奪っていく
地上の死　ぼくの生の死に

眼をとじて　とどまっているのだから
ぼくはそれを悔い改めることもなく
眼をそむけているのだから

その二

わたしを超えて　他のものに
解き放された花びらを
阻むもののない世界で

風がわたしの鼓動を打つ
水がわたしの血をさやぐ
わたしは感じている　わたしが担われているのを

　わたしはたたかうために来た
　戦いとは風のゆくえを知る謂(いい)だ
　風がどこに吹くか　わたしは知っている
　わたしはあらがうために来た
　抗いとは水のゆくえを知る謂だ
　水が　どこに向かうか　わたしは知っている

風も水も億年の時間の匂いを運んでいる
だから億年が一瞬であることがよくわかる
風も水も支えてくれた　地上の到る所に　わたしを

わたしのことでいっぱいだった　風も水も
きらめきながら　あらゆる命のかがやきが
わたしのことでいっぱいだった！

その三

なんとわたしは楽しんでいることだろう
ふるさとに植えた枇杷の木が
成長するのを　その熟れた果実から
風が立ち　木の中にひとが棲まうのを

あゝ　誰もが希ったように存在できるのではない
しかし感じることができる　この世に
向けられた深い視線を　そのまなざしに
打たれて　深い奥行きとひろがりを持つことができる
わたしは初めから失われていたことを知る
しかしそれはあきらめでも忘却でもない
ただ名もないもののように　わたしの命が
高らかにざわめき明らかになるのを待つことなのだ

わたしは取り巻かれ感じている
ふるさとの海や山が　わたしの内部にあって
確かにわたしの身をひろげたり高めたりするのを
それはわたしが命じているかのように

ふるさとの枇杷の木に海が充ちることを
その木のなかに　ひとが住まうことを
なんとわたしは楽しんでいることだろう　いつか
あらゆる存在が　ただ一つの言葉〝愛〟で満たされるのを

わが畏きうた

Ⅰ　岸

岸を捜していた　はるかな
銀河をひとり　ただよいながら

あのひとは　自らの生をしるすべき
岸を　まだ誰もあのひとを知らず
あのひとはまだことばを持たず
はじめの言葉を捜していた
はるかな岸辺　ほほえむことをのみ
強いられでもしたかのように

あのひとは　とぎれそうないのちを
しるすために　肉となったあのひとは
岸に上がると　たとえば鳥やけものの象（かたち）となり
捜していた　うつくしく善良な顔たちを

そうしてあのひとは人となり　人を
すなどるために　無力で滅び去るすべての
ものに　ぼくたちは在る　と言った　ぼくたちの
なかに在る　と　かすかな希望さえ
すがるかなしみが　この世に在るあいだ
あのひとは何度でも生まれ　岸を捜す　と

Ⅱ　発光

樹は　わたしのかなしみのそばにいて
あのひとのように　何もかたらない
日の光をあびて　葉むらをそよがせ
枝々を　祈りの手のように天上に向けている

樹は　無力なあのひとのように
やさしく　わたしのかなしみを負い
また世界のかなしみを追って　発光する
発光する　樹は　わたしの中で　あのひとの
死の意味のように　おびただしい世界中の
かなしみのなきがらを沈めながら

あのひとは　樹のなかで　わたしが
一つの上昇する地下水となるまで
わたしのかなしみのそばにいて　樹のように
黙って　死ぬことを教える　暦のない死を

Ⅲ　微笑

祈る手　手はかたった　無言に

あのひとが存在するのを
しかしあのひとは来るのではない
待っているのだ　祈る手が愛そのものとなるのを

祈る眼　眼はかたった　無言に
あのひとの体から噴き上げる血を見たと
しかし血は水になったにすぎない
祈る眼から　世界にこぼれ落ちるしずくに

祈る顔　顔はかたった　無言に
あのひとのたましいから　どんなに世界が
遠ざかってゆくかを　祈る人のうえに
それからまた祈る人のうえに　担われる水よ

祈る唇　唇はかたった　無言に
あのひとが失われてゆくのを
しかしあのひとは形なきものになるのではない
待っているのだ　祈る唇がしずかに世界に向かって微笑す
るのを

あとがき

遊行

丘を越えると、藁葺きの小さな家々が、体を寄せ合う水鳥のように、一つの群落をなす父の生まれた村に着いた。二月のはじめ、田畑は薄い氷を張りつめて、春の遅い風土を顕（あらわ）にしていた。寒葱が、ところどころに寂しげにふるえ、しかし僕には、親しみ深い挨拶のようにも思えた。なぜなら僕は、日本の西の果てに近い海辺の町に生まれ、韓国の黄海に面した潮の落差の激しい父の故郷を、十八歳のその日まで踏んだことがなかったから。

僕の胸にこみ上げてくるものは、孜々（しし）として鍬や鎌を取り、その荒寥の地を耕す人々への共感と、その血を継いでいるという自覚だった。

幾ばくもせず、繁栄の酔いに慣れた僕の心身を洗ってくれるように、二十余軒の家々の戸口から、以前にも会ったことがあるような微笑を見せて、みんな血族だという人々が迎えに出てくれた。その中に八十歳を越えたその日まで、僕に一目会うことだけを祈り続けて来た白髪の祖母（ハルモニ）の姿があった。その澄んだ瞳から、いくつも涙がこぼれ、黄土に沁みていた。僕も泣いた。涙はとめどなかった。

その夜、歓迎の宴も終わり、疲れのせいか、僕はいつの間にか眠っていた。――僕は夢を見ていた。僕は、はてしのない宇宙に浮かんでいた。野の原を翔けるように、僕は宇宙をはねまわっていた。翼あるもののように、小動物のように……。無数の星々は、野に咲く花のように思えた。少年時、僕はどんなに韓（から）の血をいとい、否定し去ろうとしていたことだろう。しかし今は、こんなにも自由だ。本当にこんなにも魂は解き放たれて、宇宙を翔けることが出来るのだ。そんな思いと不思議な飛行感の中で目が醒めた。

気が付くと、白いチマ＝チョゴリの胸元に、僕を抱いて眠っている祖母（ハルモニ）の姿があった。その顔は微笑んでいた。しかし、その頰を流れ落ちている涙が、火のように光っていた。祖母（ハルモニ）は、何度もうなずいて見せた。そして、その手で僕の背を叩きながら、低くささやくように、韓（から）の子守歌をうたうのだった。僕はみどり児。僕は先刻（さっき）の快い夢を追い駆けるようにして、いつかまた深い眠りにおちていた。

目が醒めると、祖母（ハルモニ）は居なかった。外の面（とも）が白く輝いていた。窓を開けると、あたり一面、雪が降り積もっていた。その庭の隅に、水瓶に井戸水を湛（たた）えてゆく祖母（ハルモニ）の姿があった。すべてが透きとおっていた。すべての命は、祖母（ハルモニ）の水汲む姿に結晶してゆくようだった。僕は、昨夜の夢を不意に思い出し、その意味が解けたように一瞬思った。

あれは、あれは、祖母(ハルモニ)の愛の相(すがた)だった、と。その祖母も、それから一年足らずで逝った。一期一会のことだった。祖母は、貧窮ののち、黄土を丸く盛った墓になった。僕は、宇宙を遊行したあの日を、僕だけが信じていることだけれど、本当の愛の相(すがた)を忘れない。

この体験が、この詩集の題名の所以である。僕は、「崔」というペンネームを使っているように、父の祖国＝韓国のことを思っている。そして統一という十字架を背負わされた朝鮮半島のことも。と同時に母の国＝日本を愛している。愛するがゆえに、戦争の罪科を何も償うことなく過ごしてきた母の国＝日本の姓を捨て贖(あがな)いの道を自らに課した。〈祖国とはひかりを集め蝶集め子と戯るるこの野にて足る〉むかし書いた短歌だが、今も気持ちは変わらない。どんなに辛くても、生きてゆくことを半島の歴史が教え、どんなに苦しくても、愛することをこの列島に住む母が教えてくれた。この詩集を、母と、悲しい時や淋しい時に母の名を呼ぶ人たちに捧げたい。詩篇はすべて発表したもので、一部を変更、改篇、改題したりした。

詩集を上梓するにあたり、多大なお世話をおかけした丸地守氏に心からなる謝辞を捧げる。

二〇〇三年　六月

崔龍源

（編註）詩集『遊行』原本には、詩「在りたい」が収録されていたが、同詩は詩集『鳥はうたった』にも収録されているため、著作権継承者の意向を踏まえ、本章「第三詩集　遊行」では除外した。

第四詩集

人間の種族

（二〇〇九年刊）

序詩　世界

コップから　水が
あふれている　ひとりでに
あふれて　コップは
あふれる水のなかに沈んでゆく

コップのふちも　りんかくも
外部にあふれる水のなかで
見えなくなり　わからなくなる
すでに　なくなっている

それが実存というものだ
性別も人種も生物的差異も
みんなとりはらわれた世界

I

とんぼの国

この地上のあらゆる国が　かなしく　そしてせつない
草の穂尖にとんぼが止まっている
ぼくは指をくるくるまわす
とんぼは目をまわすことなく
とんぼの国へ飛び立っていった
とんぼの国も　かなしく　そしてせつない
この地上のあらゆる国が

ぼくは渇いている　ありふれた愛に
流される血はみんな　サルビアの花のように赤いから
たとえ生きることが　深い諦念へ至る道だとしても
ぼくはさがし歩く　ほんとうの国を
いのちはみんなつながり合っている　と
かつて民族のちがう父と母は言った

きれいごとに過ぎる　と
力と報復の論理を口にする人たちは
言うだろう　だが追い求めることなのだ
それが憎しみの連鎖につながっているひとたちの眼に
虫のような生としか映らないとしても
内部のない虫けらはいないのだから
内部のない人間になってはならないのだから

ああ　とんぼが鳴いている　在ったことも
在ることも　記憶されることのないとんぼ
だが　とんぼは　とんぼの声で鳴いている
愛に渇いている　と　しわがれた弱々しい声で
もし耳に届かないとしたら
とんぼと同じいのちを分け合っているとは言えない

兵器に囲まれながら　平和だとうそぶく
この地上のあらゆる国が　かなしく　そしてせつない
真実の糸という糸は　はじめから断ち切られているに等しく
はじめから愛は失われているに等しく
だが　とんぼは探しつづけている
ほんとうの国を
生きのびようとしている
生きるに値する存在として
名もないものでありながら
あるがままに在ることの意味を
問いかけて　深い断念の底で
世界が羞じらうように　再び生まれるのを
待っている　あの　はじめから在った
ありふれた愛に渇きながら

通り

ヴォカリーズラフマニコフ通りで
ペンダントを拾った　老いた夫婦の
写真が入っていた　ほほえみが
こころにしみ入るようだった
ヴォカリーズラフマニコフ通りで
むかしユダヤ人たちが連行された
ヴォカリーズラフマニコフ通りは

どこにでもある通りだ
証言者・立会人のような通りだ
自爆テロで無実の人が命を奪われた通りだ
グラウンド・ゼロをみはるかす通りだ
むかし枯れ葉剤がまかれたり
劣化ウラン弾が撃ち込まれたり
地雷で足をなくした少年が
母の名を呼びつづけた通りだ
ネオンが虚無のようにまたたいている通りだ
ストリート・チルドレンがさまよい
銃を担いだ少年兵が心で泣いている通りだ
いま　ひらひらと　熱帯の魚族のように
色とりどりの服を着た人々が通っていく
若者たちが楽しげに語らい合い
恋人同士が街角でキスをしたり
ニュース板には　空爆の犠牲者の
数が流れていたりする通りだ
永久にそこにあるかも知れぬ通りだ
怨みや報復の傷跡のしるされた通りだ
きみが傍観者を装っている通りだ
ヴォカリーズラフマニコフ通りは
きみがいま通っている通りだ
きみがいま立っている通りだ
きみがいま真向かっている通りだ
証言者・告発者のような通りだ
老ソクラテスが街路樹の蔭で問いかけている通りだ
たくさんの人の血を吸った通りだ
たくさんの人の人生を無にした通りだ
たくさんの人の悲しみを刻印した通りだ
そのヴォカリーズラフマニコフ通りで
ペンダントを拾った　戦禍や
悲惨なできごとを乗り越えて来ただろう
老夫婦の写真が入っていた
乗り越えてきたものが　なんであろうとも
ほほえみが勝利してきたことを
ヴォカリーズラフマニコフ通りが証していた

魚の話

友達のイ・ヨンスグの涙が
漢江（ハンガン）に落ちて

小さな魚になったと
父さんは言ったね
植民地時代の話をして　と
ぼくが聞いたとき
しばらくためらっていたけれど
それから　その魚は
どうなったのと聞いたら
月の夜　魚はみずから捕らえられて
餓えさらばえた人の空腹や
悲しみに沈んだ人のたましいを
なにか　やさしい詩（ことば）のように
満たしていったと
泣くように言ったね

イ・ヨンスグさんは
死んでしまったのと聞いたら
父さんは黙ってうなずいて
それから何も語らなくなったね
父さんの心の傷が光るようだった

父さん　あなたが逝った日
コスモスの花咲く十月

あなたの頬をすべる涙が
ぼくの心の底の川に落ちて
小さな魚になるのを見ました
父さん　それは　ぼくの
餓え渇いたたましいの
空腹を満たしてゆきました
やさしいことばを語りかけながら

人間の香り

元慰安婦だったという婦人は
鶴のように　端然と
すわっていた　茶色い
すきとおった眼を伏し目がちに
連れて行かれたのだと言った
強制されたのだと
間を置きながら
しっかりとした口調で

家畜のようにと言った
家畜以下ではあっても
家畜以上ではなかったと

ゆっくりと　一語一語を
たしかめるように　一輪の
野の花のような　飾らない
品があった　それはこころに
刻まれた辛苦を
受け止め　生きてきた
ひとがただよわせる
ニンゲンの香り
頰には涙が伝っていた　立て膝の
白いチマ・チョゴリを幾度も濡らして

何千億の彼

彼はまだ死んではいない
アウシュビッツの壁に
彼の爪あとが残されているから
永遠などというものはないが
彼は告発するために
また生きることを命じられたのだ

彼の肉体でできた石鹸
彼の匂いがする　彼の無念の
思いが染み付いている
彼は一篇の詩だ　くるしみを
たましいに刻印された詩だ
詩は　ほんとうの生を
あかすものだから

彼の叫びが聞こえてくる
耳をふさがなければ
眠れない　あとどのくらい
苦しみぬけば　安らかな
死が迎えられるのか
あとどのくらい生を見据えれば
死んでいることから　彼は
解き放たれるのか
ホロコーストの上を照らした太陽を

再び仰ぐことができるのか

自爆テロ　憎悪の果ての暴力
民族がちがうというだけで
おこなわれる殺戮　差別
地球上で　何千億の彼が
死ねないでいる　そして
これから先　どれくらい地球は
彼を生むというのか
彼の血の染みていない大地はない
彼の血の流れなかった川や海もない

彼の骨が鳴っている　カラン
カランと　あるいはサランサランと
死んで　無へ至る道を
いまだに彼は閉ざされている
永眠（ねむり）につくことのできない
彼の苦悩を　償いきれないほどの
あやまちを　しるしつづけている
人間の歴史が　あとかたもなく
消滅しないかぎり　彼は
ほんとうの死の扉を

叩くことができない

彼に安らかな死を
迎えさせるために
歴史のページは　いつか
閉ざされるのだろうか
それとも彼を死なさないために
無残な歴史を　まだ
積み上げるというのだろうか

ああ　あとどのくらい
苦しみぬけば　彼も人も
ほんとうの生と死を
得られるのだろう　彼は
一篇の詩だ　詩は生の
あかしだから
死ねないでいる彼のたましいが
鳴っている　カランカランと
あるいはサランサランと
何千億の彼に　それぞれ固有の
何千億の詩がある　と

＊サラン＝（愛）

夜半　果物かごのブルース

1　なみだ

ぼくは居る
たまねぎのようにむかれながら
だが　だれのなみだを
さそうというのだろう
いちにちの終わりのときに

むかれても　なお残る
おのれの存在の無惨さと
対峙しながら　この世界の
いたるところ　今　この刻に
理不尽な死を強いられている
人たちのことを思う
そのたましいの無念とともに

肉の痛みを
負うことはできるか　と

ぼくは首を振る
そして夜半のテーブルで　ひとり
ちびりちびりと盃を重ねながら
たとえば果物かごに　その日その日
残されているりんごやみかん
そんな物言わぬ静物たちの
話に　耳をすます
存在しなくなるまで　内部からの
ひかりを放っている静物たちの輝きに
セザンヌのように恥じらいながら

存在に軽重のないことを
おのれに言い聞かせながら
そんな儀式めいた時空のなかで
つながり合っているすべての
ものたちとの糸が断ち切られては
また結び合わされてゆく不思議を
人知れず　頬をすべる
なみだに置き換えながら

2　でんでん太鼓

アフリカのとある国での
ホロコーストのニュースが流れている
夜半　ひとりで　ビールを
グラスにそそいでいるときに
赤ん坊も犠牲になっているという
ぼくは　居たたまれなくなって
百円ショップで買ってきた
でんでん太鼓を鳴らす
でんでんでーん　ででんがでん
語りかけるだれもいなくて
ぼくは果物かごから　バナナを
取り出す　そしてひとりごと
なぜ？　バナナは横を向いたままだ
でもかなしげな表情をしているように
見える　猫のチビがすりよってくる

ぼくの心のなかに牧草地がひろがる
そこで羊や蝶やとんぼを追いかける
牧羊犬ならぬ猫のチビといっしょに
そんなのどかな風景のなかで

チビが鳴く　なぜ？　と聞こえる
ぼくはわからないとチビに向かって言う
戦争は絶えることはないのだろうか
恨みや悲劇のくさりを断つことは
どんなにグラスにビールをそそごうと
今日は酔えない気がする　ぼくは
また　でんでん太鼓を鳴らす
どですかでんでん　でーんでん
なぜ鳴らしているの　テーブルに
横たわったバナナが問いかけてくる

わからない　ぼくは誰にともなく呟く
猫のチビは　椅子のうえで　すやすや
眠っている　平和といえば平和な
ひととき　テレビのニュースも終わって
旅の番組がはじまっている　しかし
ホロコーストで死んでいった人たちの
とぎれたいのちが　しずくになって
頬をすべる　無力で怠惰な
ぼくの一日が終わろうとしている
テレビも灯りも消して
とおいはるかな闇に向かって

でんでん太鼓を鳴らしながら

空き缶と壜

狂暴に　ゆえなくかなしみが
ぼくをひきちぎる　青梅線の
線路ぞいに咲いたセイタカアワダチソウを
見ていただけなのに　空に
浮かんだひとはけの雲を
さっきはあこがれのように
見ていたこころが
いまはゆえなく湧いた
かなしみでいっぱいになって
なぜここにいるのだろう
なぜ生きていかなければ
ならないのだろう　そんな問いで
いっぱいになって　この世から
はぐれていくぼくが
まなうらに　くっきりと浮かんで
在ることさえ
分からなくなって
こぶしをふりあげて
空を打とうとするが
届かない　どこにも
届くことのないぼくだけが
暮れ残ってゆく
空き缶のような空
捨てられた壜のようなぼく
空き缶には戦争がいっぱい詰まっていて
壜には無力なぼくがいっぱい詰まっていて
何もできないでいる
ぼくをいやしてくれるはずの
父の土盛る墓のある黄土にも
ぼくの生まれたふるさとの
九十九島の海にも
届かない
帰れない
理不尽な暴力に対して
狂気のように　叫んでみても
詩（うた）を書いていても
届かない愛

ぼくは　どこにも帰れない
遅れたわけではないのに
愛に　そむかれたわけでもないのに
もはや前のめりになって倒れようか
それとも閉ざされた世界の内側で
虞（おそ）れのように鳴く虫にでもなろうか
はじまりへ　在ることのはじまりへ
誰にも知られることのない
終わりのない旅をしるしているだけだとしたら
つぶしてしまえ　空き缶を
砕いてしまえ　壜を

ピーター・ハンクスの星

ピーター・ハンクスの脳裏に
よみがえる地球の青
海の青
ピーター・ハンクスがひとり
遠く地球を離れ
いま住んでいる星で
ナイチンゲールがうたっている
なぜだかシマフクロウもいる
みんなピーター・ハンクスの
無二の友　リスが
ピーター・ハンクスの肩にのり
ピーター・ハンクスの思い出話を聞く
なぜこの星にきたのか
庭のえんじゅの樹の精が聴く
神をさがしに
ひとりになりたくて

ピーター・ハンクスは首をふる
決して理由を明かさない
ピーター・ハンクスは話せない
でもこの星にいる
すべての生き物が
ピーター・ハンクスの声を聞く
さびしげだけど
ひとりぼっちだけれど
生きるってすばらしい

ピーター・ハンクスは伝えるのだ
そのけんめいに働く姿と意志で

ほら　あの星に
ピーター・ハンクスはいる
なにものにも動じず
しっかりと大地を耕している
土に帰る日まで
ピーター・ハンクスを
たたえるものもないけれど

ピーター・ハンクスが伝えている
ほんとうに生きるっていうことは
ひとり生きる星を負い
その大地をみのりと感謝に
満たしてゆくことだ　と

母物語（イヴものがたり）

アルタミラの洞窟の絵のことを知ったのは
中学の社会の教科書であった
ラスコーの洞穴の牛の写真も　そこに
載っていた記憶がある　とおいむかし

アフリカの　たったひとりのイヴの遺伝子を
受け継いだものたちが　あちこちに
別れてゆき　不思議な線や　動物の
絵を描いた　それが　ふとした折に
脳裏をかすめることがある　あの絵や
線を描いている自分の幻を見るときが
そして　はるかなイヴの慟哭を聞く一瞬が
頭に石斧を打たれるような声を聞くときが

イヴは泣いている　かつて存在した日
よりもはるかに切なく　はげしく
イヴは病みつかれ　傷ついている　心は
ずたずたに艦褸（らんる）のように千切れている

罪もなく無惨に殺されてゆく親や子
無防備なたましいをおそう権力
という名に憑かれたものたち　たわやすく
いのちを奪う側も　理不尽に奪われる
側にいるものたちも　同じイヴの血を
分け合っているのに　愛のために熱く
燃える赤い血　一方が（しゅろうのかね）
であるならば　一方は（そのひびき）である

はずなのに　木と鳥　水と蛍のように
たがいをよりどとなすべきなのに
つねにイヴの血は大きく二つに分かれている
ぼくのなかの朝鮮の血と日本の血は

やがて一つにとけ合い　いのちという
大河を　愛だけを求めて流れようと
しているのに　人類のはじめのイヴが
ひとり　祈っていたものは　家族を

守るこころと　子どもたちのしあわせへの
願い　たぶんイヴが　ともに住んでいた
共同体の平和への希求　そんなささいな
あたりまえの日常への思いだったはずなのに

＊（　）＝新川和江「ふゆのさくら」から
＊襤褸＝ボロ切れ

人間の種族

アウラとアウレ　この世に
たったふたりの男の種族

幼い頃　住んでいた森を出て
文明に毒された土地へ出た

どんな部族にもなじめなかった
アウラとアウレの種族が

隠れるように住んでいた森以外
アマゾンには未開の土地はもうなかった

いったい何があったのだろう
アウラとアウレのことばを

解する手だてはなく
謎だけが残されて　アウラと

アウレはふたり　深い絶望と
すべてを失ったかなしみを抱いて

二つの生を　一つの生と魂にして
生きていかねばならなくなった

アウラとアウレは矢をつくる
もはやどこにも射込むことのできない矢を

誰が教えたわけでもないのに
たぶん　ふたりの血に流れている

種族の記憶にうながされて
矢をつくる　ほんとうに見事な矢を

アウラとアウレ　隔絶されて

狩猟も戦いもできないのに

地上につくられた　いつわりの
文明から隔絶されて　アウラと

アウレとふたり　生きている
そして死ぬ　その瞬間（とき）まで

たったふたりしかわからない
ことばを話し　種族が殺された

かなしみを分け合って　星降る夜
アウラとアウレは語り合う

はげますように　哭くように
アウラとアウレ　この世に

たったふたりの人間の種族
ふたりが死ねば　この青い水の星に

四十六億年もかけて生まれ
たしかに存在した一つのことば

一つの種族も永久に消え去る　アウラとアウレ
たったひとりの地上のはじめの母（イヴ）につながる

人間の最後の種族
アウラとアウレが死ねば　この世のすべてが

消え去ってしまうようなかなしみを
いったいどうすればいいのだろう

魂の深部から問うように湧きあがる
この　どうしようもないかなしみと不安と

＊NHK二〇〇三年六月二十二日放映『アマゾン思索紀行』
に寄せて

撫子の花のうた

なでしこの花を買った
買わなければいけない気がした
こころは何かに渇いていた
連日　戦争でガレキと
なってゆく都市や村が映されていた
罪もない人々の死が
名もない兵士の死が
日本の片隅の町は平和だった
高圧電線を張る人たち
公園で遊ぶ子供たち
ゲートボールに興じる老人たち
見上げたり　見入ったりしながら
ぼくは仕事場に通っていた
小さな花舗で　路上に
売ってある花々に見入りながら
戦争を憎みはしたが
遠い国の出来事だと
見て見ぬふりをした
連日テレビで流される映像は
悲惨きわまりなかったけれど
ぼくはぼくの生活に追われているのだから　と

しかし　なでしこの花を買ったのは

気まぐれではなかった　ある日ふと
戦火に焼けた町の映像の片隅に
ひっそりと咲いている花が
映っていたからだ
花にも思いがあり　胸うずく
痛みがある　きっとある
きっと遠く離れていても
もの言わぬ花々は　一つの命を
分け合っていることを知り
互いをなぐさめ　いたわり合い
大地にじかに根を張り
咲くゆえに　地球のかなしみを
自分のことのように
思っているにちがいない
そんな気がしたのだ
ふと見つけた　子を撫でると書く
なでしこの花に

Ⅱ

えにし

父の土盛る墓の前に座って、小半刻が経っていた。父の生まれた黄海のほとりの小さな村。十数軒の家は、みな血族と言うが、ぼくを見知っている人は、もうほとんどいない。父が逝って十年余、ぼくは墓参りに来ることがなかった。瞼の裏にいつも、父の土盛る丸い墓はあったのだが。

墓の上に一輪のコスモスの花が揺れていた。どこから種は運ばれて来たのだろう。ぼくの放ったまぼろしの鳩、「ビョル」と言う名の鳩が、手紙を伝えるように、ぼくの好きなコスモスの花の種子を運んでくれたのだろうか。波荒い海峡を越え、半島の南端を横切って。それともビョルがぼくのまぼろしであるように、このコスモスの花もまた、まぼろしなのだろうか。

父はなぜ出奔したのだろうか。それも婚礼の夜に。ぼくが十八の時、はじめて父の故郷を訪れた日、そのひとは、ハルモニにかいがいしくかしずいていた。ぼくは、いつかそのひとのことを、オモニと呼んでいた。日本にいる母に対して後ろめたい思いを抱きながら。そのひとは、何十年も父の帰りを待っているのだと思うと、子どものいないそのひとのかなしみやくやしさやせつなさが、遠く聞こえる黄海の波のように胸をひたし、せめて韓国にいるあいだだけでも、子どもになってあげようと思ったのだ。そのひとは、ぼくを本当の子どものように、アドルと呼び、大切にしてくれたから。

その人の墓は、父の墓のかたわらに、ひとまわり小さく丸く、厳然として在った。死んではじめて添い遂げられるよろこびを知るように、何か誇らしげに、秋の澄みとおった陽ざしをあびて、朗々としたたたずまいで、しかし、つつましく、はじらい寄り添うように、そこに在った。日本人である母は、ここに葬られることはない。母があわれにも思えた。父の墓の前に座って、ぼくの脳裏に渦巻いていたものを、言葉にすることはできない。民族のちがい、人と人との縁、生きること、愛すること、それらすべてに答など見出せないまま、呆然と時を過ごすほかはなかった。かなしみが、こみあげてきた。それは、父のかなしみ、オモニと呼んだ人のかなしみ、離ればなれに、日本の地に骨を埋めるしかない母のかなしみであった。

鳥が来て、鳴いた。墓をめぐる林の一本の木に止まって。ぼくは、その人の化身でもあるかのように鳥を見入った。「いまは、しあわせですか」ぼくは問いかけた。しかし、鳥は母の化身でもあった。「母さん、それで、いいですか」ぼくは振り返り、海に向かって、小さく低く呟いた。

*ビョル＝星　オモニ＝母　アドル＝息子

流離の譜

父の流離の譜をひもといてみる
朝鮮から日本へ来た　たった
それだけのことだ　と　こころない
人は言う　波荒い玄界灘の
荒馬のたてがみのような波に
父は乗ってきたわけではないから

空を　渡り鳥のように
渡ってきたわけでもないから
父は密航してきたのだ
暗く重苦しい闇の夜を
どこに辿り着いたか
決して父は口にしなかったけれど
遠いむかしの百済人のように
何かからのがれてきたのだ
その胸中を問えば
吹雪のような言葉が
吹き荒れたかもしれない
ぼくの胸にも　植民地史に刻まれた銃弾が
撃ち込まれたかもしれない
鳥葬の丘の映像を
父が呆けたようなまなざしで
見ていたことを思い出す
肉をついばみ　空へ舞い上がる鳥
残酷でいて　典雅にも見える儀式
　行け　帰ることなく
　天山山脈のふもとの村へ
そんな父の背中を見ていた
少年の日のぼくにも　そのあこがれは
しみついてしまって　鳥葬の死を
夢見たりする　孤独な夜は
十八の日　はじめて訪れた
父の生まれた黄海のほとりの村は
星々が無数にかがやいていた
その夜　土盛る祖先の
墓のかたわらに臥して　はじめて
父の流離の譜をひもといてみた
なぜ故郷を捨てたのか
それが故国を喪失することだと
知りながら　その道を選んだのか
時代はつねに　民に酷く
当たるけれど　なぜ異邦人の
かなしい荷物を背負いながら
異国の坂を　シーシュポスのように
昇っては　転がりつづけたのか
そしてぼくはいつか　荊軻(けいか)の心を
いだき　ぼくの道を歩いてきた
流離の譜は終わらない
刺客のように　ぼくの心に
詩が忍び込んでくるあいだは
父はまだ死ねないでいるから

セレナーデ（虫）

虫が鳴いていた
野の原で　父は虫の言葉を
ひたすら石に刻み

野を流れる河の水脈のように
父は　追い求めなければならない
鳥を
ハングルの文字のような蝶を

気が狂うほど
国を愛したことがあるか
人を
国境はないと言い終えることで
断念の意味が果たされるのなら
捨てられる民として　生きる
むなしさに疲れることもないだろう
すべては父から
遠ざかっている
鳥のように

そして僕は父を捉えられない
音楽のように空に差し伸べられた

父の手　その背中のふるえを
石に刻み
〈こうこうとかがやく肉体を
　苦しみを下さい　国を捨てたゆえに〉
と父は言った
僕は静かに父の熟れたたましいや
ししむらを喰う鬼となるだろう
父は沈黙のはて
鳥の影を追い
〈赦しを〉と言った

ああ人をひとり
撃つのを怖れ
雪のかぶった山を　荒野を
父はけもののように逃げたという

僕はなだめることができない
父の血の中に

立っている木や草のそよぎ
父の血の中を
泳いで魚になるほかは
風景の片隅で
父の代わりに郷愁を叫ぶほかは
気が狂うほど
国を愛したことがあるか
人を

国境はないと言い終えることで
断念の意味が果たされるのなら
すべてをあざむき尽くすべきだ
人をさえ
国をさえ

野の原で　僕は石に刻むだろう
国境もなく鳴いている
虫たちの言葉を

流れ星

母さん　流れ星は空が流す涙のようだったね

もう泣くこともないのだ
ニンゲンひとりでは生きられない
それが身にしみたのだから

母さん　どうしてけんかばかりするの
それは　それはね　民族がちがうから
母は　縁側にすわって
そう言うと　だまって
長く黒い髪を梳いた

ぼくは庭にいて　夏の終わり
鳴き出した虫の声よりも
低く小さく　民族のちがいって
なあに　と　ひとりごつように呟いた

父は　母とけんかしたあと
ぼくと妹を連れ出して
友人の家に行ったのだけれど

ぼくは　ひとり残った母が気になって
その家を飛び出して　四時間も歩いて
母のところに帰って来たのだった

母は髪を梳く手を止めると
長く深いため息のあと言った
父さんはむかし　たぶん戦争のとき
日本の人に　こころを少し
傷つけられたとよ
国とか民族の違いとか
なくなるとは　いつやろかね

夜空を見ると　星々が
ガラスか宝石のようにまたたいていた
ぼくは見た　空のふかくに一本
道のようなものが貫いているのを
母さん　ほら道が
母さんは言った　その道は死者につづく道
歩いていってはいけない道
ここにおいで
ぼくは縁側の母さんの横にすわった

ぼくは思い出していた　ぼくと母さんに向かって
父さんが言ったこと
日本人のおまえたちは　いつかおいば殺す

気にせんでよかとよ　父さんはいま
病気やけん　父さんが言ったことは
忘れなさい　虫の声は澄んで
母さんの声も澄んで　見上げる
星々のきらめきのなかにとけこんでいった

　ひとりじゃ生きられんけん
　いっしょになったとにねぇー
母さん　ぼくは心の中で呼びかけた

母さんの顔
なみだが頬をいくすじも流れていた
ぼくは　その顔を見るのがしのびなくて
あっ　流れ星
空を指さした

異邦人

薄明　木ののどからもれる
アイゴーの声を聞いた
流亡の民の思いはいつも
胸底にしまわれていて

眠れない夜の明けるのを
待てずに　散歩に出た途次
多摩川のせせらぎの聞こえる
林の道を歩いていると
木ののどがふりしぼる
アリランのうたが聞こえた
どこにいても
どこにもいないような
異邦人のかなしみは　少年の日
闇の底からひびいた
父の慟哭を聞いた日から

なぜ父は哭いていたのか
背中を破れた旗のようにふるわせて
問うすべもないままに
過ぎてきた歳月が
くさびのように突き刺さる

父の慟哭を終わらせねばならぬ
アイゴーとけもののように
叫んだ父の声を　地上から
消し去らねばならない

だがどのようにすればいいのだ
いっぽんの木ののどをふさいでも
耳をおさえても　遠ざかっても
アイゴーの声と
父の歌うアリランのうたと
聞こえてくるのだ
狂おしいほど慕わしく

椿

椿が咲いていた　赤い椿の花が
ぼくを呼んだ　椿のなかに
父は居て　トラジの歌をうたっていた

うたっていた　父は肩をふるわせて
その目に涙が浮かんだとき
椿の花のなかに澄んだ雫がたたえられ

父のすがたは消えていた
ふと空を見上げると　赤い椿の花の
残像が　ぽたぽたと血をたらしていた

ぼくは追い求めなければならない
父の望郷と寂寥と孤独と恨（ハン）とを
父のなかで　赤い椿のように

咲くことができるのは　ぼくだけだから
父の死に肉を与えられるのは
ぼくだけだから　その肉に　椿のような
赤い血をめぐらせるため
ぼくはまだ地上に居て　父の沈黙の
ことばを深く読みとかねばならないから

ああ椿が落ちる　だがそれは　椿が
地上を恋うたにすぎないのだ　ぼくもまた
恋うている　地中にめぐりつづけている父の血を

砂の城

潮騒は快く両耳を満たしている
黄海の浜はどこまでも白くつづいている
かつて地雷が埋められていた浜で
子供は砂の城を築いている　いつかは
波が満ちて　くずれてゆく砂の城に
拾い集めてきた貝の殻を飾りながら
子供は　はじめて来た韓（から）の地で
母親のいないさびしさに耐えている

父親は　対岸の島に上がる炊煙を
眺めながら　見知っている人の
ほとんどいなくなった父祖の郷（さと）を
どこかしら荒涼とした風景とともに
さびしく受け止めている　子供が
いつか韓（から）の血を　真摯に
受け入れてくれることを希いながら
―父さんはここで生まれたの
―いいや　ここはおじいちゃんのふるさとだよ
―父さん　ここは外国
―そう　近くて遠い国
かつて植民地と呼ばれていた
黄土の悲惨な歴史を　子供はいつ
知るだろう　子供はそのとき　何を
思い　どんな人間になろうとするだろう
―母さんと一緒に来ればよかったね
―そうだね　ああまた砂の城がこわれてゆくね
子供は見入っている　砂が少しずつ
波にはこばれてゆくのを　じっと…
永遠にそこに在るものはない
失わないですむものも…
だから建てねばならない
たとえこわれ去り崩れるものであろうとも
失わないですむ　ただひとつのものを

異化

非時（ときじく）に明滅する海上の
光の中に父はいて
夜の海の波の音は
高く　そして低く　まぼろしの
百済人たちが上陸する浜辺には
こわれたマスト　くだけたランプ
欠けたポリバケツ　ハングルの
文字のしるされたポリ袋・木片
百済人たちは　松籟の林を抜け
どこかへ消え去ってゆく
光の中に　動かない父を残して
父の頰に涙が光る
父は海市のただ一人の
住人となっている

ぼくは首を振る　なぜ　なおも
見なければならないのか　と
父は言う　お前自身を見るために
お前の内的言語に　真実を
もたらすために　と
ぼくは再び　首を振る
もう見ることはできない　と
父は言う　断絶を埋めよ
不可視を見よ
うやむやにされた戦争の傷跡の中に　と
すると　百済人たちがまたやって来て
舟や筏に乗って　再び
海へ漕ぎ出してゆくのだ
彼らは敗れて　逃げ去るのではない　と
父は言う　彼らは存在する
ゆえに行き来しているのだ
異形のものの悲しみを負って
あかしをなすために　と
だが　ぼくは見たのだ
非在のはずの人々が
繭のような海市に入ってゆき
父と同化するのを　ぼくは聞く
すべては異化からはじまるのでは　と

露

秋が近いのに
春が生まれようとするのを見た
草の穂先の一粒の露の中で
神が生まれようとするのを見た

孤独　それは未生のものが
こころに宿るのを見ることだ
深い沈黙ののち
時間が誰のものでもなくなるのを

むらさきつゆくさの花の中で
死者の眼が
誰かを見ている
ほんとうに実在するものはいないのに

石と伽倻琴

1　石

石のひとみが　みひらいているでしょう
秋の野には　死者たちが　虫となって
地上のかなしみを弔う声がするでしょう

父さん　どこをさまよっているのですか
なぜ故郷を失うための生涯をうべない
僕を地上に失うために在らしめたのですか

父さん　岬の上にまんじゅしゃげのように佇(た)ち
韓(から)の言葉でひとりごつのはやめて下さい
もうとっくに大和も百済も滅びたのです

石の唇が　人語を語るのは何故ですか
滅びたものが帰らないのは何故ですか
秋の野を流れる水の上に枯葉が散るのは

父さん　故郷を恋いつづけることで
あがなおうとしたのですね　生まれて来た
罪のようなもの　その苦い丸薬のような

父さん　虫が鳴いているのは　あれは
地上に片足をのこすためだけだとしたら
かなしいですね　永遠に父であろうとすることは

石の耳がそよぎ　聞き取ろうとしています
父さん　きりぎしを這い上がる石を見たという
あなたの嘘のような話を　僕がしゃべりつづけるので

2　伽倻琴

波の伽倻琴を奏でるのは誰ですか
節くれて皺だらけの指で
ひねもす　砂浜に座りながら

僕は思わず涙ぐんでしまいました
岬のきりぎしは　旗のように
はたはたと　はたはたと鳴っていました

とおく海波は夕焼けに火照り　あれが

あなたが失った世界の雫であったなら！
僕は思わず涙ぐんでしまいました

ひたいに深い皺を刻みながら
波の伽倻琴を奏でてやまぬ人よ
あなたが統一（トンイル）と低く呟いたので

誰か

雀が鳴いている
夜が明けたのだろう
窓を入るひかりの拳
逃げようとするぼくの心を打って
ひかりを弦（いと）にして
今日在ることのよろこびを
奏でようとする誰か　誰かいる

誰かがいる　部屋のなかに
だが見えない　午前
郵便配達夫は　母の手紙を
運んでくるだろう
生きるに拙いぼくを
励ます母の八十歳の筆跡のように
窓の外　ひかりがはねている
外に出よう　空は晴れ渡っている

てのひらにとらえようとして
つかまえたタンポポの穂綿
ふうと吹けば
風に乗って　ふるさとまで
のんびりと　飛んでゆくようだ

もっと歩こう　川のほとり
せせらぎに耳を傾け　みつめていると
水面（みなも）に浮かぶ泡のなか
誰かいる　無垢の誰かいる
だが見えない　海を恋うて
ただよい流れてゆくようだ

生きようとするだけでいいのだろうか
人を愛そうとするだけで

それでいい
それでいいと
耳元でささやく誰かいる
誰か　だが見えない
ひとりぼっちの　水に揺れる
ぼくの影を残して

もっと歩こう　だがどこへ
行けばいいのだろう　青空が
どこまでも広がっている
誰かいる
ぼくの行く手を導こうとしている誰か
だが見えない

林の道に入ると
千の木の葉が千の言葉を
語っている　だがそれは
ただひとつの言葉を
語っているに過ぎない
それが何なのか
とらえようとして
差し伸べた手に

とらえられた誰か
誰かは与えようとしている
与えるだけ
与えようと

ぼくは風景の部分でありながら
風景の全体となりうるだろうか
まだ見えない何か　あるいは
見つかっていない生の鉱脈を
新しい精神で掘り出そうとする
誰かいる　誰か

心と脳の関係詩

1　心に降る雨

雨晴という駅を訪ねてみたい。ずうっと心に雨が降りつづいていて、その駅に降り立てば、心が晴れるような気がするのだ。どんな駅なのだろう。淋しい無人駅なのだろうか。たとえそうだとしても、訪ねてゆけば、心が限りなく青く広がってゆく気がする。あまはらし。つぶやくだけでも、降る雨が止んで、光が射しこむような不思議さ。

あまはらし。あまはらし。地図を開くと、かもめが飛び交う海も見えてくる。父の十七回忌を控えた数日、心に雨が降っていた。在日を生きる苦しみに、父は、母とぼくにいつも言っていた。「日本人である母とぼくは信用できない」と。父の猜疑心を晴らしてあげられなかった。父のたましいを救ってあげられなかった。父の傷つき病んだ心を、癒してあげられなかった。それだけが心残り、と母も言う。そんな思いが、心に雨を降らせている。あまはらし、呟いてみても、やはり雨は止まない。九州に住む母が、電話してきて言った。「お父さんの十七回忌、和尚さんを呼んで、ひとりで済ませた」と。和尚さんが、この人は成仏してないね、と言ったそうだ。父は、何に悩んで、極楽に行けないでいるのだろう。蓮のうてなに座れないでいるのだろう。母は以前から、よく電話で告げてきた。お父さんの足音が廊下でする、お父さんの足がみえる、と。テレビがついたり、消えたりするとよ、淋しくて、お父さんがひとりテレビを見ようとやろかねえ。

父はいる。母がひとり住む家に。父は、黄土の土盛る墓に埋葬したはずなのに。父は、死ねないでいるのだろうか。この世に晴れることのない思いを残し、恨(ハン)を残して。父が死ねないでいるのは、なぜだ。ぼくの心に、今も土砂降りの雨を降らせて。母への父の暴力。父の、日本国籍を持った息子への不信。六歳の頃から、いわれなくぼくを襲うかなしみの嵐。地獄だった、父のいる間。忘れようとした。忘れるために、詩を書いてきた。父の心を救うために、詩を書いてきた。父の心を傷つけている何かを、日本人として、償おうとして。死ねないでいる父は、いつ、死んだことをおのれ自身に告知するのだろう。ぼくが、心の封印を解かなければ、父が死ねないのだとしたら。

心に降る雨よ、おまえはいつ、止んでくれるのか。

2　脳の中の馬

突然目の前が真っ暗になった。そして倒れた。知らぬ間に病院のベッドに寝かされていた。知らぬ間にCTスキャンを撮られていて、担当医師は異常がないと言った。大事をとって一日入院して帰った。その夜、肉体からたましいが抜けてゆく夢を見た。夢だと思っていたが、夢ではないことに気付いた。たましいが天井から、ぼくの寝ている姿を見ていた。かたわらに眠る妻の寝顔も。そして窓を抜け出していった。

ぼくは蒼い馬になっていた。蒼い馬になって駆けているのはたしかだが、馬になっているときのぼくの記憶はない。馬になっているという意識があるだけだ。いつも父の土盛る墓のあるコリア・木浦(モッポ)・玄慶面(ヒョンギョンミョン)の小さな村に行っているらしい。どうしてそれがわかるかというと、寝床のシーツに、ときどき黄土の土がこぼれているからだ。ぼくは黄土でいったい何をしているのだろう。ゆえあって、もう何年も父の墓参を果たしていないぼくは、毎夜償いのように父の墓をめぐり、いなないているのだろうか。ときおり脳裏に浮かぶときがある。暗く果てしなくつづく夜の海が。あの波荒い海を蒼い馬に乗って渡ってきた人たちがいる。とおいむかし、祖国を、故郷を捨てて、新天地を求めて。そしてぼくはいま、蒼い馬になって帰っている。

父もまた帰っていたのだろうか。そういえば思い当たる節がある、たしかに。父は、祖父の丸く土を盛った墓をめぐり、毎夜泣いていたのだろうか。何がかなしくて、父は泣いていたのだろうか。そしてぼくもまた何がかなしくて、蒼い馬になるというのだろう。ぼくはもう一度病院に行くべきだろうか。医師はぼくの脳に、見てとってくれるだろうか。どしゃぶりの雨のなかを駆けてゆく、不思議な蒼い馬を。

3　心と脳が流す涙

心と脳が関わり合って、涙が出るのだとしても、流した涙の数はかぞえ切れない。それは誰にでも言えること。ぼくは流した涙の数の分だけ、詩を書こうと思った。でも、追いつけなかった。涙の数は、計り知れなかったから。それはやはり、誰にでも言えること。自分のために流した涙の数の分だけ、詩を書くのはたやすい。でも戦禍や飢餓やエイズのために、逝った子どもたちを思い、流した涙。他者のかなしみに見合う詩は書くことができなかった。でも美しい詩を書こうと思った。現実があまりにも、過酷だったから。詩で何かが救えると思った。父の無念でさえ。ぼくは、父の心に賭けたのだ。父の心を救うことができたら、世界の傷を少しでも、癒すことができるのではないか、と。父はぼくが小さい頃から、よく言っていた。「おまえは、おれを捨てるだろう」と。その深い意味もわからずに、ぼくは泣いた。「おまえは日本人だから」と。父が何に傷ついているのか、その理由もわからずに、ぼくは泣いた。父は、ぼくの泣きじゃくる姿を見て、「アイゴ、チュコシッタ」と呟くのだった。ぼくは、その言葉の意味もわからずに、泣くほかはなかった。涙はぬぐいきれないてのひらを濡らし、ささくれた畳を濡らした。父は、そんなぼくを四畳半一間の家に置き去りにして、何も言わずに出ていくのだった。

母が恋しかった。母は、夜は帰らない。父が流離の末に辿り着いた基地の町、佐世保。そこで母は、生活のために、外人バーを営みはじめていた。泣きじゃくって、いつか眠っているぼくと妹の横に、朝、疲れた体を横たえるだけだ。そんな母に甘えることはできなかった。家の鍵を持って、学校に出かける。学校から帰っても、扉には、南京錠がかかっているだけだ。妹が、母を呼んで泣いているだけだ。思い出には、涙がつきまとう。流した涙の数の分だけ、詩を書こうと思ったのは、それから何年も経った十六歳のとき。教科書で中原中也の詩を読んでから。「海にゐるのは、/あれは人魚ではないのです。/海にゐるのは、あれは、浪ばかり。//曇った北海の空の下、/浪はところどころ歯をむいて、…」そんな海を、ポケットにしまって家出した。それは、ぼくの涙のたまった海だと思ったから。父を呪い、牙むく詩を書こうと思った、ほんとうは。

でも書くことができなかった。ぼくは父を愛していた。憎んでなどいなかった。憎しみは、すぐにぼくに涙を流させた。涙は、憎しみを洗っていった。父にも心優しいときがあって、そんなとき、父は、ひとりごつように言っていた。父のふるさとの黄土の村から見える黄海には、人魚がいる、人魚に会いたい、と。父の孤独が、あつくせつなく胸に迫った。詩は、父の病んだ心のために書かれていった。ぼくの詩が、人魚の流す涙であればいい、と。

＊アイゴ　チュコシッタ＝ああ死にたい
＊引用詩　中原中也「北の海」

4　心と脳が恋う国

たましいは夜毎
ふるさとへ抜け出ていこうとするのだけれど
瞼を閉じると　いつも
九十九島の海が夕日に濡れているのだけれど
ひたひたと打ち寄せる波のピアノを
子供のころのぼくが素足のまま弾いていて
若い日の父と母は　夏の海辺の
松の木陰につましい弁当をひろげていて

なつかしくて　その風景全部を
てのひらにとらえようと手を伸べるのだけれど
母さん
父さんは命の由緒へ旅立って
もう何処にもいない
父さんの消えてしまった時と所を
呼び返しても　あの夏の日の思い出が
めくるめく　よみがえってくるだけ
覚えているよ　あの日の弁当の中身でさえ
卵焼き　たくあん　大きなおにぎり
それだけで充分だった　海辺で
いつまでも波のピアノを弾いていたかった
……父さんと母さんはひとつ　ぼくの中で
ひとつ　ぼくが父さんと母さんの国……

父母たちは言った

紫陽花はむらさきに色を変え
血はサルビアの花となって眠っている
生きるとは深い断念に過ぎないと
風の声で　ささやいて過ぎる父母たち

手を　と言った　父母たちは多くの人を
つなぎ止めるため　美しい風景の底
うごめく虫たちよりもはかない命を
地上にしるしつづけるため　愛を　と言った

追い求めることだと言った　父母たちは
虚偽に眼を伏せることのないために
無数の死者となりながら　ほんとうに
無垢なものを産もうとした　星のように海のように

愛撫を　と言った　遠くを見るまなざしで
父母たちは生きた　誰ひとり記憶されることもなく
そんな血は目醒め　生き延びようとしている
兵器に囲まれた　ぬるま湯のような平和の中で
父母たちは言った「革命は娼婦のようだ」と

だから信頼を　と言った　しわがれたかなしげな声で
世界がいつまでも黙っているので　負債として
世界を負うと　父母たちは言った　えいえんに

とぎれることのない愛の夜と夢の橋と受胎告知と
そして含羞(はじら)うように互いの体をまさぐり合う指をと
父母たちは言った　小さく低く　深い抱擁を　と

Ⅲ

エチュード

少年は森のなかで眠っている
少年は目覚めようとはしない　だが
だれが少年を森ではないと言えるだろう

少年は地苔類のなかにいる
あるいは百年をしるす年輪に　だが
だれが森を少年ではないと言えるだろう

少年のなかで鳥たちが卵を産む
少年のなかで広がってゆく樹冠　だが
だれが少年と森を区別できると言うのだろう

木々のなかを少年はめぐりやまぬ水
森の土のなかで少年は伸びてゆく根　だが
だれだろう　森と少年を抱いて目覚めるのは

ひとつしかない地図

きさらぎ半ば　しんしんと雪は
降りやまぬ　手先の指も冷えて
息吹きかける人々の姿を見つつ
人生という地図の中を　歩みつづける
ぼくはいま　深い迷いのなか
曲がり角で立ち止まっている
こみ上げてくるものがあるのに
なみだが出ない　こみ上げて
くるものは　かなしみとも言えず
怒りとも言えず　郷愁であろうか
それとも悔恨であろうか　ふるさとと
九十九島の十六歳の秋　パール・バックの
「大地」を貸した少女が
孤児の少年と飛び降りた岬への
これは痛みであろうか　それとも光州の
路上に逝った友と訪ねた釜山の岬に
打ち返す波の　これは果てしのない
問いであろうか　右へ曲がれば
多摩川の渦をなす奔流
左へ折れれば　ふかーくかけた
穴のある道　芽吹き間近の木々たちが
枝をしなわせて　ひゅうひゅうと
音を立てている　きのう顔を出していた
ふきのとうも雪の下　さくさくと
雪を踏んで　歩んでゆくにしても
どう歩んでいけばいいのだ
ぼくが見えない　ひざがしらが
ふるえている　不安だけが
確かなかたちをして
ぼくを抽象している　だからぼくが
見えない　どこにいるのかも
わからなくなる　もう　ふるさとの
あの岬の先端に立っているのだろうか
あるいは釜山の岬の上に　ぼくはいる？
人と人との出会いが
さまざまな結果をもたらすとして
ふたつの出会いと別れが　ぼくを
迷わせているのか　ぼくのこころは
いつもふたつの国に　引き裂かれていて
死が　昵懇(ちか)しいものに
思えているからだろうか

降る雪に隠れて　ぼくが
見えなくなっているのだろうか
梅の花は咲いているのに
春告げ鳥は鳴いたのに
痛覚だけが　ぼくを
存在させている　これは
ぼくの影が見ている
夢であろうか　だからぼくが
見えない　もえぎ色して
ぼあーんと見えている
ふるさと九十九島の島々
そして友と佇んだ対馬海峡を
眺め渡した断崖（きりぎし）　もう春は
来ているのだろうか　陽の匂いが
する　雪はやみかけている
こみ上げてくるものを　そうだ
名付けてしまえばいいのだ　これは
生きているかなしみ
生きている怒り
生きている悔い
生きている報いだ
むだにしてはならない数々の死のために

ぼくにはもう少し時間が必要だ
さまざまな出会いと別れを
積み重ねながら　すべての
曲がり角を曲がらねばならない
祖国を持たぬ
ぼくという地図を編み上げるまで

その鳥は…

その鳥は　歌をうたう以外
この世では　何の役にも
立たぬことを知っていた
家族のために
毎日えさを見つけては
ひととき　木の枝に止まって
人知れず鳴く
さびしい明け暮れであった
風が　不在のひとのありかを
ときおり知らせてくれるのだが

そのひとを恋うだけで
捜しに行こうとは思わなかった
木々たちはやさしく
そのふところに迎え入れてくれるのだが
木々のように動かずに
大地に根付こうなどとは
思わなかった
その鳥は
わけもなくわくわくかなしみを
うたにした
しかし心はいやされなかった
たくさんの種子を
あちこちの大地に運んだ
自分がどこにいるかも
だれかも　わからずに
インカの神話の鳥の
クリキンディが言った
〈自分にできること〉　ひたすら
それを捜しながら……
その鳥は　ただ　むかしむかし
ふるさとの　とある丘の上
夜明け前　なんともふしぎなひとを見た
ほほえみ　光りかがやいていたひと
それが　その鳥の魂に受けた傷
宙（そら）いっぱいに広がる
この世のものとも思われぬ光に打たれ
その鳥は　うたうほかなくなった
この世では無用のものと
呼ばれることを知りながら

＊昔インカで山火事があった。そこに棲む動物たちは逃げたが、クリキンディはくちばしに水をふくんでは、飛んでゆき、火事の炎の上にそそいだ。動物たちはムダなことをと笑ったが、クリキンディは答えた。〈自分にできることをしているだけだ〉と。

ひとみのなかに　——あるいは移動

あじさいの花のひとみのなかに
僕の愛した友やハルモニや父が
雨に打たれて　泣き濡れている
泣き濡れている　身を寄せ合う

群鳥のように　やせ細った
肩を寄せ合って　ひとしきり

ひとしきり　あじさいの葉蔭に
蝶はつばさをひっそりと閉じて
来世を夢みるように　休らっている
休らっている　その羞（やさ）しげな
触角でさぐり打っている　死者たちの
鼓動を　永遠が存在するとでも言うように

死んだたましいが存在するとでも言うように
色変えるあじさいのうすくれないは
なぜ死者たちの　この世に残した
無念の血の色ではないと言うのか
ひとしきり　雨に打たれて　僕は
こころが雨のように透きとおるのを待っている

待っている　あじさいの花のいくせんの
ひとみのなかで　僕は家族や友や
ハルモニや父のほほえみを…
死はしるすことを忘れているのだ
どんな死もたましいにしるされた
思い出に如かないことを　忘れているのだ

忘れているのだ　存在が移動するのを
あじさいのうすくれないの花が
濃いむらさきに色変えるように
たましいが時間と空間を占めるのを
うつくしいものたちが未だ存在するということを
たとえば　あじさいの花のひとみの中に

劫

寒い冬が過ぎてゆく
山茶花の紅い花も散ってゆく
父さん　あなたが地上を捨てて去った
はじめての寒い寒い冬が
そしてぼくに　在ることの
かなしみが　いやましてつのってゆく

しかし父さん　あなたは風に

彫っていましたね　千の仏陀を
こころののみで　けん命に
あなたの中にはいつも
一つになった半島があり
日本人の血のめぐるぼくは
あなたの恨（ハン）を継げないぼくは
償おうと思った
ぼくの中の日本人の血で
韓（から）の血を
父さん　あなたの背中は
いつも冬のきりぎしのように
さみしく鳴っていましたね
哭くように　訴えるように
父さん　あなたは異邦で
敗者でありつづけることで
つねに一つの問いでした
人間であることの
かけがえのない問いでした

父さん　白水仙に
雪が降っているよ
水仙の花に　まるで身熱が
あるかのように　雪がとけ
それはあなたの生きていた日の
たましいの相（すがた）のようで
父さん　あなたの中に
脈々と絶えることなくつづいた
命の水脈は　つねに一つの
半島を夢みさせたのですね
父さん　業（ごう）と劫を重ね合うように
山茶花の葉かげで
蝶がつばさを合わせて
眠っています　あなたの
永眠（ねむり）を眠っているかのように
父さん　あなたはいつも
彫っていましたね　韓（から）へ渡る
千の鳥　億の蝶　劫の種子たち
光りかがやき　ほほえむ
ただひとりのひとを

父さん　あなたの恨（ハン）は継がない
しかし　あなたの祈りを
ぼくは継いでゆく　それは
生まれる前からのぼくの約束だから

ぼくも彫る　ことばののみで
千の鳥　億の蝶　劫の種子たち
光りかがやき　ほほえむ
ただひとりのひとを
半島が一つになるように
そしてすべてのいのちが
一つのよろこびで満ち足りるように
父さん　どこに生きても　かなしみは
かなしみのままで
持ちつづければいいんですよね

尹君　――思い出

死者たちはどこに行ったのだろう
僕を　地上に置き去りにして
僕はまだほんとうには死んでいないのに

たんぽぽの絮を吹いていた子は
韓(から)へ鳩を飛ばしていた少年は
板跳びをしていた少女たちは　どこへ

都会では　拾い忘れられた
たましいたちが　さまよっている
僕もまた　そのひとりのように

おやすみ　牙を抜かれた朝鮮狼よ
おやすみ　爪をそがれた老鷲よ
生きながら死んでいるということは

ああどこに　ほんとうの明るい
生のさやぎはあるのだろう
僕は　その一つの身振りにもなれないで

地下水を吸い上げる樹のなかに
いたひとは　黙して生きた人々は
ほんとうに生きた死者たちは　どこへ

ゆるらーん　ゆるるーん　ゆららーん
ぶらんこを揺らしていた尹君は言った
「ぎ　な　の　こ　る　が　ふ　の　よ　か　と」

生きていることと死ぬことのさかいとは
ぎる　ぎるる　ぐが　がらら　らぎ
ぼくはまだほんとうには生きていないのに

＊「　」＝谷川雁。「生き残る奴が運のいい奴」という意。

かつて　そして　今このとき

無数の死者たちが　河口の砂州に
打ち上げられ　積み上げられていた
後年そこはかなしみのデルタと名付けられた
死者たちにたましいがないとすれば
だれもかなしみを　その無念を受け継ぎはしない
川面(かわも)から　水霊たちが　ときおり顔をのぞかせて
逝った者たちの顔をするといううわさが
立ったりした　水はやさしいひびきをもって
流れていた　そのひびきのなかに　死者たちの
苦悶の声を聞き　絶望を読み取る耳を
だがカン・ヨンサンは持っていた　それで

砂に詩を書くようになったのかもしれない
水鳥たちが優雅に空を舞い　デルタにおりて
羽根をつくろったりしているのを　一日中
呆と見ていたりする　カン・ヨンサンは狂っている
たしかに狂っているのだけれど
狂わずにいられる時代が
あったというのだろうか　過去世にも
そして来世にもあるというのだろうか
汀に寄せる波に　稚魚たちがきらきら
その生命をかがやかせている　カン・ヨンサンが
手をそえると　稚魚たちは逃げもしないで
その手のひらにつどう　稚魚たちは
死者たちの生まれ変わりなのかもしれない
カン・ヨンサンだけが　その傷みを胸に
刻んでいるから　遠い日の傷みを
感じ取るカン・ヨンサンは狂っている
だが狂わないでいられるたましいが
あるというのだろうか　かろうじて
あるいはさいわいにも　狂わないでいるだけのことではな
いか
水面(みなも)に浮かぶ泡のなかにいるのは
アフロディーテではない　だがそこに

遠い日の死者たちの姿を見る
カン・ヨンサンの目は泡ではない
波音は語っている　遠い日　侵略されたものたちの
深い悲哀を　一見陽気に見える波の
たわむれも　カン・ヨンサンの目には
なぐさめ　いたわり合う波のすがた
日がな一日　カン・ヨンサンは　波打ち際にいる
くずれてゆく砂の城をいくつもいくつも築きながら
ときおり水面をはねる魚に
むかし死んだ人の名を呼びながら
カン・ヨンサンは狂っている　しかし純なたましいが
狂わずにいられる世界があるというのだろうか　かつて
そして　今このとき
病んだカン・ヨンサンの死体が
かなしみのデルタに打ち上げられたと聞いたのは
遠い日のことになるけれど

風よ

その風は　こころを吹き抜けると
ユーラシアの鳥葬の丘から
来た　と言った　それはハルモニの祖先
ツングースの人々が住んでいるところ
風は　バーミヤンの地　仏像を
失くした石窟も見てきたと
涙するように言った
風は　万里の長城を　桂林を
父の土盛る墓のある全羅南道を
吹きすぎて来たと言った
ナスカの地上絵
チェチェン＝イツァの遺跡
スフィンクスもピラミッドも
チグリス・ユーフラテス河も
サハラ砂漠もタクラマカン砂漠も
オーロラも見て来たと　風は告げた
風よ　これからどこへ行くの
地球のはしからはしへ
何を伝えに行くの

誰をさがしに行くの
見えない人はもうどこにもいない
冷たい海で　しじみを採っている人に
春を知らせに行くの
暑い大地で　井戸を掘っている人の
汗をぬぐいに行くの
戦禍の町の廃墟で遊ぶ子どもたちに
どんなことがあっても
生き抜くことを告げに行くの
風よ

＊ハルモニ＝祖母

水の頌歌（オード）

1　家路

日が暮れるまでにはまだ時間があった
多摩川の上流・鳩ノ巣渓谷の近く
懸崖を落ちるいくつもの水音が
地の底を伝わって響いてくる河原
ぼくは一匹のオオルリタテハになって
石の上　しずかに止まっていた
触覚を動かすたびに
ぼくはヒトであった日を
思い出していたのだが
伝えることばを持たないもどかしさに
心になみだをためていた
水音だけがひびく静けさ
もう蟬しぐれもやんで
ほのかに生の匂いを放つものだけが
ひっそりと　つながり合っては
離れ　夢の影のように
淡く　ことばもなく
呼び合っては　別れ
ぼくは問いはじめていた
名もないものへ還ること
それだけが生の約束ではないのか　と
そうして夕暮れが来て
夜の帳（とばり）が降りて来る前に
ヒトの中にぼくは居ず

オオルリタテハの中にぼくがいることを
妻に告げるため　家路を急いだのだ

2　よすが

夕陽が　あなたの瞳を
ほんのりと染めている
いつくしみ深いやさしい色で
地上での絆が　永遠で
あるかのように　ぼくは
錯覚するのだけれど

ごらん　渡りの鳥たちが
列をなして　飛んでゆく先に
ぼくの父祖たちの土盛る墓がある
あなたが　生きることを
命じなかったら　ぼくは
地上にはいない　ふたりして
過ぎてきた歳月が　なんと
ぼくの内部を変えさせたことか
遠くとおくへと圏(わ)をひろげながら
あなたのたましいが　花のように
開いて　贈り物のように　胸奥に
在るときに　失われることのない
何かが見えるのだが　それを
ことばにできないまま　ぼくは
あなたの岸辺に立って　夕陽が
染め上げる川面(かわも)を見入る

無数の生命がたゆたう水
水の頌歌(オード)を聞きながら
あなたが生まれ　あなたがいつか
帰ってゆく海へ　いままさに
落ちようとする夕陽の
美しい残欠が　あなたが疑う
ことのない明日を連れてくるのだと
信じられるあいだに　頭をあげて
また歩みはじめようと思うのだ

きのうまで　深い断念の底に
在ったものたちが　ふたたび
明るい生のきざしに
揺り起こされるように

夜の闇のとばりが降りてくる
そんな風景のなかでさえ
あなたがひかりの身振りで
ぼくをいざなおうとする場所

そこに　愛するひとよ　地上での
絆を永遠のようにするよすががある　と
信じよう　いつの日か　ぼくも
水の頌歌（オード）となるために

バラッド——四重奏

1　橋

風景はぼくらと共に歩み
つねに風景はぼくらを置き去りにする
ぼくらが愛と呼び　憎しみと呼ぶ
すべては背走するまぼろしであり
かつてぼくらが渡った川が
ふたたびぼくらの前にあるのは
橋が必要だからである

空がこわれた　と君は言ったね
橋を架けることにも疲れて
空は鳥の羽毛のように
傷つきやすく　ふるえていたね
空は小鳥を奪われつづけ
小鳥は空を失いつづけ
かつてぼくらが信じていたことの
何であったろう　うつろいやすい
時のまにまに　ぼくらは
互いをこわし合う
かなしみの空のうつわ

2　行方もなくて

海が涸れた　と君は言ったね
目覚めてはいだき合ったのに
魚たちの声が聞こえないと
君はうつろな眼をして　泣いたね
かつてぼくらが　互いに奪うもので

あったとき　世界には名がなかった
閉ざされた窓の向こうの丘にも
名がなかった　季節はつねに
冬へ向かう秋であり
魚たちはやせほそり
魚たちは言ったね　かつて陸へ
這い上がった過去をください　と
なぜ　見なければならなかったのだろう
見えないものを　見えないもののなかに
見えない人を　ぼくらは
途絶する道で　空を見上げ
なぜ翔ばなければならなかったのだろう
海を見入り　回流する魚と
ならなければならなかったのだろう
そしてふたたび生きるために
かつて在ったよりも激しく
名付けられないものたちと
限りなく命を増すものへ
つながりあったぼくらは　言ったね
行方をください　と
そのとき海は満ち溢れ
空は限りない癒しの表情をしたね

たのしいことなのだね
ふたたび生まれるということは
ぼくらはまた　背走する風景に抗い
橋を架けはじめた　見えない
生の由緒へ

3　場所

ああどこに　僕の行き着く
場所はあるのだろう
はじめ　僕は鳥であった
空を翔けて　巣をなす樹を
探していた　しかしすべての樹は
病みつかれ　その中心にいた人も
病んで　空へ帰ろうとしていた

僕は　ぼくらと呼びはじめていた
凭れるべき樹　帰るべき岸辺を
失って　僕は奔流となるほかなかった
すべての樹　望見されるすべての岸を
僕は　ぼくらと呼ぶほかなかった

星辰はかたむき
僕は　無傷なものの何ひとつない
世界を　ぼくらと呼びはじめ
僕は　大地に根付いた樹
樹の幹であり枝であり葉である
たましいを受容するほかはなく
僕は探した　巣をつくりに来る鳥を
鳥のはばたきに　耳をすまし
僕は呼んだ　はじめ鳥だった僕を
ぼくらと

それから　たましいの淵は
岸辺となり　ぼくらが辿り着く
以前に　岸辺にはすでに無数の
樹が生え　鳥が舞い
ぼくらは愛し合っている
樹と鳥のまぐわいを　うっとりと
みつめていた

僕がぼくらと呼びはじめたとき
発(た)っていたのだ　すべての鳥は
樹へ　樹は辿り着くべき岸辺へ
そして僕は　ぼくらが奔騰する無へ
帰っていくのを　うっとりと
みつめていた　樹の内部にもいて
すべての中心にもいた人が
ひかりとほほえみを
とりもどすのを

4　妙味

おまえ　白い静かな雲に
ひとときまなざしをとどめなさい
それが永遠の妙味というものだ
ところで　一つの苦しみも
ぼくらのうちからこぼれていかないように
用心しなければならない
それが戦禍の種となるのだから
いま雲は深くおまえをかんじている
雲とぼくと　分けへだてるものは
ほんとうは初めからいないのだ
おまえ　一本の小さなあら草に
ひととき手を触れてごらん
それが幸福の妙味というものだ

ところで　ひとつの悲しみも
ぼくらの内部からこぼれていかないように
用心しなければならない
それが地上を傷つけるのだとしたら
おまえは堪えていなければならない
おまえ　ぼくらの存在の感触を
大地がよろこびとしているのだとしたら
死がぼくらを土に帰すとき
ぼくらも感じることができるのだ
そのよろこびを　一本の草　ひと粒の露
石や雪から　ぼくらが生きて
求めていたことのすべてを
おまえ　いま瞬きだした星に
ひとときまなざしをとどめなさい
それが命の調和の妙味というものだ
憎しみはいつか消えるのだから
ただ一つの憎しみも　ぼくらのうちに
とどめ　地上にこぼれないようにしようね
それが在ることの妙味というものだ

痕跡（愛の）

目をとじて　きみは
ふかーく目をとじて
ぼくのいのちを感じて

ぼくの中に流れる
コリアの血と日本の血と
あかく赤くたぎっている
ことをのぞけば　なにも

変わりはしない　地上で
生きているすべてのものと
ただほんとうの生の由緒を

尋ねていこうとしているだけだ
あるいはただひとつのことば
愛にたどりつこうとしているだけだ
こころからきみにほほえみたくて

川 ——淵なき世界へ

草もみじする野の向こう
葦の原はそよぎ
川は変わらず流れていた
来し方の数々の苦悶の日々を
その流れのなかに閉じ込めて
川はきびしく内部を見よと
せせらぎにささやかせて

ひとを愛し得たろうか
土手の上に腰かけて
野の花の種子を飛ばしながら
ひとを愛しぬく過酷を
生き得たろうか　問いは

いつまでも答えを持たないまま
川面(かわも)をただよう　未生の
ものたちのように
影のみを濃くして

魚がはねる　かつて在った日々よりも
おのれを捨てて　川のほとりに
立っているひとよ　波間に浮かぶ
白い雲に手を伸べて　ひとは
季節の中に潜む　何を
捕らえようとするのだろうか

水こそは寡黙　そして深い断念を
かかえこんだ実在と
言うべきであろうか　ゆえに
川の流れに　微笑を
見て取ったのだ　内部への
道を途切れさせることのないように
川が受け容れるすべての
風景を　こころの風景とするために
ひとよ　とどまることのないかぎり
川のようにたゆたいながれてゆくかぎり
佇むここは　世界のふちではないのだから

ぼく　きみ　ぼくら

地の塩　朽ちかけたカヌー　夕暮れの岸で
斧を研ぎながら
ぼくの血は一本の美しい桜の木となった
きみは　うす桃色の花びらとなり　春の炎となるだろう

けものの牙　けものの爪　けものの吐息
肉は言葉とはならない
たましいだけが牙や爪や吐息を持つことができるのだ
きみは祭のあと　いつもコンクリートの一本道を自分へ
　帰って行った

石の瞳は映していた
まはだかのきみ
石の飢え　草の露が落ちると
きみも揺れた　水のように

根源へ　しかしぼくは盲目の鷲だ
希望へ　しかしぼくは耳しいた獅子だ
自由へ　しかしぼくは破れた旗をもった旗手

きみは血を吐いたぼくの子を抱いて立っている修羅
ぼくはシーシュポスの石のようにと言った
きみは〈朽ちる種からではなく朽ちない種から〉と答える
無辜の民
きみは言った　英雄ではなく捨てられる民の側にと
ぼくは愛撫する　大洋のなかのきみの魚たちを
ひかりは身ごもっている　きみと子とぼくと
溶け合った羊水を
ああ　ぼくは祈る　きみも子も失わないですむようにと

空の奥に希望を産みつけるため
ぼくが世界と一致するときを　そんな夢をみるときも
きみは手を伸べて　とらえるだろう　ぼくらを
今　ここに在る　ぼくらの命の繭を編むために

瞳に　きみは映していた　永遠のようなぼくらを
あるいは　ぼくらのような永遠を
生ある限り　きみの血の反響の中で
ぼくは捜す　ぼくらの生きる明るさ　ぼくらの目に見えぬ
　ものを
それから地球の外に　いつの日かあふれてゆく水のように
世界をめぐる

あとがき

なぜ詩を書くのか。それはわけもなく湧いてくるかなしみのゆえだ、とぼくは言う。存在のあやうさ、はかなさがもたらす人間であるがゆえの不安や虞(おそ)れ、そして時に陥る宇宙のブラック・ホールに、ひとり放り出されたような孤独感、生きている時代への怒りや絶望などが入り混じって、ある日、ある時、不意に、かなしみは牙をむいて襲いかかり、その深くて暗いかなしみの河に引きずりこもうとするのだ、と。ぼくはそれを、かなしみが湧くと表現しているに過ぎない。

たとえば、詩集の題名のもととなった、アマゾン河流域に住む人間の一種族の、絶滅に瀕した映像を目の当たりにしたとき、かなしみが込み上げてくる。それは狂暴な嵐のように、ぼくのたましいをずたずたにしようとする。そんなとき、かなしみの河、かなしみの渦のなかに引き込まれまいとして、ぼくは詩を書く。

生きるあがきのように、ただ生きていたいがために。共に在る家族と、もう少し、この世界に生のあかしをしるし続けたという思いのために。いつの日か、民族を超えて地球上の人がひとつになる、そんな叶わない夢を抱き、詩を書くしか能のないぼくは、詩を光のように渇望する。詩をたましいのほほ笑みのように憬がれる。

たとえ無残なものに終わろうと、詩はぼくにとって、唯一無比の存在のよりどころだから。ゆるぎないもの、失わないで済むものの、何ひとつない地上の生活で、ぼくがすがり、これまでぼくを支えてくれた家族のために、生きてこなければならなかったし、いま少し生きていかなければならないから。詩がよりどころであればこそ、守るべき家族のためにと、日々の仕事を大切に生きることができたのだと思う。また、すべての作品に通底しているのだが、第Ⅰ部は生きることを、第Ⅱ部は、その弱さをも含めて人間であることを、第Ⅲ部は愛することを、主音とした作品をもって構成した。

ここに掲載した詩は、出版元である本多寿氏が発行している「禾」を中心に、「コールサック」・「詩と創造」・「いのちの寵」など、そしてぼくが発行している家族誌「サラン橋」に発表したものから選出した。

詩集発刊に際して、この場を借りて、本多寿氏には多大なるお力添えをいただいた。深く感謝申し上げる。

二〇〇九年十一月

崔　龍源

第五詩集

遠い日の夢のかたちは

（二〇一七年刊）

空のひとみ

わたしは捨てられた巫女
だからわたしの手は青白い
わたしは一度も結婚しなかった女
わたしの静脈は世界中をめぐる川になった
それはむかしむかしのこと
戦争が　歴史にしるされた無数の戦争が
わたしを犯しつづけた　ゆえにわたしが
産んだ子どもたちもまた　戦争で
都市や町や村や草原を凌辱した
わたしの肩を踏みにじった軍靴
わたしの髪を燃やした焼夷弾
わたしの心臓を爛れさせた枯れ葉剤
わたしを一瞬に消し去った原爆
わたしを書いた書物はみな
戦火に焼けた　わたしはだから
存在していないのだ　どこにも
ただわたしのうわさだけが
民衆の口の端にのぼり　わたしは彫像であったり
土器にきざまれた絵だったりした

わたしの乳房から　小麦は芽生えた
わたしの秘所から稲は生えた
わたしの唇から葡萄酒はあふれ
わたしは果樹園そのものでもあった
高層ビルの窓という窓から見える
風景の一部ではなく全体であった
だが消失点でもあった
わたしが消えた地点から
地上のはじめの母は生まれたのだ
毛むくじゃらの　やっと二本足で立った彼女は
家族のしあわせのみを祈って死んだ
わたしは満足だった　彼女はつつましく
こころやさしかったから　わたしは彼女を誇りとした
アフリカの大地の緑
わたしはやがて一本の樹木となった
わたしの樹冠をかすめて飛ぶ鳥は
わたしの根元で眠るけものたちは
わたしにたくさんの喜びを与えてくれた
だがわたしは息子たちを亡くした女
ホロコーストや難民キャンプで
息子を捜しつづける女

一度も結婚しなかったわたしにとって
世々生まれた息子たちはわたしの息子
世々地球儀をまわしつづける子供たちも
ストリート・チルドレンも　地雷で
足を失くした少年兵も　戦車に
轢かれた老人も　ホームレスの男も
わたしがいちまいの枯れ葉でないとしたら
わたしは大地であるだろう
わたしが貝殻でないとしたら
わたしは海であるだろう
わたしはまだ名付けられていない
わたしはたしかに生まれたのだ
大地にはわたしの足跡があり
海辺にはわたしの築いた砂の城がある
わたしは生きつづけている
わたしが一羽の鳥でないとしたら
わたしは広がる空であるだろう
ほら　空には　わたしを映しているひとみがある

路上

永遠ほど遠いところから
来たと言った　ランルのような翅をふるわせて
何しに？　ぼくは問うたが　答えない

あっと言う間だった　人生は
永遠ほど遠いところから来たきみには
ぼくの嘆きはわかるまい
そろそろ幕を下ろすころあいかもしれないが
ぼくは知りたいのだ
永遠ほど遠いところとは　どこだろう

逝って　未知のものになりうるだろうか
たとえば一羽の鳥に食べられるかもしれないきみは
その胃袋にとけていったしゅんかん
新たないのちへ移行するのだろうか
それともその鳥は　一匹の蛇に
呑み込まれるとき　死そのものと
同化するのであろうか
死には形があるように思われる

形と断定するのがはばかられるなら
一種の相というものがあるような気がする

死と生の境目あたりが
永遠と呼ぶにふさわしい
とすればきみは　天と地のシキミを
超えたことになる　飛翔とは
それほどのことが可能なのか
飛べないぼくには
たましいそのものとならなければ
把握できないことか

死から生がうまれ
生から死がうまれる
世界とはこれほど単純だ
と言ってしまえば　きみは激しく翅をふるわせて
世界はそれほど単純ではないと言う
だがひっきょう生と死の二通りなのだ
だから永遠ほど遠いところとは
今生きてあるここ
と言ってもいいのではないか
だが　ここ])とは　どこだろう

きみが　力尽きて　路上に横たわっていることは

遠い日の夢のかたちは

夢はひとつも叶わなかったね
夢はみんな滅びていったね
ぼくは妻と　うまごやしの野原で
無言に心と心で話し合っていた

すると遠くの空に　考え深げな雲が
浮かんでいて　それがとてもなつかしい
気持ちをいだかせるのだった　妻も
じっと雲を見入り　無言に
何か話しかけているようだった
見えないようでいて　見えている何か
名付けることのできない何か
郷愁のようでもあり
若い日のほろ苦い悔恨のようでもあり
それでいて妙に胸こがす何か

数十億年の前にもあって
いまも在る何かのけはい

妻とぼくは　空を回遊する
魚のようになって　こころを
泳がせている　それは
引き寄せられたからにちがいない
傷んだこころを　いやすかのように
空の遠くをただよい　けっして近くには
やって来ない何か　とどまることもなく
四十億年前から　ぼくと妻を
知っていたかのように　なつかしげに
いざなっている　見えないものでありながら

見えている何か　あれがもしも
地球にはじめて生まれたいのちが　四十億年前から
見ていた夢のかたちだとしたら　ぼくも妻も
もう少し夢を見ていられる　もう少し生きてゆくために

さくら

さくら　さくら　さくら
咲き盛る花を見上げる
きみののどはなまめかしい　そして
髪をあげたきみの耳朶もさくらいろ
ぼくははじらうように
きみの見上げるさくらの花に眼を移す
もう何十年ともに暮らしたろうと思いながら
またたくまに歳月は過ぎていったね
ぼくはきみを愛し得たろうか
一度も愛に遅れたことはなかったろうか
いやきみの愛のみを求め　あるいは愛に先走り
きみを苦しめたのではないだろうか
愛の意味も解けないままに
さくら　さくら　さくら
さくらの花は下を向いて咲くのだということを
こんなに年を取ってはじめて知ったように
愛の意味をいま　知り得ていようか
風が吹き
さくら　さくら　さくら

花びらが散り交う
きみはさくらの花びらのゆくえを追う
空に行き着くさくらの花びらがあればいいね
と言いながら　いつまでもいつまでも空を見ている
空に行き着くさくらを見たら
ねがいごとが叶うのだと言いながら
きみにどんなねがいごとがあるのだろう
教えてほしいと思うけれど
空の一点を見入り続けるきみのまなざしが
すずしげだから
ぼくは心のなかに
何か透明なものを受け取った気がして
さくら　さくら　さくら
思わず口ずさんでしまった
ほほえみながらふり返るきみの髪に
さくらの花が
ひとひら　ふたひら　みひら
ああそのとき　ぼくはふと思ったのだ
命が絶えてなお　残るもののことを

キリンの唄

キリンが空を見上げている
耳元をよぎる蝶のゆくえを追うようにして
やさしいキリン
戦禍の絶えないこの星の
地上のどこもかしこもかなしみでいっぱい
そのなみだをぬぐうはずの
愛はどこへ行ったの
眼に浮かべているのはひとしずくの涙
それとも無言の空
葉っぱを口に入れながら
何を夢みているの
やさしいキリン
死は水色の羽根を持っている
いのちの生まれる方へ
死者たちを連れてゆく蝶
羽根にくるんで
やさしいキリン
耳をつんと立てて
命が生まれる音を聞いているの

とおいところから降る雪
雪の音を見ているの
空を見上げて
いのちは何にでもなれる
だから自分でいようとする
やさしいキリン
やさしいキリンのままで
静かに胸に満ちてくるものを
たたえている　たとえば原初の
海のように　やさしいキリン
日の光がふりそそいでいる
音楽のように　日の光の弦(いと)を
つまびく見えない手　見えない指
そこにこそ小さな真実が隠れている
ほら　海の上を歩く人を
のぞいてごらん　空の中に
やがて星々が輝き出す
その星のひとつにすぎないんだ
何がって
やさしいキリン
眠りながら考えておくれ
愛することはだれにでもできる

だが愛することでしかなぞはとけない
行方不明の愛が
やさしいキリン
おまえの中にある　だから
かけがえのない存在としておまえは在る　と
しるすのはよそう　はじめから
かけがえのない存在として
生まれたのだから　祝福の大地に
四本足で立って
長い首を空に突き出して
やさしいキリン
おまえは何にでもなれる
だからキリンでいるの
それがいちばんしあわせなことなの
やさしいキリン
地平線をまたいで
立っている人がいるよ
見えるものがすべて
真実ではないにしても
やさしいキリン
おまえは真実(まこと)

ハンマー

死者たちはどこにいる　戦争や
原爆で死んでいったひとたちは
死者たちはここにいる　無明の
こころを抱きながら　それゆえに
縄跳びをしたり　ままごとや
鬼ごっこをしたりして　安らかだったとき
いちばんしあわせだったときに戻って
遊んでいる　呆けたように　愚者のように
幼い日の純な気持ちで　平和を願いながら

「バーボンのおかわりをくれたまえ」
見ると　身なりのきちんとした老紳士だ
ジャズがながれているバーのなかで
椅子がきしんだ　ぼくと目が合った
老紳士はまっすぐぼくの顔を見入ると
「死者たちをまぼろしと思うのはやめたまえ
　かれらこそ　今もほんとうに生きているのだから」
澄んだ瞳をしていた　なみだが　老紳士の頬を
伝っていたからかもしれない　ぼくは　目を
そらすことができなかった　にぎったままの
ビールグラスがぬるくなってゆくようだった
「あの死者たちをまぼろしと呼ぶためには
　きみがほんとうに生きていかなければならない」

死者たちはここにいる　どこにも
消えたりしていない　戦争の傷跡に
流れる血を　てのひらでおさえながら
独楽をまわしたり　羽子板をついたり
竹馬に乗ったり　缶蹴りをしたりして
遊んでいる　うしろの正面だあれ
だれからも見つけられずに
名前を呼ばれることもなく

「かれらを死者と呼ぶためには
異形のものとならなければならない
ラスコーリニコフのように闇を愛し
ムルソーのように太陽を憎まなければ
ならない　すべてを見透かしていながら
何もすることのなかった闇と太陽に
なってはならない」　ジャズが流れている
モンクのピアノが　マイルスのサックスが

「酔いしれて　きみも死者のよみがえりを
　知りたまえ　さあ　このひとにビールを」
老紳士の目があやしく光る　じっと
ぼくを見透かす目こそ闇のなかの太陽だ
「ぼくを生きていると思うかね　きみは」
老紳士が　ぼくをまたじっとみつめる
ビールを飲む　だが唇も舌も心も渇いている

死者たちはここにいる　いつまでも
死ねないで　愚鈍なほどに純粋に
声にならない声を耐えながら
カルタをしたり　おはじきをしたり
ビー玉やメンコをしたり　かくれんぼで
遊んでいる　もういいかいと呼んでも
まあだだよ　と答え続けられて

「戦争が風化したとき　三百八十万の
　犠牲が忘れ去られたとき　われわれの
　死が無駄だったのかもしれないと
　断念の底に突き落とされたとき
　ほんとうの永眠（ねむり）がおとずれるのだ
　よみがえることができるのだ　きっと」
そのあと沈黙が来た　沈黙の器のなかに
揺れ動く水のように　ぼくはいた
「わたしの死は余生だった」老紳士が
ぽつんと水たまりに落ちる雨のように
呟く　眼鏡のふちをその雨がぬらしている

死者たちはどこにいる　戦争や
原爆で死んでいったひとたちは
死者たちはここにいる　沈黙に耐えられなくて
言葉がほとばしる「もっと生きたかった
もっともっと　生き抜きたかった　戦争に
逝った三百八十万の死をあがなうために
だからきみがきみを　ほんとうに大切にして
生きることでしか　死者たちはよみがえる
ことはできない　と知りたまえ　さあこの人に
もう一杯　ビールをくれたまえ」　老紳士は
そう言うと　みずからの流す涙のなかに
消えていった　最後の言葉が　再び訪れた沈黙と
音楽の途絶えたバーの静寂のなかで
雨音のように響いていた「そしてぼくには
希望を　なにごとも見透かす光をくれたまえ」

窓

子どもたちと年寄りと
体の弱いものたちは
別の道を行かなければならなかった

ぼくには秘密の窓があって
そこからのぞくと　いつも
さびしげな少年の顔が見える

それはきっと母と別れるときの顔
なぜ離ればなれにならなければ
ならないのか　さびしく訴えている顔だ

いやだ　お母さんと別れるのはいやだ
そんな叫びや意志表示を
うばわれた弱弱しい顔

はかなげな顔だ　理不尽な
何かが　陰惨な力が　少年の
背後にあって　のどにつまった

お母さんという声を耐えさせている顔だ
どこに　連れていかれるのだろうと
不安におびえている眼をはりつけられた顔だ

子どもたちと年寄りと
体の弱いものたちは
別の道を行かねばならなかった

ぼくには秘密の窓があって
お母さんの温かい手から引き離された
かなしげな少年の顔の向こう

アウシュヴィッツのガス室の
窓のない四角い建物が見える
何十万のお母さんと言う声のつまった魂魄が

月の夜と虫の声

まつむしが鳴いていた
ムラサキツユクサの花のかたわらで
友は公園のベンチに座って
りんごをかじっていた
少し血のにじんだりんごを見せて
きみのなかに流れている民族の血
と友は言った　それから
いつかきみとは会えなくなってしまうかもしれないね　と

なぜ　とぼくは聞いた
ソウルの秋　まつむしは変わらずに鳴き
風もないのに　人も乗っていないのに
シーソーが揺れているように見えた
友は空を見上げていた　かじりかけのりんごは
友のてのひらのなかで　傷ついた小鳥のように
ふるえていた　友はおもむろに口を開いた
ぼくの疑問には答えずに
月は平等に人を照らしている　きみが日本に帰っても
ぼくら　同じ月を見ているんだね

きみを思い出すよ　特にこんなにうつくしい月の夜は　と

それは戒厳令が解かれて数日後のことだった
もう遠い昔の話だ　だがひとり
虫の声を聞いていると　よみがえってくる思い出
眠れない夜の連なりと　ひと知れず
涙をぬぐった年月を重ね
ぼくは年老いてしまった
友は光州事変で逝った

まつむしの声が聞こえる
ムラサキツユクサの花も咲いている
現在暮らしている町の公園のベンチに座り
ぼくはまつむしに　友の声を聞いている
ぼくが詩を書いていることを
知っていた友は言った
生きるだけ生きて
虫のように鳴き暮らせ
ほんとうに　友がいまも生きているとして
そう言うだろうか
それだけでいいのだろうか　詩を書くだけで
ぼくは　見上げる月に聞く　十六夜の月が

ムラサキツユクサに結んだ露を
いのちあるもののように光らせている
光りながら露が落ちる
まつむしの声が途絶える
代わりにぼくが鳴いてみようか
でもあんなに心に沁みとおるほど鳴けはしない
友よ

骨灰

少年の日の血のような
椿の花が咲いていた
コリア・木浦(モッポ)・玄慶面(ヒョンギョンミョン)

井戸には水を汲む
ハルモニの姿はなかった
もう新しい命になっているのだ
ぼくにサラン*という言葉を
はじめて教えてくれた従弟は
たくましい農夫になっていた

雪は夜から小止みなく降り
マッコリで体をあたためて
ぼくは眠った　父のふるさと

その崇高(けだか)い山河は滅ぶことなく
父のゆるぎない永眠(ねむり)を抱いて
満ち足りたように眠っていた

朝　雉の鳴く声で目覚めた
雪道を踏んで　黄海に
向かった　父の骨灰を持って

潮騒は鳴っていた　サラン
サランと　父の骨灰を
海は　その身に溶かし込みながら

やがて黄海の魚は美味しくなるだろう
父の骨灰をたらふく食べて
父が一つの生の実りへ入って行ったあかしに

*サラン……愛

ひとひらの雲

空には雲が流れていた
雲には父が映っていた
父を憎んでいたのかどうか
父を愛していたのかどうか
今となっては　ひとすじ
なみだがほほを伝うばかり

父をさがしていた　ずうっと
ぼくにとって　父は不在の人だったから
〔芽むしり仔撃ち*〕
急に脳裏をかすめることば
風に乗って　羽根のあるものも
無いものも　ただよっている
父を否定することで
ぼくは存在し得た　父はぼくの幼いころから
　おまえはいつか　おいばころす
　日本人である息子は　いつか
　朝鮮人である父をころすのが定めたい　と言い続けた
とおくで鳴いているのは
羽根を失った蝶々であろうか
存在することのむなしさを
鳴いているのは　父であろうか

ふと見ると側溝のわずかの土に
しがみつくように咲いている
たんぽぽのちいさな花
ぼくのいのち　今在るいのち
ぼくのいのちとともに
生まれつつあるものたち
父をさがしていた　ずうっと

植民地時代　父は
どんな苦しみを　十字架として
受けたのだろう　日本籍である
息子をおそれるほどに
とおくで鳴いているのは

羽根をなくした鳥であろうか
そんなすがたで存在することの
かなしみを鳴いているのは……

ひとひらの雲を追いかけて
ぼくは今日　ひとつの山を越えるだろう
父を映した雲のゆくえを
つき止めなければならないから
空に雲が溶け入って
消えるにしても　ぼくは
どこまでも追いかけていくだろう
新しい時代の
父をさがしているから

＊〔　〕大江健三郎

無人の譜

駅に降り立つと、プラットホームのひび割れに咲く小さなすみれの花が出迎えてくれた。知る人もいない町の無人の駅。駅舎の中には、春の祭りを知らせる手書きの筆のポスターが、吹き抜ける風に鳴っていた。そのポスターの左下の画鋲がひとつ取れていて、ぼくはなぜだか画鋲をさがすために腰をかがめた。そして見つけた一枚の切符。降り立った駅の名はしるされていず、ただ——ふるさと行——とだけ印字されていた。しばらくぼくは、裏返したり表にしたりしてながめていたが、奇妙だと思いながらも、ズボンのポケットに入れて、駅の改札口を出た。

駅は坂道の途中にあった。左の方を見ると、海がふくらんでいた。海の方へぼくは歩いた。坂道は狭く、その両側にある板張りの家々は、ひっそりとしていた。人声も聞こえず、皿を洗う音や、テレビやラジオからもれる声や音も聞こえなかった。無人の町？　何かいぶかしい気持ちをいだきながら、ぼくは坂道を下りていった。すると海沿いに走る道路。そこにも車は通っていず、ぼくは暢気に横切っていった。コンクリートの防波堤があって、その階段をのぼっていくと、入り江に小さな砂浜が広がり、漁船が一つ二つ三つ砂浜の上に、陽を浴びていた。潮の香りが鼻をついた。誰もいない。砂の上には、僕の影だけが浮かび、遠い水平線へ伸びていこうとしていた。

夢を見ているのだろうか。ぼくがあたりを見回すと、そこは見覚えのある風景に変わっていた。朽ちた舟、舟には雪が降り積もり、砂浜は、どこまでも白く続いていた。ああここは父のふるさと。十八歳の日にはじめて訪れた黄海のほとりの村。そう思ったとたん風景は一転した。目の前には島々が点在し、海水浴客でにぎわっていた。ああここはぼくの生まれた九州S市。母の育った町。母に連れられてよく訪れた入江の砂浜。

ふるさとがふたつ。ふとぼくの中から、そうつぶやく声が聞こえた。そして目覚めた。眠れないまま、ぼくは闇をじっと見つめていた。しあわせなのかもしれない、ふたつの祖国を持つことは。ぼくは闇に向かって、ひとりつぶやいていた。妻の寝息のかなたに、韓国とも日本とも、どちらともつかない波の音を聞きながら。「どこで聞いても波の音は同じだろうよ」そんな闇の中から聞こえる声がいつか耳を領して ゆくなかで、先刻見た無人の夢を、いぶかしい思いで思い出しながら、まんじりともせず夜の明けるのを待った。光がむしょうに恋しかった。

わがティアーズ・イン・ヘブン

母は父を殺したいと言った
殺したいほど愛していると言うかわりに
人生が夢だとすれば　夢のあとに
さやさやと水だけが流れ
雨だれのようなぼくらの生は
実は誰も傷つけもせず
傷ついたりもしていないのではないかと思う

民族が違うということも
そのことでののしり合い　互いを
けがし合い　憎み合ったとしても
それはやはり　生きて
愛を夢みたものの
はかないあらがいに過ぎず
母は父の骨をいとおしく
てのひらでつつみ
帰らんばね　帰らんばね
韓国に　かえりたかったとやろが
もう帰ってよかとよ　と言った
殺したいほど愛していたと言いたかったかどうか
ぼくはその前に　父の肉体が焼かれている間
焼き場の外へ出て　空を見上げていた
父を焼くけむりが　十月の空に
吸われ　穫り入れの終わった田んぼには
アカトンボが飛び交い
水たまりに尻尾をつけて
産卵していた　死んでゆくものと
生まれるものと　人と　トンボと
何も変わりはしない　ひとつの
いのちを分け合っているという
事実だけが　美しい物語を
編むようで　あの日　ぼくも本当は
父を殺したいほど愛していたと　骨を拾う
母の背中へ　そっとつぶやいたのだ

ポキン

ナガサキに原爆が落ちた日
母は　働いていた佐世保の海軍工廠の事務机で
折り鶴を折っていたという——折り鶴の羽(はね)が
ポキンと　紙なのに　ポキンと音を立てて折れたとよ
それから二日後　右半分焼け爛れた顔で　海軍工廠で
いっしょに働いていた加代さんが
出張先の長崎から帰って来たと言う
——自分のことよりも　家のことが心配やったとよね
——母さん　それから加代さんはどうしたの
ぼくが問うと　じっと虚空をみつめたまま
母は口をつぐんだ　目にはうっすらと涙がたまっていた
柱時計の鐘が鳴った

——それから折り鶴は折らんとよ
ポキン　ポキンと聞こえるとよ
——加代さんは亡くなったの
ぼくは母さんに　もう一度聞いたけれど
母さんは時計を見て——もうそろそろ
夕御飯の支度ばせんばね　そう言うと
しずかに立っていった　やがて
蛇口から流れる水の音が　ポキン　ポキンと
ぼくには聞こえた　加代さんは
そんな傷を負って　どんな人生を
送ったのだろう　戦争の日々のことを
語らない母　戦争を経験したほとんどの人がそうだという
口を開けば　恨みや怒りやかなしみや
むなしさや「混沌」が　母を
母でなくしてしまうのだろう
母と加代さんと　いっしょに働いて
いまもいっしょにそれぞれ生きている
そう信じつづけるだけで　充分
いや決して充分とはいえないけれど
それ以上はきっと　母にとって
死ぬほどつらいにちがいない
ああ　ひぐらしが鳴いている

ポキン　ポキンと聞こえるのは
母さん　あなたの背中に
崇高な羽を見たから
折られてもなお　生えるつばさを

虹色ペンギン

空を翔けている
虹色ペンギンが　母の日に
買ってきた赤いカーネーション
母は施設に入って　深夜
おかあさん　おかあさーんと呼んでは　廊下を
徘徊しているという　たぶん七歳にかえった母は
夢を見たのだろう　祖母に捨てられた夢を

虹色ペンギンは　どこへ
飛び去ったのだろう　幻視者となった
ぼくは　母をひとり施設に入れているうしろめたさに
耐えられないまま　赤いカーネーションを

運んでゆく　空はあくまでも青く
空のひとひらが　雪のように降りて来て
もうすぐ咲くあじさいの花びらになるのを見た

母のいる施設にゆくよりは
虹色ペンギンを　どこまでも追いかけてゆこうか
きっと母の生まれ故郷の海岸へ
翔け去ってゆくのだろうから
内部のない人間になったような気がするのだ
母の面倒を看て倒れるにしても
そちらを選ぶべきではなかったか　と

だが何を変えられるというのだろう
絶望よりは希望を
死者よりは生者を恋うたにしても
何を贖い　償えるというのだろう
ぼくの日常は　どこかぽっかりと深い穴があいたまま
その穴を見入ることを避けて過ぎてゆく
今が狂うべき時だとしたら　狂うべきではないか

虹色ペンギン
水平線をじっとみつめている

水平線まで　影が届くほどに　太陽に照らされて
地球は　寄せ返す波の雫のようにはかなくふるえている
しかしそこに住む命あるものの中を
つらぬくひとすじのものを
虹色ペンギンは見させようとしている
それが母の愛というものかどうか

ぼくは　やはり赤いカーネーションを持って
会いに行こう　なにも確かめられないにしても
母さん　ほら
虹色ペンギンがいるよ
空を翔けているよと
窓の向こうを指そう

ユクサあるいは囚人番号263（イ・ユク・サ）
――かつて李陸史（イユクサ）*という抗日運動家・詩人がいた

ユクサ　きみはどこから来て
どこへ行こうとするか　木の葉散るベンチで

きみの開いていた世界地図は　きみに
どんなかなしみをもたらしていたのだろう
きみの眼に浮かんだ涙は何を映していたのだろう
渡りの鳥たちが　列をなして飛んでいく
空を見上げ　きみは涙をごまかそうとしたけれど
きみの内部に翻転するものを　ぼくは見たのだ

きみとぼくの影がひとつ　秋の寂しさの形のようにある
公園の砂場に　忘れられたプラスチックの
スコップは　こわれた砂の城のかたわらで
静物と化していた　シュペルヴィエルの馬の見たものを
きみは見たと言った　それは文明の
終焉のことであろうか　枯れ葉は
素数に似ているときみは言ったが
それは精神の風景のことであったろうか
ユクサ　冬の相貌をして　きみの胸の奥
佇んでいるものは何か　語りたまえ
しーんと静まり返った秋の午後は
かさこそと音を立てる枯れ葉さえ慕わしい

立って　歩こうか　ユクサ　きみの行くところに
ぼくも行こう　歩調を合わせよう

道路は白く乾いて　遠くに皇帝ダリヤの
むらさきの花が咲いている　行く道が
来た道だとしても　歩いていかねばならない
ユクサ　きみが何に傷ついているのか
ぼくは聞くまい　きみが話してくれる時が来るまで
きみはけわしいものに触れたのだろう
過酷な道を過ぎてきて　ひととき休みを
乞うたのだろう　存在するものたちが持つ
やさしさに　そのこびることのない身振りに
だから枯れ葉を　拾い集めて　何枚も
胸ポケットに入れたのだろう　空には薄ら氷(ひ)のような
月　手をのべて捕らえようとするのは
きみが不安定な場所にいるからかもしれないが

ぼくに言えることはひとつ
愛してやればいいのだ　月を
ユクサ　きみはどこから来たのか
そしてどこへ行こうとするのか
いつの日か　教えてくれれば　それでいい
一杯また一杯　盃を交わそうではないか
あの曲がり角を曲がったところで　世界は
終わるわけではない　ぼくの行きつけの店がある

こわれた扇風機が天井にあって
世界の広さ・深さを知りつくした顔をしている
それを見上げながら飲むのも一興だ

そして静かに問うがいい　プロペラのような
羽根を持った扇風機に　ユクサ
きみはどこへ飛翔してゆくべきかを　きみの
内部で翻転するものの正体を
ほんとうの世界の在りようを
それからユクサ　無力なぼくたちに何ができるのか
語り合おう　インカの神話の鳥のように
ぼくたちにできることを探そう
しかしユクサ　酔っぱらうだけでは
酔いに　心の痛みをまぎらわせるだけでは　ユクサ
きみを捕らえて殺した罪を　ぼくの中の
日本人の血を　あがなうことはできないけれど

＊李陸史……本名・李源禄（一九〇四～一九四四）

水のゆくえ

ヴィヴァルディの『四季』のしらべとともに
白神山地を流れる水の映像がテレビに映っていた
ぼくは家を出た　多摩川の
水の流れを見たくなって

線路沿いの道に　ドクダミの
十字の花が咲いていた

ぼくは十字架に逝ったひとを
思い出した　ひとというひとの

かなしみの同行者　幼稚園のころ
はじめての礼拝のとき　磔刑の

そのひとを見た　その痛ましい姿に
ぼくは泣きじゃくった　礼拝のたびに

ぼくが泣くので　外に連れ出された

おかしな子どもとしてあつかわれた

そのうなだれた姿を見るたびに
涙が出てしかたがなかった　今はもう

そんなこともありはしないが　憎悪や報復の
連鎖がある　罪もない子どもたちが死んでゆく

そのひとは何もしない　何もできない
ぼくも同じように……ぼくは岸辺でひとり

水を見入る……信じようと思う
水から生まれたいのちのゆくすえを

ながくとおい流転と沈黙のはてに
愛は実りに入る　と言ったそのひとのことばを

Kとの時代　――自画像に代えて――

ぼくら　都会の路地という路地をさまよい歩いた
そして扉という扉を叩いて
さがしまわった　とらえがたい
何かを　ぼくらは知った
ふるさとの九十九島の青い海を離れて
たがいの孤独を　見守り合うことを
一九七〇年代の後半を
ぼくらは徒手空拳で時代の波に漂うままに　生きていた
ビルの谷間から見上げる空は
ふるえていた　智恵子の見入っていた
空のように半べそをかいて
ぼくらほんとうは　ふるさとに帰りたかった
ふたり　都会になじまぬこころを抱いていた
つかみあうほどのけんかを
することはなかったが　心を
傷つけ合った　そしてそのあと
傷をなめ合うけもののように
さまよい歩いた　都会の路地という路地を

だが彼が教えたのだ
ヒメネスやヒエロニムス＝ボスやジャコメッティや河井寛
　次郎を
クロスビー・スティルス・ナッシュ・アンド・ヤングの
レコードをまわしながら
彼が拳をふり上げることを
彼が都会の風俗から　少し
距離を置くことを　彼が
ガラスのびんを　海に流すことを
彼はまだ死んではいなかった
自らいのちを断つことなどしてはいなかった
彼は結婚していた　二十歳の若さで
彼はすでに子供を持っていた
ふるさとの妻子をさがすように
彼は都会の路地という路地を曲がった
ぼくは尻尾を下げた犬のように
彼のあとをついてまわった
この国に戦争はなかったけれど
ベトナム・ラオス・カンボジア・アフリカに
戦争はいすわり続けた
ぼくら　手を伸べに旅立とうとしたのだけれど
ついに無力をかみしめるほかはなかった

東京で彼はナチスにつかまったりはしなかった
ユダヤ人ではなかったから　ぼくは
朴政権下の韓国に留学して　地下組織の人たちと
知り合った　ぼくはつかまりはしなかった
日本人の私生児として扱われたから
だがたった三ヶ月で　態よく日本に送還された
韓国で知り合った仲間は
いくたりかは捕らえられた
いくたりかは行方知れずになった
光州の路上で　そのうちの一人が
死んだと聞いたとき　彼はそばにいて
涙を流してくれた
一九八〇年代　一九九〇年代と
彼と生きた　このぬるま湯のような国で
ぼくら何を為すべきか
そして何をしてはならないのか
行き過ぎる人たちに問うては　途方に暮れた
都会の片隅で　他者との薄い皮膜が見えたとき
彼は妻子のいるふるさとに帰った
ぼくは孤独の淵を漂うように
都会に残った　ぼくらの見残した夢を

都会の路地という路地は呑み込んで
二十一世紀旗手　ぼくらは決して
そう呼ばれることもなく
年老いてしまった　ぼくらの敗残の影は
ふるさとの町にひっそりと伸びて
風に吹かれている
彼がいのちを断ったかたみに

彼がおしえたのだ　ぼくらが
都会の路地にさがしまわっていたものを
路地裏にうずくまらせたままではいけない
光の中に立ち上がらせなければいけないと
ああだがそれはいまでは彼を
思い出すよすがでしかないのだけれど
だが彼が強いたのだ　どんなところにいても
ぼくに　地平線の見える原野を心に抱いた
いっぽんのしずかな雑草(あらくさ)になることを

地図

水の音を聞きなさい
この星のはじめの母の
声を聞くために
風の音を聞きなさい
いまも漂泊をつづける
人間の種族の
はじめの父の声をさがして
そして　ひとつしかない
地図を書き上げなさい
人間はアフリカの
たったひとりの母から
生まれたのだから
三百七十万年前の
タンザニア・ラエトリの
大地に刻まれている
アウストラロピテクス・
アファレンシスの
父と子の足跡から
旅ははじまり　人類は

地上のいたるところに
足跡をしるしていったのだから
国境もない
色分けもしない
地図を
どう書くか
水や風に
聞いてごらん
さあ　耳を澄まして

世界へ

どうして世界はすべてを　不幸を戦争を不条理を
こうもやすやすと受け容れるのだろう　あくまでも
寛容な神のように　ニンゲン死んだら無になると
知ったのは　祖父が逝った小学校三年生のときだった
だがうべない切れなかった　何かにすがろうとした
神のようなものを見ようとした　野に咲く花や
翔けわたる鳥　吹き過ぎる風や　夜空の星に
見えないものを　必死に追いかけようとした
それからだ　ゆえもなくかなしみが湧いてくるのは
生きてゆくことの意味がとらえられなくて
海のきりぎしの上や　山の断崖の突端に立った
死ととなりあわせにおのれを置けば　何かが
見えてくると思った　世界には　見えない何かが
存在する　それを　ぼくは体感したのだが
それが生きる意味を教えることはなかった
だがそれにすがりつくように生きてきた
世界が美しいと思えるときがある　憎いと思う以上に
ぼくはたまさかニンゲンに生まれただけだ　卵を
いっぱいつめこんだかげろうのように　食べる
口もないかげろうのように生まれなかっただけだ
世界がかげろうを生んだ理由　見えない
ものを生んだ理由をぼくは考える　戦争やテロで
命がやすやすと奪われたというニュースを聞きながら

やるせない思いを　かげろうのように　のどもとまで
びっしりとつめて　世界に問いかける　あなたはだれ　と

チェ・リサン

風が木の葉をさわがせている
ビルの谷間の公園のベンチに
ぼくは座って　胸に湧くさびしさや
怒りを鎮めている　空から
鳩が何羽か降りてきて　くちばしで
土をつついている　向こうの
ベンチには　ホームレスと思われる男
ぼくはチェ・リサンのことを思い出していた
チェ・リサンは何処へ行ったのだろう
もう四〇年も探しつづけている
街路樹の陰から　ぼくを見ている気がするが
見知らぬ人たちが　足早に
行き過ぎてゆくだけだ
そしてごらん　富んでいる鳩はいない

貧しい鳩がいないように
チェ・リサンの見ていた夢は
どこへ行ったのだろう
ビルの谷間から見る青空に
チェ・リサンの面影が映る
大学は休学して　なぜか
飯場から飯場を渡り歩いて
時々ぼくの下宿に　一升瓶を提げて
やって来た――やぁ　元気でいるかい
チェ・リサンの声がよみがえる
チェ・リサンの話すことは過激
南の独裁政権も北の共産主義も
チェ・リサンは信じていなかった
遠いどこかで　チェ・リサンは
目覚めているだろうか
涙もろかったチェ・リサン
酔うと　ひとつ覚えのトラジの唄を
うたった　三世のかれは母国語を
話せなかった　ミーンミンミンミン
蟬が鳴き出した　固有の生と死を
すべての生き物が望んでいるのだとして
シュラシュラシュラシュラ　泣いているのは

チェ・リサンだろうか
チェ・リサンもまた　それゆえに
この街を捨て去ったのだろうか
だがときどきむしょうに聞きたくなるのだ
チェ・リサンのうたうトラジの唄を
チェ・リサンが雲に乗っているのだとしたら
ぼくは追いかけてゆきたい
チェ・リサンの心はビルの谷間の空ではなく
原っぱのうえに広がる空のように
広がろうとしていたのだから
チェ・リサンはあら草のように生きていた
四〇年変わらないぼくのなかの街で
チェ・リサンはぼくの名を呼ぶことはないのだろうか
ぼくはチェ・リサンの中で生きていたかったのに
彼が変えようとしていたのは何か
自分自身だったのか　それとも
ぼくのあこがれ　チェ・リサン
彼と二人なら　自己を変革し
世界を変えることができただろうか
そんな夢を見た時代もあった
日がかげったビルの谷間の公園
心の貧しい鳩はいない
驕（おご）っている鳩がいないように

三・一一狂詩曲（ラプソディー）

わずかに残った桜の花が散り交い
葉ざくらの葉のかげから見える曇り空の下で
ガレキはどこまでも広がっていた
あやうく残ったビルの上には破船が
ありえない形で載っていて
津波は堤防を越え　町をなめまわす
海獣の舌のように　家々を壊し　車を呑み
人々を　命あるものを　海へさらっていった
縁なき水に　海はなろうとしたのだろうか
今は重々しい沈黙のなかに身を横たえ
おとなしく潮騒の竪琴を奏でている
だが見よ　浜辺と陸地の境目に
カラスノエンドウのむらさきの小さな花は
いっしゅんに命を奪われた人たちの
たましい　そうとしたら摘んではいけない

あのガレキに覆われた土に咲く
いくまんの野の花は　踏んではいけない
手折ってはいけない　そう思うのは
その地に日常を過ごすわけではないから　と
あなたは言う　空漠としているぼくの胸を
満たそうとするあなたの声は
未だに三・一一の震災の
水面に揺れる藻のような　あるいは放射能におびえる
水たまりの水のような感覚から目覚めないぼくを
日常に　つなぎとめてくれているのだけれど
夜　眼をつぶると　荒寥とした浜辺が
まぶたの裏に浮かんで　聞こえてくるのだ
慟哭している魚や貝たちの声が
それは生き残った人たちの悲嘆
そうとしか思えず　絆がほどけないように
わたしはつぶやく　寝入っているあなたの耳元へ
北斗はうたうな
宙宇をさまよう死者たちへの挽歌を
オリオンは弾くな
生き残った者たちの悼みやすすり泣きを
それぞれの死と生に
ふさわしい内部からの声が育つまで

二十世紀から二十一世紀へと続く物質文明の神話を
くつがえす精神が　外部へと
にじみ出すまで　廃墟と化したのは
わたしの心も同じ　そしてあなたの魂も
いつ　どこへ歩み出せばいいかを知るためにも
前へ進むためにも
この絶望を掘り下げよ　あなたもまた
あの痛ましい海の底に届くまで　掘り下げよ
そうして生命が初めて生まれた海の底に届いたら
くみ上げよ　わたしは私自身に見合う恥なきことばを
あなたは　希望を

真贋の森で　――あるいは真贋の詩――

Ⅰ　二十一グラム

落ちてゆく　世界のふかみへ
これはこころのなせるわざだろうか
だがそこから発されるのがぼくの詩

あるいは終わることのないものがたりのはじまり

砂で造られた廃墟の町にも　深く
地下水脈がめぐっていて　だあれもいない
だあれも　人は死んだら　二十一グラム分
軽くなるのだという水の声を残して

二十一グラム　それが魂の重さだとしたら
たましいは深くあらねばならず
その深みから届く声が

始まりのない物語の終わりを
告げるとき　ぼくの詩はどれもこれも
二十一グラム分の重さを持つだろう

Ⅱ　沈黙の森で

沈黙は美しい　苔むした
岩も　樹齢百年を越えた
木々も　倒木から生え出した
ひこばえも　それらを包む森も

その生まれ　生きおおせた時の
嵩を負って　言い知れぬ苦悩や
悲哀を刻み込みながら　深い
沈黙のなかに身をひそめている

だが人は木や石をよるべにすることは
できない　沈黙を研ぎ澄ますにしろ
ことばは自ら発語しようとする

人のたましいはことばによってしか
発光しないのだとしたら　生きて
うたうことの意味を捨ててかからねばならない

Ⅲ　だれがぼく

だれがぼくであったのか
ぼくがだれというよりも
タチツボスミレの咲く野原で
ひとり天を見上げて聞いてみた

空は青くすみわたり　空は
花のようにほぐれていくかに見えた

だから手をのべて　散りこぼそうと
したのだ　空を　やがて空は外部であって
内部であることに　内部から外部へと
あふれでたものにすぎないと　思い
はじめたとき　だれがぼくであるのかと
問いはまたくりかえされ　ぼくは一本の
野の花と化していきながら　あふれ
出ようとした　青くすみわたった空へ　詩のように

木

あれ地野菊の咲く野原で　ひっそりと立つ
木は何ものも欲せず　ただひとつのものを
求めている……ぼくはゆっくりと
大地に額をつける　ひんやりとした感触
もうすぐ霜が降りてくるのかもしれず

木よ　美しい手を　空に差し伸べることしか
知らない木よ　〔人は木の葉に過ぎないのだ
人類という一本の木の……〕* ぼくは起き上がる
木のなかで　大地に根をおろした人々が
ぼくを呼んでいるから　ただひとつの名で
ぼくは和合する　しなやかな小動物そっくりに
ぼくは広がる　空や水のように　ぼくは
ぼくを生み出すことを　もうすぐ知るだろう
何ものも欲せず　ただひとつのことを求める木とともに

* 〔　〕内は、パブロ＝カザルスのことば

森

深い断念を強いられていた
その一本の大いなる木によって

森は静寂のなかで　すべてを
受け入れようとする人のようだった

ふくろうが鳴いた　小動物の
目が　きらりと宝石のように光った

凪ぎの海に似た森　だからぼくは
人であるよりは魚　あるいは潮騒

小さな風が　黄落の葉を散らして
過ぎた　その一本の木は　目を

大きく見開いて　ぼくを見た
ぼくはその一本の木になるほかは

ないと思った　ふくろうの羽音が
聞こえ　小さな叫喚が　いっしゅん

森を戦慄させた　すでに言葉を捨てた
ぼくを　深い静寂がつつんでいった

沈黙の書物

書架には　背表紙に
何も書かれていない書物がある
取り出して　ページをめくれば
沈黙の吐息が洩れる
文字は書かれているが
くさび形文字　象形文字
古代アルファベットの組み合わせで
ぼくの前頭葉では読み解くことはできない
だが　どこから来たの
と声が聞こえる　それは
ぼくの声ではないことはたしかだ
たしかに存在することはかなしい
実存の意味もわからずに
人間の相貌をしていることは
どんなに内部を切り拓こうと
見えてくる先は闇だ
女の起伏のように
たゆたう河が見えるが
彼岸に立って　こちらを

じっと見ているものは
見知らぬ他人だ
敵意の眼　嘲笑を
秘めかくしたくちびる
だが水のおもてには
いつも人型をしたものが流れ
それはぼく自身であったり
友たちや父であったりする
どこへ行くの　ぼくは問うが
問いを発するたびに
人型はくずれ　水そのものになって
翳りはじめる　夕闇が
つつむのかと思い　ぼくは
また書架のある場所に戻る
華やぎには遠く　暗緑の
森のような部屋で　下草になった
妻をまさぐろうとすると
妻はにわかに艶めいて
一匹の蛇のようになるのだけれど
うつろな目をしたトルソが
ぼくを見つめ　これから先
何をするの　と聞く

夭夭として暗緑の森から
飛び立っていく鳥のまぼろしを
ぼくは追う　一本の樹になるよりは
風になるべきなのかもしれない
だが俯瞰する風景は
どこもかしこも病んでいるではないか
たとえば道化師の笑い顔の下のかなしみ
チャイルド＝ソルジャーと呼ばれる少年の
さびしげな表情にかくされているいたみ
滅びへと追い立てられている種族のおそれ
それらに思いをめぐらせることのないまま
書架にかかった書物を
読み通したところで
これから先いったい　どうやって
生きていけばいいというのだ?

夢記

Ⅰ　水分で

(水分：みくまり)

水分で立ち迷ってしまった
見上げると　鳥たちが
すみとおる空を渡っていた
下草のなかにかくれて
死者たちもまた　澄んだ
目をして　何かを見入っている
風情だった　手に触れた
水は冷たかった　しんと
こころにしみた　旅人が
杉木立のなかから現れたが
一瞥したまま　何も
語らずに　尾根の方へ
向かった　〔背姿が
しぐれてゆく〕[*1]ようだった
まだ淡い夏だというのに
もみじを急げ　もみじを
急げと　風はささやいて
吹き過ぎているようだった
すべては滅びへと
向かっているのだろうか
何かいぶかしかった
水霊たちが　深い思念を抱いて
飛び交っている　そんな
気がした　黒髪を
梳いているような岩があって
岩のなかに　すうっと
入ってゆく人影が　こちらを
振り返ると　見知った人の
顔をしていて　その人の名を
思い出そうとして　首を
かしげたまま　枝ぶりの
悪い木になってしまった
みくまりで　翔け渡る
鳥たちに恋い焦がれる木に

Ⅱ　個体

その個体は何か　判別できなかった
獣毛は数億年も前のものであることは

確かだが　かたわらに咲いていた
おみなえし　石は燃えるように熱く
真夏の森に　蟬の声は激しい水の
たぎちのようで　ホモ＝サピエンスよと
ささやき過ぎたのは風であろうか
それとも樹管を昇る地下水の
かすかにもらした声であろうか
うつし身とはふしぎだ
まぼろしと少しも変わらぬではないか
聞こえないはずの声を聞き
見えないはずのものを見ていなければ
生の確信を得ないのだから
鳴いているのはシジュウカラ
コムクドリ　いやあの声は
ミヤマホオジロではないか
チョウセンアカシジミが　触覚を
ふれ合わせる音もする　来世は
鳥あるいは蝶になろうかなどと
呑気に考えながら　山道を登って来た
途上　森のなかに入って
迷ってしまった　半獣半身のような
存在を　木立のすき間に感じながら

死者たちよりも　愛に病んでいることを
痛切に思い知るほかはなく
くさあじさいの千のひとみに
映っているぼくを　胡散臭いと
思い知るほかはなく　ここから
一歩踏み出せば　永久に家に
帰れない不安に脅えるのではなく
それを希っているこころをいぶかしみ
いぶかしみつつ　その個体に
変容していったのだ

Ⅲ　だれか

オナガが鳴いて　くちばしに
雀の子の肉のかけら
昭和史を開いたまま
机上に置いて　散歩に出た
道すがら　非在の岸辺から
見てしまった惨劇
川面に映る木々の緑
岸近く泳いでいる鮎の稚魚
未生のものたちも　あたたかな

水のなかで「今度生まれたら
ギーコンバッタンしよう」[*2]　ゆらぎ
さわいでいる　水音に　何かしら
ニンゲンの産声に似た声を
顕たせて　岩は　その深みに
みごもっている　まだ
名付けられることのないものたちを
しぶきをあげる波が
そんな神話のようなものがたりを
口ずさむ中　水源へさかのぼってゆく
影はだれか　たしかに人の
かたちをして　たおやかに
腰をくねらせて
新しい神話のページをめくるように
その水脈のようなほそい指で
透き通ったひとみもて
みなそこから　じっと
みつめているのはだれか
億年を水のなかに住み暮らし
すべてを見知っているだれか
見者のかなしみを
せせらぎにして聞かせている
だれか　沈黙の
深い声を持つものよ

＊1　種田山頭火より改
＊2　中原中也「港市の秋」より改

手紙

白日の下
道は途絶しているかに見えた
引き返さなければならない
もと来た道を
五月のはじめの木々の
みどり　うすいみどりにならなければならない

あるいは十一月の野の原の
露と化さなければならない
生きるに拙かったぼくを
死の刻に　肯うためには

石のささやきを聞いた
見えないものを見た
永遠も

魚が陸へ這い上がってゆく岸辺で
妻と暮らした　決して平穏では

なかったけれど　いつか銀婚式を迎え
妻はくねくねと流動する水流となって
ぼくを呑み込んだ
そう　銀河のふちで
ふたつの星のように暮らした

〔水引草に風が立ち〕*
秋は鈴虫に乗ってやって来た
ぼくは寂寥が
星のように降る村で
今は地上にいない父や友たちに
手紙を書いた

ぼくは　信じていた

信じていた　いのちは
何もかもはじめから
やり直すだろう　と
だから引き返したのだ
もと来た道を

＊〔　〕内は、立原道造

虹物語

七色の虹に
ひと色を加えて
少年は絵筆を置いた

春の多摩川の上流の河原
水音にぼくは聞いている
「ラプソディ・イン・ブルー」

少年はじっと川面を見ている

まだ学校には行かないの
ぼくは聞く　小石を投げながら

少年は答えずに　立ち上がると
石切りをする　ひとつ　ふたつ
みっつ　よっつ　いつつ　むっつ

水の上を石が走る　ななつ
石が沈む　もう少しでとうだったのに
どんな願いを抱いて

少年は石切りをしているのだろう
パレットに残された　赤　青
緑　黄色　橙　紫　藍　そして白

少年は虹に
白をえがき加えていた
あしたから　行くよ

少年は　ぼそっとつぶやく
ぼくも立ち上がり　石切りをする
ひとつ　ふたつ　へたくそだなあ

少年が　ぼくを見て
にっこり笑う
いまのは肩ならしさ

空を見上げると
青い澄んだカンバスに
白一色を加えて

七色の虹がかかっていた
まぼろしを見ることも　時にはいいね
少年がまた　にっこりと笑った

無言歌

かれが木のようになっているとしたら
歩きなさいと伝えよう
大地がふたたび彼のものとなるように

かれがさかなのようになっているとしたら
岸へ這い上がりなさいと伝えよう
海がふたたび彼のなかで生まれるように

かれが小鳥になっているのだとしたら
誰かを呼びつづけなさいと伝えよう
空がふたたび地上に彼を捜しだすように

風が

風が　ときどき死者たちの
声を運んでくるときがある
死者たちの声は　なぜか美しい
肉体を失ったものたちの声は

だが声はことばにならない
音楽のようにひびくばかりで

そして生きているときの存在は軽く
死んだものたちの存在は重い
発芽する木々たちのめぐりで
太陽が典雅なロンドを踊る中で

蟬の幼虫がカサコソと音を立てている
地中から貌（かお）を出したもののなかに
優しい死者の顔を認めるとき　だれも
まだ死んではいないとつぶやく

だれもまだ　ほんとうには生きて
いない　だれもまだほんとうには死んで……

風が揺らして過ぎるぶらんこ
だれも乗ってはいない　死者たちに
席をゆずるぼく　ベンチに座って
目をとじる　まなうらにびっしりと

死者たちがひしめいている　ぼくは
影だけを残して　発つべきだろうか
死者たちの記憶の底に　たましいの
思い出として刻まれているあいだに

時空

大きな時空へ　ふとぼくは入り
そしてしばらく迷っていたようだ
気付くと　いつもの家路を
たどっていた　だがむすうの星星の腕が
ぼくを空に持ち上げようとした
その感覚が　まだ体のどこかに残っていて
ふとぼくは立ち止まる　杭のように
たたずむぼくを　だれか
空き缶のように
蹴り上げてくれればいいと
思ったとき　ぼくの中を
カランカランと
転がってゆく空き缶があり
少年の日の缶蹴りを思い出した
ぼくは鬼
ぼくは何だか急に切なくなって
しゃがみこんでしまった
すると青梅線ぞいに
咲いているまんじゅしゃげの真っ赤な花が
ぼくに問いかける
まだ生きていくのか
まだ人を愛さずにはいられないのか
ぼくは　わからないと答えるほかはなく
立ちあがると　また歩き出す
あと数十メートルで　家のすぐそばの
踏切　銀河鉄道の最終電車が
通り過ぎてゆく　シグナルが
鳴っている　まばらな
乗客たち　窓にしがみつくようにして
ぼくを見ている少年がいる
どこかカムパネルラに似ている
まあだだよ
少年の唇が動く
ぼくは気付く
まだ道の半ば

あとがき

生まれたからには、死なねばならない。自明の理のことが、このごろ気にかかる。それはいつか。のほほんと暮らしていたはずが、何かに追われているような……。

それをふり払おうとして散歩に出る。家の前を都道が走っている。大抵は左へ行く。その左手に川が流れている。川は遠く荒川に合流するという。川面いっぱいに、百日紅が枝を張り出しているところがある。その枝に時々カワセミがいて、水を覗きこんでいる。至福の時。追われているものの正体も忘れて、生きているっていいなと思う。そしてこの地に引っ越して来て四年。自分で物思い坂と名付けたちょっときつめの坂をのぼる。

生きているからには、詩を思わねばならない。詩を書くしか能がないぼくは、生きた証を詩にして残さなければならないなどと思いながら。この辺りで川は蛇行しているので見えなくなる。五分ほど歩いて、これも自分が名付けたちょっとゆるめの言問い坂に至る。そこで何か詩の糸口になるものが湧いてこないかと、立ち止まったり、ゆっくり歩いたりして詩を思う。左手には、また川が澄んだ水をたたえて流れている。坂の上から川を見下ろす形になる。ここ過ぎて二度とここに戻らない水。その水が話しかけてくる。詩が降りてくる気配だ。

詩を書くからには、愛さなければならない。生きることを、この世界を。たとえ詩がこの世には無用のものだと言われるにしても、愛を、生きることを表明しなければならない。ゆえにぼくの詩は、述志の詩とならざるを得ない。遠い日に確かに見た、戦争のない愛に満ちた地球を夢みて。

さて、今回コールサック社主の鈴木比佐雄氏と、編集その他でお世話になった佐相憲一氏に御礼を申し上げる。前回の詩集から八年、「禾」「コールサック」「サラン橋」「Ｅｓ」「いのちの籠」などに発表した八十余篇から厳選してもらった。ぼくの拙い詩の思いと祈りが届けばいいのだが。

二〇一七年九月二十七日

著者

第二部

詩集未収録詩篇

（一九八五〜二〇二三年刊）

「海燕」第一巻第一一号〜
第七巻第一一号
（一九八二〜一九八八年）

友へ——手紙II

黄土の森の深く　刻まれているだろう
か
友よ　今も　ふたりで書いたハングル
の文字
愛と自由と　木の幹に深く　地下水を
吸いながら
追憶の夜には　樹液に群れる昆虫の
四肢のように　かがやいているだろう
か
その触角のように　よろこびだけを求
めて
友よ　どこへ行った？　僕たちの金の
時は
あの祝福されていた出逢いの日々の中
で
確かに育っていた渇幸の声とひばりは
ひばりは地上を持ち上げていったね
天の
深みへ　僕たちは互いに同じ夢を見て
いたね
住んでいる国と国をへだてても　血は
一つだと
ひばりは降りて来る時に　僕たちのこ
ころに
くさびのような太陽を打ち込んでくれ
たね
僕たちは希った　ともに葡萄の木にな
ることを
友よ　つつじの花という花の内部に
あらがいに逝った人たちの命の宿りを
見つめていたひとみよ　どこへ行っ
た？
五月の光州の路上に　木にしるしたハ
ングルの文字
その永久の宿題を　友よ　その肉とた
ましいで
解こうとしたのだね　生が途切れるこ
とのないように
しかしどこへ行った？　友よ　僕たち
が
手探りで求め　とらえようとしたすべ
ては
五月の光州の若葉や鳥になっているの
だろうか
友よ　君が僕の中で生きるということ
それが君自身になることだったらいい
のに
求めることのために　死の中の生を勝
ち得た君に！
友よ　黄土の森深く　今は君は一基の

土盛る
墓　その沈黙に　届くだろうか　ひば
りの
声のように　書かれることのない僕の
手紙
しかし絶えない音信は……　君が信じ
ようと
したことを　生きなければならないか
ら
友よ　その激しかった意志と姿勢で

思い出

六月は僕の誕生月
人面をしたあじさいが咲き
その千の花の瞳に映る　李少年よ
僕の少年期よ　さようなら
楔形文字のように抱き合っている
父と母よ　さようなら　海の果実を
採りに行った友よ　さようなら
帆を張った笹舟と蛍火と
限りもなく　ゆうやみの
川を流れてゆく　亡命者のように
もう僕は　遠い荒地の
地平線で　首を吊ろうとは思わない
世界を解読しようとも思わない　さよ
うなら
傷ついてのみ熟れる柘榴よ　さような
ら
夏の海に忘れて来たカンカン帽よ　さ
ようなら
六月は僕の誕生月　だから
あじさいの花びらの億のひとみに　見
入ればいつも
僕の少年期も李少年も映っている
はにかむように　種子をはらむ
花びらを呼び　野の川に孵る
魚たちを呼び　限りもあらぬ
まぐわいの季（とき）を　林に化（な）った人よ
僕が青空になれば　僕は
測ることができるだろう　地のひろが
りを
失われた時を運んで来る郵便配達夫よ
さようなら　田園交響楽よ　ナタナエ
ルよ
さようなら　夏休みの校庭よ　鉄棒よ
さようなら　もう誰も傷つけないでく
れ
僕のふた国の血の流れを
一華の花にする見えない人の手を
六月の海の鼓動を捜しに行った李少年
を
六月は僕の誕生月
あじさいの葉の裏に　雨の日は
蝶が休らう月　きらめく夏のひかりを
はらみながら　六月はやって来る
僕をまた生むために　父と母は
帰ってゆくだろう　それぞれの生まれ
故郷に
父は黄土へ　母は長崎県北松浦郡福井
洞窟の近くへ
また出会うために　六月に
また僕を地上に産み落とすために

六月は僕の誕生月　だからもう思い出
　さないでくれ
僕のふた国の血の流れを
一つに紡ぐ見えない人の手を
本当の国を捜すために　六月の海に
消えていった李少年を

「舟」八一号～一一二号
（一九九五～二〇〇六年）

カレンダー

1

ごらん　ぼくはダリヤの花の中にいる
散り落ちたかなしみのなかにいて
かなしみをことばにすることができな
　い
しかし知っている　死は
移動なのだ
なぜだろう　まだ精霊が
生まれていないのは
白い鳥が渡ってゆく
デルタは茜に染まりながら
非在の魚を　砂の上に
眠らせている　なぜだろう
人は己れを持たず　なぜ
己れへ帰ろうとしないのだろう
非在の魚の卵が割れる　呪詛のように
砂を掘ってゆくと
もう一つの宇宙へつながる
穴があって
ぼくは移動する

2

悲しいだけ
詩が生まれても
紙ヒコーキをとばしても
惑星は　ゆるやかに
死　それから日曜日には
ぼくの生まれなかった子供が
枕元へ来て　アソボーと言う
どこで　と聞くと
空で　と答え
ぼくは目をとじて二度寝する
悲しいだけ
ヒヤシンスと語り合っても
猫の尻尾をつまんでみても
水脈を蝶結びにしても
夢は途切れるから
みちることもなく

欠けることもない日々に
羽を一枚　ください

3

さようなら
つぶやき始めたここから
はじまるのではないか
優しい生は
時が集積した台地
あれ地野菊が咲いている
ぼくはここから翔けるのではないか
名付けられる以前へ
夢みたものは
それさえも忘れ去ったときに
帰ってくるのではないだろうか
物の形のようなものが
ぼくをつつむのではないか
水は澄みはじめ
空は　とおいどこかで
ふたたび一つの星をめざめさせる
そしてぼくは暦には
ない日を生きるだろう

4

庭は　月の光で明るい
交尾する虫の影は
見えるようで見えない
声だけが静けさを領している

ぼくはその夏もクロールで
泳げなかった　クロールを覚えられ
　なかった
パール＝バックの「大地」を貸した
　少女は
孤児の男の子と　よく訪れた岬から
身を投げて死んだ
〈どうして泳いで来ないの
　わたしのところへ〉
ぼくはその夏　島から島へ
クロールで泳ぐ約束をしていたのに
ぼくはもうおよごうとは思わなかっ
　た
〈きみは　ほかの男の子と…〉
潮の匂いのする町を　ぼくは出て行
　きたかった
風が木の葉を舞わせている
月の光の絃をひいているのは
見知らない指
木の葉はもう木の中には帰れない
　ついにクロールを覚えずじまいに過
　ぎた
よわいも四十を越えてしまった
こんなに長く生きようなどとは
思ってもみなかった　少女はいま
あの日のいちまいの海でしかなく
何ものも生産しない海
ぼくが怖れる海でしかなく
ぼくはもう泳ごうとは思わなかった
潮の匂いのする町へ　帰りたいのだ
　けれど

5

時をとどめる手を
ねがったわけではない
ここを　過ぎてゆくひとは

だれも帰らない
無援なままに　仰ぎ見る
峠を越えて　日のなかへ
入ってゆくのだ　人を
呼ぼうとする声が
のどにつまっているのだが
声にならないまま
生と死と　どちらが長いか
とおく浮かんでいる雲に
問いかけては　人の名を
忘れようとする　ここで
人を遠くへ連れ去ってやまぬもの
それがだれであるのか
すべての時から解き放たれるまで
もう思い出すこともないだろう

6

ふるさとの川のほとり
ぼくは永遠のように佇んでいるか
しずかに葦の葉がそよいでいる
やさしかったみっちゃんはどこにいる
　だろう
いじわるだったこうちゃんは　今　何
　を
していのだろう　実家の鉄工所はな
　く
魚がはねた　波紋は岸まで届かない
ぼくは石切りをする　石は三つか四つ
はねて沈む　ぼくの夢も叶うことはな
　く
ぼくは橋を見上げる　橋の上　狂った
　女が
落葉を拾い集めて来ては　川面に投げ
　て
いる幻　ぼくはほんとうの母だと思っ
　ていた
目をとじて　水のひびきに耳かたむけ
　る
川も老いてしまった　もうだれもここ
　に
帰って来ないのだろうか　人はみな流
　離の影のみを引き
母もふるさとを捨て　異郷の地で
なりわいを立てている　ぼくも　その
　母の住む
町を遠く離れて　ささやかななりわい
　を立て
ふるさとはこんな風ではなかった　あ
　のころ
別離というものを感じたことはなかっ
　た　かえって
うつくしい結合を　うっとりと夢みて
　いた
川面に枯葉を投げていた人は母ではな
　かった
だがぼくの年ごとに失っていく歳月の
　葉という葉を
今は拾い集めて川の流れにもどすだれ
　一人いない

8

ぼくの過ぎていった時間たちが
ふらんした魚や
散り落ちる枯れ葉になっている

だからぼくは　慈悲深いひとに
乞わなければならない
ぼくの中にそのひとが居ますようにと

生のよりどへ　帰ってゆく
ぼくのノスタルジア　どこまでも
ひとがやさしく受け取ってくれるまで

そのあかしのないままに　過ぎてゆく
時間　ぼくの骨壺をかかえて
戻ってくるぼくがいる

9

死が訪れようとしていた
いや死は初めから内部にあって
ひとつの合図を待っているのかもしれ
　ない
テーブルの上に　銀河のように

こぼれている塩
結晶するぼくの思念
それは死してなお生きるということ
子どもたちのなかに生きるということ

だれかとびらを叩いている
それは雪のひとひらだった気がする
とびらの内部にあって
そのなかにほんとうのぼくがいて
死してのち会えるのかもしれない
アンニョン　ハーセーヨー
そのとき　テーブルの上の静物たちが
ふとひとつの表情を見せたような
それから風だったろうか
ぼくの形姿を　乱したのは

郷愁のように　死がなつかしく
こころを占めるときがあるが
ぼくはさがし歩いて来た　ぼくを
それはとおい未来に
生まれようとしている
ぼくだ　生きていた日に

会うことのできなかったぼく
だれだろう　ぼくの名を呼んだのは
妻は眠っている　小さく口をあけて
テーブルの上の食べかけの
みかん　あるいは小さな容器に
入れられたまりもであったろうか
ぼくが死に向けた合図を
なお深くとおく生きるためにとささや
　いたのは

10

うばっていった
夕暮れの空は
空を見つめていたものたちを
自らが空になることを
けっしてこばみはしなかったのに
空もバラも　おのれが
名付けられていることを知らないのだ
　から
ひよどりが鳴いている
何万というひよどりのなかの

一羽が鳴いたのに
なぜ　空が鳴いたと
言ってはならないのだろう
流れている雲を
なぜバラが流れていると
それからぼくは　だれを
待っていればいいのだろう
どこへ　と聞くために
ほんとうのぼくが居る気がする
そう思っただけなのに
空とバラと慕わしい表情をする時があ
る
だが　だあれもいない
空とひよどりとバラとを造った人以外
は

11

むかし慰安婦だった人が
たずねてきて　無言で　ぼくを
じっとみつめたまま座っていた

ぼくが恥じて
居たたまれなくなったとき
見すえたように
あなたの詩には
わたしがいない　と言った

ぼくの中には
ぼくが居ないのです
ぼくの中を流れる韓(から)の血が
もうひとつの日本の血を
つぐなうように
強いたりはするのですが
韓の血とか日本の血とか
考えずに　人になれ
人になれ　と
ささやく声もするのですが

ぼくの詩には
まだ人が居ないのです

12　信ぜしめよ

信ぜしめよ　一羽のいためられた
鳥のこころに　咲く場所を失った花々
のひとみに
銃をむけられた善良な
顔という顔に　僕たちは
なおも手を伸べる
志(こころ)を持っている　と
信ぜしめよ
日の光のように広がるてのひらを

信ぜしめよ　枯葉剤の降った野で
触角を失くして羽化なす蝶の目も
こころも病んではいない　骨と
皮だけの子供たちのひとみも
たましいも病んではいない
もっとも大切なものを　とおくへ
去らしてしまう人のかなしみのために
かれらは何回も生まれ　生きるだろう
他者によって　生きることの理由と
そのため　他者にむごいひとを
幸福にするために
かれらは在る　と信ぜしめよ

信ぜしめよ　水はどこまでも流れ

僕たちの血を赤く染め続けるだろう
あふれるために　命のふかい
実りをしるす木々のいただきや
花冠のなかに　人が住みうることを
人の手は水脈のように　交える
ためにあることを　ただひとつの声で
水は　しるし続けるために

信ぜしめよ　どこに僕たちの
帰れない場所があるのか　僕たちの
かなしみで　どこにいやすことのでき
　ない
場所があるのか　僕たちはあらゆる虚
　偽に
不正に　差別に　泣きぬれている半身
　のために
汚されてゆく川や海のために
無垢なままに撃たれてゆく子供達のた
　めに
きりぎしを這い上がる石とならねばな
　らぬ
信ぜしめよ　僕たちの内部空間を
切りひらく手は　交えるために
宙へ　互いを連れ出すために　在ると
信ぜしめよ　この世に
免れうる何もないことを
死のほかに逃れうる場所のないことを
そしてこれ以上　みじめな死を
積み重ねないで　地上は
つねに自由で自在なたましいの
つどう場所　そのためにある
ただひとつのたえない生を
信ぜしめよ　芽吹く木々たち
双葉を出す種子たち
空高く交尾する鳥たち
いくせんとなく孵る魚たちや虫たち
とだえることなく　信ぜしめよ
僕たちの信じようとしていることの
すべて

13

こおろぎの飲食の音も聞こえる
野の原で　ひっそりと　佇(たたず)んでいる
寂寥の人よ　あなたは待っている　誰
　かが
歩み来るのを　深い命のさやぎを乞う
　のを

すすきの穂が風に揺れている
野の果ての一本の樹の最後の果実の中
　心には
あなたが居る　あなたは核になったり
果肉になったりすることができる　滅
　びることがないので

秋　あなたは知っている　滅びゆくも
　のの象にこそ
深い奥行があるのを　そこに辿り着こ
　うとすることの
あなたとの結合であることを　目に見
　えぬ寂寥の人よ
秋には　あなたは鮮明にひとつの形を
　持つ
この遊星を過ぎ去ったすべての時の断
　念の

影　あなたは待っている　誰かが歩み
　来るのを
あなたは待っている　そして待ってい
　るあいだ
あなたは自らの肉を　こおろぎや飢え
　ていやしい
けものたちに食べさせる　食べても食
　べられても尽きない死　寂寥の人よ

14

月の光が射すと　火の山のすそ野に
寂かに水が湧き上がり
——どこへ行くの　水のこころよ　ど
　こへ
億年も編み続けて来た火の山のロマン
　セを
水は伝えにゆくのだよ　とおい海に
　火のこころを
火は水になりたがっているのだよ　火
　は
水になって旅をしたいのだよ　とおく
　へ
——どこへ行くの　火のこころよ　ど
　こへ
行き着く場所を失ったわたしたちの間
　を
どこへ運んでゆくの　岩々に月の光が
　沁みると
水になるんだよ　水は火になりたがっ
　ているのだよ
——どこへ行くの　水のこころ　火の
　こころよ
どこへ？　よるべないわたしたちのこ
　ころに
月がしみると　わたしたちは火の山や
　河になるんだよ
やがて　しずかに水が湧き上がる音と
火の山が噴き上げる音と　とけ合って
わたしたちにも行き着く場所がみつか
　るのだよ
——でもどこへ行くの　わたしたちは
　どこへ
月の光がわたしたちを運ぶ　空へ
——火も水も　それからはかなしみに
　ふるえるのだよ
そしてもう誰も生まれたり死んだりし
　ないのだよ
月の光がしみる火の山と河だけが残っ
　て

16

チグリス・ユーフラテス河から
吹いて来る風はささやいた
　おまえの愛するものの乳房は
　この河の二粒のうたかたに過ぎぬ
ユーラシアのあまねく場所から
吹いて来る風はつぶやいた

おまえは絹の道をゆく旅人の
汗　あるいはその魂の思い出に過
　ぎぬ

黄海のほとりの小さな漁村から
吹いて来る潮の匂いのする風は告げた
　おまえの子は　あらがい黙して
　死した父祖たちの血の雫に過ぎぬ

ああ今僕の生まれた列島の西の涯
佐世保から吹く潮風は強いる
　生きることなく死ぬな
　死ぬことなく生きるな　と

（編註）本詩の「7」は詩「カレンダー」の「Ⅱ　男」、「15」は詩「この国の夏は美しい」として、詩集『遊行』に収録。但しいずれも若干の字句の異同あり。

長いあいだ忘れていたぼく

1　ときおり風が

ときおり風が
窓の中に　白い雲を
運んでくることがある

そしてぼくには　死が風のように
慕わしい時がある　部屋の中の
覆刻画の少女は問う　なぜ？　と
ぼくは答えない　ぼくは首を傾げたま
ま
ビールをそそぐ　酔いしれて　ぼくは
問う　なぜ？　と　なぜ死は触れもし
　ないのに
すべてを奪って行くのかと　少女はお
　し黙り
ぼくは風が運んで来た雲とたわむれる

窓の外に　ときおり
あかね雲が広がる
一本の直ぐ立つ木があって
木の中には少年が住んでいる
木の中の少年は問う
なぜ生まれてはいけないの

ぼくはおし黙ったまま　ビールをあお
　る
少年の血のようなあかね雲を見ながら
ぼくは覆刻画の少女の頰を撫でる
少女もまた生まれたがっている
風がささやいては部屋のなかをすぎる

2　人という人は

人という人は遠くはなれていった
そこにひっそりと立つ木になった
静かな森の奥で　僕は岩の呼吸を
聞いた　しぐれは森の木の葉たちに
吸い取られ　岩も大地もかすかに濡れ
　ただけだ
人という人は安らかな表情をして
立っている　木の中にそれぞれの
血をそそぎこんで　木の外へ
あふれさせている　恵みのように
ぼくは　人という人が　何羽もの鳥を
空へ　飛び立たせているのを見ている
行って　もう誰も帰って来ない空へ

ひと筋の道は続き　ぼくは思わず
声をあげる　それはもう人の声ではな
　く
鳥たちが答える　深い空で
木々たちがざわめく　森はいちどきに
秋の色をして　滅びてゆくものたちは
みなうつくしい　うっとりとした顔を
　して
樹々や鳥たちを見ている　ぼくは
木の中を流れる水　鳥たちの空になれ
　るだろうか
ぼくは何度も問いをくり返す
もうそれは人の声ではなく
鳥たちが答える　深い空で
木々たちがざわめく　そのあと無のよ
　うな
静けさが訪れて　樹々たちに沁み
鳥たちに沁み　森に沁みていった
そのとき長いあいだ忘れていたぼくが
ぼくの中に立っているのを見た

3　翡翠

翡翠（かわせみ）が魚をとらえた
きみの水辺で
僕は一日中水浴びをしていたかったけ
　れど
きみはワープロを打つ仕事があり
ぼくはつとめに出なければならず
ただいい知れぬはるかなものを
互いに持ち合っていることのかたみに
ぼくはきみのほつれ毛を指にからめ
きみはぼくのかけちがったボタンを直
　し
朝の食卓　緑色野菜を食べる
草食動物となりながら
ビートルズの曲をなつかしみ
レット・イット・ビー　なるようにな
　るさ
心の中にしまっておいた
舟を出し　舟を浮かべ
だれにも知られていない水路を
櫓をこぎ　語り合い
あまりにも夢からは遠いたつきに
打ちひしがれた昨日を
ほんのひととき　忘れかけた幸福を
互いにはじらい
もうふたたびはめぐって来ない今日へ
　向かう
きみの水辺で
翡翠が魚をとらえたそのときに
少年のようにカン声をあげたぼく
そのぼくに照れ笑いを浮かべて

日常抄

I

血族はみな
船
いつか港から
出てゆく
遅延する亡父
死とは
岸辺に
いつまでも辿り着かないこと

ぼくは
島へ　と言った
船の時刻表には
ない島を　亡父はまだ捜している

亡父とぼくとの
ふかーい裂け目
そこに海がみちるとき
ぼくも亡父も　途方に暮れる

Ⅲ

いぬのふぐりが咲いている
堤の道を　犬がふぐりを
ちろちろさせて歩いている

土手にひとりの少年が座って
ハーモニカを吹いている
遠い木の橋のうえを
しずしずと葬列が過ぎてゆく

水面にあわい影をしるして
死から今日この地を通過する
あの死者が僕ではないと
だれが言えるだろう

名辞以前の存在に
帰ってゆくのだとすれば
いぬのふぐりとぼくを呼んでくれたまえ

（編註）本詩の「Ⅱ」は詩「日常抄」の「Ⅰ顔」として、詩集『遊行』に収録。但し若干の字句の異同あり。

男

降りしきる蝉時雨　せみしぐれに
遠い夏へつながるようなめまいを覚え
ふと立ち止まったところから
故郷へつながる道を見つけた

道のかなた　捕虫網を手に持って
駆けて行くのは　子供だった日の
ぼく　呼び止めようとして駆けていた
どこまでも　どこまでも　駆けていって

ついに　幼い日のぼくとなるのだろうか

振り向くと　じっとぼくをみつめている

男　蝉時雨を聞きながら　かなしげな
目をして　激しい意志とかわきで
もう一度　生き直せるのならと言う
ぼくは恐ろしくなって　また駆けていった
ぼくはいつか幹にしがみついて鳴いている蝉

男を地上に置き去りにして

湯宿

眠ろうか　蝉は鳴いているけれど
昼の山の湯宿は　しんかんとして

風が哭けば　山は山全体としてそよぐ
もういくつかの葉が落ちている
地に落ちる　その寂しさの音を
蟬の声と　聞きわけながら　僕はいる

昼下がりに飲むビールはにがく
みんな消えてゆくのだろうね
思い出もその昏もおのれを諦めたこと
も

眠ろうか　夏のなかでひっそりと
秋が生まれようとしている

水の星

林がシャボンを吹いている
水の上を遠ざかる空
ただ一つの名のもとへ
帰ろうとするあれは
星から来た　と言った
しかもその星はわたしたちの内部にあ
る　と
そっと息を吹きかけるがいい
あれは笙のように鳴りながら
海に入っていくだろう　あれは
結びついているものたちと
少しも似てはいないけれど
あれは　生の始まりを知っているのだ

わたしたちは出発しなければならない
虚無を負いながらも　ついに涸渇を
越えるために　あるいは他愛もない
ほほえみで　待っているだろう
わたしたちがたどり着けない場所で
あたらしい客のように　あれはきっと
わたしたちを通ってきた　最後の旅人
だから

血をすすられている　あれは
わたしたちの血によって重みをます
あれはわたしたちを見知っていないと
言うだろう　しかしわたしたちが
不在となるときに　あれは再び
わたしたちをうもうとするだろう
すみはじめた水のなかで

恋唄

きみのちぶさの汗には
あんずの匂いがする
あんずの花の咲くころ

きみは光のだんす
きみのひとみの奥で
めをとじて
てのひらがとらえる
あらし

きみの身にとどまった
宙のけはい
あんずの花の咲くころ

*

ぼくはむなしいものとなって
地上に立ち尽くす木偶
だからぼくの名をもうよばないで
ぼくが新種の林檎となって
芽生えたときに
呼んでおくれ
ささやくように　低い声で
きみは
鍵をなくしたと言って
泣いていたね
もうぼくのこころはむなしい
ひとつの部屋だから
泣かないでいいのだよ
ぼくの扉を開ける必要もない
ぼくがきみのことを
思っていれば　それでいいのだよ
いくらむなしいものになったとしても
こころにはまだ炎があって
それが新種の林檎の樹となって
きみの声を待つのだよ　きっと

*

生きたいと
思ったから
生まれてきたのではないのか
同じ空の下に

ふちもなく宙を
広がってゆく渇きと夢で

ただいっときの幻影として
たとえば満開の
さくらの花のように
あわただしく不器用に

きみのなかで
おのれを失いつくすために
きみの生をむさぼることの
含羞を支えとして

会いたいと
思ったから
生まれてきたのではないか
この地上の一つの命のなかに

手にふれて
ほぐれてゆくたましいの
かけらをあつめたら
いつもきみがいる　そしてぼくがいる

ふちもなく　宙いっぱいに
広がってゆく渇きと夢で
ぼくもきみもできているのだとしたら

岸辺・手紙・種子・不在

―ソネットに寄せて―

1

花の秀に結んだ露の中に
深い河があって
そのほとりに立って
祈りをささげる人々がいる

人々の中には　死んだ父や
友たちが居て
かなしげな眼をして　ぼくを見る

そしてかれらは象っていった
花のかたちを
それはだれの魂の岸辺だろう

深い河は　音もなく流れ
ぼくは　その河のほとりに
たたずんでいた　ぼくは
だれの魂の岸辺だろう

2

出すあてもなく
私は手紙を書き続けた
それが私の詩だった

今日　樹の声を聞いた
潮風に吹かれながら
明るくなった私の孤独

それから私は　時が
とどまっているたんぽぽを見た
今日　私の生を証しているもの
たとえ明日手折られようとも

私はふと　私の手紙を
たったひとり受けとめている人を
感じた　私の手紙を
その人だけは捨てることはないだろう

と

3

大きな沈黙がわたしをおおう
わたしはひとを確かめるために
目をとじる　身内に
世界がひっそりと入って来るまで

ひとの胎の中で　ぼくは種子
種子のようにじっとしている
世界がささやきかけてくれるまで
ぼくは芽生えない　生の遠さを夢みて

生まれなさいと　世界が
ぼくに声をかけるけれど　ぼくは
芽生えない　生きることが怖くて

そして戦争があった　いくつも
海の向こうで　墓が建てられた
ぼくは醒めない　ぼくが無に帰るまで
　戦争が果てるまで

4

死ななければ　本当に
生きててはいけない　そうささやいて
過ぎたのは　風であったろうか
わたしの望みはとうに失われ

わたしは故郷に帰ることもなく
小さな墓となるのだろうか
そのあと　わたしはわたしを生きる?
幸せについて語り合うこともなく

風は木の葉を散らして過ぎた　これは

わたしがまだわたしの不在に気付いていない
あかしだろうか　小鳥が空の不在に気付かないように

生きているのだとしたら　わたしの死は
魚やけものの形をとり続けるのだろうか
そのとき　わたしはわたしの存在に
そっと触れているというのか

ぼく或いはひと

I

ふるえていました　物という物は
かなしげに　ぼくのなかで　たしかに
ほんとうの生を夢みるひとみを持っていました
あのひとは黙(もだ)して返事もしてくれないのに
たしかに帰ってゆこうとしていました
物という物は　狂おしげに　ぼくのなかで
生きとし生けるものの母のように　あのひとの居る場所へ

あのひとはただ黙って坐っていて
手招きをすることもありません　ぼくの
傷のようにほほえみ光り輝いているだけです

拝跪して　ああぼくはただふるえていました
ぼくのように　あのひとがたしかに在る
ということを知ったので　ぼくは形のない
物へ帰ってゆこうとしていました　あのひとのなかで

（編註）本詩の「Ⅱ」は詩「ぼくはここにいる」として、詩集『遊行』に収録。但し若干の字句の異同あり。

ソネット三篇

I

もう忘れられた奥深くから
ふとよみがえる顔がある
それは悲しげに瞳をとじて
じっと静かにしていて　しかし私を見知っているという

あの顔はだれであったろうか
ひどく小さくて　はかなげで
ひとりぼっちで　私の心の淵に
魚のように動かずに　私を忘れないでという
あの顔はだれであったろうか
自ら満ち足りているようでいて
しかし私の傷そのものであるというひと

私でありながら　誰でもないというひ
　と
私を呼ぶこともなく　私を待っている
　ひと
歩いていけば　失わないですむという
　ひとよ

Ⅱ

かれらは僕をやさしく迎え入れた
企みでもなく　その内側を満たすため
　に
慰めではなく　その外部を讃えるため
　に
僕のこころを　木にしたり　鳥や魚に
　したりした

かれらは僕と交わってくれた　眼に
見えないかれらの存在は輪となって
壮大な輪となって　僕を包んでくれた
僕は織り込まれていった　かれらの存
　念に

かれらは何とあっさりと捨て去ること
　だろう
迎え入れた僕を　僕はひとり取り残さ
　れて
僕は少しずつ自分を空にするすべを覚
　える

そして僕は目覚める　かれらそのもの
　となって
僕は浮遊する　ありとあらゆる場所で
木のそよぎ　鳥の声　魚の吐息になり
　ながら

Ⅲ

取り落として来た夢を
捜しに行くのなら　ついて行ってあげ
　よう
ぼくの叶わなかった夢のなぐさめでは
　ない
道は凍りついて寒いけれど

いま行かなければだめだというのなら
とことん一緒に歩いていってあげよう
もうすぐ福寿草も咲くだろう
冬だから　天は清冽にすみわたり
あの雪に光っている頂上に　夢を
置いて来たというのなら　一緒に登っ
　て行こう
ふたり片雲のようだと言われてもいい
　さ
泡よりも儚く存在もこわれるもの　と
笑われてもいいさ　見つからないかも
　しれないけれど
ゆっくり歩いていけば　夢の外にだっ
　て出られるさ

悲歌

われわれは何度も死んでいった
生まれ変わるためではなく

奪われるたびに
多くの愛するものを　失い続けた

われわれは　死の意味だけを
はかなく地上にしるし続けた
射殺されたいくせんの善良な人々
飢えさらばえた子供たち
われわれの命の河には　恐怖だけが流
れ

われわれは国を追われるように
深い生の意味から追われ続けた
われわれの叫びのつまったのどを
木を切るように刈ってゆく手
見るがいい　あらゆる都市には
批判の精神もなく立っているビル
ビルの窓という窓には　殺されて
堕ちてゆく鳥や蝶しか映らず
手折られた花の声しか届かない

区切られた空　区切られた陸と海
われわれのほんとうに生きる場所は
未来の時まで奪われている

われわれの激しい飢餓と渇きは
黙殺されて久しく
われわれの涙の中で　紡錘形に
ふくれてゆく地球は
なぜいつまでもわれわれのものではな
いのか

傷つき倒れてゆく小動物
撃たれ　滅ぼされてゆくけものたちと
われわれの命とは一つなのに
われわれは奪われるだけではなく
なぜ奪うものとならなければいけない
のか

われわれはどの国も
無限ではないことを知っている
われわれの断念のなかで
夢み続ける国だけが
無限であることを

われわれの差し伸べた手は
満ち足りたことがない

われわれは無力なままに
無力な人々のそばにいて
免れうる何もないことを感じ
かなしみのあとには
よろこびが来るとささやき合うことの
ほかに

未来へのソネット

1

それは高くさしあげられた
花ではなく　ひとつの合図
僕のなかで　高みへと広がる
空

解き放す　僕を拾い上げては
解き放す誰だろう　雲間へと
いざなうのではなく　たしかに
その両手で担い　運んでゆく誰だろう
誰だろう　僕をみちあふれさせたのは
空の一部であり　全き空とさせたのは

僕は受けとめられたのであろうか？
あゝ　風のざわめき　塵　ひかりと
　なった
僕よ　僕はすべてを失ったのだが
僕をうしなうことのない　あなたは
　誰？

2

そこに潮は満ちた　僕のなかは
海でいっぱいになった　海の深みで
水が笑っていた　それが合図だった
僕がふたたび地上に生まれて来るため
　の

僕は聴き入っていた　いっぽんの
やさしい花のなかのめしべとなって
風の音や　行き過ぎるけものの足音に
僕は満ち足りていた　人間であった日
　よりもなお

あゝ花のなかはひっそりとしていた

人の目には見えず　空は出たり入った
　りしていた
僕は誇らしかった　自らの抱いている
　静けさが

そして　もう忘れ去ることはないだろ
　うと
思った　生きていた日の記憶とよろこ
　びと
僕は創られたのではなく　創っている
　のだ　僕を

ありふれた休日のうた

子供たちはそれぞれ
大きくなって
ぼくたちのあとをついて来ようとしな
　い
クラブ活動があったり
友だちとの約束があったり
たまの休み　きみとふたり
取り残されて
おそい昼食をとる
出かけることにも
張り合いを失くして
動かないはしを握ったまま
目を見合わせたとき
ふと気づくのだ
ぼくたちが互いのことを
語り合うことがなかった歳月を
ぼくはきみに満ち足りて
いたろうか　きみはぼくに……
ぼくは　否　と首を振る
その欠けた部分を
子供たちが満たしてくれていたことに
感謝しながら
ぼくたちの互いの
うずめてゆくべき
距離の遠さに
茫然とする
でも始めなければいけない
たとえば残った
ひときれの沢庵を

きみの飯の上に載せることから
一杯のお茶を
きみについであげることから
子供たちは　きのうのままで
あした帰って来ることはない
ぼくたちが互いに
いたわり合う日までは

遠景

I

海を見ていると　時々聞こえて来る
かつて在ったよりもはるかに近く
ぼくのなかに生きている死者たちの
声が　潮騒のひびきの奥に　ひそかに
かつて在ったよりも　死者たちは
深くおのれの内部を拓き　透きとおった
声で　ぼくの迷いを迷い　つねに
ぼくであることができると　たえない声で
捉えられている　ぼくは　つきない希いに
かなしみに　かつて在ったよりもはるかに
世界をいくつしむために　讃えるために
ぼくは見る　海の面に　かつて在ったよりも
烈しく死者たちが産まれようとしているのを
ぼくはさよならのかわりに　さやぐ海を背負って帰る

II

気圏を抜けて
さようなら
ぼくのなかで逝ったぼくが
塵のように
燃えていますね　青や
赤の炎のいろで
星まつりの夜に
目ざめているふくろうは
ほう　ほっ　ほう　ほっ
地球の精のみる夢を
凝視しています
それはたんぽぽのみる夢と
同じですから
ぼくがいびつに燃えているときも
交わるのです
たんぽぽとふくろうと
うつくしい夢のみのりのために
地上のはじめての
父や母のみた夢のみのりのために

III

はるか
空のおくがに　報われぬ
愛に満ちた人がいる
億年を黙した
ほむらのようなかなしみが

空に満ち
ほむらは夕映えのように
うつくしく　ああ愛が
いっさいを奪う日を
夢みている

父三題——十三回忌に寄せて

Ⅰ

父が逝った　澄明な空を
雁たちが渡る季節
コスモスの花は揺れやまず

帰去来の詩を机上に置いて
ぼくは瞼を閉じていた
湧き来るものを抑えるために

父が逝った　ほほえみを残して
骨は韓（から）の大地に埋めてくれと
ただそれだけの言葉を残して

母は庭の片隅で菊の花を焼いた
その火が空に燃えうつり
家も庭も噴き上がる夕陽に染まり

父が逝った　母と僕に　無言に
日本人の血で　償わねばならぬ
生の約束のあることを　言い残して

Ⅱ

父の骨を　箸から
はしへ　渡してゆく　架橋のように
しかしその骨のかろさは
限りも知れず

骨は　くずれやすく
こわれやすい生のようで

父よ　骨壺に　あなたの
足から頭までの骨がたまったら
あなたの生まれた地　韓国の
黄海の村へ持って帰るよ
あなたの父や母　父祖のように
土盛る墓に埋めてあげるよ

海峡に　骨灰はとばすよ
人知れず　とばしてあげる　遺言どおり

ときどき鳥になって日本に帰って来てよ
ぼくや孫たちが産まれ　生きてある地に

父よ　あなたは　ぼくや孫たちの中で
うつくしいひとつの架橋
父よ　あなたが夢みたとおり
日本と韓の　うつくしいひとつの架橋

Ⅲ

からびとの父のつかった銀の箸
対馬海峡へ投げ入れた

日のひかりの屈折に
くねくねと　魚になるかと思われた
父が魚になるまぼろしを
いつまでも　みつめていた　海の上

死は生のはじまりだと
信じるために　波荒い海峡の上
父の死は　僕の生のはじまりだと
信じるために　父は永劫のかけら

永劫の結晶になったと　信じるために
生の中の死よりも　死の中の生を
はげしく恋うために

祖母（ハルモニ）の里

1

寒葱に日のひかりは降り積んでいる
ハルモニは水甕に水をたたえている
その影が　生きもののように空のかなたへ
黄土の苛酷とかつての悲劇を告げにゆく

2

たきぎをつんだひさしの下
冬蝶は静かに眠っている
月が射すと　さやさやと触角を揺らし
冬蝶は魚のように美味になっていった

3

ほした魚を焼いている
夜更け　老人は茶色に濁った
マッコリを飲みながら　北に住む息子の話をする
息子は　銀河を泳ぐことができた　と

4

星々は宙空に澄み
チマチョゴリをしずかに脱ぎ
少女は黄海に身をおどらせた
アフロディーテになる夢を見ながら

5

潮騒は告げた　魚は空を泳ぐ　と
渚では　少年が貝を拾っている
とおくの町に一人で売りに行くのだ
その祖母はまだ　少年を父の名で呼んでいる

6

鴨が鳴き　近くの林に隠れた
祖母は砧を打ちながら　ひとりごつ
父も孫も　決して帰っては来ない
異国で　さまよう鬼になるだろう　と

7

雪が降り積んでいる　父祖たちの

土盛る墓の上　冬蝶は息絶えた
次の世には　祖母の羊水に宿る　と
天へ　触角はかなしい打電をくり返す

8

眩暈のように雪は降りやまず
臍の緒のような枯木のなかを
ひとすじの地下水が樹管を昇り　いた
　だきに
着くと　逝って　まだ生まれぬ父のの
　どをうるおした

二〇〇三年詩篇

――この三篇はテレビの映像をモチーフ
としている。世界中の至る所に悲劇
はみちあふれているが、自責と何か
を為さねばならないという焦燥にあ
えぐだけの無力な者のせめてもの抗
いとして――

Ｉ　バグダッドの老人の事

ゆりかごをゆらしている
だあれも乗っていないゆりかご
戦争でひとりぼっちになった老人

空爆で焼かれた住居には
だれも　なにも残っていない　孫の
赤ん坊が眠っていたゆりかごだけが

たったひとつ　老人に残されて
バグダッド　千夜一夜の物語を
ひとり　だあれもいないゆりかごに

語りかけながら　狂いそうになる
こころを　老人は耐えている
千回も　万回もゆりかごをゆらして

老人の一日は過ぎてゆく　千回も
万回も　ひとり　ゆりかごをゆらして
思い出の中にだけ　老人は生きている

ゆりかごがゆれている
だあれも乗っていないゆりかご

「ゆあーんゆよーん」ゆりかごがゆれ
　ている

Ⅱ　全という少年のこと

全という姓字も書けないという
脱北した十四歳の少年は　母を捜して
延吉(えんきつ)という町に来た　豆満河(とまんこう)を渡って
生き延びた不思議と　生き延びている
現在の苛酷にとまどいながら　物乞い
　や
ごみ箱をあさりながら空腹を満たす
少年は学校の門すらくぐったことがな
　いという
どんな不条理が　少年を存在させてい
　るのか
「母(オモニ)」ということばだけで泣いてしま
　う
まだ幼いたましいを抱いている少年を

文明という冠詞をつけられた地球も
そこに生きる少年と同じ血を分け合っ
　ている
ぼくも　恥ずかしさともどかしさで
胸がはりさけそうだ　早く母が見つか
　ると
いいと思うだけで　何もしてあげられ
　ない
ぼくに　少年ほどのレーゾン＝デート
　ルや価値が
あるだろうか　少年は兄を助けるため
　に
また北朝鮮へ戻るという　そこに
待っている死　さもなければ飢えを
しのぐためにだけつむがれる　まだ
蛹のような少年の生　何も為す
ことのできないぼくに　少年のような
　勇気と
存在理由を見出す意志があれば　と思
　う

Ⅲ　マリナという少女の事

マリナ　かなしげなひとみをした少女
マリナ「戦争のとき　何があった
の」十四歳の
マリナ　とめどなくなみだはあふれ出
　てきて
アフガニスタンでもっとも苛酷だった
　戦場から
マリナの家族は首都カブールへ出てき
た
姉二人は欠けていた　ガレキの下敷き
　になったから
マリナ　一から十までしか数えられな
い少女
マリナ　家族のために朝早くから夜お
そくまで
マリナ　物乞いをしたりゴミ拾いをし
て働いている
女たちは働くことも学校へ行くことも
　禁じ
られていた　二十三年間も戦争が続い
　ていた
二百万人の人が死んだという　宗教や
　民族が
ちがうというただそれだけで　そして
　まだ悲劇は
終わっていない　父や母をなくした少
　年や少女が
路上にあふれている　子供を亡くした
　父や母も
マリナ　うたえるのはただひとつ
「兵士のうた」
マリナ　誇り高いたましいを戦争にう
ばわれて
マリナ　傷ついた心が氷のように割れ
　て涙となる少女

戦争ほど憎んでも憎みきれないものは
　ない
かけがえのないものを戦争はうばう
　奪われて
立ち尽くすだけの罪なき人々　戦争と
　言うだけで

マリナ　とめどなく涙を流す少女　自
　由という文字も
マリナ　読むことも書くこともできな
　い　痛めつけられた心が
マリナ　希求している平和という文字
　さえも自分の名も
「戦争のとき　何があったの」　ひと
　りひとりに
何が　くちびるをかみしめ身震いする
　体を
耐えねばならない何が　口にすること
　もできない何が
マリナ　しあわせがくるという虹の下
　を渡れない少女

マリナ　しかしそれは永遠にではない
　いつか魂が
マリナ　ほほえみに満たされて　祈り
　が叶えられる日が来る

マリナのささやかな夢　学校に行ける
　日が
何でも話し合える友達と未来を語る日
　が　虹の下を渡る日が
戦争さえなければ　戦争さえなければ
　ね　マリナ

渚の協奏曲（墓参）

コリア　木蒲　ケンガリの浜
コウキは貝を拾い集めている
—おかあさんへのおみやげだよ
コウキはニコニコして言う
むかし　はじめてぼくが訪れたとき
ここは一面に地雷がうめてあった
黄海がみつめてきた歴史は
その荒寥たるたたずまいのようだ

コウキは波打ち際で　無心に貝を
拾う　なぜここを訪れて来たのか
コウキはたずねようとしないが
先刻の土盛る祖父の墓を見て
—おじいちゃんはここにいるの　と
たずねたときの不思議そうな目が　と
　ても切ない
むかし　岬の突端の堡塁を守るために
銃を肩にかついだ従兄たちがいた
おまえは日本人か　韓国人かと問われ
　て
とまどい　言葉につまった記憶がよみ
　がえる

実を言って　いまも答えられないまま
だ
そんな愚かな父に連れられて　小さな
　手を
合わせていたコウキの姿が　波間に
浮かび　紡錘状にふくらんでゆく
―おかあさん　今頃何しているかなあ
鳥たちが　頭上をよぎってゆく
妻はまだこの地を踏んだことがない
鳥であれば　いっしょに来られたのに
かなたの島にたつきの煙があがる
妻も夕御飯の支度をしているだろう
ユーラシアの方へ落ちてゆく夕陽のな
　かで
ぼくもコウキといっしょに貝を拾おう
　とする

その時　コウキはすっくと立ち上がり
夕陽にぬれた海をじっとみつめていた
―おかあさんに会いたいか　コウキが
肯く
―まだここに来て二日しか経ってない
ぞ
思い出す　祖母（ハルモニ）の手紙が何十年ぶりか
で
届いた日　父が暗闇でおいおい泣いて
　いたのを
―この波は日本にもとどくの
―そうだよ　おかあさんの海にも

バラッド四題

1　海

世界はいつになく透明だ
言葉は君を傷つけてしまったのに
君の涙を見ていると　僕は
僕を欺き続けていた事がわかる

―　ごめんよ
―　はじめてね　そんな風に…
―　どうして此処は暗いのだろう
―　ふたりで居ても？

―　蝶の羽音が聞こえるかい
―　あれは見えない世界の言葉のよ
　　うね
―　言葉のない世界に行きたいかい
―　歩きましょ　だから

世界はいつになく透明だ
僕は僕を許し過ぎたことがわかる
―　海が見たいね　夕焼けに腕を伸
　　ばして
―　いいえ　わたしの中に海が宿っ
　　ているわ

2　宇宙

あなたは伸び上がろうとするのですね
いっぽんの木のように　僕を地下水に
　して

あなたのてのひらのとらえようとする
　宙（そら）は
そんなにも深いのですね　愛のように
あなたの胸から湧き起こる音という
音を　僕は弾き出す奏き手　たったそ
　れだけ
潮騒のように　聞いていたいのです
　あなたの声を
声のなかに　地のはじめての母の声が
　まざるから
僕を見入るまなざしがよすがなのです
地上につながれてあることの奥深い広
　がりを
広がり続ける宇宙を感じているあなた
　の命の
起伏を　宇宙のはしへ　はしへと伝え
　たいから

3　永遠

おぼえていますか　あなたが風で
ぼくが小さな蝶であった日のことを
あなたはぼくを連れて行った
山の向こうの夏の光が降りそそぐ村へ
村にはすかんぽの花が咲いていた
風よ　あなたはそよそよ吹いていた
蝶よ　ぼくはとある少年の肩に止まっ
　た
村には祭り囃子が聞こえていた

どうして二人めぐり合ったのだろう
たとえば人であることの羞しさに
こんなにも深くいだき合いながら
蝶よ　あなたは触角で捜り打っていた
あの日も今日も　永遠を
風よ　ぼくは　よい時をえらんだ

4　飯

あなたの宙（そら）からこぼれるね
冬のさくら　春の桜もまた
ぼくはさくらの花を飯（まま）にして
食べる　食えない詩を
書いているはじらいに
あなたを泣かせ　苦労をかけた
せつなさを飯にして　食べる
捨てることのできない詩への
いとしさもまた　あなたへの
思いのしるしなのだから
思いの丈ほども　食べる
あなたの宙からこぼれる
ひかりやほほえみを飯にして

返信　そして　窓　それから　鋏

1

午前七時半の留守番電話
タツモトー　退院は一週間後よ

たったそれだけだった　妙に泣けて来た
母をひとり入院させて　見舞いにも
行けないうしろめたさ　そんな母が
いながら　昨夜泥酔したことへの自責

九州と東京では遠すぎるよな
そんな言い訳をひとりごちながら

新聞を読み　お茶を呑み　猫に餌を
やり　朝早くからつとめに出かけている

妻の代わりに洗濯機をまわし　茶碗を
洗い　まぎらしていた　何かおのれへの

怒りのようなものを　ありふれた
日常に埋没することで韜晦させる

自分　ごまかし　わすれようとする罪
それはささいな罪かもしれないが
償いのきかない罪だ　そんな罪を
いくつも重ねながら　生きていかねば
ならない

もどかしさ　許してください　退院したら
元気でいてください　祈るほかはなくて

洗濯物を干しながら　見上げる空に
やっぱり神のような存在があることを
…

…急いでご飯を食べ　着替えをし　仕事場へ
出かける　見上げる空に「母さん」と呟きながら

2

窓さん　窓さん　あけるから
やさしい小鳥の声をさそって
青空の画用紙もいちまい
せめてさくらの花びらのことばをのせて

窓さん　窓さん　あけるから
部屋にちょうちょうを連れて来て
せめてやわらかな風に運ばせて
ふるさとに住む母さんの声を

3

チョッキン　チョッキン　はさみの音がする。外をのぞくと、隣りの家の庭で植木を剪定している音。秋の日は青くすみわたり、その音と空とが似合っている。

ぼくも剪定してくれる人がいないかな。おごりやにくしみや、生きるためにつくうそ。みんなチョッキンチョッキン、切り取ってほしい、誰か。空から手が伸びて、その大きな指で、まだもう少し生きていかねばならないから。書き残したいものがあるから。つねに低きものであれと、そう生きてきたつもりだけど、たくさんいらないものが、ぼくの身体にも心にも根を生やし、枝をのばしている。チョッキンチョッキン、切り取ってほしい、誰か。でも、それは自分でなすべきことではないか。わかっている。だが生きるということは、すごんだり居直ったり、自恃をもったりしなければならず、むずかしいね、ほんとうに。チョッキンチョッキン、植木師のはさみの音は、ぼくを切り裂け。

この惑星に生まれて

遠日点　ゆえに太陽はふだんより小さ
　かった
ぼくはムルソーのように太陽を憎もう
　としたが
憎めないまま　砂浜で砂の城を築き
貝を集め　掌を太陽に透かしたりした
愚直な男になるほかなかった　この惑
　星は
かなしみでいっぱいだったから　昨日
　映像で見た
少年の足には死体番号が巻かれていた
顔には傷ひとつなく　眠るようだった
　が
戦争の犠牲になって　少年は逝ってし
　まった
なぜ少年は死ななければならなかった
　のか
問はむなしい　そして少年の父と母は
どこへ行った　少年を死体置き場の片
　隅に
置き去りにしたまま……どこへ行っ
　た？
それは父も母ももうこの世にいないと
　いうこと
少年の死をいたむだれもいないという
　こと
ぼくはひとり先刻までそば屋の片隅で
　酒を
飲んでいた　少年の逝った戦場から遠
　い国にいて
テレビに映しだされた少年の死を　ま
　なうらに
のせて　何もしてやることのできない
　無力を
肴にして　すべてを見下ろしている太
　陽さえ

憎めずに　昼の日中　たとえ休日とは
いえ

罪もないのに　憎悪の連鎖を強いられ
たものたちは
いわれなく　みんな死ななければいけ
ないのか
自問自答をくり返し　いつか岬の上に
すわり

海を見ている　ひねもすのたりのたり
と
波打つ海と対峙し　無用と呼ばれる詩
を
書き続けること　それがいったい何に
なるのか

このまま一本のあら草　あるいは回遊
する魚になって
少年の死を弔い続けることができるな
ら　そして
すべてを　ありのままに肯うことがで
きるなら

だが　少年の死の意味は？　ひとり
ぼっちで
逝った少年の死をあがなうことができ
るとしたら？
問は波のようにいくつも重なり寄せる
ぼくはもう帰らなければいけない　夕
づく
日を負って　生活している町へ　理不
尽な
無辜の死をくり返すこの惑星に生まれ

悔と恥辱ばかりの人生を生きて　やは
り
憎しみではなく　かえりみられること
がなくても
愛を伝えなければならないから　愚直
に？
そうじゅうぶん愚直に　たとえ異邦人
と
呼ばれようとも　すべての詩が　徒労
に
終わろうとも　少年の死をあがなう何
かが
この惑星の未来に　生まれることを信
じて……

めだかの国で

詩と創造51号　辻井喬氏の巻頭言
を読んで

おれはおれを疑ってかからねばならな
い
おれは人間か
おれは奪う側に立っていないか
つねに低き者であるか
俺は職場の四階のベランダに
飼っているめだかに問う
めだかが子どもを産んで
めだかの国では平和主義
戦争放棄が守られているようだ

おれはときどきめだかになって
かめのなかで泳いだりしているが
おれはおれを疑ってかからねばならな
い
おれは詩人か　無用の詩を書いていな
いか
おれは権力者Aに似てはいないか
おれは偽善者ではないと言えるか
おれはおれのかなしみばかり
のぞきこんではいないか
雨が降り出した　めだかの国の
水のおもてにさざ波が立ち
おれは水草のかげで

ひっそりと息を殺しているが
おれは人間として　存在する
価値はあるのだろうか
めだかを入れたかめの横に
萩の鉢植があるが
萩の花はまだ咲かない
いまは五月　夏のはじめだから
雨にぬれて　萩はよろこんでいるよう
　だが
卵を産んだ二匹のめだかが死んでいる
かわりにじゃうじゃう生まれている
めだかの子供　おれは
生かしきれるか　責任をもって
育てることができるか
おれはおれを疑ってかからねばならな
い
おれは霊長類か

おれは虐げていないと言えるか
おれは　どこかの国の官僚のように
自己本位に生きてはいないか
弱者を見下してはいないか
人間の皮をかぶっているだけではない
か
おれは　めだかの国で
めだかたちの平和を乱してはいないか
おれは戦争反対と言いながら
何もしないことで　戦争に
加担しては　いないか　人を殺めては
いないか
おれは　めだかのいのちを
そまつにしてはいないか

おれはめだかを飼うに足る人間か
おれは　自分のさびしさを
まぎらわすために　めだかを飼っては
いないか
雨があがって　青空が広がりはじめた
めだかの国で　底に沈めた
貝殻のうえで　青くすみとおる空を
のぞき込みながら
どんなときも　おれはおれを
うたがっていなければならない
そう思わずにはいられなかった
めだかの国では　自由と平等
めだかの国の憲法九条も守られている
　ようだ
雨上がり　山からこの町へ虹はかかる
だろうか

ソネット　三篇

Ⅰ　蝶

蝶の泣いている声がする
ヒグラシの声のままに
明るくひかりのふりそそぐ野で

夢のなかの街は廃墟
崩れたビルのあいだを
さまよっている人よ　ひと粒の
種子を流離の友にして

「滅んだ街のことを　書いては
　いけない」人はえいえんに
さまよい続けるのだから

蝶の泣いている声がする
蝶が鳴くたびに　見えて来る
人がいる　人はかなしい表情をして
秋の野を飛び交っている　蝶のように

Ⅱ　まなざし

身を捨てながら　あらゆる事物の中に
存在するものを　身一点に感じられる
　なら
たとえば一つぶの卵の中にいて　魚や
　蝉と
なるときに消え　死ぬときに甦るもの
　を

あらゆるものが　解き放たれている
一つの大きな輪の中で　つねに広がり
かぎりなく器を満たすために　それを
完成するために　中心の方に　一つの
　眼ざしはあり

眼ざしは　すべてのものをとらえてい
　る
迎え入れるものに　身を与えながら
生と死のめぐりのなかで　無言に不変
　に

僕も在る　けものたちや昆虫の血　茎
　や樹管のなかに
とけこんで　身を捨てながら　存在す
　るもの
たとえば　人の中に　変容し甦るもの
　を　僕は生きる

Ⅲ　つぼみ

つぼみがあった　無限大に
向かって開かれている樹の中に
あのひとも在った　ほほえみながら
たえないわたしたちの形をして

世界を解きはなつために
わたしたちがあるのだとしたら
わたしたちが愛を　解き明かすのを
あのひとは　ただじっと黙したまま

待っているのだとしたら　つぼみは
もうじき大きな吐息をつくだろう
わたしたちのなかの空無を　そっと
受けとめている　この無限大に
広がっている宙が　あのひとの心だと

したら
わたしたちは在る　つぼみがいやすす
べてのものの奥處に

アムールヒョウ

アムールヒョウが吼えている
ユーラシア・沿海州の深い森のなかで
しじまがふるえる　空に
浮かんだかみそりのような月も
ふるえるには　わけがあるのだ
森の精たちが泣いているからだ
森がはぐくみ　いつくしんできた
アムールヒョウはもう三十数頭しか
生存していない　アムールヒョウの
しなう体　とぎすまされた宝石のよう
な
まなこ　空を裂く爪　億年の
香りのする肉体　マンモスの
牙のようなたましいの主（あるじ）
アムールヒョウが滅びようとしている
アムールヒョウがいなくなれば　森は
知っている　実存しなくなるというこ
と
森はもはや森の影にすぎなくなる
ということを　情念のない森に
なるということを　アムールヒョウが
消えてしまえば　非常の森に
なるほかはないということを
森のなかを流れる川もささやく
アムールヒョウが吼えている
小さなけものたちがふるえる
そのおののきやおそれこそが
いのちへの畏敬を生むことを
森は知っている　そこに　神が
宿るということを　いかなる種も
ゆえに偉大なのだ　そして
アムールヒョウは　人間よりも
もっと偉大だということを　森も
太古から存在するものも　地下水脈も
鬼哭する闇も　広大なシベリアの大地
も
アムール川も　知っているのだ
この地球に
悠久の時を刻むためには

「コールサック」三八号～一〇〇号
（二〇〇〇～二〇一九年）

AN ELEGY

父さん　淋しかったんだよ　俺は
父さんが韓国人の名を隠して生きたこ
と
日本語を話すたびに　朝鮮の
なまりが出ないかと　神経質なほど
気をくばっていたこと　父さん
淋しかったんだよ　俺は
それなのに日本を憎み続けていたこと

父さん　淋しかったんだよ　母さんも
父さんの籍にも入れられず
おまえは日本人だから　いつも
心の中では朝鮮人のおれを
馬鹿にしとっとやろがと
酒呑んで　くだ巻いて
淋しかったんだよ　母さんも
そんな弱い父さんを　弱さゆえに
庇い　愛さずにはいられなかったのだ
から

父さん　淋しかったんだよ　妹も
父さんと母さんが　いつも民族が
違うからと言って　けんかして
そのたびに　家を出て　妹と二人
街をさまよったんだよ
とても恥ずかしかった　民族が
違っても同じ人間だと　子供ながらに
思っていたよ　子供ながらに　日本と
韓国とどちらを愛せばいいのか
悩み続けたよ　父さん
淋しかったんだよ　妹も
だから日本も韓国も捨てて
アメリカに渡っていったんだよ
人間になるため　地球人になるために
ね

父さん　切なかったんだよ
日本と一つだった日の朝鮮と　ふた国
の血の
流れている自分を　誇りに思うことは
朝鮮が日本の植民地時代に　日本が
朝鮮にしたたくさんの醜いこと
その罪を俺の中の日本人の血で
つぐないきれたらと思うことは
だから日本も朝鮮も捨て切れないで
詩を書きながら
生きて来たんだよ　父さん
あなたが言う無用の役立たずの詩を
とても切なかったんだよ
俺の詩はすべて　もし神がいるなら
父さんのこころを救いたくて
書いたのだから　父さん

父さん　かなしかったよ
最後の最後に　詩を書く俺を
許してくれたこと　うれしいよりも
かなしかったよ　そして父さんが
韓国の黄海のほとりの小さな
生まれ故郷の村に
死んだら　自分の骨は埋めてくれと

言ったとき　とてもかなしかったよ
そんなにも帰りたかったんだなあと
思って　なみだが止まらなかったよ
父さん　今は黄土の土盛る墓の下
安心して眠ってください
宇宙のみじんにとけて
自由で自在なたましいとなって
父さん　土盛る墓から生える草や
野の花となって　天翔ける鳥となって
一つだった日の半島を夢みて

短歌のある即興詩

つね棄てられる民であれと
黄土の友からの手紙は届いた
外の面にはこがらしが吹きつのり
妻も子も身を寄せ合って眠る
水鳥たちのように　眠っていた
僕は植民地史をひろげたまま
何度も　友のハングルの文字を
口ずさみ　胸に　たとえば冬の
雷のような勇気を　と希ったりした
ある日　しじみの哭く市場を抜け
潮騒が耳を領す場所まで　家族と来た
とおい水平線のかなた　まぼろしの
友は叛旗のように背中をふるわせ
彳（た）っていた　その激しい意志の姿勢で
僕は両手を広げ　その友の幻を
とらえようとし　あゝきりぎしに当た
り
帰ってゆく羽音と胸のたかまりと
一致し調和する瞬間を恵みのように享
受した
しかし友よ　君のうつくしい思いに対
する
外部が　どこに存在するのだろう
どんな敗北が　世界を変容させるのだ
ろう
内部の大きなかがやきを　反映する
国が　かつてどこに存在しえたろう
僕は築く　ゆうぐれの砂浜に坐り
子供たちと　砂の城を　たわむれに肖（に）
せて
しかし友よ　波にこわれる砂の城を
君たちのねがった世界や生き方とは言
うまい
つね棄てられる民であるということは
たたかうということでしかなく　いの
ちの
なかに　自らを呼び戻すことでしかな
く
友よ　冬の日の射す窓辺で　僕は君に
返事を書く
〔窓を射るひかりの拳　あやまたずわ
がうちに住む逃避者を打て〕

続・東京物語

月光はここまでは届かない　男がそう
　言うと
ウィスキーをなめるように飲み干した
舌が　マッチの火のようだった
壁にはゲルニカの似絵
男はそこに描かれた一人に肖ていた

松林の奥におれの眼が埋めてある
男は義眼を光らせながら言った
眼の横には少年の日　母が買ってくれ
　た
玩具のピストル　そしておれの愛した
女のさし歯　それらが夜
蟬の幼虫のように白くかがやくんだ
おれの義眼の奥で　まるで
おれが生まれた羊水のように……
男は通りを歩きながら言った

だれもが不具者になるために
生きているのではないか

男はコートの襟を立てながら言った
信号は赤　立ち止まっている人たちと
　の間に
かかわりがないとすれば　彼らは無
おれも無だ　と男はひとりごつように
　言った
高層ビルの上に　射抜かれた心臓のよ
　うに
赤い月があった　信号は青
冷たい水のように人々は流れ始めた

いや人々は水ではなく
すきまなくひしひしと生えている
葦ではないか　もう考えることを
しなくなった葦　立っているビルは
やせさらばえた川柳　あるいは風化す
　る岩
もう何も生まれてくるものはいないの
　ではないか
男は歩道橋の上に立ち止まって
行き過ぎる車や人の流れを見ながら
　言った

ヘッドライトが義眼にうつるとき
義眼から青い地球の粒のような滴が
頬をすべるのが見えた　男は言った
もう一つ埋めて来たものがある
それはおれの生　おれは生きてはいな
　い
そしてまだ一度も死んだことがない
ほんとうに生きたことがないから

黄土にて

黄海に降りしずむ雪
雪はいくせんの魚となって
浜辺に這い上がっていた
目にうすくれないの涙をたたえ
父は見ていた
朽船のかたわらに座り　黄海の潮騒と
交響するたましいの奥處
古代の風景を切り拓く耕人と共に
まばゆく激しくふるえるひれで
砂をたたき　這い上がる魚の

曼陀羅を　とおい岬のうえ
まぼろしの父は彳ち　だれもが
ひとつの家族として
生まれた土地に住むことは
できないのだと　呟く声を聞きながら
かたい歯で　魚が砂をかむのを
ぼくは見ていた　手に持つ林檎の果実
　に風が入り
風が甘い蜜を運ぶのを見ていた
聖歌のように降る雪のなかで
未来も過去も失った朽船に
背をもたれ　僕はこわれても
こわれても結ばれ合おうとする
希望のかけらのような魚の群を
白く雪に埋まってゆく浜に見ていた
うたかたになって明滅している
この貧窮の黄土に生き　死した
父祖のたましいが　遊行をつくせ
生きて　陸へ這い上がる魚のように
遊行をつくせとささやくのを
聞いていた　黄土を丸く盛った
土の中で　屈葬の父祖の骨が
くずれる音　波の音　魚たちの
ひれを打ち合う音を聞いていた
胸に銃弾をうけて　なおさやさやと
羽根をとばしながら飛ぶ鳥を
その血のしたたりの黄海を濡らし
黄土を濡らすのを
僕は見ていた　あれは
二つに裂かれた黄土の
あれは生にすがり夢にすがる人々の
こころのかたち
そう呟いては　岬の上
雑草となってゆく父を見ていた
そしてぼくは　浜辺で一匹の
魚となってゆくのを
降りしきる雪のなかで
うべなうほかはなかった

或る喝采——二〇〇四年詩片——

入院した先は大部屋だった
そこに一風変わったおじいさんがいて
いつも冗談を言ってはみんなを笑わせ
　ていた
ある日　回診に来た若い医師にたずね
　て言った

「先生、ええっと『永久にこれを放棄
する』の
ええっと　これって何だったたっけ」
医師の戸惑う表情が垣間見えた
「さあ背中を向けてください」
若い医師は耳に聴診器をかけた
おじいさんはシャツを上げながら
「先生、『永久にこれを』のこれって
自分を
指すんだったたっけ　それとも人間だっ
たっけ」
「いや　それはちがいますよ。それは
…」
医師は少し首をかしげて　考えるふう
「先生、見てくれよ、ここ」
おじいさんは自分のわき腹の疵をさし
　て言う

「ここに弾丸（たま）が当たったんだよ、戦争
　でね」
若い医師とぼくは眼が合った　おじい
　さんは
窓際にいるぼくの方を向いて　それか
　ら
窓のむこうの青い水のような空に向
　かって
「人道支援の名のもとに　自衛隊派遣
　だなんて
おらあ　日本人であることを放棄す
　るべ
　憲法が泣いてらあ」
ぼくは思わず手をたたいていた　若い
　医師も
にやりと納得したように笑った　大部
　屋の
患者みんなで大笑いした　おじいさん
　に
拍手喝采した

空の寓話

鳥が落ちる
だがそれは地上にではなく
空の奥處に
（おまえはあめつちの母となるため
　に）
ぼくは知っている
空のどこかに　人の知らない
楽園があることを

（おまえの失踪を人は知らない）
五月　すっかり葉桜となった木と
つつじが満開に咲いた
道草公園のベンチで
ぼくは聞いた
鳥たちのおしゃべりを
「きのう行ったそうだね」
「ああ　行ったよ」
「あそこは楽しいし　すばらしいとこ
　ろだからね」
「うん　水も緑も生まれ立てで美しい
　よ」
「きょう　ぼくも行くつもりだ」
「気をつけるんだよ」
「うん」
「それと堕ちるように見せかけるこ
　と」
「うん堕ちるようにね」
世界のいたるところのほころびで
鳥が落ちる
ほころびを糸で縫い合わせるように

（おまえというよろこびを人は知らな
　い）
ひかりは　たわむれあうように射し
ブランコをゆらす子供たち
公園の一画をくぎって
ゲートボールに興じる老人たち
その真上の空に　ごらん
空の秘密にふれて
小鳥たちが帰って来る
しあわせを嘴にくわえて

（おまえ　生まれ立ての海と大地の上
に）
（建てようとするものの何であろうと
も）
いやしのように　かぎりなく
空へ落ちる鳥をみつめよ

異人のカノン

もはや見るな　へだてられた
海峡に　鳥となった父の無念
その明かされることのなかった
たましいのたぎち　烈しい
潮騒の音に似ていた鼓動の
ゆくえ　一つだった日の半島を

もはや追うな　寂寥から
寂寥へと帰るものたちの固有の
死　在りうべきいのちの形を
ひとの知る悲哀のはてを
在ることからはじめるためには

行け　帰ることなく　風に
乗る種子のように　自らが
生きられる生きられると　希望を
胸に高鳴らす場所　そこで
ひかりを紡ぐことから始めよ

絶えず大地のうえに建てられて
滅びてゆく国　もはや言うな
そこのみを祖国と　土の中で
木の根をかじっている蝉の幼虫
その渇きをいやす水　その水の音
かぼそい水流となることから始めよ
もしも口をとざすのなら
縛られたイエスのように

ただひとつの祈り　野の百合の
ような祈りの中で　贖くせ
贖くせ　ひとであることのむなしさ
誰の犠にもなれないかなしみを
たとえば夕陽を　どこまでも
追っていく少年　そんな少年を
胸の地平に宿すことができぬなら

もはや言うな　ひとりがひとりを
生かすたったひとつの表情を
その深く向けられたまなざしを

夢みるがいい　夢みる頃を
過ぎても　幼な児のようになることを
そして始めよ　まず原初の海の
一滴となることから　透明な
魚の卵　伸び上がる双葉あるいは木
羽根すり合わせる虫となることから
そして生まれよ　ふたたびはひとの
形となって　じっと空を見入るために
滅びてゆく世界へ　もう一度
抗いの腕を挙げるために

風に寄せて

たぶん私たちは　今　居るのです
不安が終わり　神が始まるような場
　所に
（リルケ「或る少女が歌う」部分）

風はひえびえとしていた。教会には讃美歌が流れていた。彼はコートの襟を立てて佇(たたず)んだまま、耳をすましていた。扉をあける勇気はなかった。彼は痛ましい十字架の像を見ると、涙してしまう。むかし、彼の母は彼をカトリックの幼稚園に入れた。毎朝　教会のミサがあり、彼はキリストの像を見ると、おいおい泣いて、いつも邪魔になるというので外に連れ去られた。

　あれは何故だったのか。なぜあんな形で死ななければならなかったのか。うなだれたイエスは、かなしみと問の対象となった。

　いま、世界は、毎日罪もない人たちが理不尽に数知れず亡くなっている。尊い犠牲者となって。テロ、民族紛争、自由の名をかりた権力の恣意によって。彼は思うのだ、人為による犠牲者はキリスト一人でたくさんだ、と。そのためにイエスは自らの命を捨てたのではなかったか。

「エリエリレマサバクタニ」イエスが呟いた空と変わらずにある空　そして大地。見えない国境線でずたずたに切り裂かれた空　そして大地。頬に風がいたい。葉を落として立っている木。風の言葉、木の言葉をたぐり寄せれば、聞こえてくる。ずれているすべての「生」が、意味のない場所、不条理の坩堝へ。

　どうしたらいいのだろう　徒手空拳で途方に暮れている日々。愚直の道を歩みつづけるしかないのか。日射しは果汁のように甘くさしているのに。泣きじゃくれ。泣きじゃくれ、吹く風は頬を打つようにすぎる。痛いのに涙が出ない。もう涙が枯れ果てたというわけでもないが。ずれているすべての「生」が、意味のない場所、不条理の坩堝へ。

　風が止まっている、中空で、猫のように丸くなって。疲れている　こころが。崩壊しつつある、何かがではなく僕自身が。風がひとりごつ。ずれているすべての「生」が、意味のない場所、不条理の坩堝へ。

　扉をあけて赦しを乞うべきであろうか　むかし涙したことへの……。そして跪いて、あの日のように真っさらな心で泣くべきであろうか、いまは心を吹き抜ける風よ。教えておくれ、そして連れていっておくれ、ほんとうの居場所へ。

座敷犬

俺たちに綱や鎖はいらない
保健所の襲撃を逃れるための首輪が
　いるばかりだ
ご主人が帰ってくれば尻尾をふって
　跳びつき

喉をならして　彼の唇を舐めまわし
　ていればいいのだ

心優しい主人や　彼の子どもたちは
雨が降っても　風が吹いても
毎朝　散歩に連れていってくれるの
　だから
どうして俺に不満があるだろう

痩せた肋骨の野良犬の涎を横目で見
　ながら
身が震えるほどの幸福と優越を感じ
　る
奴らは自由とひきかえに飢えを選ん
　だ
愚かな馬鹿どもにすぎないのだから
頭からシャワーを浴びせられ
窮屈な服を着せられ
部屋におとなしくしていなければな
　らない
ストレスくらいは快感でさえある
綱や鎖でつながれて
この地に連れてこられた俺たちの祖
　先は
奴らのように痩せて　棒で叩かれて
　いた
眼だけぎらぎらさせて　血をたぎら
　せていた
俺だって野をぎらぎらと駆け回りた
　い
衝動にかられることはないことはな
　いが
暖かい部屋と　贅沢な餌と　安らか
　な眠りを思えば
従順に媚を売ることくらいどうって
　ことはないのだ

そら　ご主人が帰ってきた
俺の尻尾は条件反射的に反応するの
　だ

水と星と友へ

川の面に　萩の花が散り交い
天の川に　帰ってゆくものたちの影が
くっきりと　夜空に浮かんでは消えた
友よ　ぼくはきみのことを想っていた

きみは死んで　もうどこにも居ないの
　かと
きみの声が時々する　死はほんとうの
生のはじまりだからと言ったきみの顔
　が
見えてくる　空の奥處やそよぐ木々の

葉のなかに　きみのうしなわれた生を
ぼくは生きることができない　ぼくが
死んでいればよかったのに　この世に
　居ても
役に立ちそうもない者だけが生き残る

光州にはまだ一度も行ったことがない
　恐いのだ

きみが死んだことを　まだ受け容れて
　いないから
きみの声が時々する　そしてぼくに
　ことばを
たぐらせる　ぼくひとりでは　つたな
　い詩を

きみが手直ししてくれているようで
　きみが
純粋な心で変革しようとしていたもの
　を
ぼくの身すぎ世すぎの垢にまみれた
心では　うたえそうもないと　恥ずか
　しいが

あきらめようとするときも　きみの声
　がする
川を見入っていると　やさしい水音に
　まじって
星をみていると　あかるい星のひかり
　に浮かぶ
きみの顔が　ぼくのとるにたらない生
　を

きみが生かしてくれている　きみの無
　念が
ぼくに拳を振り上げさせる　あらゆる
　不条理に
アニョーンと　ひとり水の音を黙って
　聞いている
きみの声が聞こえるまで　降りそそぐ
　星のなかで

水のふくろ

水のふくろにすぎない
そうつぶやいたところから
わたしはまたはじめようとしている
生きることを　知命を過ぎて
わたしは残り少ない生に
おののいていた　為すべきことを
何も為していないという
空しさにとらわれて　きりぎしを
這い上がり続ける石であることを忘れ
　た
杭のように　茫然と立ち尽くして
くもの巣にとらえられてもがく
蝶を見入る眼をして　すべてを
あきらめの淵に追いやろうとしていた
シグナルの鳴る踏み切りで
一歩踏み出すこともできないまま
終電車まで　幾時間も
立ち尽くしていた　ああここは
銀河鉄道の発着場だと
気付いたとき　他者のしあわせを
願った人のうしろ姿を
見上げる銀漢のなかに見た

死もなく不死もない　しずかな
たましいの広がりを　垣間見たのは
そんないっしゅんだった　渇きが
ふたたびわたしをとらえ
癒やされることがないにしても
激しい生をこいねがう場所で

ひと粒の麦のような存在から
はじめようと　たぐり寄せていた
あれは　在ることのかなしみ
初めから失われていたものの影
だがわたしは　私の内部へ
鍬を持ちながら　通ってゆく
ひとを感じていた　すべてが
滅びつくす荒廃の中に在って
なお別の乾坤を拓こうとする手を

奔騰する無　それはわたしの
内部にもあり　あらゆる事物の
なかにあった　そしてそれが無数の
糸のようにはりめぐらされて
わたしを支えつづけているのだと
知った　遠くで鳴いている鴉
樹木たちの吸い上げる水の音
羽化なす蝶を抱きかかえた森の
葉ずれのひびき　風景はやさしく
わたしを迎えながら　生きることの
過酷を　ふたたび受け容れよと
告げた　それは限りのないひとつの
微笑をもって　わたしがおのれを
捨て去るに足る微笑をもって
なされた　明るい光の集う場所で
風ののみどが　水のふくろに過ぎない
わたしを嚥下して　ゴクリと鳴る
夏のはじめのことであった

天人菊

徳之島の空港の滑走路のかたえ
白い砂の上に　いちめんに咲く天人菊
黄色の花芯をふちどるピンクの花びら
不思議な天人の細工　心に残る花のす
がた
しかしその花は六十年前　特攻花と呼
ばれていた
神風特攻隊に志願した若者たちが
思いを寄せた花だから　若者たちは
出撃をあすにひかえた夜　天人菊に
何を語ったのだろう　父や母のために
兄弟姉妹のために　愛する人のために
未来に生まれる子どもたちのために
　死を
決意した若者たちを見送った花　天人
菊
花はただそこにある　太陽がめぐるよ
うに
大地がそこにあるように　だが平和な
　未来を
手渡してくれた若者たちはいない　花
は
盲いている　特攻隊の若者たちを　そ
の花芯の
瞳に映したまま　だから天人が細工し
たような
美しいたった一つの表情にも似た　不
　思議な
花の象（かたち）をしているのだ　花を見ている
と　花の
瞳が映し出す　見よ　出撃前夜　死の
　恐怖と戦い
心の底で涙していた若者たちのシル

エットを
聞け　若者たちの声を宿したまま　花の茎をのぼる
水音が　若者たちの心が秘めていた慟哭に変わるのを
死が恐ろしくないものなんていない体制が
おかしいと思っても　ぶちこわすことのできない
時代がある　茶色くにごった水のような
時代がある　平和とは　ただそれだけで
しあわせなのだということを　いましみじみと
教えられています　あの若者たちにと
六十年前　若者たちを見送った老婆は言う
いちめんに一面に咲く天人菊の花のなかで
未来に平和を手渡してという　あのけなげな
若者たちの声がする　八月の空の下
やさしすぎるほどの魂をもった
若者たちのかけがえのない命を　二度と
再び　戦争に奪われることのないように　と
風に揺れながら　天人菊が
訴えるようにうたっている
特攻花と呼ばれることのかなしみを

生きるための遁走曲(フーガ)

1　固有名詞のある即興詩
…「M」またはほほえんでいる死者たちへ

総身をふるわせて絶叫する木
しかし木の中にはほほえんでいる人がいる
まったき肯定を
僕にしいるひと
しかし地上の至るところにいる飢餓の子は
祖国に帰れないでいる難民たちは
癒やされることのない傷を負った少年兵たちは
かなしすぎる
ぼくは否定する
いっさいをではなく
力を信じるものを

僕には木が空に書く
あのひとの手紙がまだ見えない
だから世界への愛の手紙は
書かないでいる
ナタナエル　新しき糧は
どこに在る　ある？　ない？
あるか　ないかと散り落ちる
リルケの亡骸のようなばらの花骸で
花占いをする僕の影のなか
蟻の兵隊が「M」あるいはあめつちの

はじめの母を曳いてゆく
フランクルの『夜と霧』は
机上に置かれたまま
夜を迎えているだろう
僕は居酒屋の椅子を軋ませながら
妻の骨の感触を思う
楽器のように鳴る不思議を
だが　すべてに始まりがあるとしたら
終りはどこに？　ゾシマ神父の
ブルーなひとみをした跛行の犬が聞く
踏切でシグナルの鳴り終わるのを
待っているラスコーリニコフと名付け
　られた犬は運河の方へ
僕はすでに墓碑銘の刻まれた
ビル街に向かう
野垂れ死にしたキルケゴールが慕い
若い日のパウロが迫害したひとよ
ビルの影は
十字架にする
木のように重い
そして木は時折　背にのしかかる
汝自身を知れ　ソクラテスの問を問う

そう言えば　ヨブの顔に肖ていると
言われたひとは
僕がさっき飲んでいた居酒屋に
来なくなった　方舟のような街路を
僕はさまよう　ネオンの洪水の中を
「たとえば霧や
　あらゆる階段の跫音のなかから
　遺言執行人が　ぼんやりと姿を現
　す」まで

うつろな顔をして　公園の
ベンチのそばの石ころは見ている
僕ではなく　たとえば砂漠をさまよう
ランボーを
あるいは遊動円木でたわむれる
ツァラトゥストラの幻を見ている

ああ　木の葉の裏で
白亜紀の蝶が生まれようとしている
蛹から蝶へ
羽化するために
何千万年の時を費やして

そして　そんな蝶を見ている
きみは否定する
いっさいをではなく
力を信じるものを　なびくものたちを

　＊「　」鮎川信夫「死んだ男」より

（編註）本詩の「2　ひとみのなかに――あるいは移動」は詩「ひとみのなかに――あるいは移動」として、「3　見ること――あるいは実在」は詩「露」として、詩集『人間の種族』に収録。但しいずれも若干の字句の異同あり。

はぐれ者の詩

裸の子供たちが逃げ惑う
迷彩服を着た兵士たちの群れのなかで
画面が映し出す
力と報復の論理を前にして
何もできないでいるぼく
歯噛みをしても何にもならない

テーブルを叩いても　何にもならない
天を仰いでも　何にもならない
苦しんでいる子供たちがいるかぎり
地球は無に等しい
のではないか　未来を担うはずの子供
　たち
だが無防備な子供たちが
痛みを感じない場所など
何処にもない地上に　愛
など存在しないのではないか
子供たちはほんとうには生きていない
子供たちの美しいたましいの
はんぶんもいかされていない
ここは異形の星　ぼくはなぜ　こんな
　にも
ふるえ　おびえているのだろう
何にもできないぼくは
詩を書くことしか能のない
ぼくは　不意にぼくがいないことに
いやぼくではないことに気付く
ぼくの前に生きた人たちのなかに
ぼくの後に生きる子供たちのなかに
たとえ在るにしても
無用の者として
在ることに気付く
何てさびしい〈はぐれ〉だろう
ゆらぎもなく
めまいもなく
在るということの恥辱
とでも言えばいいのだろうか
エリ　エリ　レマ　サバクタニ
確かめずにはいられなくなる
ことばさえ　むなしく胸に
こだまするだけ
息を止めてみれば
帰れるのだろうか
かつてぼくが存在し得た場所に
でも　もう子供たちはいないのだ
子供たちがあるがままに　生を楽しむ
　場所に
本当には生きていないのだ　この星が
子供たちに苦しみを与える世界である
　かぎり
エリ　エリ　レマ　サバクタニ
愛を伝えようとする詩など
無に等しいのではないか
焦がれても
渇く　と一言つぶやいても
悲劇や憎悪の連鎖から
子供たちを解き放てない詩など
〈はぐれ〉　さもなくば
奪う側のものに過ぎないのだ
やるせない画面を消して
秋の虫の声に　どんなにたましいを
とぎすまそうとしても

変容のセレナーデ

I　トキとニホンオオカミ

そうそうと空に　ニッポニア
ニッポンを翔けさせよ　岩頭に
ニホンオオカミを顕たしめて
胸をかきむしらせるほどに
吼えさせよ　かれらは敗れ去った
わけではないのだから　むろん空を

飛んでいるのはトキではない　峰々を
疾駆するのは思念の影である

滅びてもなお　たましいに傷を
しるしているもののかなしみを
なぜ見なければならないのか　と
問い返すのはやめよ　かれらが
存在しなければ　多くの種もまた
存在することはなかったのだから
渇きは癒えることはないのだ
われらの小さな宇宙に　かれらの影を
見出し　自分のものとしなければ
ひとりでに内部から　こんこんと
泉は湧き出すことはない　しかし
かれらがいま静思している実存に
高まっているとすれば　世界を
創造したものが　唯一なるもの
全一なるものであったとすれば
かれらはまだ　住んでいるのだ
この地球に　またわれらの内部に
泉を求め　水を飲みにやってくるのだ

もっとも奥深いもののなかに
破壊しがたいもののなかに　かれらは
存在する　ひとつの道を示しながら
いつかたましいが　全宇宙と融合し
一致するものであるとすれば
ゆるぎない　ただひとつの場所に
かれらがただひとりの人の表情をして
いるのだとすれば　深い諦念のうちに
天翔け　また疾駆しているのだとすれ
ば
われらの種も　すべてが滅び去ったの
ちに
再びひとつの命のなかに溶け合うのだ
とすれば
ニッポニアニッポンを虚空に見入りつ
づけよ
草原を舌をたらして歩くニホンオオカ
ミを見よ
世界を　新しく生成する精神で
変容させるには

Ⅱ　鳥と水とあなたと僕と

鳥　僕は一千万年の昔から　そして
今も　一羽の鳥である　数十億年の
時を　翼に巻き込みながら翔けて来た

時は　僕にとって伸びてゆく樹
あるいは熟れてゆく果実であった　し
かし今
時は枯れる樹　腐れてゆく果実に過ぎ
ない

〔誰が　引いたのか　この空にさえ
国境を
切りきざまれた肉体のような空よ〕

地上は　数十億年の時を
射殺しようとしている　ハンターが
子を持つ鳥を狙うように　非情に

水　あなたは一千万年の昔から
今も　奔騰する水である
ただ一つの命を　恋いながら流れ続け
て来た

命は僕にとって　あなたにとって
途切れることのない河であった
一途な祈りと夢で　海を指す河
〔誰が引いたのか　この海にさえ
国境を
ずたずたにされたたましいのような
海よ〕

そして水　僕のひたいから　眼から
あなたに向かってこぼれる水　ときに
あなたは成長する木　あるいは広がる
空

あなたの内部に　海を宿させるために
自由で自在な鳥を　あなたが産み
僕が育てるために　ただ一つのよろこ
びに向かって

飛ぶ鳥と流れる水のために　あなたと
僕と
青い奇跡の海と陸地の星で　いのちが
ただ一人の人のあかしであるために
在るとしたら

〔国境を引く手を　あなたと僕と
拒み続けよう　国境を
記された地図を　あなたと僕と　消
し続けよう〕

つゆ

くさつゆをくちにふくんで手にも摑ん
で
あなたにこぼす　あなたにわたす
あなたは触れるとこわれるような
うつわとなって　くさつゆをためる
しずかにひとみをだけを　この世の
やぶれから出しているわたしのために
あなたはやさしく傷つきやすいたまし
いを
ひらき　ころころとはだにころばせて
は
しずかにこのよにひろがってゆく
みずのような存在そのものとなり
はかなくなりながら　もうひとみさえ
むらさきつゆくさのようなわたしを
からめとって運んでゆく
あなたがみちる空のさかいへ

きみと樹とぼくと鳥のオマージュ

Ⅰ　水の本

岸辺　ぼくは立っている　考える葦の
ように
いや内部に修羅をはらんだ名もない木
として
きみが呼んでいるのに　必死にぼくの
名を
くちびるにのせてくれているのに　ぼ
くはじっと
水を見ている　吹く風が織りなす水紋
を

きみはぼくが朽ちる木であることを
　知っている
きみのなかに倒れる木であることを
だからきみは水になることを欲した
　水の炎になることを

水の言葉を聞こうとした　いや水に
　ぼくは
詩を書き続けた　きみは水の本　ぼく
　だけの
本なのだ　しるされることばを　きみ
　だけが
読むことができる　ああ何という水の
　音だろう

水のそこに映る魚影　はじめに水に
生まれたもののかたちをして　それら
　を
きみは告げる　ぼくの子どもたちだと
失わないですむものの何ひとつない世
　界で
きみは奪われる側に立てと言った
血を吐くような苦しみこそ望むべきだ
　と
棄てられる民として在ることは
幸福なのだと　きみのほほえみだけを
　たよりに

ぼくは生きた　悔いのない人生なんて
　あろうはずがなく
生きることに理由は必要だろうか　理
　由はいる
きみが岸辺をひたす水である理由がす
　なわち
ぼくを生かしているのだから　そして
　終わらない

本のページが　きみのなかでめくられ
　る
永遠のように　ぼくは永遠と書きしる
　すが
それは永遠を見たしるしなのだ　きみ
　が
常に低き者として　呼び続けてくれた
　しるしなのだ

ああきみは世界を映し出す水の鏡であ
　り　世界によって
つづられ続ける物語であることを　信
　じよう
ぼくはきみの岸辺に打ち寄せる水であ
　り
きみは一本の木となって　ぼくの沈黙
　のことばをつむぐ　と

Ⅱ　ロンリーツリー

樹の声を聞いた
りりか　かるる　らるっしお
（どこから来たのか　このかなしみ
　は）
せしる　みらら　くぐるーん　らるっ
　し
（千年も生きたのに　今の時が一番か
　なしい）
樹はもう生きることを語らなくなった
生の饗宴の場所

なぜ樹液の流れ出るそこは
おんなの性器に似ているの
夜々　昆虫たちがくりひろげるうたげ
みしる　そしら　くるらりっき
（触れて　わたしの喜びの声を聞け）
かりら　まるん　みっちし　るをん
（それはひとのおんなの声に似てい
　る）

まぎ　そしら　かーん
（しかし　わたしは渇く）
らっそ　ちいいだ　やつしをんに
（空も　大地も　病みつかれ）
そしら　きりりーん　あくやんに
（わたしは歩きたい　人のように）
わたしの深い孤独に届くまで
いやすことのできないその場所に
手を差し伸べるひとが現れるまで
わたしは渇く
らるーん　ししら　かかりっそ
（生を終えたものたちが）
そしら　あたや　みちりっそ　らるー
ん
（わたしを通って返って来る孤独に）

Ⅲ　貌（かお）

まだ何も書かれていない
ノートのうえに
人の貌をした鳥を描く

鳥は十六の貌をしている
つまり十六の人格を持っている
僕の貌ははにかんだポートレート
たやすく生を語りすぎて

ノートの上に　正午の光が射し
十五の鳥がにやりと笑う
まぶしすぎる部屋

陽があふれ　地下水のように
陽がうごき　僕は白い
ノートの上に書く　散乱しつくす
僕の中の十五の位相の空を

たんぽぽ考

菜虫　蝶と化すの候
土から顔を出す生き物も
芽吹く木々も　草の芽も　小鳥たちも
　魚も
筋目を通して生きようとする
だからニンゲンであるぼくも
筋目を通して生きねばならない
たとえばハリネズミ　どんなに叩かれ
　ても
ハリを向ける少数派
ぼくは真空を生きねばならない

言葉　それが人間的であろうとすれば
　するほど
たぶん銃で　あるいは戦車で粉砕され
　るだろう
圧倒的に　言葉は銃より弱く　無力な
　のだ
「二十世紀から二十一世紀へ積み残し
　た閉塞感」を

言葉で　言葉を信じることで
変革しなければならない
側溝のわずかな土に咲いているたんぽぽ
このたんぽぽは自由であろうか
筋目を通して生きようとしているのだろうか
どう見ても　生にしがみついているとしか思えない
ぶざまなかっこうだ　生き方だ
だがこのたんぽぽには大きな学びがひそんでいる

戦争を繰り返してきた時代を超え
戦争に向かおうとする閉塞感をとらえ
その奴隷になることなく　言葉で
粉砕しなければならない
内なる真空を解き放たなければならない
ぼくの外にある世界へ
みにくくぶかっこうだが　けなげに生きている
たんぽぽの花のように
愛さなければならない
世界を　人を　いのちあるものを

さくらの蕾も大きくなった
風があたたかく頬をなでる
風は春を告げる言葉となって
万象の耳にささやき過ぎている
春がめぐってくるという確信が
芽吹く木々にも　土から顔を出す生き物にも
あるということ
それが何ともうれしいのだ　うれしくて
ホーホケキョ
おかあさん
きれぎれに浮かぶ言葉を投げかける
この世界のかぎりない深さ　広さに向かって
それが世界をおおう
深い現実にふれ　とどくとすれば
言葉で何かを変えることができるかもしれないと
信じることができるから
「未来の戦争に責任をとる」ために
「人間らしさをこの世界に再生させる」ために

＊「」加藤周一氏の言葉およびその著『言葉と戦車』およびＮＨＫ・ＥＴＶ特集『知の巨人・加藤周一』より。

さよならロシナンテ

さよならロシナンテ
ぼくはもうドン＝キホーテではない
槍はさびついてしまった
よろいもかぶとも　もう役には立たない
一発の銃弾で射抜かれてしまうだろう
さよならロシナンテ
もう田園に帰るがよい
朝　鶏鳴とともにいなくがよい

のんびりと草をはみ
日がな一日　あぶや蜂の羽音に耳を傾
け
ゆっくりと空をながめ　雲の行方を追
うがいい

さよならロシナンテ
時代という風車にあらがっても
時代遅れだと後ろ指をさされるだけだ
孤独だけが人生の伴侶だ
ぼくはドン＝キホーテではない
サンチョ＝パンサも帰郷した

さよならロシナンテ
吹く風はたぶん真のありかを知ってい
る
だがそれを突き止めたとて何になろう
十字架の人のように　エリ・エリ・レ
マ・サバクタニと
天を仰ぎ　叫ぶ羽目におちいるだけだ
何も変えられない　何も変わりはしな
い

さよならロシナンテ
なんていとしい尻尾だろう
その尻尾で虫を追うしぐさが好きだっ
た
だがその尻尾で戦争を追い払うことは
できない
憎悪の連鎖を断ち切ることも
おまえが嘶いても　だれも諭すことは
できない

さよならロシナンテ
在ることのかなしみは絶えない
飢えや病気や貧困はどこから生まれる
のか
なぜ不幸を背負った子どもたちが　う
つろな目をして
この青い水の星を　美しい世界を
見入らなければならないのか　なぜ？
と

さよならロシナンテ
諦念と絶望だけが胸の奥に沈殿する
そこから希望を見出そうとして
立ち上がろうとしても　眼をふさぎた
くなるような
光景が　二十一世紀の地球をおおいつ
くしている
ツバイは海に沈もうとしている　氷が
解けて
北極熊は絶滅しかけている　自爆テロ
で人が死んでゆく

さよならロシナンテ
おまえの去ってゆく後ろ姿に手を振る
力も
残ってはいない　おまえはずんずん遠
ざかる
さびた槍と使い物にはならないよろい
とかぶとをつけて
ひとり　取り残されたおれはもう
昔日のドン＝キホーテ＝ラ＝マンチャ
ではない

レクイエム二題

Ⅰ　海ほおずき

ハルモニの死の知らせを聞いて
父は灯りもつけずに　泣いていた
けもののように　両手を拳にして
自分の頭を　何度もなぐりながら

ぼくは家に居たたまれなくなって
夜の道を　当てもなく歩いていた
星のまたたきが　父のなみだのよう
だった

なぜ故郷を捨てて来たの　父さん
そんなに自分を責めるくらいなら
ぼくは　にじんでくる星に聞いた

夜空は深く沈黙していた　きっと
ハルモニが亡くなったコリア・ゲンカ
リの
夜空と　そう変わりはしないだろう
だがそれぞれの夜を抱いて
ハルモニの里にいる人々と　日本にい
る
父と　人の死がもたらすかなしみに
耐えているだろう　ぼくはいつ知れず
橋の上に立っていた　暗くて　川の面
は

見えなかったけれど　水の音はたしか
に
海を目ざして流れているようだった
ぼくは父が渡って来た海を思った

海ほおずきを鳴らす父の姿を思った
父は海ほおずきを鳴らすのが上手だっ
たから
父はひとりの部屋で　ハルモニに習っ
たという
海ほおずきを　心で鳴らしているだろ
う
たぶん罪をつぐなうように　ハルモニ
をひとり
置き去りにした黄土に向かって　けん
命に
それぞれの夜が明けるのを待ちながら

そしてたぶん　父だけは　明けること
のない夜を
この先ずうっと持ち続けていくだろう
と
そう思ったとたん　なみだがあふれて
やまなかった　けもののように　泣か
ずには

Ⅱ　コスモス

父は黄土に帰りたいと言った
丸く土を盛った墓に眠りたい　と

それは死の一週間ほど前のこと
病院から出ると　あたりは黄金色の

稲穂が実り　赤とんぼが飛び交い
考えてみると　父の故郷の秋の風景に

肖ていた　父みずから田んぼの中に建
つ
この病院を選んだのは……あぜ道に咲
く
コスモスは花のひとみを天に向け
天に住むという人を見入っているよう
だった
なぜ人は死ななければならないのか
なぜ人は生きなければならないのか
人の世が夢まぼろしだとしても　父は
悪い夢を見どおしだったとしか思えず
ぼくはあぜ道に茫然と立ち尽くし
やがて夕景に変わる景色のなか
もう一度　父のもとに引き返して行っ
た
父は目覚めていて　ぼくにトンセン*と
言った
そしてぼくにわからぬ韓国語で　とぎ
れとぎれに
話し出した　父はふるさとに居るよう
だった
少年の日にかえっているようだった
ぼくは
父の骨灰を持って　海を渡ろうと決心
した

*トンセン＝弟

岬の突端で　声あるいは夕日

つねに低きものであれという声がする
民衆の位置にいるということ
それは　はからずも犠になるというこ
と
たわやすく戦争に駆り出され　併合さ
れた
国家という名で　殺人を強要されると
いうこと
だから逃げたのだ　遠い日の百済人た
ちのように
あてもなく暗い海に漕ぎ出したのだ
父の声であろうか　内部から聞こえる
声
それともぼくの耳元をかすめて
断崖を落下する
蝶が触覚を打つ音が　そう聞こえたの
か
岬の突端に立ち　吹く風に
一本の老いた松の木のようにふるえて
いると
聞こえて来る声のあるじは
誰か　みはるかす浜辺は
天と地のしきみ　たぶん打ち寄せられ
ている
ハングルの文字のしるされたビニール
袋
木片　ブイ　自分が何者であるかを見

つめ
何者とならなければならないかを
思い知らせてくれる数々
日本帝国主義三十六年の傷痕を負って
父も祖父も曾祖父も生きた黄土へ
一衣帯水の海峡をへだてて
何を告げる者でなければならないか
問はむなしく波音に消えてゆく
南北分断の不条理もまた
初発の原因は日本の侵略と差別にある
とき
ぼくの中に流れる日本人の血は
何を償わなければならないのか
問は潮騒のなかで　身もだえ
けもののような声を発する
だが　答えが見いだせないまま
岬の突端　破れた旗のように立ってい
る
そしてまた聞こえてくる声
何をすべきかではなく
何をしてはならないかも問え
その声の主はだれか
恨（ハン）を背負って生き　死んでいった人々
の声であろうか
それがわかるまでは　立ち尽くしてい
なければならぬ
破れた旗のようにぼろぼろになろうと
も
たやすく蝶のように飛んではならない
僕がたつきの糧を得ている町へ
そこに住む家族の元へ帰るまでは
異数の者も等しく照らす夕日に手を伸
べながら

闇と光のバラード

ひとときでも　こころの闇が
途絶えたわけは　あなたが遠い宇宙へ
夢の浮き橋を懸けてくれたから
こわれやすく　もろいぼくの生を
まるごとつかみとるように
宇宙には　こわれてしまったぼくの夢
が
ちりのようにただよっていて　あなた
は
それを　てのひらに集めては
星にする　なみだのように光る星に
だから思うのだ　泣こうか　それとも
スローなバラードに託して　告げよう
か　と
ニンゲンの怒りや憎しみの
その原因にあるものをとらえなくては
変わらない　何も　ガルシア・ロルカ
は
何度でも殺されるだろう　ホロコース
トは
いくつもいくつもまたどこかにつくら
れるだろう
いのちの由緒へ　あなたがいざなおう
とする
宇宙にはつなぎ目があって
それが　あなたが架けてくれた
橋のように見えるのだと
わかっても　泣こうか　それとも

愛を告げようか　と迷っていたりする

あの遠い宇宙のはじめへ
たどり着くためには　こころを
無にすることだとわかっていても
戦火の町のニュースがラジオで流れ
テレビの映像に　やせさらばえた
子どもたちが映されると　墜ちてゆくのだ
果てしのないこころの闇へ

だがきみがそばにいてくれるかぎり
泣こうか　それとも告げようかと
迷いながらも　ぼくは信じる
闇のかなたに射す光を

じゃがいもの唄 ——終戦記念日に——

虐殺の世紀と言われた
二十世紀はほんとうに終わったのだろうか
ホロコーストの幻影は　終戦記念日さえ
忘れてにぎわう街の喧騒に浮かんでは消える
ヒロシマ・ナガサキをおおった雲は
とつぜんどこかの都市を襲うかもしれない
ひとにぎりの権力者たちの指によって
押されるボタン　ぼくらは安逸に狎れて
日々油断しているから　エチオピア・ビルマ・
ウガンダ・ユーゴスラビアなどの内戦の悲劇
人間の尊厳をないがしろにする
むきだしの憎悪や報復　ぼくらがそれを
見て見ぬふりをしているかぎり
何もしないで　無力の殻に
閉じこもっているかぎり　文明の
なまぐさい刀を振りかざしているかぎり
風に吹かれている一本の葦のように
多摩川の上流の町で　たよりない影を
水面に浮かべ　岸辺に群れて泳ぐ
稚魚をのぞいている　同じいのちを
分け合っているという思いを深めながら
燕が川の面すれすれに飛んで　虫を
捕らえている　ぼくも稚魚たちも燕も虫もひとつ
ホロコーストの収容所で
難民のキャンプで　惨劇のなかにも
生きようとした人々がいる　かすかに差し込む光
たゆたうひかりに希望の弦をつないで
だれかが逝ったときには　ともに泣き
苦しいときには手を伸べ合って　助け合い
命の尊厳を失うまいとして
河原の石ころだらけの土地にも
ところどころに花が咲いている

わずかな土に根を張って　蝶や蜂を
さそっている　どんな状況にあっても
生きようとするものたちのけなげさ
　美しさ

だが加速度的に進む森林の破壊　解け
　る氷河
生き物たちの種の滅び　九・一一
　ニューヨークなど
無差別のテロ　原発事故　絶えること
　のない生命の危機
乾くことのない父母たちのなみだ
何も終わってはいない　二十一世紀に
　なっても
弱く　もろく　こわれやすい環境のな
　かに
ぼくらはいる　すべての生物と　ひと
　つの
生命を分け合って一個のちいさなまる
　い
けし粒のような星のうえに　民族や宗
　教や
イデオロギーの対立と衝突を繰り返し
ぼくら　在ることの不思議と奇跡を
たまものとして受け取るのではなく
ぼくら　当然として　存在の根源を
かえりみることのないかぎりは

いつか終戦記念日の黙禱の位置に　ぼ
　くは
芽を噴き出しているじゃがいものよう
　に転がっている自分を見た

夢みたことは

ぼくの敗残の夢のむくろは
奇しくも父の貌をしている…
父の受苦の木を　ぼくはラスコーリニ
　コフの
斧で　思春期の終わり　断ち切ったの
　に
忘れようとした　何もかも　父の蔵書
　の
手垢にまみれた朝鮮史　父の背すがた
　の
さびしさ　父の日本語の訛り　日本人
　の
国籍を持った息子に対する不信と疑懼
　と
雲が行き来している　あれは韓半島か
　ら
はるばる流れてきたのであろうか　鳥
　が
翔けている　父の土盛る墓の上に咲い
　た
コスモスの花の一輪を銜えているよう
　だ
遠い繁みに　父は隠れて　ぼくを見て
　いる
少年の日　従順だったぼくの思い出を
　抱いて

ぼくがあらがいはじめた歳月を　父は
　傷として
その胸に刻んでいるだろう　かなしげ
　な顔が

目に浮かぶ　韓の血を憎んだわけでは
　ない
恥ずかしいと思ったことも　ただじぶ
　んを
卑下する父の態度や　時々激しく口に
　する
被害者意識　それが耐えられなかった
　だけ

父が狂っていると思いはじめたのはい
　つか
父を狂わせたのはぼくだと思いはじめ
　たのは
父の姓で詩を書きはじめたのは　贖罪
　もならず
ぼくの夢もまた敗れ去るか　父のたま
　しいに

せめてぼくの詩が光りとして映り
父のたましいがほほえみをたたえてく
　れたらと
希った夢は　夢見たことは…

繭

山茶花の花が
ぽとりと落ちた
落首のように

斧を打ち込むべきだ
不条理を強いるものの頭蓋に
あしたは木枯らしが吹くという
あの散り落ちた山茶花の
ひとみだけが　未来を映していた
そして深い断念の末に
自ら散っていったのだ

ラスコーリニコフを
深く愛していた少年が
ぼくのなかにいる
世界ははじめから　少年にとって
失われていたものに過ぎなかった

ごらん　山茶花の落花のかたわら
カラスがゴミ袋をつついている
カラスがちらちらぼくを見る
そのぼくを警戒する目が　だれかに似
　ている
鴉が羽をばたばたさせて　電信柱に舞
　い上がる
そんな路地を過ぎて
入って行くバーの片隅の椅子に
太陽を憎んだムルソーが座っていて
ゾシマ神父を捜しているという
固有の死を　かって少年は夢見た
少年にとって　確かに在るというもの
　は
何ひとつなかった　内部に
光をたたえつづけているものを探しつ

づけて
荒れ野に身を置いたまま　少年はまだ
　帰らない
だが心配する必要はない
深い断念に至る座禅の様相で　荒れ野
に
座りつづけている人のそばにいるとい
う

少年は青年になれないまま
うつむく少年になれないまま
言葉を託す何かをさがしつづけている

そして少年はぼくのなかで
不思議な微笑をたたえて
内部に光を宿した繭に変容する

たぶん　それは予見にすぎないが
斧は振り下ろされるだろう
木枯らしの吹く夜に
かつて少年に　世界は
失うに足るとささやいたものの頭蓋に
そう「腸詰をぶら下げた巨大な頭」に
自ら散る山茶花のかなしみの
二度とこの世にないように

＊「　」北川冬彦

存在

私のなかに存在している
もろもろの生き物たち
今朝咲いた遅咲きの朝顔
庭で鳴いているこおろぎ
見上げる空を　群れをなして
飛翔する鳥　色づきはじめた木の葉
名付けられないものたちの
生の饗宴

通時的な私と
共時的な私が
同居している空間
私よりも前に生きた人も
私が死んで　後に生きる人も
私という存在を通過したということ
そして未来に通過するということ
私がわたしを体験しているということ
そして私をだれかがいつか体験すると
　いうこと
それだけでも
決して私を捨て去っては
いけない理由があるのだ
アフリカのサバンナを
疾駆する肉食獣
カムチャッカの海で
潮を吹くくじら
見上げる空を
悠然と飛ぶニッポニアニッポン
庭にきて遠吼えるニホンオオカミ
滅びた種を　私は今生きている
未来に滅びてゆく種も
いつか私を生きる
それだけでも
私には生きる価値があるということ
生きなければならないということ

情念

ことばは色あせてしまった
枯れた木の葉たちのように
しばらく沈黙の人となろう
木に耳を当てて暮らそう
風の囁きや笑い声を聞こう
竹の林に分け入って
竹のしじまになったり　一本の
直ぐ立つ竹の情念を知ろう
冬は　すべての事物が
おのおのの寂寥を抱いて
永眠（ねむり）と再生のあわいを
ひそかに耐えている
山々の稜線は　くっきりと
澄んだ空気のなかで
今にも空に競り上がる風情だ
だがこころは涸れた泉のよう
あるいは凍った沼の水面のよう
やはりしばらくは寂寞を友としよう
水霊たちが　のっぴきならない
表情をして　冬は
生と死のあわいを
見入っている　やがて来る春に
ひとつの　あるいは数限りもない
ういういしい形姿となって
たちあらわれるまで　すべては
凍りついた水に如かないのだ
しかし　おなかをすかしたけものたち
の
生の由緒を恋いやまぬひとみが
ぼくの身内にも宿る
火のように　ぼわっ
ぼむ　ぼわっと　かすかに
ともる　木の芽のように
土の下に眠る幼虫のように
身内の火をたよりに
生きて　春にはふたたび
情念の人となるために

意志

風に吹かれていても
かなしいだけだ　風といっしょに
行き着く場所などありはしない
いやいつもおれは岬の突端にいる
ぎりぎりのところに立って
飛ぼうか　それとも踵を返そうか
迷っている　めまいしそうな
きりぎしの上　父の骨の灰を
まいたこともある　父から
受け継いだ恨（ハン）を断ち切ろうと
ひと知れず泣いたこともある
植民地史を読みながら　国籍が
日本であることを恥じたことも
岬の上の松のように　歪曲して
おれのこころはあるようだ
進むにしても海
父が渡って来て　敗れた海
郷愁に身をまかせても
コリア・モッポ・ゲンカリ面までは
泳ぎきれない　戻るにしても
日本の土　償いもなく
すべてをうやむやにしている
この国のかたちを憂うるほかはなく

海を前にして　おれは立ち尽くすしか
　ない
枯れたあら草のように
おれの存在は病んでいるようだ
岬の突端で　妻のなかの
潮だまりを恋いながら
アリランを口ずさみ　うさぎ追いしと
うたいながら　寄る辺ないもののよう
　に
風に吹かれているほかはない
迷いのなかにとどまるのではなく
つねに引き裂かれている意志を
巻き上げるために

場所

鳥は鳴いていた
もう鳴くほかはなくて
見捨てられてゆく民のように
野をわたる風の眼には
なみだがあふれていた
なみだのなかには　青い水の
星が　いたましいすがたとなって
映っていた　風はすべての木が
朽ちかけている森の上をわたっていた

森のなかで　倒木の上にひこばえが
音符のように声を挙げていた
うまれたからには　生きさせてと
名付けられることもなく
幾億と生まれるものたちは
限りなく広がる空に向かって
声を挙げていた　夢を見させてと
うまれたからには

みんな　しんじつ存在することのでき
る
場所をさがしている
よい時と場所とに生まれたと
声を挙げるために
太初のいのちの身振りで
存在できる場所を
みんな　自らを捨てながら
他者を生かすことわりを
莞爾とうけ止めて
地球にうまれた多くの種は
鳴いていた　こなごなに
くだかれてゆくたましいを抱いて

だれが　だれのために
自らを捨てることができるのかと
聞いているニンゲンの声のままに
沈黙している苔むした岩からも
なみだはこぼれ　それを拭おうとして
手をのべたものの影は
砂のようにくずれていった

はじめから見捨てられてゆく
民人のように　鳥は鳴いていた
みなかみへ　さかのぼる魚もまた
鳴くほかはなくて　それでも
砂のようにくずれてゆく手を
つなぎ止めようとした
みんな　滅びてゆく種となりながらも

あたらしい父性をしるす
場所をさがして

空の湖あるいは海のような空

雲の桟橋で　待っている
空の湖あるいは海のような空へ
船出する帆掛け舟を
空に水位が満ちるまで

空の水はきれい
青のなかの青
したたるような
旅愁を　僕に強いて

船出を待つ間　僕の胸の奥
孟浩然を見送った
李白がひとり　酒楼の上
天際に消えてゆく
「孤帆の遠影」を
まなうらにのせて

したたかに酔っている

さて解纜(かいらん)だ
イカロスの失墜を
目の当たりに見るために
空ゆく帆掛け舟に　乗った
わけではないが「ゆうゆうと
馬鹿にのんきそうな雲」も
行き交い　そうそうと
風も吹きかい　たとえ頰をすべる
なみだがあったとしても
すぐに乾いてしまう

地球は青く澄んだ星
なんと美しいではないか
核廃絶
戦争反対
叫んでみても　のんきに
空を見上げる人もなく
だんだんと　地球からも
時代からも　遠ざかってゆくぼく
帆掛け舟に乗って

どこまでゆこう
ぼくだけの命の地図を
編むために
生まれたわけではないのだから

やはり帰ろう　地上へ
夢の水位があふれて
ぼくが見るひとりよがりの
愛の夢が
空を満たすはずもないのだから

秋

ひとりぼっちで
過ぎ去ってしまった時を
かえりみては　ためいきをつくわたし
が
いま　仰ぎ見ている星は
もう何億年も前に滅びているのだと
吹き来る風が告げるのだが
それは秋の寂寥のせいだろうか

虫の声も途絶え
色づいた木の葉たちも
ひとり　ふたりと　彼岸へ
わたしの元から去っていった人のよう
に
散り落ちてゆく
そしてふたたび　この地上には
生まれることはないのだと
風はささやき過ぎるのだが
それは　わたしのこころを占めている
寂しさのせいだろうか

人影のない公園で
ぶらんこが揺れている
だれも乗ってはいないのに
その向こうに河があって
夜のやみを負って流れる水は
わたしも逝ったひとたちも
まだほんとうには存在していない
存在してはいなかったと
ささやき合っているように
聞こえるのだが　それは
わたしが　見えないひとを
見ているせいなのだろうか

ささなみ

風の鼓動であった　ぼくは
地球生成の日から　吹いている風の
頌め歌であった　生まれるものを
呼び起こすことばのはじめであった
あるいははじめのことばを伝える風
そうそうと天と地を　へだたりもなく
吹く風の吐息であった　たとえ
信じるものがいなくても　韓と
日本の血の流れを　へだてることなく
かけがえもない　と言ってくれた
きみは地上にはじめて落ちた水
そして絶えることなく　流れる
ことなった川であった　なぜなら
いだかれるきみの起伏の　なんと
始源の水の流動を思わせることか

そして風はいま　ぼくときみが見入る
川面にささなみを立てている　神は
ふたたび生まれようとするが　ゆくり
なく
また水に溶け込んでゆく　いっしゅん
ぼくらの目をかがやかせて　それから
ぼくは風に　きみは水に　変容してゆ
くのだ

黙示

—新しい父性へ—

こわれるデルタ　逃げまどう水鳥
ひからびてゆく魚　廃墟の
喩のようにたつ石油コンビナートの群

れ
とけてゆく氷　うすくなった氷の海を
あてどもなく泳いでゆくホッキョクグマは
ほろびてゆく種となるのであろうか
詩を書くだけの

この世に無用なぼくの血は　ひとすじの水脈となって
どこへ流れてゆくのだろう　きみのてのひらが
ぼくを掬おうとして　風景をやさしく
いろどっているにしても　すべてはむなしい営為なのだ

きみが揺れる　花の秀(ほ)に結んだ
露のように　はかなさの喩のように
消滅へと追われてゆく種の喩のように
喩であれば　ただの喩であればと　ぼくは祈るほかなくて
世界はこわれかけている　修復することのできない
甕のように　いっそこなごなになっていけばいいのに
だがきみは言う　新しい父性を　と
母の愛だけでは　もう世界をみたしきれないとでも言うように
はじめのことば　はじめの父の怒りが
また必要なのだろうか　劣化ウラン弾で
癌になって苦しむ子どもたち　路上に放置された若い兵士
自爆テロの犠牲になった市民　悲劇と憎悪の連鎖

越えられない　手垢にまみれた自由の語彙をいくら叫んでも
無くせない　虚無感と無力感にさいなまされたぼくは木偶
きみがどんなに手を伸べようとしてもぼくは
内部のない人間になってゆく不安と恐れに気が狂いそうなんだ
たばねられた白い葱のように　博物館の恐竜のように
終わってしまった物語のように　ぼくの日常に
つぐなうことのできるなにひとつなく贖いの神ももたず
ぼくは　希望と再生へ船出する船も持たない

こわれるビル　逃げまどう人々
ひからびてゆく犬や猫　爆撃された街を
喩のようにおおう煙や炎の映像は絶えることはなく

だが
きみは言う　生きてある限り　いのちのあみ目の
小さな網のひとつであるかぎり　新しい父性を

生もうとする営みはむなしいものでは
ない　ひかりを　と

雲のなぎさ

雲のなぎさで遊んでいる
もう名前を呼ばれることのない
少年と少女　互いをいたわるように

国家という所属をこえて
われわれの子ども時代はある
そして人類という名のもとに
われわれという言葉は存在する

少年と少女がなぎさで作る
雲の城もまたくずれ去るけれど
決して崩れさらないものに気付くべき
だ

それはまだ来ていないという意味での
未来　われわれという名においてのみ
未来を語ることができるのだとしたら
　個の中で
死は絶えるが　われわれの中で生命は
　実るのだ

雲のなぎさで遊んでいる
われわれという名を負って　少年と少
女は
まだ愛の意味も未来も知らないままに

希望

「少女と墓地」のかなしさ
存在の限りない重さと

未来への祈りを奪われた者たち
だれも無惨に死なせてはならないのに

パウル＝クレーは戦争で　親しい
友を失った　画家フランツ＝マルク
かれが描いた息をひそめるような
色彩豊かな鹿の絵のかなしさ

その生の姿にたたえられた羞恥と
とりもどすことのできない愛の形

心の中で崩れ落ちるものをかかえて
クレーは戦後を生きた　戦争の記憶を

切り離すために　一枚の絵を
切断し分割した　横たわる

死んでいる妊婦の絵　むき出しに
された胎児　そして「グラス・ファ
サード」の

裏側に書かれた少女のデッサン　『少
女は
死に　そして成る』という鉛筆で

しるされたメッセージ　分かちがたく
表と裏は結びついていた　妊婦も

少女もマルクも　天使の翼をつけて
パルナッソス山から天へ

いいえ戦争のない世界へ
飛び立たせるために

＊二〇一五年NHK日曜美術館「パウル＝クレー」を見て

散歩者の唄

今日はジョン＝レノンの命日だ
朝からイマジンを口ずさみながら
散歩に出た「想像してごらん
戦争のない世界を」だがこの星に
戦禍に傷ついていない国などなく
夢想家のぼくの瞼の裏に
ああなんという落花だろう
はらはらと　はらはらと桜の花びらは
散りかかい　人のはかない命のように
地上をくれないに染める

おもちゃの兵隊が突撃する
「四人の僧侶」がバタバタと倒れる
シベリアン＝シリーズの絵が
空に浮かんでは消える　川は
流れ　岸辺には卵から
孵った稚魚たちが群れている
命あるものが　生き変わり
死に変わりするとして　幸せを
見出すいのちはどれほどあるだろう

物思い坂にさしかかった　左手には川
イマジンのしらべをたたえて流れる水
「想像してごらん　みんなが
ただ平和に生きているって」川原に
咲いているたんぽぽの花
春に見開くひとみのように
河鹿がすみとおった声で鳴いている
ほんとうに生きた者はいない
ほんとうに死んだ者がいないように
それでも本当の生を憬がれ続けねばな
　らない
与えられたいのちを

生きるだけ生きるしかないのだから
どうすればみんな一つになれるのだろ
　う
流れる水に問うけれど
水はただ黙って流れてゆくだけだ
未生のものたちを母のように抱いて
四十億年前から　ただ一つの問を抱き
答えをさがして　旅する水よ

今日はジョン＝レノンが銃弾に倒れた
　日
イマジンの歌が聞こえる　小鳥たちが
うたっている「想像してごらん
国なんてないんだと」この美しい世界
　で
かなしみを持たない人はいない　でも
よろこびの訪れないひともいない
かなしみが長いか短いか
よろこびが大きいか小さいか
そんなちがいがあるにしても
だが戦争のない国と
戦争が絶えることのない国とのあいだ

には
そこに生きる人々に　大きな違いがある

言問い坂で立ち止まる　世界が欲しているのは
新しい救い主であろうか
それとも名もなき人々の結び合う手
精神文明へと至る道で　ジョン＝レノンのような
犠牲者がどれほど必要なのだろう
川を覗くと　カワセミが　川にせり出した
百日紅の枝に止まって　じっと
川面を見入っている　そして水を
突き刺すように飛び込む
水しぶきが上がるのと　枝に帰ってくるのと
ほとんど同じだ　くちばしに咥えた魚を
枝にたたきつけている　そしてぐいと呑み込む
この魚の死と　ジョン＝レノンの死と
戦争で理不尽に命を奪われる死とは
もちろん同じではない　世界が欲しているのは
聖者であろうかそれとも愚者であろうか
「想像してごらん　みんなが世界を
分かち合うんだって」ジョン＝レノンの
声が聞こえる　世界は幸せでなければならないと

「禾」一号～三四号（二〇〇一～二〇一七年）

組曲

Ⅰ

その父の消息を
たずねていった少年は
まだ帰らない

さようならも言わなかった
少年の不在の火を
どんなに永く生きようと
ぼくに何のよろこびがあろう

毎日　水を汲みに行った
水が　少年のかたちに
なるのを　夢みながら

Ⅱ

あの　ぼくがうしなったものが

しまわれてある　あの静かな
場所に　少年がひとりいて
土の笛を吹いている

そうして少年は　億年を
ぼくを待っていたとでもいうような
顔をしている　にこやかに
わらうとぎれ間に　涙をこぼして
少年のなかに　ひとがいる

世界を失い尽くす場所に
あの　だれからも見捨てられ
忘れられたひとと少年の
居る場所に　ぼくは帰りたい

その門は開いているが
ぼくだけを求めてはいない
ひとは少年のなかにいるが
世界のなかにもぼくのなかにもいない

太陽に手を伸べる岩
ぼくは岩であるだろうか

岩のなかの月　月のなかの胞衣
胞衣のなかの父　父のなかの母
母のなかのぼく

世界がすべてであるだろうか
いつかぼくは消える　少年を失う
そのあと無限の今日が始まる
少年とひととぼくを残して

Ⅲ

春　ゆうぐれ　ぼくのかなしみに続く
　道を
三人の子どもが手をつないでやって来
る
ぼくはきょうのうちに死なねばならぬ
そうして激しく父を　生まねばならぬ

いのち抄

Ⅰ

引きちぎられる　その一点で

美しい結合であったもの
生と死が　無残に手ばなされた死は
どこへ行くのだろう　まったくの
無の中で　死は　それぞれひとりぼっ
　ちで
夢見るのだろうか　ふたたびの生を

あゝ死が本当に浄めるものであるなら
また生がよろこびをのみさとすなら
それは二つながら一つでありつづける
　何か

それが命を強め増しつづけるのなら
ぼくへ帰ってゆく　ぼくに向けられた
　深みへ　死へ
そしてぼくは名付けられる　生きとし
　生けるすべての命で

Ⅱ

世界中の窓という窓をたたいて
目覚めさせるのは難しいことだけれど

今夜中に僕は出発しなければならない
テーブルの上におかれたみかんをひと
　つ持って
ほんとうはひとりがひとりを待つ場所
　へ
地平線を運んでいかなければならない

山芋のつるのからんだ木の下を通って
ひとりがひとりを呼んでいる声をたよ
　りに
運河をひとつ越えて　孤独な散歩者の
　ように

ごらん　川面を流れている　たましい
　たちを
海に行き着いて　また命のはじめから
やり直そうとしている　ぼくをひとり
　残して

Ⅲ

ぼくが日の光のように生きていないと
　したら
ぼくの名をしづかに呼んでほしい
日の光がぼくのなかを照らすように

ぼくはいままで一日たりともよく生き
　たことがなかった
ぼくはぼくの一日を空のようにして
人に帰すことを覚えたい

ぼくは空をつつみたい　あまねく
限りなく広がりつづける空のために
ぼくは永劫の旅をつづける

それからぼくは見つけるだろう
ぼくを空にした人を

母物語

Ⅰ　はじめの母（イブ）へ

1

ぼくはたしかに母の海から生まれた
はじめ母は　ぼくを水のしずくにした
透明な体に映る月や太陽と戯れながら
ぼくは知った　生の中の死　死の中の
　生

2

母は教えてくれた　ぼくを目に見えぬ
微生物にして　犠（にえ）となることの意味
ぼくが回遊する魚に呑みこまれるとき
母もいっしょにほほえみながら呑みこ
　まれていったから

3

母はぼくを陸へ這い上がらせた
ぼくはみにくいすがたをしていたけれ
　ど
母はいつもぼくのそばにいて　ぼくの
苦しみや悲しみのそばにいて　生へ
　誘（いざな）った

4

木々たちのひとみに母が映っていた
ぼくと同じ形をして…　ぼくは樹液を
吸った　小さな母と森と　いのちに区別は
ないと知ったから　ぼくは一夏鳴きしきった

5

母は触角をふるわせて　ぼくを木の葉の
裏に産みつけた　ぼくが孵ったとき
もう母はいなかったけれど　ぼくは
身一点に感じていた　母の存在と沈黙と

6

母は　天翔ける母は　空の深さと広さと
ひとつだった　分かちがたくひとつだったと
いうことわりを　ぼくもつばさを広げ飛ぶことを
覚えたとき　わかったのだ　世界のうつくしさをも

7

草原を駆けた　峨々たる岩の上にもいた
そして月に吼えた　たくさんの命を奪った
それから自ら犠となるべきとき　身を捧げた
母は残されて　死は始まりにすぎない…と

8

土に帰ってゆく旅だと　母は言った
あるいは生命があるかぎり　永遠へ
回帰するひとすじの道を行くのだと
イブと名付けられる前　母は洞窟で線を描きながら

9

生きるという大きなかなしみとさびしさを
地上に生きる億万のひとつひとつの命と
同じにしなければ　限りあって　限りが
ない宙と同じにしなければ…と母はうたう

Ⅱ　そして母へ

トタン屋根に朝日が当たり
すき間だらけのバラックの
割れたガラス窓から光が射して
その時おまえは生まれたんだよ
母さん　それはふかい喜び
しあわせのはじめだった…と
そう言ってくれたね　いつも
ぼくが思い悩んでいるとき
倒れそうなとき　励ますように

母さん　しあわせですか　ひとり
気丈に住みなすくらしは
「だれもが同じところに住めないのだ」と

ぼくはおのれを慰めている
貧乏ひまなしで　母さんを呼んで
いっしょに暮らすことのできない言い訳に

それでもしあわせですか　母さん
ぼくを生んだことは…　ほんとうに
許してください　ありがとうとしか言えなくて

星三題

1　暦のない星

さようなら
つぶやき始めたここから
はじまるのではないか
優しい生は
時が集積した台地
あれ地野菊が咲いている
ぼくはここから翔けるのではないか
名付けられる以前へ
夢みたものは
それさえも忘れ去ったときに
帰ってくるのではないだろうか
物の形のようなものが
ぼくをつつむのではないか
水は澄みはじめ
空は　とおいどこかで
ふたたびこの星をめざめさせる
そしてぼくは暦にはない日を生きるだろう

2　父の星

夢の芯へ
死んだ父が入ってゆく
空の重みを支えながら
青い森へ続く道を歩いてゆく
ぼくは知っている　父は
引き裂かれることのない大地を捜しているのだ
森の上で　鳥たちは交尾していて
よろこびをのみさえずっているとき

発光する木　木の来歴を
父は語りたがっているのではない
名を呼んで　振り返った父は
まだ少年の顔をしていて
つゆに濡れながら　捜しているのだ
父は死ぬことのない星ではなく
国境線のない星を
森の位置からわずかにずれていきながら

（編註）本詩の「3　ピーターハンクスの星」は詩「ピーターハンクスの星」として、詩集『人間の種族』に収録。但し若干の字句の異同あり。

黄土考

〈新しい人間観・宇宙観にもとづく『新人間』が青年たちの中から現れることが求められるのです〉

金　芝河

黄土に雪は聖痕のように降った
尖塔の十字架に降り
少女の瞼を濡らし
その母のしまい忘れた砧に降り積み
水かめの水をさやさや鳴らし
黄海の朽船は白い翼を生やし
磔刑像のひとのひとみはかすかに開き
その額にうつくしい赤味がさし
浮き上がった血管に血はとくとくと流れ

くちびるにくれないの色がよみがえり
ひとは静かに聖壇へ降りると
雪の聖衣をまとい
静かに黄海の岸辺へ歩み
少女はひとのあとを追い
〈渇く〉とひとこと海に告げ
舌を垂らし　ひそかにのどを鳴らし

〈分断と受難の歴史に
　終わりは来るのですか〉
天を見上げ　なみだを垂れ
うなじを垂れ　背をかがめ
砂の上にサランという文字を書き呆き
また天を見上げ　なみだを垂れ
〈また再び生まれてくださることを〉
と

むせぶように声を上げると
寒葱のようにふるえつつ
もと来た道を戻り
磔刑の像のまえで
ひざまずく少女の手はひびわれ
雪はランルの布のように降り乱れ
寂かに磔刑のひとの瞼は閉じ
えいえんのように閉じ
像のなかで　海は
壜につめられた酢のように
満ちたままもう動かなかったが
少女はその夜
黄海の岸の漁師小屋に身を横たえると
珠のような子を産んだ

潮騒にかき消される産声
少女は臍の緒を自ら切り
みどり児の血と水とを
その燃えるような舌で拭った
みどり児は何もしらぬ気に
母の鼓動を耳にしながら
美しく張り切った乳房に
くちびるを運び
むさぼるようにその乳を吸った
その光景を小屋の穴の向こうから
漁師の少年が見ていた
少女の雪のような足と
桜貝のような秘密の場所から
金色の水が噴き上げ
きらきらと光をまとったみどり児が
生まれたことを
少年は　黄海の浜に降り積んだ
雪の上にひざまづき
ゆえ知れず湧き起こるよろこびに
身をふるわせた
打ち寄せる波が少年の膝を濡らして
山羊の乳と水と

一匹の魚を手にもって
小屋の戸を叩いた
少女の目は　朝のひかりに
照らされて　黄金の魚のように眩しく
　はねた
若々しい朝の潮騒のひびきのなかで
少年のたくましい腕が少女を抱き上げ
た
かの　三人にさいわいあれ
黄土にさいわいあれ

震える木

震える木　木のなかに亡父はいた
なぜ死者が存在するのか
ぼくは天を仰いだ　満天の
星月夜　星は人間のなかの
三十億の塩基のように輝き
死を受け容れぬ父を見ていた

ゆるやかな坂が続いている
夜半の散歩者となった
ぼくの影は　ひらひらと
先刻めくっていた朝鮮史の
暗黒のページのようにめくれ
つぐない切れぬぼくのなかの
日本人の血は　見ると
震える木の樹液のように
あふれ　噴き出し　天を
赤くぬらした　唾棄すべきは
ぼくの存在か　影に問うても
影は答えない　答える
ことのできない影の痛みが
震える木の枝葉をふるえさせ

沈黙したままの父の表情は
石　眉ひとつ動かさないまま
なにゆえに日本人であることを
恥じぬのか　と問う　無言に
坂を登りきれず　苦しくあえぐ
ぼくの道は途絶すると言う
父よ　すでにぼくから離れ
背走する影に　哄笑を
与えよ　ぼくをして　彼岸の
震える木となすために

羽蟻のうた

すさまじいまでの空騒ぎ
何の意味もないのだ　人生は
そう書きつづったあと　はたと止まっ
た
ペンの先　羽蟻が止まっていた

人生は　のあとにつづく言葉が見つか
　らない
羽蟻は飛び立とうとしないまま
紙のうえをさまよっている　何の
象徴だろう　ぼくに何かをつかめとの
誰かの思し召しだろうか　考えすぎだ
だがつぶせば　僕の人生まで終わり
そうな気がする　開いた窓の外から

匂う　きのう買ってきたばかりの鉢植
えの
バラの香りが　荊軻が匕首を秘めて
通り過ぎた　ぼくの胸のあたりを
革命の語彙をうしなって久しいぼくの
人生
国を憂えたぼくのたましいも　もはや
羽蟻ほどの重さもなく　人生は　の
次の言葉がみつからないまま
ペンを投げ捨てる　静寂だけが
恋しい　白い紙のようなしじまと沈黙
が

日本狼考

崖がほろほろと崩れている
非在のはずの日本狼がその上にいる
たとえば在ることが死への啓示なら
この世にないということは　新しい
生への提示であろうか　狼が天に
向かって　訴えるように吠えている
ここにひとりの男がいて　天を見上げ
ている
男が在って　吠えることで　滅びへの
賛美をなしているなら　すがたかたち
も
ないままに吠えることは　ふたたびの
生への祈り　渇きではなかろうか
実体もないままに　寒さも暑さも
感じないで　ただひとりの男の
夢見る存在として　そのこころの
深くにしまわれた風景として
在ることに　さして意味はないように
思われる　だから狼は飛んだのだ
ほろほろと崩れる崖の上から
ふたたびの生への回帰を夢見て
だが滅んだ種の傷は　どうすれば
癒される？　どうすれば男の実存の影
を
怯え　ふるえさせることができるのだ
ろう

祖国

どこに無上の国は存在するのか
植民地時代　天を地に引き降ろす
鳥に憧がれ　気流にそって飛ぶ
翼の希求のため　むしばまれた
大地への哀憐のため
祖父は　独立の声のみを
のどにしぼらせ　あふれさせ
それゆえに　深い深い井戸に放られた
コスモスが風に揺れ　夜には
虫たちが鳴きしきる秋の日に

どこに永劫の支配者はいるのか
哀号と叫ぶためにではなく
自由と叫ぶことのため
生まれてきたと　捕らえられた手で
しるされたハングルを　天皇が
「自らその涙を拭いたもうた日」
八月の一本の剛直の木の幹で
鳴く蟬は　うたったのではないか
いかなる栄華も滅び去ることを

どこに死ぬことのない死者がいるのか
初めて黄土を訪れた日　韓国語を
知らない僕に　うたってくれた
人々は身を寄せ合う鳥のように集い
「きみがよ」のうたを　覚えさせられ
た
日本語で　頰にいくつもの涙をこぼし
哭くように訴えるように　あれは
言葉を奪われていた日のかなしみで
胸のうしおが　激しく高鳴ったから

どこに再び生きかえる英霊はいるのか
昭和の暗い埠頭で　マッチを擦り
ひとりの孤独な青年は　問うたではな
いか
「身捨つるほどの祖国はありや」*と
皇国という名において　再び無数の
犠牲者が　英霊の名にすり代えられる
なら
僕は希う　皇帝も宰相もいない国を
子と共にうまごやしを摘み　戯れる野
原
その地だけに　この身を光らす祖国は
ある　と

*（編註）寺山修司の短歌より

訃報

遠くから訃報が届いた
訃報にしるされた名前は
聞き覚えがなかった　ハングルの
文字が書かれてあった　はさまってい
る
手紙を見ると　ぼくの従兄だという
一度も会ったことのない従兄の死

韓と日本と海峡をひとつへだてて
何という遙かな距離　父の血族につい
て
何にも知らないでいるぼく　同じ血を
分け合っていたのに　語り合うことも
顔を合わせることもなく過ぎ去った
歳月が　なんとも残念でならない

同じ世代であれば　韓と日本と別れて
いても
血のように分け合える何かがあったは
ず
たとえ拠って立つ国や境遇のちがいで
けんかをしたりしたとしても　酒を酌

み交わし
互いの肩をたたきあったりできたはず
いまふたりをつないだ死　遅すぎる

遅すぎる　韓と日本のあいだに
よこたわったかなしい歴史が　ふたつの
国のほんとうの和解を遠ざけているように

途方もなく遠くから　遅すぎる訃報が届いた

さよならドン・キホーテ

さよならドン・キホーテ
誇り高き騎士よ　風車に向かって
槍を向ける　もはやそんな時代ではないのだ

さよならドン・キホーテ
時代はどこまで行っても渇きを強いる砂漠
真実を語るなど馬鹿げている

さよならドン・キホーテ
みすぼらしく　貧しいひとりの男
どんな鎧も　もう仮面にはならないのだ

さよならドン・キホーテ
愚直が幸福をもたらす時代は去った
いかなる精神もはじめから十字架に架けられている

さよならドン・キホーテ
迎えるどんな朝も殺伐としている
無傷なものの何ひとつない世界と成り果ててしまった

さよならドン・キホーテ
いかなる狂気が時代を精神を変容させるというのだ
ロシナンテはいななくことさえ忘れているではないか

さよならドン・キホーテ
すべてはちっぽけないかり　ちっぽけな存在
一人では何もできぬ　気付くのが遅すぎたのだ

さよならドン・キホーテ
すべての知恵者・聖者を集めても世界は変わらない
ぼくの紡ぐ詩も　今の世には無用の鎧無用の槍だ

さよならドン・キホーテ
もはやすべては愛に遅れている
ロシナンテでさえ

未生のものたちのうた

Ⅰ　たたずまい

吃音の水だった
それでこころひかれたのかもしれない
木の葉からしたたる水が落ちて
ちいさな水流をつくっていた
蝶たちが降りてきて
触角をうれしそうにふるわせて
水を吸ったりするのを見た
ありふれた静寂
とでも言える空間に
何かあたたかなものの
けはいを抱いて
森が形成されつつあった
水の底には　落ち葉と
落ち葉のすき間に　目に見えぬ
いのちあるものがひしめいて
見分けがたい生と死
土の中の腸や管を
めぐる水の　えもいわれず
澄明な　もって生まれた
吃音の水の質の
はじらうようなゆらぎ
あるいは無心なきらめきの
すがたかたちへの想像を
めぐらせた　かたちないものが
かたちあるものへ
転化するいっしゅんの
いとなみの深淵に
じつに静かなたたずまいがあって
ゆえに生命へ
変容する水の吃音を
聞いた気がした
ぼくは静かにたたずむ
人というよりも　水がめぐる
いっぽんの木となって

Ⅱ　発語あるいは詩

そのまなざしのかなたに
立っている　億年の時間が造った
かなしみの岩

なぜその岩に　かなしみを
見てしまうのか　それは
きみもまた　億年をともに
その岩と生きたからだろう

きみは問いかける
岩は答のように立っている　きみと
岩のしるされることのない対話を
ぼくは　じっと聞いている

ぼくのなかの余白に
それはしるされてゆくが
決して明かされることはないだろう
なぜならそれは　億年も前の
風や水が語っていたことばだから
ぼくは読みとくことは出来ない
きみのまなざしが　最後にぼくに
向けられるのを待っているあいだ
どこかで　何かが生まれる声がする
きみは何かの卵をそっと抱いていたよ
　うだ
きみのまなざしがとどいている岩で

たしかに生まれている何か
その発語をこそしるさねばならぬ
ぼくのなかの生の余白に

便り

なべて　滅びへと向かおうとする秋
ぼくはいのちのたえない声を聞く
滅びのかなしみを負っているものたち
　が
変化をよろこびとしている声を
降りそそぐ秋のやわらかな日差しを
収穫としながら　いのちにピリオドを
打つその一点に　かぎりない
よろこびを見出しながら
滅びを莞爾として受け入れるものたち
　の
相貌の　満ち足りてゆくのを
ぼくは　ゆるぎなく内に存するものの
何であるかを　名付け得ないが
感じる　そして死と　死への恐怖と
相反しながら　山のように対峙してい
　る
この世界を共有し　生きてきた
生かされてきた魂の思い出の数々を
落葉してゆく木々のように見入る

冬が来て　銀杏の葉は　すっかり
葉を落とすだろう　ときおり雪も
降るだろう　そのなかで　巡り来る
春への準備にいそしむものたちの
いとなみと　再びの生を
享受しようとするこの世界への信頼と
また世界に向かって　おのれを
価値あるものにしようとして
けなげに色や形を持とうとする相を見
　る
不安におののきながらも
無力であることに傷つきながらも
無惨に　不条理に奪われてゆく
周囲のものを　かなしみの眼で見送り
　ながらも
すべて　らんまんと　許される範囲で
いのちの豪奢へと旅だってゆくのを
ぼくは　新しい国を求めるように
求めている　何かしらのことわりのよ
　うに
その道筋を作っているもののように
はじらいながらも　いのちある
すべてのものが　ほんとうの
世界のすがたに向かって
生の鼓動の妙ない響をひびかせ
幸福とやわらぎをもとめてやまない
いのちのたよりを
もたらそうとするのを

母の声と子どもの耳

母は子どもをさがしに行ったままだ
子どもは捕虫網を背に負って
九十九島の見える山に行くと言い残し

て
出て行ったきりだと

子どもは都会の路地裏の居酒屋の
古びた椅子を軋ませながら
ここにいるよ　ここにいるよと
ひとり心の中で呟いているが　母は来
ない
なぜなら母は　九十九島の海辺に立っ
て
子どもを呼んでいるから
耳を失くした子どもには聞こえないの
に

反転する　あれは　何だろう
虫籠に捕らえられたナガサキアゲハ
触覚が空を探している
こぼれる鱗粉　たとえ逃がしたとして
も
もう空は飛べないかもしれない
貝殻を拾い集めている皺だらけの手
節くれだった指が　砂に
打ち上げられた木の枝へと変容する
でも老いた母の影は残るのだ　砂の上
に
波がいくら消そうとしても
波が海の底へさらっていこうとしても

油の染みた居酒屋の天井をみつめて
子どもはまぼろしを消そうとする
決して消えることはないと知っていな
がら
逃げたわけではないと子どもはひとり
ごつ
孤絶しているわけでも　と

尹東柱（ユン・ドンジュ）や李陸史（イ・ユクサ）のことを思うとき
日本人の血が恥ずかしかっただけだよ
母さん
父さんの手垢にまみれた
植民地時代の朝鮮の本を読み疲れて
子どもは草むらに寝転んでいる
母さん　子どもはいつもそこにいる
ほんとうは　そこにいて
さがしに来る母さんの声に
耳をすましている　でも子どもの
眼に　うっすらとたたえられ
耐えている涙を
決して見てはいけない　母さん

月のはなし

かつていびつな月を　水に掬った
月のかけらは　てのひらでしばらくか
げり
こぼれて落ちた　ぼくの在ることの
かなしみもまた　いびつな月
きみのてのひらに掬われては
こぼれて落ちた　日めくりのカレン
ダーは
今年もあと一枚残しているだけ　きみ
は
正月の準備に忙しい　黒豆を煮たり
栗きんとんを作ったり　がめ煮のにお

　いもする

生きて　きみを愛し得たろうか　まっ
　すぐに
午前二十五時　ぼくは月を探しに出る
きみは　ぼくの気まぐれを知っている
　から
ちょっと待ってと言ってマフラーを手
　渡す
外に出ると　風は冷たく肌をさす
見上げると　月は頭上にあって
星もきらめいている　耳をなくして
影が連れそう　影がささやきかける
内部を見よと　過ぎ去った日々を
いつわることのないように

寡黙なままに月はいる　きみに似てい
　るという思いが
宙に手をのべさせる　月の頬を流れ
　るなみだに
触れた気がする　きみのかなしみに
そっと
連れ添えたろうか　ふちもなく宙へ
あふれようとするものを　きみの名で
　呼ぼう
またひとつ年を取る　残り少ない歳月
　に
かけがえのない今を重ねてゆくために
まあるい月を　きみのてのひらのうえ
　に
そっと掬ってもらうために

死と生

死は来る　死の訪れない
いのちなどない　死だけが
平等で公平だ　だから死を
怖れることはないという
死こそ存在したあかしだから
ひとがひとにしみこんでゆく死
さんはんきかんに　おんがくのように
ささやきかける　生きて
どこへ行く　死は遠からず
来るではないか　生の
行き着く場所は　ひっきょう死
生きて　どれほどのことが
成せるというのか
人は無力だ　地上に蔓延する
いかなる苦しみも憎しみも
なくすことのできないままに

死なくして生があろうか
無なくして有があろうか
不死をとどめることができないとすれ
　ば
死をもって生となすほかはなく
無をもって有となすほかはなく
星星もなく　それをつつむ
天もないとき　創造されたのは
生であろうか　それとも
死であろうか

そして天と地が分かたれたとき
ひと粒の水が落ちて

測ることのできないほど　地が
水に満たされていったとき
水のなかに　はじめて宿った生は
永遠を恋い　不死を希ったのでは
ないだろうか　生と死が
交互に繰り返されてゆくはてに
唯一物のほか存在しなくなるために

家路

半月型のレモンが浮かんでいた
スカイブルーのカクテル　名前は
知らない　セロニアス＝モンクの
ピアノが流れていた　かなしみは
どこから来るのだろう
かなしくて飲んでいたわけでは
ないのに　青い水の中の
小舟のように浮かんでいる月の
まぼろし　それはどこかに
存在しているだろう　かなし気な
まなざしで見入る人のひとみの中に
「尻尾」という名のバーの扉を背にし
て
さて　どこへ行こう　夜は更けている
小鳥のうたも　ミツバチの羽音も
聞こえない　星星がこぼす光も
精神に満足を与えることはない
魂は安らかではなく
心も鎮められないまま
どこへ行こう　心の餓えをみたすため
に
もっと深い孤独へ　歩みを
運んでいかなければならない

公園のブランコが　ひとりでに
ゆれている　いかなる死者が
揺らしているのか　銀杏の木には
銀杏の葉が　つつじにはつつじの花が
あるがままにあることを
さとしているかのようだ
だがかなしみは去ることはなく
どこへ行けば　全一（ぜんいつ）なるものの声を
聞くことができるのだろう
最終電車が過ぎてゆく
乗っている人もまばらで
開閉ドアに顔を寄せて立っている
人もまた　かなし気なまなざしで
窓の外を見ている　どこへ
かなしみを運んでいるのだろう
どくだみの十字の花が
線路わきに無数に咲いていて
本物の愚者にはなれない男の影を
哀憐の眼で見入っている
もはやすべてをあきらめて
家路をたどれ　とささやくように

竹林のなかで

三十五億年前　たったひとつの
ＤＮＡが生まれた　そしていま
三十五億の塩基を持った人間がいる
さいしょのたったひとつのＤＮＡは

生きる意志だけを組み込まれて
いたのだろうか　ざわざわと
海のひびきをたたえて鳴る
竹林のなかで　ぼくは問いかける
だれにともなく

生きることに　少し疲れて
ぼくはいる「人生五十年化転のうち
　に」と
口ずさむとき　永く生きすぎたのでは
　ないか
という思いが　胸をしめつける
風がひとときやんで　静寂が
竹林をつつむ　ぼくはいる
静寂そのものとなって　木洩れ日に
照射されながら

ざわざわと竹林がまた鳴り出す
滅びたものたちが帰って来ているよう
　だ
寡黙を強いられたものたちの
かなしみが　ぼくの内部へ内部へと
しみこんでゆく　雲の影が
竹林の上を動いてゆく　竹の
間を縫って　蝶がかけてゆく　寡黙な
実在となってゆくほかはない
ぼくを置き去りにして

ゆえん

弥生も終わり　生きる
ゆえんを問うように
咲きさかっては　散り交う
さくら並木の道を
そこはかとない風に乗る
ちょうちょのように歩いている
なぜだろう　かなしみが
潮のように満ちては
引いてゆくのは　そして
さくらの散華は　音も
しないのに　やかましいのは
なぜだろう　休止符のように
ぼくは立っているのに
きのう寒波が来た町は
きょうはうらうらと　陽が
照っていて　生きるいわれを
問われれば　いま　ここに
在るからと　うそぶくすべも
とうに覚えていて　しかし
捉えられないのだ
実存の暗号が　解けないのだ
連れ添う影は　薄ら寒い
永遠を　ここに　とどめる
方法を知らないから
くるぶしに散り落ちたさくらが
まつわって　くさりのように痛い
まぼろしだとしても　たしかに
その痛覚は　ぼくを存在させている
この季節を刻むことわりと
音なき音に　耳を澄まし　こころを
研ぎ澄ませれば　さくらはしきりに
失われた時の方へと散り交い
流れ　ふと見上げる空に
昼の月は　愛するひとの
眉のようにかかっている

ぼくは　行き交う人の群れを離れ
人気ない渓流へと降りてゆく
胸にわだかまっているかなしみが
水の音と和して　急に太初の日を
恋わしめるのを　いぶかしく
思いながら　水の流れの見える
巌のうえに立ち　川ガラスが
道化たように　水しぶきを
あげる巌から巌へ渡るのを
見ている　水のおもてを
うすくれないのさくらの花びらが
流れ　水の渦の中に消えてゆくのを
なおもぼくは見入る　水のそこで
さくらが小さな魚に変容するのを
そしてなぜだろう　生きるいわれを
問うように　小さな魚が
ぼくのたたずむ岩の下に
群れつどい　いっぴきいっぴきが
なつかしい思いをいだかせるのは
やがて明るい音符のように
ぼくの存在理由を
止揚させるのは　そしてそれを
まぼろしだとうそぶくのは
なぜだろう　酷薄な生をのみ
恋おうとするのは　ときおり吹く
強い風が　さくらを
ふぶかせている　ぼくは
さくらを　とらえようとする
あれは　ぼくを　とらえようと
しているのだ　ぼくの
生きるゆえんを
そしてぼくは　水ぬるむ川に
屈原（くつげん）のような影を
投げ入れて　元来た道を
行く道だとつぶやく

カレーライス

君の眠っているひたいの上に
建てられる家
その家のなかで　ぼくは
不思議の国のアリスを読みながら
カレーライスの具を
ことこと煮立てている
きみの寝息のこぼれる
少し開いた唇のなまめかしさ
外の面に散り落ちる
赤い椿の余響
ぼくがページをめくるたびに
寝返りを打つきみの
耳たぶにあいた穴から
見えている宙
流れ星がいくつも行き交い
銀河は衝突し合っている
ブラックホールに落ちてゆく
アリスを引き止めて
ぼくはカレーライスのルーを
入れてゆく　きみの鼻が
少しうごめく　きみのまぶたの
上に　球状星雲が
うずまいていて　ぼくは
そのなかにとけこむ
塵であってもいいと
思ったりする　いつかふとんから
はみ出したきみの二の腕に

蚊が止まっていて　きみの血で
ふくらんだ腹部を
にくみきれないぼくは　ふらふら
飛翔する蚊を　窓の外に
逃がして　結球のキャベツのように
きみの寝床にもぐりこむ
カレーライスも食べないで
きみのひたいの上に
建てられた家から
アリスが顔を出して
夜空をみつめている

白い紙

地球はこわれている
ぐでんぐでんに酔っ払った頭のなかで
無心な眼も　慈しむこころも
どこかに落っことして来てしまった
それから朝　悔いに責めさいなまされ
　ながら
水を飲む　六〇パーセントは水の袋と
　して
在ることも忘れて　脳裏に浮かぶ
アフリカではじめて生まれた
人類の母の声が聞こえる耳をふさぐ
言わないで　何にも　ぼくはうつろな
　人間
たくわんをひときれかみくだく
ほとんどの歯は抜け落ちていて
パンドラの箱を探しに
旅に出ようと思う　そんなひとときの
　夢に
身をまかせながら　また眠りに落ちる
星がまたたいている　宇宙を
浮遊している　たんぽぽの
綿のように　さくらの花びらのように
鳥影のように　そしてしだいに
無色の影となってゆく
無形のものとなってゆく
どの星にもまだ人は生まれていない
自らの手で　自らが生まれ
住む星を　こわすような
種族は生まれていない
青い水の惑星だった日を恋うて
泣いているのは　あれは
神と呼ばれる存在であろうか
それにしても宇宙は
ゆりかごのようだ　目を覚まさずに
もう少しただよっていよう
病みかけているこころが
癒されてゆく　真空を
もたなければいけない
シモーヌ＝ヴェイユのことばが
どこからか聞こえてくる
永遠はまだあらわれていない
真っ暗い空間を　このままどこまでも
漂流すべきなのだ
だが夢はさめるもの
二日酔いの頭をかかえて
起き上がると　テーブルの上には
目玉焼きとせりのおひたし　そして
妻の走り書き　あなたは誰？
豆腐の味噌汁をあたためるために
ガス栓をひねると　青白いガスの火が
世界を

焼き滅ぼす気がして
何も食べずに外へ出る
公園ではゲートボールをしている老人
　たち
みんな笑いあってしあわせそうだ
そう言えば　公園わきのいちょうの
木のいただきで　鳴いているのは
チルチルミチルが探していた
青い鳥だ　砂場では幼い子どもたちが
お城を築いている　その母たちは
慈愛のまなざしでみつめている
とげだらけのばらにはバラの花
信じるべきなのかもしれない
アフリカのたったひとりの母から
はじまった人間の歴史を
こわそうとして生まれる
赤ん坊なんていないのだから
大人になって　いつのまにか
こわれてゆくこころ
しかしそこに無心な眼と
母を恋う純な思いは残っているはず
再生の道を歩こう　都会のどぶ川を
かわせみが飛び交い　めだかが泳ぐ川
　に
再生させた人々がいるのだから
その人々こそ生き残るべき人間の種族
絶滅寸前のオハグロトンボも
飛んでいる　もはやただ一つの種さえ
滅ぼしてはならないのだ
だが今夜も地球はこわれてゆく
ぐでんぐでんになった頭の中で
朝になると　またまぼろしを見るのだ
そおっと　すべてのものを
変容させる手のまぼろし
それからつぶやく　何もこわさないで
この頭とこころ以外　そして浮遊する
宇宙をどこまでも　あれはサザンクロ
　ス
あれは渦巻き星雲　あああれが宇宙の
　はし
ブラックホールに飲み込まれそうに
　なって
目覚める　テーブルの上には
白い紙のきれはし　あなたはあなた

過程

まだ道の途中
ぼくは向ける
とおいはるかなものを見るように
こがねいろのまなざしを
実った稲の穂のうえ
ふりそそぐ無量光のかなた
永劫の人を
たとえまぼろしであろうと
その人のほほえみを見る
用水路をながれる水のひびきの
存在のうたをかなでてやまぬ季
稲の穂の尖
止観する蝶の
おのずからなるほほえみを見る
永劫の人が
蝶に変容しているのを
その過程を
見るためにぼくはある
道は途切れることなく
ぼくを迎える

たとえ永劫の人が
まぼろしとしても
命の果てる時の刻にも
ぼくの行く手に道はあるから

椿あるいは対話

椿の花のなかに
きみはかくれて
何を思っているの

わたしは　あるがままに
在るだけ　花の咲く
よろこびを感じているだけ

きみはどこから来て
どこに去って行くの
そして　このぼくは

それは誰にもわからない
わたしは椿ではなく
椿はわたしではないわ

でもあなたが思えば
わたしは椿であり
椿はわたしでもあるわ

そしてあなたも椿
わたしでもあるのよ
ひとつなのだから

わたしはかくれて
いるわけではないわ
誰にも見えていないだけ

感じてくれないだけ
わたしは幻ではないわ
ずっと生きていくから

でもぼくはいずれ死ぬ
きみを見ることはできない
きみはぼくではない

あなたは帰ってゆくだけ
わたしのなかに　ただいまと
おかえりなさいをくりかえす

いのちそのものに

遠雷

どこやらで遠雷の音がする
不意にわき起こる
なぜかは知らないけれど
生きるかなしみという奴が
そんな人生の寂寥のみなもとに
遠雷が落ちてきて
ぼくは　ぼくの悲しみのそばにいる人
を

さがしにゆく　森へ

樹液が勢いよく
樹幹を駆け巡っている
ざわめきながら　木々たちが

歩いていた気もする
昆虫たちが飛び交って
新鮮な樹液を吸う音が
森を明るくしている
雨はここまで届かない
ぼくを呼ぶ声もしない

光が降り注ぐ
木の葉は少し
緑をまた濃くしたようだ
樹冠のあたり　ごらん
ひそんでいる人がいるが
ぼくではない
雨はまだやってこない
雷ももう鳴らない

風は雨の匂いを運んでいる
木と木の間を　そんな風に乗って
紫揚羽やゼニュウスが翔けてゆく
樹冠に居て　手をのべて
捕らえようとする　あれは
だれだろう　地上に光(かげ)だけを残して
その人は消えていったのだが
この森を抜けて　ぼくは
どこまでさがしにいけばいいのだろう
ぼくはぼくのかなしみを　だれにも
背負わせてはならないというのに

火の唄

火　光州の路上で
火のたましいを燃やした友よ
あのころ　ぼくはぬるま湯のような
日本の平和の中で　自分を探していた
鳴きしげる蟬の声に
生とは何か　くり返し問いかけはして
　いたが

火　おのれを燃やしつくすということ
　は
宇宙のふちへたましいを広げることで
　はないか
しかしそれが死の刻印であるとき
地上での絆が断たれるしるしであると
　き
ぼくのことばはむなしい譜音をひびか
　せ
崩れ去る　予め失われた世界へ

しかしそれが生きることを　ぼくに
命じたのだとしたら　あのとき
友の死を聞いた心模様は　激しい怒り
　と
おのれへの絶望と無力感しか
思い出すことはできないのだが
遠く　はるか遠くへと　たましいの圏
　を
広げることを強いたのだとしたら

風が病葉を散らしてゆく
川面を反射しているひかり
いつか　岸辺に立って　たゆたう水の
ゆくえを追えば　友は
いっぴきの魚になって　跳ね上がる
とらえようとするぼくの手に

友の思い出の残欠が　まるで
山の端にかかった夕日のようだ

友よ　生と死のさかいに
この世界があるのだとしたら
行き来するために　何が必要だろう
きみがぼくにくれたもの　残したもの
を
何と名付ければ　きみの死のなかの生
を
聖なる火のように掲げることができる
だろう
そしてそれを消え去ってゆく火ではな
く
永劫のひかりへと変容させるためには

鯵の干物

存在と無とは等価であろうか
窓を開けた　窓の向こうにも
ぼくがいる　部屋のなかのぼくは
死者たちよりも軽い重さで

先刻妻の上にいた　朝の窓にさす
ひかりの糸がぼくのたましいにまつわ
る
ぼくは　宇宙の広がりへ　おのれを
とけこませようとしているけはいだ

妻が起き出して　味噌汁のだしを
とっている　かつおぶしのにおいが
部屋のなかにいるぼくの五感を
目覚めさせてゆく　存在と無との

あいだに　窓があるのだろうか
ひとつの窓をさかいにして　生と
死があるのだろうか　味噌汁の具を
ぼくが聞くと　豆腐　と妻が答える

今日ひと日　精神は妻に見合う
重さを持つであろうか　妻の手に
閉ざされてゆく窓よ　向こう側に
いるぼくは　かつて生き変わり
死に変わりした　存在と無と
へだてるために　世界の広さ深さを
窓の中のぼくにはからせながら
妻がとんとん　葱を切っている

ぼくは妻に聞く　存在と無と
対重するであろうかと　妻は言う
観念は捨てて　日々の仕事を　と
そろそろ鯵の干物も焼き上がる頃だ

窓の外のぼくはどこへ去ったろう

「サラン橋」第一号〜第二一号（二〇〇六〜二〇一九年）

少年

ぼくは生き返らせる　誰だって
ぼくは生き返らせることができる　誰だって

少年は戦火のやまぬ町にいた
少年は友のくちびるに　唇をあて
息をふきかけていた　けんめいに
秋だというのに　鳴く虫もなくて

ぼくは生き返らせる　誰だって
ぼくは生き返らせてみせるんだ　誰だって

だが少年は　その夜　友を土に葬っていた
それから戦場を　傷つき老いた人々や
幼な児や　その母親のために駆け回った
もう冬が近いのに　ぼろぼろのシャツを着て

少年の心には　もはや敵も味方もなかった
ただ何とも言えぬ悲哀や怒りや絶望が
胸のなかを占めてしまわないように
駆け回ったのだ　いたく汚れて
少年は　はぐれた家族の夢を見た
でも決して泣くことはなかった
ただひとつ繰り返しに　呟き続けた
ぼくは生き返らせることができる　誰だって

ある日　死体置き場のかたすみに
眠るように横たわった少年がいた
足首に　血のにじんだ死体番号札を巻かれて
ああ少年が償おうとした罪を　まだ犯すというのか
誰だって　生き返らせることができる少年を
誰だって　生き返らせることができるんだ　少年を

ヤクソク

ひかり　ひかり
かぎりのない
ひかりのかごを
編んでいるゆび
大きなゆびに
ちいさなゆび
節くれだったゆびに
かわいらしいゆび
白いゆび
黄色いゆび
黒いゆび
ひかりのかごを
編んでいる

ゆびというゆびが
いっしんに
いっしょに
ゆびきりげんまん
仲良く　平和に
生きてゆくって
ヤクソクしてる

海のなかの声

海のなかに声がする
母さんの声が　いや
あれはちがう　くじらの声だ

海のなかに声がする
人間になりたがっているものの声が
みんな　わかっちゃいない

人間であることが　どんなに
切なくほろ苦くかなしいことか
海のなかに声がする

サランヘヨーと言っている
死んだハングサラミの父さんが
もう八十歳になるイルボンサラミの
母さんへ　生きていたときには
言えなかったことばを　いっしょうけ
んめい
ささやいている　海のなかで　たぶん

巻貝　あるいはイルカやクジラになっ
て
海のなかに声がする　父さんの声が
サランへ　サランへ　といつまでも

【註】
サランは愛の意味
サランヘヨーもサランへも
想像してください
ハングサラミ　韓国人
イルボンサラミ　日本人

かなかな

ひぐらしが
遠い夏の思い出を連れてくる
ひまわりの大輪の花の咲く道
十六歳の夏　ぼくはひとつの恋を打ち
明けた
でも長続きはしなかった　同い年の少
女は
孤児の少年と　故郷の海に飛び込んで
亡くなった
少女の好きだった詩　アポリネールの
「ミラボー橋の下　セーヌは流れ」
口ずさみつつ　たくさんの詩集を読ん
だ
ムルソーやラスコーリニコフを愛した
授業をさぼって　死ぬことのできない
ぼくは
ふるさと佐世保の海や山で　ひとり過
ごした
少女の死を　解けない謎として
とらえられないものを

とらえようとした夏
かなかな　かなかな　かなかな
ひぐらしが
遠い夏の思い出を連れてくる
なかなか大学には入れなかった
やっと大学に受かって　東京に出た
新宿や渋谷の路地裏を　さまよい歩い
た
断ち切れない鎖を引きずる犬の影
それがぼくのかたちだったかもしれな
い
ひげを生やし　髪を肩まで伸ばして
ヒッピーと呼ばれた夏
朴独裁政権に抵抗し　良心の捕囚と
なった
金芝河の詩に泣いた
「天が飯〈まま〉である」
ぼくの存在理由をつかみたかった
詩を書いては　雑誌に投稿した
日本で生まれ　育ち　生きているぼく
は
畢竟　自らの無力を呪うほかなかった

かなかな　かなかな　かなかな
ひぐらしが
遠い夏の思い出を連れてくる
日本人の母の私生児であるぼくには
なかなか見つからなかった就職口
家内と知り合って鎌倉に引っ越した
鎌倉の駅前の書店に勤めた　文学や絵
や
音楽を愛する友達が訪ねてきてくれて
飲んで泳いで　時々花火を打ち上げた
りした
材木座の海岸　波は寄せ
波は返し　実朝の見つからなかった
首のような夕日を　無念の血のような
夕陽を
水平線に見た夏が過ぎ　冬が過ぎて
「おほ海の磯もとどろによする波
われてくだけてさけて散るかも」
割れて砕けて裂けて散ることもできず
初めての子を生んだ
かなかな　かなかな　かなかな

ひぐらしが
遠い夏の思い出を連れてくる
「おまえは何をして来たのだ」と
中也の風が問いただす
首を振りどおしで　立ちつくしたまま
これからどこへ行けばいいのか
シーシュポスの石に向かって
ひとりごつ　答が見つからないまま
転がり続ける石を抱きながら
なおも坂道を登り続けなければならな
い
この世に無用の詩を書くのはやめよ
そう言い続けた父も異国に逝き
無力なまま　他者に手をのべることも
できないまま　愛も憎悪もひとつかか
えに
いまや生のよすがとなった詩のなかで
何度も何度も死にかわり生きかわりし
て
ひぐらしのように鳴き続けるだけだ
かなかな　かなかな　かなかな

ゴールあるいは肉

するどいカーブをえがき
サッカーボールが突き刺さる
ゴールへ　と
ぼくは校庭の見える丘の上
ひとりたたずんで　それを
見ている　拍手の音　歓声
集まって　抱き合う子供たち
日曜日の校舎の窓に　ぼくの
視線はうつる　だあれもいない
いや居た　少年の日　ともに
サッカーに興じた亡き友の顔が
ひとつの窓からのぞいていた
まだ　たましいはさまよって
いるのだろうか　死とはたましいの
思い出　あるいは肉を与えることだと
　したら
友よ　ぼくは地上に居るあいだ
きみを存在させなければならない
だがきみは水にかえったのではないか
自然のなかの　あらゆる事物に
散らばっていったのではないか
サッカーボールを追いかける
子供たちのなかに　いつしか
きみもぼくも居て　風景は
一変している　ふるさとの町
ぼくが朝鮮人と指さされ
ののしられたとき　きみは
果敢に　その年上の少年たちに
向かっていってくれた　土で
よごれたズボン　やぶれたシャツ
とばされたくつ　たたかいに
やぶれたあと　きみは眼のふちを
青くはらして　くちびるに
血をためたまま　にっこりと
笑った　土の上に仰向けに寝て
ずうっと　天を見入っていた
ぼくは　たましいのそこから
ふるえていた　ありがとうという
ことばをかけたかどうか…
声にしないまま　佇んでいた気がする
ぼくは今になって　やっと気付いたの
だ
きみの存在が　ぼくを生かしてくれて
　いたのだと
ぼくに肉を与えていたのだと
ああ　きみがシュートを打つ
ゴールが揺れる
駆け寄ってゆくぼく

鬼

ぼくの血のなかに　父は立っている
目を閉じて　かくれ鬼の　鬼として
父はぼくをさがしている　だが父は
ぼくを見つけても　決してヨゴニと
名を呼ぶことをしない　いつまでも
鬼として　在るために

少年

月齢二七・一の道を歩いて
居酒屋ののれんをくぐった

菜の花のからし和えを食べながら
むかし見た光と微笑の人と

話をしに行った少年のことを思ってい
た

まだ帰って来てはいない
桜の咲くころには　淀んだ眼のぼくの
　傍らで
光と微笑の人の言葉を話しているはず
　だったのに

ぼくは　すすけた扇風機のある天井を
見上げる　その向こうに広がっている
花曇の夜空を　少年の澄んでいたひと
　みを

ビールは苦く　むせぶような孤独と寂
　寥を
胸の奥に運んでゆく　少年の名は
ヨゴニ　韓と日本の架橋になることを
　夢みていた

暗号

しがふたりをわかつまで
ぬきさしならず　たがいのこどくを
まもりあうともだちのよう
でありたいね
そこはかとなく
ばらのはなが
におうように
いつまでも
てとてを
くんで
だきあって
さようならは
いわないで

紡錘形の地球

われわれは　死の意味だけを
はかなく地上にしるし続けた
射殺されたいくせんの善良な人々
飢えさらばえた子供たち
われわれの命の河には　恐怖だけが流
　れ
われわれは国を追われるように
深い生の意味から追われ続けた

われわれの叫びのつまったのどを
木を切るように刈ってゆく手
見るがいい　あらゆる都市には
批判の精神もなく立っているビル
ビルの窓という窓には　殺されて
堕ちてゆく鳥や蝶しか映らず
手折られた花の声しか届かない

区切られた空　区切られた陸と海
われわれのほんとうに生きる場所は
未来の時まで奪われている
われわれの激しい飢餓と渇きは
黙殺されて久しく
われわれの涙の中で　紡錘形に
ふくれてゆく地球は
なぜいつまでもわれわれのものではな

いのか
傷つき倒れてゆく小動物
撃たれ　滅ぼされてゆくけものたちと
われわれの命とは一つなのに
われわれは奪われるだけではなく
なぜ奪うものとならなければいけない
　のか

われわれはどの国も
無限ではないことを知っている
われわれの断念のなかで
夢み続ける国だけが
無限であることを

われわれの差し伸べた手は
満ち足りたことがない
われわれは無力なままに
無力な人々のそばにいて
免れうる何もないことを感じ
かなしみのあとには
よろこびが来るとささやき合うことの
　ほかに

星のかたち　あるいは鄭君

星が流れたね　と
鄭君は言った
ぼくは黙って空を見上げた
星は　鄭君のたましいの中を
よぎったのだと思ったけれど
ごめん　見えなかった　と言ってし
　まった
見えないさ　遠くに行ったのだもの
どこまで行ったんだろうね
人間の中の見えないところへ
そこに住めたらいいね
うん　でももう住めないだろうね
ぼくはうなずくほかなくて
星が生まれたね
うん　小さな星だね
火花くらいかね
砂粒よりもっと小さいね
ここからはね
でもそこに　またいつか立って……
こうして会話しているといいね

何かこう大きなものへ抗いたいね
でもその前に見つけないといけないね
人間の新しい何かを？
ううん　星のかたち
どこかで皿を洗う音が聞こえていた
自動車のヘッドライトのあかりが視野
　にとどき
ぼくたちは互いに反対側の道路わきに
　寄った
それからそのまま四つ角まで歩いて
　行って
さようならと言って別れた
ふたたびめぐり合うこともないまま
時はすぎ
ぼくは今　鄭君をさがしつづけている

捜神

ゆうべ見た夢のなかで
祖母がぼくの髪を切っていた
それからぼくの眉をてのひらで　何度

も
撫でて　にっこりとほほえんで　消えた

いまぼくが生計を立てている東京の外れの町に
だいだらぼっちの眉のような月が
山の端にかかっている　木々は
木の葉を千々に染め変えて

少年の日　やっと外人バーが軌道に乗った母の使いで、歩いて二時間ほどはかかる祖母がひとり住む家に　月々お金を届けに行っていた。祖母は、猫の額のような畑で採れたわずかばかりの野菜を売って、生計を立てていた。繁華街の片隅で、ぽつんと座って、笊のなかに野菜を並べて売っていた。ぼくは、そんな祖母のすがたを見ても、知らんふりして通り過ぎていた。そんな嫌な少年だった。祖母の家に着くと、いつも祖母は茶たくの前に、ぽつんと、正座して座って、ぼくと話をしようとはしなかった。初孫であるのに、朝鮮の血が流れているぼくを嫌いなのだ、とぼくは思っていた。玄関の下駄箱の上のガラスの金魚鉢に、十余年近く生きているという金魚がいて、ぼくはじっと、その金魚をながめて時を過ごした。古い柱時計が、何度か鳴った。沈黙は重たかったけれど、お金を置いて、祖母を一人残して、すぐに帰ることはできなかった。祖母の寂しさが、何も話してくれなくても、招かれざる客のような存在であろうと、ぼくがいることで、少しはまぎれるのではないかと思っていた。祖母の背中に、夕闇が降りてくるころ、ぼくは帰ってゆく。ありがとう、祖母のか細い声がぼくを見送る。らあらあらあらあ、ぼくはおらびながら帰ってゆく。祖母の住む町に、狂った子どものうわさが立っては消える。月のはじめに。心を吹き抜ける風は、いつも冷たかった。涙がひとりでに、ぽろぽろ流れてしかたなかった。

だいだらぼっちの眼のような月が
ぼくをじっとみつめている　ぼくは
わけのわからないさびしさを抱いて
夜の公園のベンチに座っている
ぶらんこをまぼろしの祖母が揺らしている
なぜ祖母は　夢に出てきたのだろう
祖母との思い出を手繰り寄せても
あのぽつんと正座したちいさな小さなすがたしか思い浮かばないというのに
ぼくの心を
吹き抜けてゆく風が　神のようなものを
捜している

しゃっくり

しゃっくりしたら

びっくりしたよ
しゃくとりむしが
しょっくをうけて
いっしゃくほどの
木のえださきで
しゃくとりむしに
しゃっくりうつった
しゃっくりひとつ
しゃっくりふたつ
とまらぬしゃっくり
ちきゅうがぷるぷる
ふるえるほどに

風変りな木

戦争はほくそ笑んでいた　かなしい
心を抱いた子供たちだけを残して
戦争があった　とおい遠い昔　或いは
　今
この国で　あるいはとおい杳い国で

ぼくたちは味噌汁をすすり
通勤電車にゆられ
テレビゲームのように流されるテレビ
　の
映像を　発育不全にされた心で見てい
　た
叫びやむなしく流される
血で育つという子供たちの声には
耳をふさいで

戦争があった
命あるすべてのものから
流れる血は赤いと　伝えて来た
吹きわたる風だけがほんとうの声を
子供たちの生まれながらのよろこびを
その弾むこころを　奪わないで　と

戦争がからっぽにする
母たちのやさしい海を
戦争が起きあがるたびに
ふみにじられてゆく　父たちの骨が
かなしい声や涙で育つという
子供たちだけを残して

どこからが人生なの　生きるって何
そんな子供たちの声だけを伝えて
戦争があった　子供たちの
単純に世界をうべなうこころと
まっすぐにものを見る眼
子供たちはみんな風変わりな木のよう
　に
見えるけれど　伐り取らないで
かなしい声や涙で育つという
子供たちだけを　地上に残さないで

ばら

ばらの花の中に人がいる
手をそえると　てのひらに
ちょこんとすわって
小さく首をかしげている

ぼくが　だれですか

と聞くと　あなたがいつも
在ってほしいと　祈り　願い
思っているものだよ　と言う

虹と初恋

小さな瀬のうえで
虹をみつけた　それを拾って
半ズボンのポケットにいれた

夏休みは　そうして
終わった　遠い花火と
何もとらえなかった捕虫網

学校がはじまって
いつか虹のことは忘れていた
吹きすぎる秋風がうわさしていた

虹を失くした少女のこと
ぼくは半ズボンのポケットをさぐり
虹を　少女に届けに行った

異邦人II

めくるめく太陽
帆走する舟　青い海
ぼくは太陽を憎んだムルソーをさがし
　ている
そしてもうひとり　海の聖母を

太陽にかざすぼくのてのひらの
血管が浮いて　血は
はじらうように流れている
なぜ存在するのか
肉は答えない
それでは　たましいは?
たましいもまた答を見いだせないまま

波音を聞いている
ぼくの三半規管は　貝だった日を
激しく恋いながら

泣かないで　海の聖母よ
ふいにぼくの唇からもれる声

無言の空に　ぼくは
太陽を憎んだムルソーをさがしている

みじめにもやせさらばえた
ぼくのたましいはまた
海の聖母をさがしている
海峡を渡ってくる青い馬を

おまえはどこから来て　どこへ行くの
　か
と太陽が問いかける
ぼくは夢を夢みつづける
異邦人であるとうそぶく

ずたずたにされたたましいのような
赤い国境線を刻印された地球と
ムルソーの太陽と　ぼくのなかで対
　重するいっしゅん

海は傷ついた聖母を
ぼくのひとみに映させる
そしてぼくのひとみの中の空は　無言

のままにひからびてゆく

なぜ？　ぼくは問いかける
肉は答えない
それではたましいは？　矛盾をかかえ
　たままのぼくの
たましいもまた答えられないまま地に
　ひからびてゆく

ああ　それでもなお
ぼくはさがしている　おそらくひとみ
　だけとなって
ムルソーを　海の聖母を　国境線のな
い星を

であるとでない

であるの国の王子さま
でないの国の王女さま
であってけっこんしたけれど

であるが正しいときもあり
でないが正しいときもある
であるの国の王子さま

でないの国の王女さま
それでけんかがたえません
であるがまちがっているときも

でないがまちがっているときも
ふたりはしょっちゅうくりかえす
であるとでないのいいあらそい

であるとでないはおおちがい
でないとであるはかみひとえ
であるとでないがぶつかりあって

でない　であるのいいあらそい
である　でないのくちげんか
いつになったらやむのやら

であるの国の王子さま
いつしかでないがくちぐせに
でないの国の王女さま

いつしかであるがくちぐせに
それでめでたしめでたしと
なったかどうか　さあてさて

ななふし

ななふしをみつけたよ
　木のえださきに
　　ななふしは
　じぶんのことを
木のえださきだと
　　おもっている
　　そうでなければ
　あんなにじょうずに
木のえだそっくりには
なれない　じつはぼくも
　　じぶんのことを
　木だとおもっている
そうでなければぼくもまた

木そっくりにはなれない
ななふしとぼくと
日のひかりをうけて
のんびりと　木と
木のえださきになって
風にふかれている
にちようび

人のかたち

秋の虫たちは死ぬときに
その虫のかたちをぬぐのだという
そして　人のかたちになって
昇天するのだという

そんな話をしてくれたのは夜半を
吹き過ぎる風　襟をたてて
歩いているぼくの耳に

ぼくは立ち止まって　天を
仰いだ　星という星が
切れ目もなく　虫のように鳴きしげる
あれは　何を鳴いているのだろう
ぼくはまた歩き出す　人の足音をして
ぼくは　多分　人のかたちをぬいで
虫のように鳴きたいだけなのに

ポタリジャンサ（海を越えて）

光州を流れる川の水も
多摩川を流れる川の水も
海に向かって流れている
存在の闇の向こう　友はいまほほえんでくれている
風が吹いて　過去世へといざなうように
多摩川の水面（みのも）をおおうさくらの花
友と飲んだソウル・明洞の路地裏の屋台
マッコリは少しすっぱかったが　喉にしみておいしかった

熱く友は語った　韓国語をよく話せないぼくに
身ぶり手振りで　メモ帳には漢字を連ねて
英語をまじえたりして　激しく　変革の夢を

せせらぎの音はやさしい　ぼくは多摩川に
小石を投げる　ポチャンという水音が
ポタリジャンサと聞こえるのは
友を恋うているからだろうか
光州で逝った友は　純なこころと
不条理への抗いの意志を持っていた
友を生き残すためには…
友と生きてゆくためには

向こう岸の雑木林が　さみどりの芽を
噴き出している　未生のものたちが
何かに生まれ出ようとしている
友の語った夢は　海の向こうの国で
いま成し遂げられたと言えるだろうか

魚がはねる　あれは何を空中に
捕らえようとしているのだろうか
生き残って　ぼくは何を手にしたと言
　えるだろう
死んだ友の見残した夢を　流れる水に
　たどって
狂うべき時を　狂わずに来たぼくは
日本でぬくぬくと生きて　友との
約束を果たし得ないままに
サクラが川面（かわも）にひととき浮かび
沈んでゆく　花びらが小さなくれない
　の
魚に変わるまぼろしを
ぼくはいつまで見ればいいのだろう
だが友はほほえんでくれている
ぼくをゆるしてくれている
ぼくは歯がみするのではなく　立って
歩かねばならない　ポタリジャンサ
海の上だって

誕生

山々は新緑に包まれて
何だかほほえんでいるようだ

そんな日に　すみれ　すみれ
すみれ　きみは生まれたのだ

ぼくもおじいさんになってしまった
在ることのかなしみの謎

それを解けないままに
きみを両手に抱く羽目になってしまっ
　た

小さな　かけがえのない命
この世界が　みずから　その美しさを

讃えるように　与えてくれた
いのちは透きとおるほど　清くて　け
　なげで
新鮮で　凛として　どんな言葉も
色あせてしまう　世界がきみを産み

きみが世界を受け容れた日
ぼくは　ありがとうとつぶやくほかな
　くて

うすいみどりを噴き出した山々に
奔騰する生のよろこびを見る

生きていて良かった　と素直に言える
この気持ちは何だろう　この不思議な

うずくような　新しい芽が　こころに
噴き出したような思いは何だろう

この明るく広がってゆく視野は　そし
て
澄んだひかりとして偏在しているよう
　な心のふしぎ

ああ解けそうなんだ　すみれ　すみれ

すみれ　すみれ　在ることの真実は
だがことばにできない
奔騰する無から宇宙が誕生した日のよ
うに

不在考

1　月とぼく

欠けた月の向こうに　もうひとりの
ぼくが居て　じっとぼくを見ている気
がする
（ぼくの頭の中には　ときどき逃げ場
所があって）
冬　コートの襟を立てて　通り過ぎる
人々の足音が遠ざかってゆく　路上に
立ちすくんでいるぼくを残して
星々の奏でているセレナーデ
欠けた月の舟に乗って　もうひとりの
ぼくは旅に出るらしい　かぎりがあっ
て
限りのない宇宙の闇を　ジョバンニを
さがして　さようなら　ぼくはひとり
ごつ
でも宇宙のはじめへ　それとも宇宙の
ふちへ
ぼくは問いかける　歩み出したぼくの
行く手に
家族の待つ家の灯り　ぼくがここに
いないとしたら　どこにも居ない　カ
ンパネルラも

2　木と少年

世界はかぎりなくうつくしく
地球の外まで広がっていると
そうささやいたのは一本の木
存分に枝を伸ばしている木よ
少年の日のこと　大地に深く根付き
うごくこともできないのに　なぜ
そのようなことがわかるのと
ぼくは聞いた―少年よ　きみのその
内部にわたしは根を張る　きみは
宇宙の果てまでも　きみの世界を
広げてゆく　わたしはそれを知ってい
る
木は答えた　それがぼくのエチュード
だが物語の続きはまだ書いていない
木は　どこにいるのだろう　どこで
枝を広げているのだろう　そして少年
は
宇宙のふちをさぐりに行ったままだ
木と少年がいなければ
ぼくはここにいないというのに

悲歌・枯葉

どこから来たかを知らない
そしてどこへ立ち去るかも
だがいま枝を離れた一枚の枯葉は
知っている気がする　どこから来て

どこへ去るかを　それはすべてを
失うことであろうか　それとも
すべてを捨て去ること　枯葉は
大地にカサコソと音を立てるが

あれは大地に死を告げたのであろうか
それとも生への回帰を　祈りにも似て
頼んだのであろうか　生が死をはらみ

死が生を産み出すのであろうか
生が永遠の問いかけ　死が永遠の
沈黙であるとすれば　だれもいない

いちまいの枯葉のほかには　枯葉を
降らした一本の木　木が根付く大地

大地をおおいつくす生死(しょうじ)のほかには

ふんころがし

砂漠のかたすみ
ふんころがしが　けんめいに
フンをまるめている

まあるく　まるく
太古のうつくしかった
記憶の地球をなぞって

ふんころがしの作った
小さな地球のうえに
ごらん　ぼくたちはいる

しょっぱい彫像

せんそうはいつも　この地球の
どこかで起こっていて

親をなくした子どもたちの
なみだで　地球はぬれている

地球はだから　いつもしょっぱい
なぜおとなはせんそうをするの
ぼくもおとなになったら
せんそうをするのかな

ひとりの　子どもが地球に聞いている
地球に　いっとうさいしょに
生まれた者は　もう目も口も

手も足もなくした彫像のように
子どもたちのながしたなみだにぬれて
ふるえている　だれにも見えないとこ
ろで

落ち葉のカノン

秋の森は　かさこそと　落ち葉の
散る音だけがして　しずけさがきわ

だっている
森では　枯れ葉舞うなか
人間の目ではとらえられない
無数の生き物たちが　争ったり
競いあったり　助けあったり　互いの
　名を
呼び合ったり　凭れあったり　励まし
　あったりしている
宇宙では　漂う微細なものたちも
常に変容している星星も
不連続でありながら　どこかしらに繋
　ぎ目があって
互いを支えあったりしているように

穴の空いた落ち葉
千切れた落ち葉
虫食いの落ち葉
土に化そうとしている落ち葉
散り落ちる落ち葉の上や下で　滅びて
　ゆくものも
冬眠していくものも　生きようとして
　いるものも

互いをつなぎ目として
いのちの起点としての役割をにない
たとえば1とそのものの数でしか割り
　切れない
素数のような存在としてある

秋　森の樹冠の部分も
表土の部分も　地下でさえ
いのちはひしめき合い
たがいを生のくさり
あるいは死のくびきで
つなぎ止めている
そこで死は生のはじまり
あるいは零でしかなく
そこからまたいのちは生まれ
素数はかぎりなく宇宙のはしまでも埋
　め尽くす

落ち葉は散ることにおいては悲しみ
しかし土に還るとき
あらゆるいのちをたくわえ　いのちを
生み出すひとにおいては　いとしさの

そう　えもいわれぬ愛(かな)しみの臥床(ふしど)とな
　る
落ち葉のカノンを聴きながら
そして　ごらん　空には素数階段を
昇ってゆく少年がいる

ぼくじゃない

かなしいのは
ぼくじゃない
ぼくのなかのだれか
なまえのないひと

さびしいのは
ぼくじゃない
ぼくのなかのだれか
地にはじめからあるひと

くるしいのは
ぼくじゃない
ぼくのなかのだれか

いまだ目にみえないひと

ないているのは
ぼくじゃない
ぼくのなかのだれか
みらいにすがたをあらわすひと

むかしとんぼ

渓流にのびた
木の枝先に　むかしとんぼが
止まっていた　せせらぎは
とおいむかしの語り部のように
水霊たちのことばをのせて
流れ　ひかりをかえす
むかしとんぼの
透明な羽は
とじてはひらき
物語は　終わることなく
つづき　さかなが
はねて　かわせみが
青いつぶてのように
翔けて　さかなを捕らえると
近くの岩の上に止まって
さかなを岩にたたきつけると
ぐいっと　ひと飲みにした
むかしとんぼは　水霊たちを
背中にのせて　いつしか
森の奥処に消えて
また誰かと　とおい
遠いむかしのことを
語り合っていると
せせらぎが
ささやくのを聞きながら
さっき見た木の枝先に
はじらうように
ぽっと　白い花が咲くのを見た
むかしとんぼになって

木

一本の木がもう一本の木に
身をゆずっている　譲られた
一本の木は大きな白い花を咲かせて
さんさんと日のひかりを浴び　うつくしい

だがぼくは　身をゆずった方の木に
ゆかしさを感じた　華やかな風景の
中心ではないが　決して部分でもなかった
世界をはるかに深く　考え深いものにしていた

真空

少年のなかに生まれた　ひとつの真空が
そこに住むものの名を　ぼくは知らない
少年だけが　その名を名付け　呼ぶことができる

少年のなかで生まれ　広がりつづける
　真空よ
それがぼくらが住んでいるこの宇宙だ
　としたら
ぼくらの人生は　気の遠くなるほどの
　地球の歴史は

少年の
見ている
夢にすぎない

かれ――三・一一東日本大震災異聞

かれは　まだ行方不明のままだ
地異は深い悲しみを　人の心に
降らせて去った　かれは　海溝の
深みへ　連れ去られたのだろうか
かれが藻になりたいと言うのなら
そうさせてあげよう　あるいは貝のよ
　うに
黙して一生を過ごすものになりたいの
　なら
大洋を回遊しつづける魚になりたいの
　なら
かれを連れ去った海は　たぶんかれを
忘れることはないだろう　海に誕生し
　た
いのちの初めの人は　かれに分け与え
　た生の
痛みを忘れることはないから　かれの
　死を
償うため　海はいのちを育て　やしな
　い
地上に立たせ　歩ませるだろう　いの
　ちとは
あらゆるものと分け合うためにあると
　かれを
失った人々がつぶやきつづけるかぎり
　そして
生きようと　前へ進んでいこうとする
　かぎり
それからかれが　いのちのはじめの人
　と　区別が
つかなくなったとき　ぼくらは　呼び
　始めるだろう
かれを　星空や海や地平線のかなたに

絆　―シモーヌ＝ヴェイユへ―

見えない　けれども深い絆が
結ばれていった　大地に根付く
ものたちと　コンクルー　ルルアン
サムヤライ　そんな名前をつけて呼ん
　だ
コンクルーは七星てんとう虫
ルルアンは雑草　サムヤライは木の根
しあわせだった　語りあった日々が
かれらがぼくを　何て呼んだかって

まちまちさ　ぼくは名付けられる
以前の存在に帰りたかった　そぼ降る
　雨
雨を見たかい　泣いている雨のひとみ
を

みんな　等しく無へ戻ろうとしていた
そこで永遠なるものへ　新しく相（すがた）を
変えられるなら　と　吹き過ぎる風

風を見たかい　泣いている風を
真空を持たなければいけない　泣いて
いる
風と雨と　見えない絆を結んだからに
は

森

木の頬から涙が落ちて
地に　落ちてゆきます

なぜ木は泣いているのか
ぼくのこころのなかの森で

いっぽんの木が泣いて
森のなかのすべての木が

泣いているのだと　きみだけが
知っていてくれていれば

それでいいのです　木は
もっと強く良く生きようとして

泣いているのだから　こころの
なかのきたないものや滓（おり）を

洗い流そうとして　泣いているのだか
ら

ほら　木の涙のしずくのような

蟬も鳴きしげっていますよ
きみ　ぼくのなかの森を歩む人よ

水の味

旅に出た　うつくしく
透明な美味しい水に出会った
水をたたんで　きみに送った

友よ　きみは　平和で自由で平等な
新しい水の星をさがしに
宇宙の遠くへ旅立っていったから

友よ　水は届いたかい
たたまれた水を　元に戻して
きみの見つけた星に流しておくれ

からっぽのぼくに　むかし
光州の水をたたんで送ってくれた
おかえしさ　光州の路上　権力に
抗って死んだきみの無念を

晴らそうとして　今日まで
どうにか生きてきた　その
おかえしさ　とぎすんだ

きみのたましいの味がしたから

だれだろう

だれだろう　ぼくのなかの草原で
小さなつばさを生やして　空へ
翔けようとしたひとは　鳥に
なれなかったけれど　なおも空へ

だれだろう　ぼくのなかの海で
青いうろこを生やして　水平線へ
泳いでいったひとは　いまどこに
いるかわからないけれど　なおも海へ

だれだろう　ぼくのなかの空で
星の子どもたちを集めては
青くすんだ水の星を　作ろうと

しているひとは　ぼくであって
ぼくでないというひと　悠久の
時間のなかで　だれでもないというひ
と

クリスマス・イブ

クレヨンで描いたもみの樹
リスがオーナメントの星をかじってい
る
スっぱいね　イエス・キリストが生ま
れた日は
マタ生まれてくるといいね
スズの音（ね）が鳴る　天の川銀河のかなた
イミもなく生まれたひとなどいない
ブキヨウな人ばかり集まってメリー・
クリスマス

こわれたソネット

まっしろいもんしろちょうのように
ふわふわ　ふわふわ　在ることの
かなしみがただよいつづけています

はがねのぜんまいのようなちょうの
舌をみたことがありますか　ぞうの
はなのようにのびて　蜜をすうのを

みたことがありますか　よろこびに
はねをふるわせて　ちょうが花粉を
ふりまいて　漂うようにとんでいます

在ることのかなしみをだいて　じっと
みつめているぼくは　地球のうえで
詩をかんがえつづけています　無用と
よばれる詩を　在ることのかなしみを
たとえば生きるよろこびに変えたくて

光芒

『ライ麦畑でつかまえて』異聞

ホールデン・コールフィールドが
回転木馬に乗っている

変えられるものなら　何かを
変えたいと思いながら
なぜ彼は　自分がホールデン・
コールフィールドだと思い込んでいた
　男は
ジョン・レノンを殺したのか
ホールデン・コールフィールドは
何を変えようとしていたのか
ホールデン・コールフィールドと
自分を思い込んでいた男は
音楽で　まして詩で何かできるかと
問いかけたかったのか

ラスコーリニコフの斧は
いつも路上に落ちている
ジョン・コルトレーンの曲が
流れている街角で　老ソクラテスは
しわがれた声で「汝自身を知れ」と
語りかけている　だが人々は
立ち止まることなく過ぎてゆく
だれも　自分に名前があることを
疑わない　本当にみんな
ホールデン・コールフィールドではな
　いのか
ホールデン・コールフィールドと思い
　込んでいた
男ではないのか　彼ではないのか
太陽が沈んでゆく　ビルの
すき間というすき間に
かすかな光芒を残して　まだ希望が
残されているかのように
太陽を憎んだカミュの
『異邦人』の主人公の名前を
ホールデン・コールフィールドは
思い出せないまま　夜が
やって来る　マーマレードを
塗りたくった街に　ネオンが
虚無のようにともり　生きるかなしみ
　を
負った人たちが　互いに
声をかけ合うこともなく　魚のように
すれちがってゆく　だれ一人
いま在ることの意味を
問いかける真の孤独者に
なることもなく　たとえば地震や原発
　の
不安や恐怖を　ひんやりと
胸奥に秘めて　ホールデン・
コールフィールドだけを欠いた街で
その墓標さえない街で
ペパーミントを噛みながら
明日の行方を　自分にできる何かを
ひとりひとり　けん命に追いかけなが
　ら

水の唄

たとえばわれわれが立っている大地か
　ら海から
裏切られたと書けば　傷は癒されると
　言うのか
朝　そして昼　世界は痛ましいほど明
　るい
瓦礫は　われわれの生活が
一瞬にして崩壊する幻影であることを

証明するかのように　それが自明であ
　るかのように
文明とは裏腹な奇妙なたたずまいを見
　せている

地異を悲劇の女神と呼ぶことで
裏返そうとする何か
彼女が打ち寄せる津波のなかで
網膜に映し取ったもの
文明の向こうに透かし見る暗黒や狂気
や
破壊　人のこころにはびこる憎悪や
報復の連鎖の記憶
彼女だけが悪いのではない
そこには人為的な何かがあると

原発の事故の招致を隠し通そうとする
企業の舌を抜かなければ
そのよじれた腸を正しく治さなければ
その真っ黒な肺葉を明け方の林のよう
　にしなければ
その肥大化した脳を人間のものらしく
　しなければ
三葉虫やアンモナイトやコダイアマモ
　のような化石に
人間もなりかねない　そこには
焼けただれた神話の神々の魂が
建屋の壁にこびりついている
流出されてゆく嘘

われわれは文明を支えているという
幻影の数々を蘇生させるすべを
覚えなければならないか　彼女は
沖の海溝でいまは静かに眠っている
その網膜に地異の悲しみは閉ざされて
碧落のような海よ
存在する者たちをつむぎ出した水よ
生きるには理由があると
夜　月の光にきらめく
さざ波にことばをたくしてうたえ
われわれに痛苦を課した償いではなく
ただひとつのことば　愛をもって
未来のあるかぎり　未来に進むことを
　課せ

空耳

たましいのはずれの道で
迷ってしまった　あなたの名を呼んだ
　のだが
あなたが返事をしてくれないので
一日中　日の光を浴びて
樹のように　じっと立っていた
あなたがどこにいて
どこにいないかを考えながら

時のはずれで　あなたを
見失ってしまった
遠い山なみに　日が当たって
斜面が眩しく光っている
あの傾斜はぼくの心の傾斜だから
あなたの行方を　飛ぶ鳥に聞いたのだ
が
鳥はあなたの声で笑っただけ

あなたの笑い声が
日にかげっている　たしかに

あなたはいる　だがあなたは見えない
だからぼくは　あなたを知らない
というほかはなくて　来た道のはずれ
で
うずくまってしまった　石のように
動かないぼくの上　あなたは
止まって　言った
何とか言った　ぼくには
愛していると聞えたのだが
空耳だったろうか

たらのめ

たのしいね　春を知らせる　役わりは
らくではないけどね　冬を耐えるのは
のんびりもできないけどね　おおきく
めをだして　世界へ愛を告げねばなら
ないから

ふくじゅそう

ふふふっとわらうように
くくくっといたずらっぽく
じめんから　かおを　ぎゅぎ
ゅっとのぞかせて　まむかう
そらいっぱいに　はるの
うたを　ひびかせてゆく

さくら

さくららららら
さくららららら　ららら
はるをしらせてさくさくら
ひとつのえだにひゃくもせんも　はな
を
さかせるさくら　まるできょうだいや
おやこのように　さくららら
さくらららららら　はなをさかせる
さくら　うららかに　ほがらかに
さくららららら　いっせいに
はなをさかせて　イッシュウカン
いのちのありったけを　うららかに
きよらかに　はなにたくして
さくららららら
さくらららららら
ふうわりと　かぜにのって
ちるさくら　くるくるとかぜにのって
さくららららら
さくらうらうらうら　ららら　いっせ
いに
いさぎよく　らうらうと　はなを
ちらせるさくら　また来んはるに
ゆびきりげんまん
するゆびをさがして

あっけらかん

すっからかん
ぼくのあたまもこころも
もちろんポケットも財布も
すっからかん

でもすっからかんていいな
大地も海も空も
ぼくをあたたかくやさしく
うけいれてくれている
ぼくをありのままに

あっけらかん
大地も海も空も
もちろん木や花や動物も
あっけらかん
でもあっけらかんっていいな
すっからかんのぼくを
かけがえのない仲間として
うけいれてくれている

会いにゆく

笑い声がひびいている
メダカの卵のなかで
ぼくの中ではじける何か
いまは眼に見えないものたちが
そこここで生まれる準備に
とりかかっているのがわかる
あしうらにつたわるぬくとさ
てのひらに感じるあたたかさ
のどにこみあげる声にならない声で
わかる　空の奥処で渦を巻きながら
地上へ降りてくるものたちのざわめき
かなしみの底によろこびが
あきらめのかなたにあこがれが
むなしさの向こうに生きる意味が
ほんのりと浮かび上がってくる
許されていたのだ
むくわれていたのだ
見守られていたのだ
空の青や海の青にひそんでいる何かに
誰かに　世界がふわっと
ぼくのなかに入ってくる
そしてぼくをつつんでゆく
信じられる　昨日があって
今日があるということが
ぼくは生まれようとしている
ぼくはぼくでありながら
だれでもないだれか
かけがえのない誰か
あす
会いにゆく

アルカディアまで

アルカディアまで行きたかったのだが
つい寄り道をしてしまった　昼間から
そば屋「喜乃八」でそばつゆを肴に
酒を三杯飲んでしまった

酔った眼で見ると　ヒトという
ヒトは　キノコであった　あるいは
そよぐ耳　岩にくだける波であった

たましいには深さがあるのだろうか
深さがあるのなら　堕ちてゆけば
億万年も前から存在している僕に
会えるだろうに　光る滴だった僕に

水たまりをひとつ越えて　振り返ると
町は夕日に映えて　アルカディアのようであった
手を振ると　三人の子供たちが駆けて来て
「オトウサン　アルイテイキシマショウ」

「えっ、アルカディアまで　そんなに遠くへ」
「チガウヨ　イエニカエルンダヨ　オトウサン」
その夕べ　ヒトというヒトが　僕の子供たちの
やさしい顔に見えたんだよ　フシギなものだねえ

春になると

春になると
母とよくわらび採りや芹つみにいった
水の湧き出る秘密の場所があって
母とぼくだけが知る芹を摘んだ
母のわらびの煮物は
芹のおひたしは
とてもおいしかった
だから今でも　わらびも
芹も大好物だ
春になると
少年の日のたましいとなって
ぼくは母とわらび採りや芹つみに行く
山々はうすいみどり
たましいもまた
少年の日のような
うすいみどりに染め変えられて
あたらしい生命を得るかのようだ
どんなに年を重ねても
しょうかん岳や弓張岳や烏帽子岳
ふるさとの山々で
母とわらび採りや芹つみをする
たましいの行いは忘れない
思い出を捨てたりはしない
春になると
木々や草花のように
ぼくには
新しい生命を得るすべがある
母との
思い出のひとこまに

時

少年の日　時をなくした
まるで十円玉を落としたように
どこまでも探しに行った
もと来た道を　うしなった時を求めて
たんぽぽは綿毛を飛ばし
山々は千千に色変えていた
花ももみじもなかったわけではない
だがものさびしい夕暮れが
人待ち顔に佇んでいた
ぼくは途方に暮れた
死に近からず遠からず
ただたましいだけが
風に吹かれて　どこかへ

漂っていきそうだった
そんな漂泊の思いとは裏腹に
流れる時間に刻印されることもなく
錘のように
深い断念の底へ
沈んでゆくぼくの肉体が
もう一度胎児の時へ
帰ってゆくような
ほろ苦い思い
まさしくそんな思いに
恥じらいつつも　生への
いとおしさを募らせて
歩いていると
時を失くした人々の影が
街路でもつれあっていた
だから故意に　ぼくは
遠い日のように
十円玉を落としてみたのだ
失くした時を
まだ見つけてもいないのに
先月までビルが建って
今は更地になった

原っぱに　陶器の破片は
厭離のこころを抱いて
ほんにかなしげな表情で
じっと魚の絵付けを抱いたまま
時が　地中にうずめるのを
待っている　地中に
うずもれれば　魚は
厭離のこころを
海に伝えにいくだろうから
しかし　かなしいのは
原っぱそのものなのかもしれず
原っぱが陶器の破片に
捨離のこころを伝えたのかもしれず
原っぱがかなしいのは
時折おとずれては
ひとりハーモニカを吹く
少年のこころのせいかもしれず
少年がむかし
陶器の破片で傷つけた
手首の静脈のように
流れている地下水が
本当は時をなくした思いを
抱いているのかもしれず
ほんにかなしげな表情で　暮れなずむ
　空も
泣いている母の眼のように赤い夕日を
たたえながら
十円玉を探しに行く少年を見入ってい
る

記憶するものへ

秋の夜　虫の声のまにまに
世界の広さや深さを見て取るすべを
量り知れない愛あるいは
重さにして　星のように降らせている
人がいるから　ごらん
星明りに黄金色に輝く稲の穂の上を
渡ってゆく風を　過酷な
日をめぐり　収穫を迎えたものへ
祝福を伝えてゆく
伝説の人がいるから
水のように空は澄んで

生と死の境に　韻のように
立っている人がいるから
その沈黙の声を記憶して
しるしなさい　きみは
ことばを

黄海の譜

土饅頭の墓の前に額ずいていると、チマ・チョゴリを着た白髪のおばあさんが来て、穴のあくほどぼくの顔を見つめたあと、「あなたはもうこの世のものではないはずなのに」と言う。黄海の見える岬の上、潮風が吹いて

ぼくは三跪九拝したあと、枝や幹がうねうねと曲がった松の木陰に座り、黄海に浮かぶ島々を見ていた。島々は『親が子を　子が孫を抱くように』在った。ミツバチがぶーんとうなりを立てて僕のまわりを飛び、空に消えた。

ぼくは、今はもうない父の生家をめぐる石垣にもたれて、たぶん親戚のだれかが庭に植えて育てているにんにくの葉が、風に鳴るのを聞いていた。すると壊れかけた門から入ってくる男の子がいて、ぼくに微笑みかけてきた。

男の子は、「ヨゴニか」と問う。ぼくは声も出せずうなずく。男の子が父だと気付いたから。石垣の上を、猫が歩いている。ミャーオと甘えたような鳴き声で、男の子に近づいてゆく。潮風がつんと匂う。男の子は、ぼくを

手招くと　海の方へ走ってゆく。ぼくは追いかける。浜辺に打ち上がった朽ち船のそばに男の子は立って、「アイゴ　チュクタ」と言う。それはまさしく父の声。そして父の口癖だった言葉。懐かしくて「アボジよ」と呼ぶと

男の子は海の中にざぶざぶと入ってゆき、見ると巨口の魚に変容していった。「どこへ行くの」ぼくが大きな声で聞くと、波のまにまから、父の声で、「イルボン」と言う声がした。「ヨゴニ

　もう一度おまえを生むために」

部屋

だれもいなくなった部屋の窓から
ひかりが永遠のように差し込んでいる
だれもいない部屋は　うつくしい
そこにいた人の精神のたたずまいが
残り香のようにただよい　慕われるから
その部屋の扉は閉ざされたままだ
その部屋の扉を開けて　椅子にすわり
編み物にいそしんでいた人は　もういない

動くものとてない部屋で　窓の影だけ
が
くっきりと床の上に落ちて　刻々位置
を
変えていくなかで　しずけさと沈黙が
深く広がってゆく　真空のように
そこに生きていた人のこころの世界が
無限の宇宙のように　広がり深まって
ゆく

部屋という枠をこえて
億年　何も変わらない　始めから
だれも居ず　だれも死んではいないと
いうふうに

そら

空の色を
人のこころに見るときがあります
すてきな日です
人のこころに限りなく広がっている空
を見るのですから

空の青が
ぼくを満たすときがあります
それは愛を思うとき
愛がまだ届けられていないというかな
しみでさえ

白い雲になって　のんびりと
浮かんでいる気がします
雲にやがて人のまなざしは届くだろう
と

空と人のこころとが　ぼくにとって
見分けがたくなるとき
ぼくは世界に微笑みかけるでしょう

道

青梅から佐世保へ一気に駆けていた
もっとも夢のなかの話だけれど
さくらが散り交い
もみじする木々のなかの一本道を

それは存在の亀裂のなかを
走っている感覚だった　一本道は
ところどころに水たまりがあって
のぞくと　深淵につながっているかの
ようだった

ときどき鳥が鳴くのだが　それは
人語のようでもあり　音楽のひと節の
ようでもあった

あらゆるものといっしょにぼくが存在
している
世界がぼくのなかに内在している

何か忘却しきっていたものが
思い出されそうだった　だからふと
立ち止まったのだ　ぼくはいっしゅん
にして
ぼくが生まれ死んでゆく場所が

同一であることを感じた　それは世界が
すべてのものと在りつづける場所であり
世界がかたちづくられる以前から　そこに
在った場所だった　無から無へ

いのちは旅しているのではなかった
そこには永遠の現在が見え隠れしていた
ぼくという存在は深く　あらゆるいのちと
つながり合っていた　ぼくという川
ぼくという谷　ぼくという湖　ぼくという海
ぼくという空が　青梅から佐世保の
遠い行程のなかに在り　ぼくが思惟するままに
さくらは咲き　木々は新しい芽をつむいでいた

アルディピテクス・ラミダス猿人*に捧げる組曲

1　蝶

その蝶を見たものはいない
もちろん蝶を運んでゆく風も

だあれも眼にしていない
虚偽に眼を伏せていては
その蝶も何も見えない　権力の行使に
眼をそらしていても　こころは
行方不明のまま戻ってこない
その蝶が翔けていった道を
見たものはいない　もちろん
蝶がたどり着いた場所も

その蝶は　希望を産みつける
ために来た　自由なこころの
つばさを　蝶を眼にしたものに
与えるために　風景の

一部でありながら　この世界の
すべてと一致するたましいを
もたらすために　だがその蝶を
見たものはいない　蝶がたまごを

産みつけていった人々は
たしかにいるはずなのに

2　少年

海が宿ったのはいつごろからだろう
少年の中に始源の青く澄んだ海が
どこまでも広がりはじめたのは
孤独を知った夜からだろうか
あるいは恨（ハン）から愛へ　はてしもない
旅へ向かう人を　風景のどこにも
見るようになった朝からであろうか
海の波がはね返すひかりを　どこまでも
受け入れ始めたのは　そのひかりを

空に返すすべを覚えたのは
いつのことであったろう　少年の内部
　にあって
どこまでも外部にあふれようとする
空と海とを　たぐり寄せようとする人
　の
遠くへ遠くへ歩んでゆく背姿を
追い始めたのは　少年が原初から
変わらない何を見たからだろう
宿した海に　ひろがる空に　いのちが
うまれようとしているときにみたもの
　は
なにゆえに少年を遍在させようとする
　のだろう

3　悠久

だれだろう　ぼくのなかの草原で
小さなつばさを生やして　空へ
翔けようとしたひとは　鳥に
なれなかったけれど　なおも空へ
だれだろう　ぼくのなかの海で
青いうろこを生やして　水平線へ
泳いでいったひとは　人魚には
なれなかったけれど　なおも海へ
だれだろう　ぼくのなかの宇宙で
祝祭のように　星の子どもたちを集め
　ては
青く澄んだ水の星を　作ろうと
しているひとは　ぼくのなかに居て
ぼくではないというひと　悠久の
時間のなかで　絶えず命の弦（いと）を編むと
　いうひと

4　まなざし

まなざしはやさしい　ひとつひとつの
事物にそそぎこまれて　生きる
意志をつむがせる　あのまなざしは
しかしだれだろう　眼には見えないの
　に
常に在るひと　ほら鳥が　かたわれを
求めて鳴いているではないか　葉かげ
　で
羽化した蝶もまた　しずかに羽をひろ
　げ
飛び立とうとしている　透きとおった
ちいさなもたちのおびただしいむくろ
　にさえ
あたらしい生をやくそくするかのよう
　に
向けられているまなざしに　はじらい
ながらも　また生まれようとする　い
　ま
ここに　実存することに気づかされた
ものたちよ
すべてを受け入れ　世界に物語るはじ
まりよ

＊約四四〇万年前、エチオピアに生

息していた、人類の最初の祖先と
　推測される猿人。

四十億年のいのちを主題とする組詩

1　すがた

あじさいに小止みなく　雨は
降りそそいでいた　紫の花びらから
水滴は落ちて　雨蛙の小さな背中を
濡らし　雨蛙は思い出したように跳ね
　た
そこに　なぜ　かなしみを見てとった
　のだろう
雨蛙は場所を移動しただけなのに
雨蛙は在ることのかなしみを　どこへ
連れ去ってゆくのだろう　ひとしきり
雨ははげしく降り　あじさいの花の
ひとみが　あわいピンクに変わる　ぼ
　くの
すがたが映る　だが雨蛙のすがたは見
　えず
鳴いている声だけが聞こえている　こ
　のあと
ぼくは何に変容すればいいのだろう
　ほんの少し
場所を移すだけだというのに　いのち
　のはじめへ

2　投影

蝶が来て止まった　ぼくのてのひらに
蝶よ　おまえに投影する精神の表情を
かいま見た　分け合っている
いのちに　重さも軽さもないね
長いとか短いとかもね
流れていく時の上で
ぼくらはいっしゅん重なり合って
まなざしを交わす　遠い日に
見知っていたもののように
蝶よ　おまえは飛び去る道に
くきやかな影を作る
太陽は中天に在る
おまえの影は濃く
ぼくの影はうすい
てのひらからぼくがこぼした時間
二度と帰ることのない秒刻
蝶よ　やがておまえは森の
樹冠を超えて
空のかなたへ立ち去る
おまえの精神の影を拾い集めて
ぼくは生きる　四十億年のいのちを
蝶よ　共に分け合っている未来へ　一
　刻一刻

3　雨上がる

雨上がり
ごらん　あじさいの千のひとみに
千の天使が宿っている
空を仰げば　見えない千の天使が
地上を覗いている　楽しげに
太陽の光が雲間から差し込み
葉蔭にやすらっていた蝶は
触覚で打電している
天の深みに住んでいる見えない人へ

もっと晴れたらいい　と
天の園生(そのう)が見えるほど
かたつむりはつのを出して
塀の上を這っている
くちなしの白い花が咲いて
世界は柔和な表情をして
そこに在るように見える
ただ生きているだけで
じゅうぶんと思えるのは
わたしが老いたせいだろうか
うぐいすが鳴いている
うぐいすの声で　すると
わたしも鳴いてみたいと思う
わたしの声で　生きる
意味も解けないまま
わたしはいる　ここに
ぐうぜんここに佇んでいるに
すぎないのであろうか　雨の
しずくをこぼすいっぽんの木に
すがるようにして　わたしは聞く
木は何かささやくように
雨に濡れて　鮮やかになった
緑の木の葉をそよがせる
億年言葉を矯めていた木の
種族たちがいっせいにしゃべり出すま
　ぼろし
雨上がり　ごらん
世界がほほえんでいる
ただそれだけ　たったそれだけを
見ていればいい　と

４　牛

アルタミラ洞窟の絵が
脳裏に浮かぶ　大地を
踏みしめながらも　踊る
ように描かれた　赤い牛

文字のなかった時代　何を
願って　描いたのだろう
いのちの喜びに満ちた
ダンスダンスダンスを
生はかくも楽しいものか
赤い牛たちが鳴く　世界の
深みで　酔いしれるように
ダンスダンスダンスを

踊りながら　その傍らに
世界は思慮深い相(すがた)をして
たたずんでいる　ひとつの
精神の実りのように　描かれた

赤い牛たち　祈りは何処へ
届いたろうか　はるかな今へ
何をつたえようとしたのだろう
生はかくもよろこばしいと

見えるものすべてが　生命の
ダンスダンスダンスを踊り
記そうとしている　あの赤い
牛のように　新しい精神史を

右手にペン

チェ・ヨゴニ　きみはどこにいて
どこにいないのか　君の手の甲に

釘痕はない　かなしいのは　だから
きみだけではないんだ　きみは
置き去りにされたわけではない
時代がきみを必要としなかっただけだ

いつまでも遠くを見ていてはいけない
足元も見入らなければ　蟻が
運んでいる死骸は　神かもしれないの
　だから
だれからも忘れられた場所で
チェ・ヨゴニ　きみは思い至らなけれ
　ば
ならない　愛に遅れた理由を
きみは抗いの生を終えたとき
林檎の木の精に変容するだろう

きみが望んだものが　なにひとつ
手に入らなかったにしても　きみの
生きた記憶は残る　きみの血を継いだ
ものたちに　それ以上何を望むという
　のか
きみは生きた　懸命に　それだけで
充分ではないか　水の行方を見入る眼
　を
恥じてはいけない　そこにたしかに心
　の
眼でしかとらえられないものがいる
ほほえんで　光を放ちながら　チェ・
　ヨゴニ

きみを受け入れてくれるものが
ここにいる　ただひとりでありながら
どこにでも遍在する人　いまを受け止
　めて
無へと変容する前に　きみは青空の手
　触り
そのものになる　今日植えられる
林檎の木そのものに　ただ一人の人の
沈黙の言葉に耳を澄ませて
右手にペンをたずさえて

象

キリンの話をしようと思ったけれど
今日は動物園はお休みで
空を見上げて
そこにないものを
見ているキリンに会えない

だから「人生の最高のはじめ方」の
象のトニーの話をしよう
象のトニーは小説家
隣の家のピアノの中に住んでいる
八人の子持ちのミセス・マウスが好き
彼女が弾くピアノが好き

ミセス・マウスが言う
人生の喜びは心の探究と
象のトニーの鼻をかけのぼり
その頬にキスをしながら
象のトニーが目を細めて微笑んでいる

いつ死んでもおかしくない年に

なっているんだよ　象のトニーが
話しかけてくる　ぼくの頭の中には
逃げ場所があって　ときどき鯨が
泳いだり　いるかが跳ね上がる
空とも海ともつかない場所がある

象のトニーがのしのしと
空を歩いている　長い鼻で
たとえば白い雲をつかんで
ミセス・マウスにプレゼント
すかっと晴れた日曜日

ぼくの頭の中で象のトニーが
そこにないものを　じっと
見ている　あっという間だった人生は
こころの探究も十分にできないままに
ミセス・マウスに語りかけながら

不幸せな象はいない
しあわせなニンゲンがいないように
果たしてそうだろうか
見える神がいないように
見えない神もいない
象は考えている
考える葦のように
この星に生きているものたちに
告げるべき大切なことがある
人の言葉では表されなかったことが
そうさ　象は象の言葉で告げたいのだ
「人生の最高の終わり方」を

「いのちの籠」第一号～第四三号
（二〇〇五～二〇一九年）

八月になると

鳳仙花（ほうせんか）の種子がはじける
もう戦争はしないでと　そう
聞こえるのはぼくの心境のせいだろう
か
八月になると　さるすべりや
日輪草の花々から　蝉や
蝶々の羽音から　そんな声を聞く

沈黙している木　木ののどぼとけが動
く
とおく死者たちの死を　無駄にしては
ならないと　一本の木がさやぐと
森全体の木がさやぎ　そして還ってく
る
深いしじまのなかで　ぼくは聞く
八月の木々たちが　みんな泣いている

のを

八月になると　生きとし生けるものが
みな苦しみの声を挙げる　海さえも
回流する魚さえも　ひとつの
命を分け合って来たゆえに　いまも
分け合っているゆえに　ああ
たましいでさえひとつであるかのように

傷はまだいやされていない　生きたい
もっと生きたいという思いが残されて
木々や花々や虫にしみとおっているのだ
八月になると　もう戦争はしないで
互いに助け合って　平和を守ってと
ものみなが訴える　声が聞こえる

戦争

働けるか
働けないか
その一点で生きるか死ぬかが決まった
ホロコーストの悪夢
死んでいった子供たちの靴が山積みされている
その映像の痛ましさ
アンネ＝フランクが亡くなった三月十二日
アンネ＝フランクの生涯がテレビで流されていた
あどけない笑顔の写真
彼女が亡くなってから六十五年が経とうとしている
「生きて　世界中の人々のために働きたい」
それが日記帳にしるされた最後の言葉
午後二時から面談がある
四月から中学三年生になる少女の母親と
進路について話し合う
そうだ　その少女も今年十五歳になるのだ
アンネ＝フランクが亡くなった年と同じ
そんなことを考えながら
仕事場に急いでいると
側溝のわずかな土に咲いている
ほんとうに小さなちいさなタンポポの花を見つけた
土にしがみつくように咲いているタンポポの花は
必死に生きようとしているけなげなたましいの
かたちのようだった　それはアンネ＝フランクの
はかない生と重なり合った　いのちとは
生きることとは　ぼくの頭の中に
うずを巻くことば　戦争とは
人種差別とは　誰か答えて欲しい
ぼくは立ち止まり　空を見上げようとした

するると　道ばたに
二度と起こしてはならない戦争がほく
　そ笑んでいた

意思のナイフ

するどくとがった石の尖で
ふるさとの烏帽子嶺の
頂上の岩に　刻みつけた
自由の文字は　いまも
残っているだろうか
日の光に照らされて
きらきらとかがやく文字が
瞼の裏に浮かび上がる
ぼくの生のよすが
ぼくのたましいのあかし
ぼくを生かし続けてきた
あの日の十五のこころ
たとえふるさとが
ぼくを　とうに忘れて
受け容れないにしても
ぼくは帰ろう
風化しているだろう
文字の上に　あたらしく
尖のとがった意思のナイフで
刻みつけよう　もう一度
自由と

ちいさな指の骨の唄

引き金に触れるように
小さな指の骨は添えられて
掘り出されたという
アフリカの　とある国で

少年兵は　何を夢見て
いたのだろうか　人を撃とうと
していたのだろうか　ならば
引き金を引いたかたちで

少年の指の骨は見つかるはずだ
少年は引き金に指を添えるだけで
自ら　撃たれようとしたのではないか
少年が見ていたものは　アフリカの

ただひとりの人類の母の家族
あるいは遠い地平線を越えてゆく
アウストラロピテクスの父子の影
人生が永遠ほど長かったら

少年は銃など持ちはしなかっただろう
永遠が人生ほど短かったとしても
少年は銃など撃ちはしなかっただろう
少年の中で止まった時間が

やっと訪れた平和を抱きとめている
少年の死によってあがなわれたものを
二度と　撃つべきではない　引き金に
触れていただけの少年を撃ったように
は

夢のあかし

世界がしくしく泣いている
どんないたみやかなしみがある
というのだろう　夜のみのもで
魚は　月をめがけてはねたのに

朝になれば　季節ごとに花たちが
ひとみを太陽に向けるのに
いのちには　白とか黒とか黄色とか
区別することのない赤い血が

流れているのに　天翔ける
鳥から見れば　人はみな二足
歩行の奇怪な生き物なのに

世界が泣いているのは　少年兵が
銃の引き金に指を当てたから
地雷で少女が足を失くしたから
爆弾が　罪のない人たちの命を

奪ったから　今このときも
分け合っているいのちのなかの
たくさんの種が滅んでいるから
だから耳をふさいではいけない

眼を逸らしてはいけない
口をとざしてはいけない
世界は　無力なぼくらの
代わりに泣いているのだから

月の光　日の光の弦を奏でてあげて
この世界のために
いつかはひとつになるという
愛の夢のあかしに

命題

詩で何が変えられるか
ことばはいかなる力を持つか
それが生きている限りのぼくの命題

あってはならぬものをなくすこと
なくてはならないものを残すこと
人の心に雪のように降る純白のことば
で

きみと聞いたことがあるね　山の
ふもとの小さな村で　岩間から生えた
花が　ああとひとこと洩らした声

いのちが洗われる気がした　たとえ
ぼくの詩があらがいの意志をまきあげ
瞋恚（しんに）に根ざしているのだと知られなく
ても

ああと声をあげさせるものでありたい
不条理を咀嚼（そしゃく）しきれないまま死ねない
きみと在ることの幸福を引き換えにし
ても

読みかけの生

読みかけの朝鮮史　手垢に

まみれている　近代史のところは
赤い線がいくつも引かれ　なみだの
あとのようなしみの数々　走り書きの
　ハングル

父の残したもの　いくたび手にしても
最後まで読み進めることができない
呆けたように天井を見上げたり　千ぢ
　に
引きちぎりたい衝動と　くぐもる嗚咽
　と

父の悲哀が染み透ってくる　父の
アイゴーの声が聞こえる　やがて雪へ
　と
変わる冬の雨に打たれるように　うな
　じから
背骨へ伝わる父のパルス　鈍く痛む胃
父の傷を知らないで　あらがい続けた
記憶が　死へと　こころを傾斜させて
　ゆく
その傾斜を　転がり続ける石のように
　在るとしても
父への償いが終わるまで　ぼくは　道
　化た

二十一世紀旗手　民族や宗教やイデオ
　ロギーの
ちがいを失くしたいとしるし続けなが
　ら
夢見るおとこを演じ　父の愛に遅れな
　がら
ほんとうの生を　罰として受けんがた
　めに

消失点

ぶどう摘みのぶどう園のぶどうはどこ
　か悲し気だ
身を寄せ合っている顆粒の粒粒は　ど
　こか一つの
家族を思わせる　またはひとつの血の
　系譜を
血というものは三代でひとつの人格を
　作るという
祖父が夢見たものは日本からの独立
　父が
ひとり日本に渡ってきて夢見たものは
　半島の
統一　そしてぼくが夢みているものは
　希望と

真実と愛を生き延びさせるということ
　だが
鏡の向こうに嘲笑するぼくがいる　何
　て無残な
夢追い人よ　少年の日から年輪を刻む
　ことのない
たましいを抱いて　無頼と流浪を恋い
　こがれながら

老醜を皺に刻んで　何処へ行き　何者
　になろうとするか

立ち尽くしているだけだろうか　ぼく
　は　通時的時間の一点に
祖父と父とぼく三代の　負の系譜の消
　失点を刻印するために

鮠（はや）

水の流れに逆らって
水底を　鮠がはしる
ぼくの影が水面に映っている

日の丸は好きだ
シンプルで美しい意匠だと思う
だが起立を強要されるのは嫌いだ
まして音痴な声で　歌をうたうのは
ぼくは　椅子に座ったまま
目をとじている
異形の者を見る
視線にさらされて
瞼の裏を　鮠がはしる

水流に逆らっているわけではない
危険を察知して　鮠は
身を隠そうとしているだけだ
人の影が水面に映っているから

人がひとに

人がひとにしみこんでゆくのは
雨が地にしみこんでゆくような
ものであろうか　逝って　忘れられな
　い
父や友や親しかったひとのおもかげが
雨にぬれたように浮かび上がるのは
ぼくのこころが吸い上げているものが
恨（ハン）であったり無念のおもいであったり
かなしみであったりするからであろう
　か
とおくを翔けている鳥たちの群れのな
　かに
ついにおもかげを見出したりするのは
そしてぼくが木になったとき　沈黙の
　なかに
思い出をつむぎあげて　木としてのた
　ましいに刻むのは
想いがしみこんだ分　おもくなったぼ
　くの
たましいよ　逝ってさらに　何が忘れ
　られないというのだ

ひまわりとぼく

日を負うて　日の盛り
ひまわりは立ちつくしている
かなしみを負うて　日の盛り
ぼくは　うなじを垂れている
蟬が鳴いている　生きるだけ
生きよ　と命じるかのように
ぼくは　もう死んだっていいと

思っているのに　さもなければ故郷へ
ただ帰りたいだけなのに　ぼくの
なかのふるさとの海　海の上を
歩いている人はだれ　だれでもないと

ぼくの心がすぐ打ち消そうとするのは
なぜ　日を負うて　日の盛り　人は
直ぐ立つひまわりに似ているのに

ドーン

ドーンという音が残っていると言う
胎内被爆にあったひとの記憶
花火や雷の音に身がすくむのだと言う
原爆投下の音が　母の海にいだかれて
やすらかに誕生を待って眠っていたひ
　とのこころを
こわがらせ　おびえさせるほどに　無
　残に
残されているのだとしたら　原爆は
決してあってはならないもの　もう二
　度と
どこにも投下されてはならないものだ
ドーンという音が　やさしい母の海の
潮騒をどんなにかき乱したのだろう
それを刻みつけ語り継ぐひとが　また
　ひとり逝ったと言う

袋

コンビニエンスの袋が
十一月の風に吹かれて　路上を
小さな白い動物のようにただよってい
　る
ごらん　あのなかに　戦争が
びっしりと詰まっている
ぬばたまの夜だ
ちはやぶる神など
どこにもいない　理由もなく
凶暴に　かなしみが胸にわいて来て
ぼくは立ち尽くす
見えない戦争の種たちが
ビルの影　路地裏の闇に
ひそんでいるのが見えるから
街路樹の朽ち葉が落ちて
ぼくは夜空を見上げる
テレビで見た
素数階段を昇ってゆく
少年のまぼろしに
すがるために
空蟬のような世に
何かしらこころを残せるとしたら
戦争を憎むこころだ
死ののちに　ほんとうの生は
はじまるのだろうか
いや決してはじまりはしない
だから生きているうちに
戦争を拒む心を研ぎ澄ますのだ
夜半　こくこくと表情を変えてゆく路
　上の石

その存在感に魅了されて
ぼくはしゃがんだ
するとコンビニエンスの袋が
ぼくの足にからまって来て
戦争は娼婦のようだと
そんなことばが浮かんで
ぼくはまたゆえもなくかなしくなった
　のだ
戦争をにくむこころが
コンビニエンスの袋のなかで
もがき苦しんでいたから

石の影

わたしの隣人は　石に焼きついた
ヒロシマの影　わたしも被害者だ
と言った　原爆を創った或る科学者は

百年そして千年経ったとしても　石の
　影は烏有（うゆう）
あるいは根源的な存在に向かって
未来を失ったままさまよっている
海で　砂漠で　草原で　ニンゲンは
核実験を繰り返した　二千回以上も
地球に死を宣告する穴を穿った　二千
　個以上も

石の影の傷つけられた魂は問う
進歩は善か　なぜニンゲンは　作る
ことができたのか　アウシュビィッツ
を
人間の上に投下することができたのか
原爆を　なぜ植民地支配を行い　差別
し
虐待することができたのか　同じ人間
を
民族がちがう　宗教が違うというだけ
で
いまこの時も殺戮をおこなうことがで
　きるのか
否！　と　石の影が声を発するならば
にんげんひとりひとりの内部で　決し
て
粉砕されることのない精神が発光する
たましいが微笑する　そして存在は変
　容する

石の影　あるいは根源的な存在に　ほ
　んとうに
そうだろうか　隣人と名付けたところ
　で　人間は
変容することができるだろうか　光と
微笑の人へ

石の影　あるいは根源的な存在に　だ
　が本当に
そうだろうか　未来を失ってさまよう
　人影を
うむだけではないか　石の影を隣人と
　呼び　互いを

被害者だと言う原爆をつくった科学者
よ
人間は　約束の地へ辿り着くことがで
きるだろうか
そして変容することができるだろうか
光と微笑の人へ

約束された人のかたちに　だからこそ
隣人と
たやすく呼んではいけない　共に被害
者だと
自分勝手に言ってはいけない　原爆を
つくった科学者よ

ガチャン

どんなヒミツを持てば
何をホゴされるのだろう
あるいはどんなヒミツを
政府は六十年もホゴしたいのだろう
トクテイするって
どういうことだろう
何を　どんなヒミツを
トクテイしたいのだろう
さて人間って何だろう
ニホンコクミンって何だろう
チキュウ市民ではダメなのか
コクミンシュケンが侵される
アメリカと共同で武器が作られる
でっちあげられる罪
センソウにハケンされるコクミン
むかし　ひとつのホウリツで
ゼンリョウな人々が
センソウに反対した人々が
捕えられたり殺されたりした
時代があった　そんなむかしの
ことじゃない　ハンセイして
新しいケンポウがつくられた
ミンシュシュギの時代になった　だが
いつしかぼくは名前を呼ばれることは
なく
とけないパズルのような番号になって
キーは政府がにぎったまま
カチャ　鍵をかけられる
知る権利も自由もヘイワケンポウも奪
われて
ガチャン　二重の鍵をかけられる

父がいた夏

佐世保川
糸を垂れて
釣り上げたものは
魚ではない

遠い日の思い出
父がいた夏
夏休みの絵日記の
一ページ　どこに
居ても　どこに
生きても　いま
生きている場所が
祖国　幼い日の文字で
絵日記にしるされた

父のことば
魚を水のなかに
解き放つように
そっと　水に帰した
父の背中

ごらん　東水道の
海へ遠ざかる

父は――ありふれた比喩の唄

父は枯木のように震えた
植民地時代のことを語るとき

父は貝のように口を閉ざした
戦争の日々　何をしていたかと問うた
びに

父は転がる石のようだった
異国の地で　職業を転々として
父は祖国を侵略した国に生き
勲章も年金ももらえないまま逝った
父は時々虫のように泣いた
分断された国の痛みを言うときに

ぼくは思う　父は朝鮮狼のように
生きたかったのかもしれない　と

誇り高い民族の名をもて　いつか
この国は詫びることさえ忘れるだろう
から　と

ことば

四十五億年の命のバトンを
ぼくは受け取り　そして
子どもたちに引き継がせた

果たしてそれだけで　ことは
すんだのだろうか　愚直を
背いながら　年老いてゆくことは
正当（あたりき）だろうか　共に苦しみの
生を分け合い　疲れて眠る
妻のかたわらで　目も眩みそうな

はるかな命の在りようを
目に浮かべるとき　七万年に満たぬ
ヒト科の歴史が　一滴のしずくになっ
て

ほほをつたうのは　なぜだろう
そのあいだに　二十種もの人類が
生まれては滅び　一種だけ残った

ホモ＝エビリタス　そのくぼんだ
あごにことばがたわめられて　進化は
なしとげられた　ことば　言葉

詩（ことば）　ことばをよりどころとなすもの
として
かけがえのない命のバトンを　はるか

な
未来へ　つないでいかねばならない
うつろな日々または生と　書き記して
は
ならない　たとえどろどろとしていて
も
夢や希望や未来に向かって　つむげ
　ことばを

血と橋

剝離する　ぼくともうひとりのぼくが
鬩ぎ合う　もうひとりのぼくとぼくが
橋がある　ぼくともうひとりのぼくを
つないでいる　橋の下を流れている
血　日本人の血と韓国人の血と
地球よりももっと広いところへ
流れようとしている　ふちもなく
いがみ合う　韓国人の血と日本人の血
と
もつれ合う　ぼくともうひとりのぼく
が
それでも橋がつなぎ　結んでいる　だ
が
果たしてそれだけでいいのだろうか
血　脈々と　地球のはじめから　ひと
　りの
アフリカの母を通して　流れている
世界へ　宇宙よりももっと広いところ
へ
橋　目に見えるものと見えないもの
ひとつの生命の根源と無数の種と　過
　去と
現在と未来をつなぎ　結んでいる血
　だが
ごらん　橋上に立つ影を　ホモ・サピ
　エンスでも
神と呼ばれるものでもない　今　ここ
　に　在るもの

野ネズミ

こんなに良い天気の日に
おれは死んでゆこうとしている
いま鷹の爪にひっかけられて
大空を飛んでいる
あんなにつばさにあこがれていたのに
こんな形で空をとぶとは
まぬけな話だ
空は青く晴れ渡って
吸い込まれそうだ
ちょっとした油断だった
原爆が落とされたのも
〈やすらかに　美しく　油断してい
　た〉からだ
ねぐらの穴から顔を出して
あんまり空が青いので
呆けたように空を

見入っていたのだ
生きているよろこびに
血が逆流するのを感じていた
おどりたい気分だった
だれか愛するものと
出会いそうな予感で
どきんどきん胸が高鳴っていた
そのとき　生ぬるい風が
おれの体をかすめていった
鷹の爪が背中にぐさっと刺さって
ああ寒い　とても寒い
目がかすんできた
空にばかりこがれていたが
地上を見ると　地上も
うつくしいじゃないか
山や川　森や林　野原や丘
あそこにもここにも
行ってみたかったな
こんなに良い天気の日に
死んでゆくのはつらいけど
おれの肉が　鷹のこどもを
大きくさせるのだから
あきらめようじゃないか
めぐり合わせというものだ
死は生の贈り物だ
ただもう少し生きて
行き着きたかったなあ
根源に　ああ寒い
凍るようだ　しんから寒い
鷹のこどもが大きく口を開けている
だが待てよ　あそこが
おれがずうっと思い続けていた
根源なのかもしれないな
それにしても　ばかに晴れ上がった
いい天気じゃないか

〈〉内　石垣りん「挨拶」より

ラエトリからの道

あの日々　少年と少女と老人は
別のゲートをくぐらされた
アウシュビッツで　すしづめの
列車から降ろされたあと
はなればなれの家族　手を
のべても届かない　名まえを
呼んでも　遠のいてゆく声

ひとはなぜたわやすく　人を
殺めることができるのだろう
か弱い者たち　老いた者たちは
すぐガス室へ送られた

働くことができないという理由で
あの悲劇が忘れられるとしたら
未来という言葉は意味を持たない
平和を分かつ時間さえ空無だ

三六〇万年前のアフリカ・ラエトリの
アウストラロピテクス・アファレンシ
　スの
親子の足跡から　未来へ　いのちを
つないでゆくためには　知るべきだ
何をしてはならないかを

「さて」第五号～第一四号（二〇一九～二〇二三年）

乱橋（みだればし）

きみと初めて会った日から
億年はもうとっくに過ぎていた
何度目かの死の眠りなど　目覚めて
しまえば　一瞬に過ぎないのだから

生き変わり死に変わりして　また
きみと会った　水の星　その島国の
歴史ある町で　雨が降っていた
あじさいがそぼ降る雨に濡れていた

雨がやんで　蟬しぐれ　鎌倉の暑い
夏　風が運んでいた潮の香　波の音
夏の翳り　材木座海岸の砂浜に築いた

城　波は寄せ　波は返し　いくども
崩れては　ひとり作り直した砂の城

無頼を気取っていたぼくを変えたきみ

小柄なきみはかかとの高い靴を履いて
朝早くから　小町通りのパン屋に
　アルバイトに出かけた　駅前の
書店勤めのぼくは　休みの日には

家にこもって　抗いの詩や短歌を
書いていた　潮騒の遠いひびきを
聞きながら　夕暮れ　一メートルにも
満たない乱橋を渡って　きみを

迎えに行く　暮れなずむ光のなかで
きみの小さな影を拾った　そのたびに
胸をときめかせて　きみの指や頬に
ほのかなバターの香りがしていた

まだ物語は終わってはいない　きみと
暮らすこの青い水の星が好きだ　瞼を
閉じると浮かんでくる　きみがもう
帰ってこないのではないかと心乱した
　　乱橋

詩三題

Ⅰ　人生は

人生は　とその人は言った
ぼくは次のことばを待って
澄んだひとみの奥を見た

四月の公園　散りそめるさくら
桜よりもはかないですね　と
言いかけて　散る花びらを追った

無言のまま　そのひとはじっと
見入っている　たぶん見えない
ものを　世界のはて　この青空の

向こうにある空を　人生は
の次のことばは　たぶん沈黙が
もっとも似つかわしいのかもしれない

ブランコが揺れていた　だれも
乗っていず　風もないのに　四月の
公園の午後　その人と別れた　一期一

会の人
人生は　だけが取り残されて
桜の木の枝にひっかかっている
まるで散る花びらそのものでもあるか
　のように

Ⅱ　人のことばよりも

人のことばよりも　もっと豊かに
ことばをはぐくんでいるのではないか
花や木や蝶たちは　この星の美しさや
かけがえのなさを　宇宙のはてへ
伝えているのではないか　例えば花や
　木々は
花びらや木の葉の言葉で　蝶たちは触
　覚で
いのちがいとおしいという気持ちを
物言わぬものたちのはかりしれない
やさしさのようなものが　例えば春
つつみこんでくるときがある　ぼくら
の
めぐりには　名もないものたちの　限
　りも
知らない生の営みが語る　はじらいの
　ような
ことばが　うず高く積み上げられて
　ごらん
世界がそこに　ほほえみながら在るゆ
　えんを

Ⅲ　ぼくのめぐりを

ぼくのめぐりを　親しいものたちが
とりかこんでいる　花や木そして…
遠くで鳴いているのは　鳥と亡友と
うず高く積み上げられてゆく
かなしみよ　青い空には　白い
雲が浮かんでいる　高潔な　その
純白を追って　ぼくのこころは在る
ぼくのめぐりを飛び交っている蝶
見えないものたちとともに　いま　こ
　こに
土のにおい　水の香　世界とぼくと
百三十八億年の宇宙について愛につい
　て
ちんもくのことばで話し合っている
ぼくがなにものでもなくなるまで
　ずっと
世界は語りかけてくる　それがぼくの
　詩

詩二篇

ヨンウォン* きみのなかにいる人は
ほほえみが似合う　まぶたをとじて
ごらん　そのまなざしのやさしさを
だれだろう　きみのなかにいる人は
ただ黙って　億年を在るという
ヨンウォン　いのちのたたえられた

きみのなかの泉をごらん　きみが
愛に遅れた理由を許してくれている
そのほほえみが映っている　夕映えに

照らされて　さて旅に出ようではない
か
きみが求めているものがみつからない
にしても
ヨンウォン　ペンを持て　きみのなか
に

いる人の一編の寓話のためには　きみ
は
生きた　そのしるしが　ヨンウォン
きみのなかにいるまぼろしだとしても

*ヨンウォン＝龍源

*

風が吹きすぎた

だれかのたましいだったろうか
だがだれのたましいだろう
ぼくがもっとも会いたいと思う人

ああどんなに人を見送ったことだろう
みんなどこにいて　どこにいないのだ
ろう

風が話しかけてきた

親しかった人の声のように思えたが
だれだったろう　もうすぐ会いにゆく
よ
ぼくはひとりつぶやいてみた
一本の草の穂のようになびいて

風はどこへ去っていったのだろう
もう二度とここへもどってこない風
もう二度と会えない人たち

風に告げた　ぼくはもはや
誰であっても　誰でなくてもよいのだ
ただ限りのないただひとつの命へ帰り

親しかった人たちとひとつにとけ合う
だけなのだから

第三部　短歌・俳句

1

歌集

ひかりの拳

（私家版、遺稿）

Ⅰ　生まれたての空

とんぼとんぼ見えるものすべてが真実とは限らぬ遠くとおくへ翔(か)けよ

鳳仙花種子飛ばす音しんしんと自転車のほそきわだちの底に

仰向けに蟬息たえし路上には帰らぬ夏のたましいの光(かげ)

地のうえにぐるぐるまるで独楽(こま)のように回りてはたと鳴きやみし蟬

草の穂に飛蝗(ばった)止まりて飛翔する刻(とき)計りおり夕日を浴びて

生まれたての空やわらかし天(あま)がける蝶よ引きずり降ろせその空

イチョウの葉降りやまぬ道手をつなぎ子と歩くアリスの国をめざして

廃線の鉄路にさくら散りかえば会いにゆくべし少年の日のわれに

散るさくら花筏(はないかだ)作る水の面(も)にためらうように朝の陽(ひ)射せり

岩場這う蟹のはさみにひらひらと桜散り交う　ちょっきんちょっきん

子どもらは桜の花びら飯(まま)にして食べおり父は貧しき詩人

春の野に家族と遊ぶほとけの座に仏のいますときもあるべし

ひとつだけ残れる朴(ほお)の花在りてゴッホの耳と思う夕暮れ

耳のないゴッホよここはどこだろう星月夜がなみだ落とす丘だよ

ハルニレの木の精ヒトのかたちしてさまよう首府と呼ばるる街を

地這(じば)い性のルピナスどこに向かわんとするや天上の花となれねば

側溝に咲くタンポポとわれと見しシュペルヴィエルの『馬』の見しもの

生きる愁(かなし)みこんなにまぶしく光るのは尻尾(しっぽ)なき蜥蜴(とかげ)見しゆえ妻よ

麦秋の畑を渡る蝶の眼にうつれるや遠きとおきさいわい

うすいみどり噴ける故郷の木々たちのダンスダンスの輪のなかにいる

たましいはうすいみどりにかがやけり五月の山の中に分け入り

カジカガエル　鳴く声に研(と)ぎ　澄みてゆく　たましい死者を恋うはなにゆえ

愛に形あるはずはなく風媒花の種子追い駆くるきみと住む町

しんとして鎮(しず)める森の木々一歩一歩あゆめり修羅の形(なり)して

神の手が空よりずんと引き抜けるいっぽんの木を見上げておりぬ

日盛りの一本道はしんかんと誰も通らねば来世のごとし

リルケは見しや薔薇の眠りと触覚にて蝶さぐり打つ夏の扉を

ひまわりはヒトより高く佇めり命の根源見入るがごとく

梅雨晴れの空にたんたんと生まれ出ずる群蝶生の由緒へ向かえ

青梅線沿線に咲く立葵旅にいざなうほどにあらねど

キセキレイつんつんと尾を振りながら岩渡りゆくイーハトーブまで

実存の光(かげ)曳きながら飛ぶ蛍　人のたましいよりも光りて

鳥葬の丘に降りゆく鳥よ死を拾いて帰るいずこの空へ

どくだみの十字花にふと目を止める夜更け透明な同行者イエス

水霊の集える場所と聞きしゆえ訪(おとな)いし妻と銀河の岸辺

地表より一寸ほども伸びし芽に触れて母への手紙を書けり

河回面つけて踊れる輪のなかに亡父(ちち)居るという母もまぼろし

空飛べる虹色ペンギン母の日の赤いカーネーション買いし途上に

果物の籠より少しはみ出せしバナナは深夜ひそひそ話して

ゆすらうめの実は鳴る風に鳴り渡るあしたは夢に届くだろうか

ルリ色パン山ふところのパン屋まで買いにゆく花も紅葉も盛り

秋の日の草生(くさふ)のなかにひそみいる神にあらねば滅びしものが

カマドウマの貌(かお)面白くつくづくと見入れりヒトと生まれし意味は

水たまりに溺れかかりし蟻に指のべれば伝い来るてのひらに

永らえて死は其処なれば思いみる宇治の拾遺の五色(ごしき)の鹿のこと

秋野来て本開きゆく妻の爪にほのかに草のもみじがさして

かじりかけの林檎のかたえひっそりと寄り添いていしユーカラ詩集

降る雪の向こう不可思議のひとは居てわれを見ているいとおしむように

ほほえみて光り輝く人います　たましずめなるうたのかなたに

草の尖(さき)に蟷螂は斧高く掲げ落ちる夕日に振り下ろしたり

Ⅱ　めだかの国

祖国とはひかりをあつめ蝶集め子とたわむるるこの野にて足る

ハングルの文字のようにも飛び交える花の穂綿を追いかけてゆく

シジフォスの坂と名付けし東京の坂転がりてくる人ばかり

街路樹のポプラいっせいに武器持ちて歩むまぼろしビル街に見き

パセリパセリかみながらわれ　ビル崩壊見けりモナリザは微笑みながら

九・一一忘られねばさいわいを捜しに行かんユートピアまで

はんげしょうの葉を這いゆけるかたつむり見たりいまここに在るということ

春雷の露地駆けてゆく青年の硝子のごとく砕けり街に

真夜中の回送電車　よりぼくを　見ているぼくの　顔したる誰？

青梅線千ヶ瀬踏切午前三時　銀河鉄道の始発駅なり

わが飼えるメダカの国も春に子等増えて戦争放棄を謳（うた）う

いずこにも「茶色い戦争」起きており　われはさし歯を治す日常

冷蔵庫の底に転げて芽を出せしじゃがいもとぼくと探すあしたを

愚直なる道歩みゆくわれをきみ支えて荒れし小（ち）さきてのひら

きみ抱きて太陽系を脱出す　朝はセロリの香をさせていて

曼珠沙華あかあか咲けばたましいの由緒へ遠く妻と歩まん

君は胸に秘めし地平を指してゆくポケットに花の種がいっぱい

成木川のうえ飛び交えるアキアカネ死者と生者を分かつ眼をして

ひとひらの雲のゆくえを韓(から)と言い幾つ過ぎゆく地図になき町

壺のごとき宙(そら)をへだてて亡友(とも)とわれと真向かう　生死は方便にして

地(ち)・水(すい)・火(か)・風(ふう)・空(くう)いまはいずれへと変容せしかやさしかりし友よ

川底に沈める茶碗のかけらさえ生きるかなしみの形にうるむ

陽炎(かげろう)のなか突き抜けて来し蝶の亡友の顔していしふるさとは

川岸にいつまでもわれとどまりて向こう岸なる友のグッバイ

標本箱の蝶の眼ひかる夜半(よわ)かって翔けにし空はあくまで青し

少年は痛位の椅子をギイギイと鳴らしていつか老人となりき

ふるさとのかごめかごめの輪のなかにいつまでも目をとじてわれあり

夏の日を浴びて無窮花(ムグンファ)の白き花咲きたり夢は叶わなかったね

青空の青よりあおく研ぎ澄みてあれ　書かざらんことばのたぐい

地に頰をつけていつまでも立ち去らぬ少年カブトムシに変容す

不登校の少年と見入る川の面(も)にEimi(エイミ)と名告(なの)る水の精たち

遊牧の天山山脈恋うわれぞ韓(から)も日本も憎みしむかし

人の世に詩歌は無用と言われつつ書くはなにゆえ　つくつく法師

眼を閉じれば朝鮮狼駆けてゆく稜線は見ゆ　牙とげ龍源(ヨゴニ)

ヒトよりもみんなやさしき相貌(かお)をしてこの星に住む　死んでしまうまで

神を生む　産まぬと花をちぎりいる少女にきざす受胎告知は

黄海の砂の器(うつわ)に盛りたるはわが夢のくず血のほこりなど

起重機の持ち上げる鉄の無機質の表情持ちて他者の空あり

失わですむものひとつもなき世界うべなえどなお力無き空

かなかなかな鳴き通す声のかなたより秋は来ている　ヨブ記閉じたり

慰安婦を強いられしひとぼくの詩に人間がいないと言いくれし人

春キャベツのようにいつまでも青臭いオレを許せぬと人は告げたり

どぶに居し月拾い来て台所で夜半(よわ)どぶ臭い月と語りぬ

われ父にあらがいはじめし十五の日殺めき蛇や天使や神を

四十億年前にいのちは生まれけり　そのときも居ていまも在る　ひと

街路樹の陰にひそめる老ソクラテス呼びかけている「汝自身を知れ」

春嵐のなか傘ささで歩みゆく明日の一語を購わんため

愚直なるわれら世に棲む日に少しなるしあわせとほろ苦き酒

月光に照らされている断崖(きりぎし)を這い上がりゆくさかなを見けり

教えたまえ月の地平に映りいる地球はだれの涙かヒトよ

Ⅲ　羽根をください

窓を射るひかりの拳(こぶし)あやまたずわが胸に住む逃避者を打て

折り紙の鶴折る母よ飛行(ひぎょう)への祈りなす子を赦さんとして

白地図に朝鮮半島書きている少年引かず国境線を

草いきれたち来てむせぶわれという存在ぴりり　ぴりりひび割れよ

死者生者へだつるうすきうすき膜ふるえていたり首都なる街に

いちまいの羽根をくださいたましいはふかき断念の底にあるゆえ

つくづくし顔を出すころ小(ち)さき野をよりどとなしてわが家族あり

民族の違いを言いて戦争(いさかい)す　そのかなしみを父母は教えき

公園のシーソー誰も乗らざるに揺れおり父母のまぐわいのように

鬼がもの云うをたましいと書くはなぜ　魂はむかしもの云わぬ鬼

つねにわれら棄てらるる民としてあらんただ悲しみの人のかたえに

かなしみは春の愁(かな)しみならずわが無力つぐなう明日(あす)なかりせば

あじさいの千のひとみに映りたるボーダレスブルースうたう鳥たち

生きて何為すべきか迷いいるわれのあとを跛行(はこう)の犬つきて来ぬ

地球儀の海の雫に濡れている聖書・コーラン・仏陀のことば

まつげにはなみだのしずく頬には血かがやかせ帰化否(いな)む少年

なぜぼくを殺したんですかと夢のなか淋しげに聞く少年のわれ

原爆ドームの影にてんてん手鞠つく童女を見つつ夕暮れにけり

劣化ウラン弾にて癌になる少年少女見しのち家を出でていずこへ

残り蝉鳴きしげる樹を見上げたる妻子とわれと森になるけはい

ラエトリのアウストラロピテクスの親子なる足跡　生の寄る辺となして

生まれたからには滅びねばならぬ哺乳類のはじめにありしカルポレステスよ

ふとわれの左右を見れば七万年前の出アフリカの人々の群れ

祖母（ハルモニ）はツングース族の末裔にして滅ぶなき草莽（そうもう）のひと

ハルモニの血の音聴きに訪（と）いゆかんユーラシアその鳥葬の丘

タクラマカン砂漠のあたりわが父祖の拠（よ）りし城郭都市滅びいて

しんしんと降る雪負いて十八歳の弥生初めて黄土踏みけり

そこはかとなき生のよろこびこみ上げぬはじめて父の故郷訪（と）いし日

砂の城築けるわれと海ほおずき鳴らせる父とコリア・玄　慶（ヒョンギョン）

電柱の陰に戦争はかくれ鬼の鬼なる気色（けしき）「もういいかい」

意味もなき生としるすな　伽耶琴（かやごと）の音（ね）をまねて鳴く虫ある夜は

海を前に少年は両手広げたり黄海の青き海を両手に

紙飛行機　子等と飛ばして遊ぶ野もいつ戦場にならんこの星

光州の事変に逝きし友の影鳩ら遊べる路上に見入る

花の秀（ほ）にとどまるとみえてクロアゲハやすらうや亡友（とも）にやすらえと云う

くちびるに哀歌たたえているごとき磨崖仏に降る桜も雪も

花満つるこの惑星にまぼろしの一生（ひとよ）かみそりににじむ　滲む血

水の鏡　夕明かりする　とき花は　静かに散れり　たましいめきて

鳥たちが地球の外へ翔けてゆくまぼろしを見よ幻視者われは

だれひとり救うことばを持たぬわれ地を這い上がる魚（うお）に還らん

批評なきうた詠むわれをさげすみて鳴くやひぐらし生のさなかに

死者よりも愛に遅れているわれや桜吹雪ける道駆け抜けよ

青空にひと日絵の具の青を溶かし羽根を生やしてゆくのかぼくも

カワトンボ水にもぐりて卵産む刻（とき）得たり人の世々の外れに

山里の駅に降り立ち見渡せば生を一途（いちず）に恋う花ばかり

たんぽぽの絮（わた）は流亡（るぼう）の民のよう　人みな受苦の木となる日々を

裂くという文字を幾夜も見るという友は帰化することに悩みて

未生なるものいっせいに声あぐる春野に友とうたう「イマジン」

コッチピダ*黄土にて初めて覚えける韓国語（ハングマル）春は野辺につぶやく

＊「花が咲く」の意

生き延びる　自由と希望だけが　この星に　生まれしあかし
　草笛吹けば

Ⅳ　空き缶の中身

戦争が街路樹の陰立ちつくしほくそ笑んでる地球のちまた

人間の種族はとうに滅びいて神に似て創られしもののみがいる

幻や原爆ドームの影踏みて皮膚爛(ただ)れたる子等遊びおり

原爆忌ただひとりなる黙祷の位置につね置きぬ　民喜『夏の花』

眼に入る八月の雨むかしむかし戦争が黒い雨を降らした

午前八時十五分にて止まりたる時計かかえて曠野(あれの)ゆくひと

いっしゅんに命奪える兵器抱え地球はまわる日々油断して

戦争を知らずに生きて来しわれに罪ありとせばおもねりしこと

戦乱の日々を思えば親と子の果たせざりける指切りげんまん

数えきれぬ兵器に囲まれし平和とは　水のゆくえに問いただせども

生徒らに革命の歴史教えつつなぜか憐れみしわれらの時代

ぬるま湯のような平和の中にいてふと口ずさむロルカ「バルコニー」の詩(うた)*

＊ガルシア・ロルカ「別れ」の詩より

居酒屋の油まみれの扇風機見つつこころに問う　変革は？

空き缶のなか戦争は詰まりいて踏みつぶしけり基地・佐世保にて

老人そして少年少女分けられてゆきしゲートの見ゆる時あり

振り向けばホロコーストに続く道ありありと空あくまで瞑(くら)し

息を呑むほど散華なす花に思う家具職人ゲオルグ・エルザー

今日われの生きる理由をけたけたと不遜に笑うムッソリーニたち

河鹿鳴く夜(よ)をひもとける昭和史のとあるページの無惨なるかな

植民地時代の話ひと言も語らず逝きし父の無念は

植民地史机上(きじょう)に置かれいるままに過ぎゆきし父の不在の時間

父の手垢つけられてわが座右(ざう)にある本コーヒーは苦く切なし

統一(トンイル)と父の最期の言(こと)の葉のいとしさ夢のような一生(ひとよ)に

トンイルと聾唖者の少女の唇の動くを見ける教会(キョウヘ)恋おしも

銃かまえ堡塁守る従兄ありき黄土はじめて訪ねける日に

黄海の砂浜に降る雪めでし　地雷埋められてあることも知らで

ほろほろと崩るる骨を見たる野にしずもりて立つ一本の木は

李陸史(イユクサ)・尹東柱(ユンドンジュ)ら殺めける半分日本人なるを恥じたり

星ひとつふたつと数え尹東柱暴力をふるうように思い出ず

拉致しける血と拉致されし血を持ちて生くるは恥や　人たることは

銃を持つことなく生を終わること幸いと云う　言わねばならぬ

報復の連鎖と書きてうつ向きぬ無力なるぼくは無力なるままに

地雷にて足を失くせし少女わが娘と同じ年代にして

足首に死体番号付けられし少年兵の映像を消す

アラジンのランプに願う戦争を消してと砂漠の国の少年が

難民のニュース背後にドア開けて向かう勤めの道炎上す

空爆を映せる深夜放送ぞポテトチップのようだよ　ぼくも

自爆テロ映すテレビに震えおり　ハート型したるサボテンは

危機と背中合わせの平和もてあそび「ゆあーん」と噛めり朝のりんごを

光州の街路に逝きし友と乗るぶらんこひとつだけ揺れていて

公園のベンチに亡友（とも）と夜半（よわ）語るどうしようもないときのならわし

文明と　いう毀れやすき　ものを人は　築きてあわれ　すがらんとする

秋の野にかまきりは斧振り上げて刃向かうはだれ　国家と言わんか

路地をかの夏の歩兵がダッダッダッダッ地球の外へ走り去りけり

戦後とは死語と化しゆく東京の雑踏に迷子のちちははがいる

戦後とはいつと聞く生徒底冷えのする風の日の楡（にれ）となるまで

妻の指のパセリのにおい戦前へ傾（かし）ぎゆけるを指弾せよ　いま

ゆるやかな放物線を描きつつわれら棄てらるる小石　また民

戦争よさようならわがかなしみの底に滅びし地球の種族

木の頬に涙のように止まりいる蟬鳴きしげる終戦記念日

V　組曲のように

1　父の伝言

サランヘヨ*うわごとに父言いし声青き潮騒のままに聞こゆ

*愛してる

夕映えのかなたは父の土饅頭の墓まぼろしに顕(た)たしめてゆく

黄土なる岬に立ちて潮の音(と)に聞きけり〈オトウサンナンカキ
リコロセ*〉

*丸山薫の「病める庭園」より

黄海の美味なる魚(うお)となりゆかん父の骨灰撒きけり母と

水底(みなそこ)に沈みしかえでななかまどなど食べながら生きるか父も

いちめんの野に揺れているコスモスの花の瞳は父を映して

海渡り来しという蝶　触覚にて父の伝言打つにあらんや

消え残る班雪(はだれ)を踏みて越えしかのアリラン峠　はつかに光る

咲き誇るさくらもうめも　ニッポンを愛せしや父　われ生み
しゆえ

アイゴーと父つぶやきし喉に似し木の瘤にそっと触れし夕焼
けが

2　砂丘のかなた

海のなかに母が透けてる昼顔の花の茎這う砂丘のかなた

黄海のほとりの村に父の骨壺　母抱きてゆく　父返すため

生きながら墓を建てける母よ父の土盛る墓は黄土に在るに

父乗せし密航の舟さがしつつ母立ち尽くす春の岬に

燕来て巣作りせしと母からの手紙　淋しいと書くことはなく

はじめての母のプレゼント　ヒロスケの童話集探し歩く古書
街に

母ひとり住みなす家にたましいは時々かえる羽音を立てて

母われを生みしこと悔いしことなきや九十九島の海見るときに

日本人なる母のかなしさ　土饅頭の父の墓には共に眠れねば

ふた国の血の流れいるたましいを大事にせよと母のことのは

3　思慮深き木

生まれたての光てのひらに掬(すく)いつつわれ帰りゆくははそはの母へ

父母われに託せし夢を裏切りし悔い千本の花捧げても

からびとの父やまとびとの母の血をことほぐ誰や　だあれも居ない

曇天にはためける旗見上げたるままあら草になるべしわれは

アブラゼミ鳴けり一途の生恋いしわが在りし日のうたとこそ聞け

蝶やとんぼの眼に映りいるわれという存在のはかりしれない謂(いわ)れ

老いし木もさみどりまぶし晩節を思慮深き木のように在りたし

羽化なせる蝶を見ており謂わばわが魂魄のほか住むところなし

何にでもなれるそれゆえかりそめの身として生(あ)れん来世もヒトに

生の余白にしんしんと降る雪に思う足るを知るまた死への途上と

4　波のピアノ

春の海　人まばらなる砂浜に妻弾(ひ)きている波のピアノを

遠雷はかすかにきみのちさき耳朶（じだ）ふるわす生のいとしくてならず

白昼の水のゆらぎのなかきみの肉の起伏を見つつ含羞（はじら）う

骨と骨触れ合う音の確かさを伝えん宙（そら）のすみずみにまで

米、蚕、粟、小豆、麦、大豆など産みしオオゲツヒメかもきみは

宿世とは思わざるべしこの星にふたたび生（あ）れてきみに会うため

凛ときみアーカイックスマイル浮かべつ透きとおりゆくうつそ身持てり

失いし空の話をするきみののどは小鳥の声を集めて

S字状のきみの背骨のきしみふと憎悪させたりホロコーストを

鹿威（ししおどし）の音さえざえと妻の手のとらえんとせし宇宙のふちを

5　雲のなぎさ

文明のあえぎの果ての原子力発電所立入禁止区域の札

オオカミは滅びしにわが庭に来てニンゲンは滅びしと云う

除染とう言葉にて何償わん故郷余儀なく去りゆく人に

人類の驕りのかたち　原発に降る雪もさくらも紅葉もあわれ

砂の城築く少年ありありと津波の寄せし浜にひねもす

帰らざる死者をたやすくうたうことなかれ沈黙の言葉もあらん

脱原発唱えたれども壊れゆく人とヒトとのつながりの怪

遠空を翔けゆく鳥よ権力の意図するところにて滅ばんや

死者と話す電話ある電話ボックスの映像　地異のかたみと言うか

原発の再稼働許す国家とは雲のなぎさを歩こう友よ

Ⅵ　贖（あがな）わんため

さくらばないさぎよく散りてゆくはてに測りいん世界の広さ深さを

海嘯は生きよと迫るかって日本犯せし罪を贖（あがな）わんため

アサギマダラ空高くより降りて蜜吸う人の世のはからいの外

石の上羽根閉じて静止する蝶の影刻々と千切られてゆく

凍解（しみ）かす東風（こち）吹きてひとつふたつみつ梅ほころびぬ風のあとさき

憎しみもやがて哀憐に変わりゆくことわり　生きる日も死を恋う日にも

旅に出れば会うかもしれぬセロ弾きのゴーシュ・ジョバンニ・野の師父・修羅に

たましいのみ住まう場所などあるはずもなく入りゆけるショット・バー「ソウル」

シャオシャオとレタスを食べていたれどもレタスは虹とともに消えたり

コルトレーン「コートにすみれを」風邪ひきて眠れる妻に寄り添いて聴く

日本人の血も韓(から)の血もしょっぱくて箸の大墓見にゆかんとす

差別さるることなき空を恋いし友逝きて未来の星に棲むべし

風景のいずこに亡父(ちち)はいまさんや母ののみどの渇きのように

アメウシのぷかりと浮かぶ潮だまり越えしも亡父は海のかなたぞ

成木川の上せり出せし百日紅(さるすべり)の枝(え)にカワセミは魚(うお)打ちつけり

ここ過ぎてふたたびここに戻らざる水のゆくえを地球(テラ)と言うべし

いのちなどいらないと手首切りし子の訪ね来て言う「また教えて」と

捨てられしペットボトルのなかじっと戦争のようなもの　のようなものがいる

百年の樹木とわれと見分けがたくなるまで森のしじまとわれと

独楽澄みてまわれり誰か中心にひそめるごときまなこ見えたり

祭り囃子遠く聞こゆる鎮守の森負いて帰り来るわれを見かけり

廃線の錆びしレールは月光を返さで夜行列車の軋み

塀の上に首出して故郷さがしているせつないくらいやさしいキリン

いたずらに輪廻転生とげてゆくいのちか藍に染まりゆく海

高圧線たるみし下に人類の危機乗り越えしひと・人・ヒト

黒い月照らせる原をけものとも神ともつかぬもの疾走す

泣き虫の神様は夜々文明の瀕死のあえぎゆえの深酒

世界中の窓という窓開け放つため薄明の橋渡る　だれ

土丸く盛りにし父の墓のなか「サランサラン」*と骨哭く声す

*サラン＝愛

ススキの穂　波打つ原に微笑みの人となりつつ入りゆく母か

窓を入る雲とおしゃべりする母の面影残し翳りゆく部屋

母の手を温めている妻の手の春遠からぬ水辺のごとし

母ひとりにて旅立てりきさらぎの雪踏める音だけを残して

風葬の谷へ降りゆく人よ背にそのちちはははのいずれを負いて

秋草の光れる露のなかにほら母さん見っけ父さん見っけ

もう夕日追いかけるのはよそう遠からず死は来ん青い小鳥のように

生は過酷やさしきは死と書き記すうたかたのような一生(ひとよ)と言えど

誰もいない　缶蹴りの缶蹴りたれどふるさとは緋の花降るばかり

さかな跳ねる夏川越えて会いにゆく亡友(とも)よいのちの香をさせていよ

春はもうすぐ日差しあまねく降る庭に羞(はじ)らうような越年トンボ

ほのかなる香のしてあたり見まわせば垣の向こうに咲く沈丁花

啓蟄(けいちつ)や妻の爪切る音はしてこの世に在るをさいわいとせり

たんぽぽのわた吹くきみのくちびるの春の野原を生き生きさせて

蛇はふっと首を伸ばして青空の奥処（おくか）をのぞく聖者のように

テーブルの静物たちは寝静まる夜（よる）を腐蝕の時間に耐えて

おもねることもへつらうこともなくて木は立てりそれぞれが沈黙の王

億年を生きて来しこの小（ち）さくまたけなげなものを見つつ日暮れぬ

アフリカの人類のはじめの母（イヴ）きっと祈りしは明日を生きる明るさ

放物線描けるボールいずこへも落ちし気配のなきまま暮れぬ

いちはつの白き花咲く在ることのかなしみはかく純白ならん

2

歌集未収録短歌

（二〇〇一〜二〇一九年刊）

「Es」一号〜三〇号　（二〇〇一〜二〇一五年）

空き缶の中身

とお空のはるかを翔けてゆく鳥を父と名付けて亡国のとき

革命の声失いし佐世保橋ふるさとなれば友と佇ちたり

たましいをうすばかげろうのみ持ちて子を宿さんとするぞ地球に

ニッポニアニッポンわがくり返す滅びへ向かえ鳥も個も国も

木の花に木の花咲けど地上どこもひとかなしみを持ちて歩まん

孕むなき胎のかたちの水たまり人は孤独に世紀を生きん

空き缶の中身ほどなるかなしみを持ちて「聖者の行進曲（マーチ）」をうたう

二十一世紀旗手　特集「世紀」

いっせいに鳥翔つ湖のゆうぐれにこころ茫々と銀河を恋うも

胸底にふかき渇きのひと在るとしるしてわれもエセ二十一世紀旗手

春の野にけりし小石のきゅんと鳴るきゅんと鳴るわが春の愁み

木も森も死にゆく星のひとすみにのうのうと在るはじらいはあり

浮雲の行く先韓と決めにけり　けんめいに生きようとしている今も

民族の違いとは何　六歳のわが問いに父は答えず逝きつ

木の中に入りし少年あまつちの母の永眠（ねむり）をねむりいくべし

人のこころのなかに砂漠はあるものを生きるとしるす少年の手紙

ゆりかごに揺られしことのなきわれは酔いどれて千鳥足を好めり

アジの開き焼きいる妻のうなじ寂し酔いて毒づくぼくを許して

春来れば銀河に舟を浮かべましょうきみは野原の香をさせていて

登校拒否重ね来し子を教えおりわずかに笑みをこぼすとき羞し

子等と遊ぶところいずこもわが祖国　つくし摘みましょ蝶追いましょう

葬列のゆく丘に舞う花の声「死の方が長い生よりは」

さくら咲くかなたにも桜咲いている　鳥葬がいいと娘は言えり

春の風「生きよ生きよ」と伝えゆく声しか聴かぬ耳もつわれは

ひとと人の距離の遠さをたんぽぽの絮は飛びおりジュラ紀も今も

まんまるの月出し卯月散るさくらほどなるわれぞ行く方知れぬ

伽耶琴の音をまねて　特集「音」

水流のひびき激しきひとつところイエスの形に生（あ）るるものあり

公園のぶらんこ誰も乗らざるに揺れおり人の肺腑のように

トンイルと父の口癖ひとりごち居酒屋の椅子軋ませてあり

ひとつなる半島描きし統一旗かかぐ青年ら春楡の音

コスモスの花咲かん父のまろく土盛りし墓より母呼ぶ声す

小（ち）さき瓶に沈められいし毬藻の声「もう死ぬなんて言うなよ」と言う

意味もなき死とはしるすな　夜半深く伽耶琴の音（ね）をまねて鳴く虫

鳳仙花種子こぼす音耳澄まし聞けばいとしも「サランサラン」と

日々詠嘆

わたくし個人企業主　税金を滞納す。払わんと思えども払えざりき。今少しずつ返しおれども、滞納の利息一四・六%。これはサラリーローンさながらの酷薄さなりと妻と笑い合いぬ。心の中にては泣きながら、この国はかなしくもをかし。

逆らいて流れをわたる魚（うお）の影むしろ凡愚の矜持を持ちて

よく見るとヨハネの黙示録の字のようにあわれ臨界の街路樹イ（た）てり

批判なきうた詠むわれをさげすみて鳴くやつくつくし　生のさなかに

地雷にて足を失くせし少女の目澄みたれば地球の青をかなしむ

空きカンの中戦争は詰まりいて友とつぶしき基地・佐世保橋

光州の事変に逝きし亡友（とも）の墓風化してああコリア・玄慶（ヒョンギョン）

無力なるものの名負いて生きてゆくわれら苦瓜のようににがけれど

戦争はどうして起こるの問いし子も登校拒否のかなしみ癒えず

平和主義など捨ててゆく？　民衆のはしくれにして歌詠みに候（そろ）

さびしくないか　理不尽に命奪わるる　民衆という名の地球は

シーソー　特集「液体」

小市民のいのちたわやすく奪いゆく戦争にあらぬにこの国の形は

さくらさくら乱れ咲きたり振り向けば来し道はわが行く道にあらず

断念の底たゆたいの都市東京きずあるレコードのように含羞(はじら)う

世界地図の海の青よりしたたれる雫てのひらにあふれやまざり

権力の迷走にわれら傷つきて死を選ばんとするぞ地球に

原に来てたんぽぽの絮吹きこぼす少年登校拒否くり返し

だれもいぬ公園にシーソー上下してわれ幻視者にしてエセ歌人

他者とわれのさかい目にふと見出せしこのやわらかきもの名付け得で

微笑みにせよ　特集「裂く」

萩の花わがかなしみの色に咲く死者と生者をへだつるいろに

分断の半島の痛み負いし父の背(せな)の寂寞否み来たれど

ニッポンの地図引き裂きし少年の日ぞありありと土盛る墓前

いちめんのコスモスの花権力の滅びいく日を秋憬がれいて

「荊軻(けいか)一片の心われにあり」言いて過ぎゆく人あり　誰か

雨すぎしあとの青空刷くごとく鳥の群ゆくユーラシアまで

戦などにずたずたにされし地球そを唯一無二のほほえみにせよ

春から秋へ

夕焼くる佐世保の駅に降り立ちぬわが友こんな帰省があるか

夕づく日追うごとく列車進みゆく西の果て佐世保に友逝きにけり

幼き日の名を呼びて骨拾うその母とその父　なぐりたかった友よ

骨灰になりにし友はきさらぎのいずちの宙をすみかとなすや

空き缶に友の無念をつめこんでつぶせばキューと泣くようだった

居酒屋の椅子の軋みに不意に亡き友の声する「おまえは生きよ」

個人企業主の友の自裁に明日は我が身　しるす日記ぞ弥生は寒き

油蟬鳴けり一途の生恋いしわが在りし日のうたとこそ聞け

ふるさとの川に河童と遊びける秘密を抱きて召されゆくべし

樹液吸う昆虫の足ただれいて地球はかくも傷つきやすき

木の太郎木の次郎共に刈られゆき森深めゆく秋のけはいを

セロリの香残りたる指きみ抱きて朝飯少し遅れさせたね

虫の声のまにまにきみの流動のかたちもあわれ生きねばならず

秋の野のルリイトトンボ母ひとり住まわせているかなしみに消て

戦後とう言葉も絶えて久しかり鳥獣虫魚より劣れりヒトは

光年のかなたにわれの住む星はあるべし　しどろもどろに生きん

街路樹より落つる雫に濡れて樹の精となるべし小市民われら

散り落ちる葛の花　秋の日の射して滅びることは生きること

青い自転車　特集「神への後退」

「ぷーさん」に集えるわれら昔むかし反体制を唱えし者ら

神への後退?ツァラトゥストラのオッさんにわれらなさんや笑止千万

蟬鳴ける声もいのちのよすがにて生きゆかんとす無用者われも

初しぐれぬらす原生林にいん神在りし日のホモ＝モビリタス

釣り糸にからまり逝きし鳥あれば志半ばに逝きし神かも

樫の中牙をなくして神はあり春満開の樹下に逝くべし

虹の橋　青い自転車こぎ渡る少年生(あ)るること否(な)みし神

あおき地球ずうっとめぐり来しと言う鳥見る夢も　あゝ愛の夢

2003　春

はかなさもよりどとなして生きゆけるつね棄てられる民ゆえわれら

置き去りにされゆく民としてあらんただかなしみの人のかたえに

「八石」の椅子軋ませてぬるま湯の平和に浸る無辜の民?われ

映像は無惨なる兵士の死をうつす　顔をそむけてわが酒ほがい

砂時計の砂に戦争くり返す砂漠を見つつ春くれなずむ

家族(うから)すべて失くせし少年茫然と立ち尽くす砂嵐吹く町

誤爆にて両手失くせし少年の医者になりて人を救わんと言うも

権力を憎むとしるし来し手紙　元不登校の子も大人びて

戦場に燃えいるピアノ　弾き手なる少女は腕を奪われにけり

電線に鳩は止まりてヘイゲイす　権力は鳩に返すべし　返す‥

民衆という名で犠となるヒト科われら地上に恋い継ぐ愛(サラン)

拉致されし人に帰らぬ家族あり北半球に春おとなえど

春は見よ　いまわの父の統一(トンイル)と言いしのみどのようなつぼみを

政権の終わり幾度もつづられし地球よ　もはやいくさはするな

受苦の生その日その日に受け止めて小市民われらぬげる靴下

小企業主のわれらにむごきまつりごと　草に臥て追う雲の行くえを

ライターの火を貸せしホームレスのひと足曳きながらビル街に消ゆ

変容のひとあり鳥に木に花になりてふたたびヒトにならざらん

まぐわいのうすばかげろう死に絶えり　われは生まれしことうべなえず

さいわいをさがしにいかん人の世の苦も悲も恨(ハン)も真っ平御免

未生なるものらさやげる雑木林ホモ＝サピエンスたるをはじらう

含羞　**特集「層」**

見上げたる空のいずこに父やある父の孤独も恨(ハン)も継がざりき

区別さるることなき空を恋いし友逝きて未生の星に棲むべし

この世にもはや夢なきわれは宙(そら)駆けてときどき遊ぶ星とのダンス

きのこ雲しるせし日本の空の記憶風化する今われら危うし

抗いのむしろ旗立ててわれひとりおらぬ時代か層雲の下

上流層中堅層下級層分かたるる身のうえぞ　匆々

高層のビル街に兆す追いつめられし小動物のような含羞

いくせんも露月光にひかる野に神のひとみを捜せる男

夕焼くる空負いて帰る道の辺の花も持つべし遊行の心

目鼻なき岩の顔じっとわれを見て呵々大笑す「汝　偽善者」

橋となるべし

漂泊の民なりわれも土まんじゅうの父のみ墓に骨うむるまで

差別にし負けて自裁の友ゆめに少年の日のままほほえめり

光州に逝きにし友よ五十年生き来て無念の死を報いえず

権力の恣意をゆるしているわれら　民衆という名の無用者と言うか

しずかなる空の鏡に映りたる身もたましいも汚れちまった

風景のいずこに父はいまさんや母ののみどのかわきのように

胸に棲むホモ＝モビリタス咆哮す日本の血も韓（から）の血も分かちがたくて

羽根一枚こぼして去れる鳥の居て父の名に呼ぶ韓（から）恋うわれは

滅びゆくものも未生なるものも秋　母の名呼びているらししんと

九州の訛りにかえり母と話す人生はやはり「化転の裡」ぞ

筑後川の花火車窓に見入りおり命とりとめし母　ありがとう

母の庭に咲く萩の花、木槿、桔梗　主（あるじ）の帰り待つさびしげに

白内障の目薬母に頼まれて歩める昼の街白濁す

世に容れられぬわれをかなしみ母います日本まとめて花いちもんめ

廃線の鉄路を踏みて会いにゆく少年の日のわが影法師

通り過ぎる郵便配達夫　母の家にひとり居て思う母の孤独を

九十九島の海にやすらぐたましいを母は大事にしなさいと言う

さようなら元気でいてねと点滴の母はなみだをぬぐえざるまま

ぬるま湯のような平和をもてあそび「ゆあーん」と嚙めり朝のセロリを

空爆の街にはとおき国にいてごきぶりを追う霊長類われ

自爆テロの映像のこなた居酒屋の椅子かしがせて「もはらわたくし」

アメリカよさようならわがかなしみの底に牙むく狼がいる

民族の違いを言いて憎み合うわれら赤き血と水のふくろぞ

秋草の花散り落ちるとき聞こゆ「エリエリ＝サバクタニ」神失せし星に

さいわいが生きとし生けるものみなに雪のように降る時いつか来ん

ひとあらめやも　特集「70年代の小説」

——李恢成「伽倻子のために」から——

父鳴らす海ほおずきの音(ね)は聞こゆ　李恢成の「見果てぬ夢」に

ニッポンの血で韓(から)の血を贖うとかなしき玩具なるや詩も短歌(うた)も

韓の血を隠さんとせし父撃ちし銃ぞおもちゃの銃なりしかど

朝鮮人と馬鹿にして俺を将来は殺すなどと父のことばもかたみ

「父[*1]サンキリコロセ」ざるわが荒野処女地となせど異邦人われは

なつかしく長鼓（チャンゴ）のひびき海峡の潮騒に聞く　耳なにゆえに

シャボン玉追いかけてゆく子は空を見上げしときに大人の顔す

復讐を遂げで逝きにし父のため詩（うた）書くわれや生きゆかんため

妻の耳朶のような手ざわり無窮花（ムグンファ）の花より聞こゆ「[*2]カンガンスルレー」

故国とはわれら億年も生き得ねば胸のなか愛を欲するところ

冬の海牙むく波の礁のうえ人魚いて恋うひとあらめやも

＊1　丸山薫の詩から
＊2　全羅南道地方の伝統的な踊り。音頭取りの先唄にあわせて「カンガンスルレ」と歌いながらぐるぐる踊り舞う。

贖（あがな）わんため

目をつむる蝶あり友の命日に入りし二月の雑木林に

生まれ立ての星さぐりいる触角をもつものなべて宙（そら）に発つらし

空にほおつけていつまでも立ち去らぬ少年一滴の愛に渇きて

アラビアンナイトを母の読む影の障子のかなた遠ざかりゆく

アラジンの魔法のランプ欲しいと言う　少年は戦争を消したいと

正邪問う青年の耳に揺れている十字架のピアスのキリストはいない

比喩でなくユーラシア翔けて来し鳥の鳴きたりあわく「[*]サラン、サラン」と

詩人とはかなしき虫けら人生に無用なることばつむぎて鳴き
て

無力なるものの愁(かなし)み問うなかれ春のかけらとなりて華やぐに

かつてわが首を吊らんとせし縄の輪に満月が笑みて　死ねざ
りき

テーブルの灰皿に降る牡丹雪　まぼろしなれば生もうとまし

癌告知なしける母の病室に母生まざりし弟はいた

母つけしキムチいくどもやぶれたる夢の辛さに似て非なるも
の

咲きほこるコノハナサクヤ日本(イルボン)を愛せしや父われ生みしゆえ

蟬鳴ける森ぞいずこへ歩まんとする木か異形のかなしみのゆ
え

遠き帆の消えゆくまでを海にいしきみは眠れりわがかたわら
に

空をかめにみたさんと言う少女たちにまとわりつきて雲雀は
上がる

祭ばやしとおく聞こゆる森にいて解き放たれぬままのわが鳥

通せんぼお手をくぐり抜け少年時つねたずねけるコリア玄(ヒョン)
慶面(ギョンミョン)

咲きさかる向日葵呆と見て立てるわれをムルソーと呼ぶひと
もなし

ほらごらん土偶に満ちる体液を未来はあると語り継ぎ来て

他者と分かつ空にあるまじ風媒花いづこの土地も故郷となし
て

＊サラン＝愛

未来形　特集「神話」

抱かるる妻の起伏に消(に)し水の流動ぞわが神話のはじめ

今もなお三尾のさかな暴れいる惑星か花の素描をえがく

おもちゃの銃持ちたるわれをいぶかしむ妻よ　神話を撃ちにいくんだよ

大きなる蛙のかたちに蛇の腹ふくらめる春　大和しうるわし

うからにて訪いし高千穂に遊び呆くはじめ渡り来し家族のように

咲きさかるコノハナサクヤ母の手をひきて来て「かごめかごめ」輪なり

満月の湖（うみ）に小さき魚となり遊びていんや産まざりし子は

変容の人ありいまはいっぽんの木となりて天仰ぎいるのみ

むろん木の股より生まれ来しにあらず　韓も日本も祖国となせば

遠空にまつげのような月出でて父の土盛る墓遠きかな

黄海や砂の器に盛りたるはわが夢のくず　血のほこりなど

始原へのおそれいだきて入りてゆく森の性器より生るる人あり

アマテラスの生まれしという左の目見えなくなりて日本もかすか

天（ち）さき秋

鳥葬の天山山脈恋うわれぞ韓も日本も憎みしむかし

ぬるま湯のような平和の国にいて阿呆面しているぼくも家族も

かげろうのなかつき抜けて来し蝶の友の貌していしふるさとは

母ぞわれと死なんとしける踏切をまなうらに摘みがたき母子草

ブルースやジャズ流れいしバーの隅われといもうと母待ちし
場所
私生児をふやすばかりと生まざりし母よ弟はいま曼珠沙華
まなうらに朝鮮狼かけてゆく稜線は見ゆ　牙とげ龍源（ヨゴニ）
小鳥たち地球の外へ翔けてゆくまぼろしを見よ幻視者われは
劣化ウラン飛び交う空をよぎる鳥なみだで戦火を消そうとし
てる
テレビの上置きしサボテン泣くばかり戦火の町の音におびえ
て
国境も春ならん　わが翔たしめし鳩は迷わず愛告げにゆけ
草のさき　ぼくは止まって飛ぶための風を計りている天（ち）さき
秋

夢のあとさき　特集「劇に遇う」

——木下順二「夕鶴」より——

機織れる音吸われゆくしんしんと雪のしじまに哀憐のごと
単調な機のひびきは夜もすがら鶴のすがたをはじらいながら
鶴という存在ゆえの業か美（は）しき織物を織る夢のあとさきも
愛ゆえか報恩ゆえか抜き取れる羽のいたみを堪えさせしもの
与ひょうとは男のくずぞわれもまた似たりよったりのうたび
となりて
耳ふさぐおつうぞあわれ純粋のこころのことばのみ解すゆえ
金と愛どちらをえらぶ花占いの花にうらなう与ひょうもわれ
も
地にひとつの命分け合うもろもろの種（しゅ）はたましいの声のみ通
ず

木も修羅となりて身じろぐ雪原にたましいのみの鶴はいるべし

まぐわいの鶴の儀式の生命のめくるめくほどのダンスダンスを

きみは目のなみだ拭えり夕鶴の役者のしぐさよりもかなしき

童唄子等がうたえる里山を羽根抜け落ちし鶴が飛びゆく

ほほえみを浮かべて逝きし鶴のあると鳴くやみみずく夜半の鱗翅目

片足にて眠れる鶴にふぶく雪命とは耐うるものにかあらん

愛と憎を行ったり来たり人の世を生くるはむごしちんからとんとん

めだかの国

砂浜に打ち上げられしハングルの文字しるされし木片(きぎれ)ぞ父は

トンイルとうわ言に父言いし声青き潮騒のままに聞こゆ

死がわれを手招くゆうべ口ずさむアリラン峠のうたのひとふし

生きている証か影は　影踏みの遊びせし竹馬の友も逝きけり

砂浜に腹這いしわが眼のなかに白き帆船あるかなきかに

雲かかる八ヶ岳その峰々の見えねばはにかむ少年のごとし

虹にわが触るるばかりに立つ峰や死は遠からず生は近からず

いずれ死は来む満開のさくら咲く樹下(こした)におもう　ひと抱きつつ

しら梅に雪は降りたり未来まだ来ぬ死も来ぬ　雪降りやまず

神々の住みしむかしを恋いて鳴く鳥も木も花もわが指す星に

東京に出でて三十年鳴かず飛ばずのわれのうわさも絶たれし佐世保

官僚の恣意を許してある国に詩は抗いとしるす日記帳

黄海を見渡す丘に土盛れる父の墓あり草萌ゆる墓

生まざりし子供は雲の自転車に乗りてほほえむ　ゆるしを乞えば

仕事終えてビラ配り歩く小企業主のわれに一縷の意地あるゆえに

野の家に母置き去りにしてわれの小企業主の東京哀愁物語

戦争が起こるのはなぜ問う生徒目にし涙のうかぶなにゆえ

谷川の水音高くひびき来るけものの道ゆく狼とわれと

飽食の窓

完全な母などいない草の根をかじるけものは身ごもりいて

胃癌にて母倒れける九州に帰心はわたる鳥に焦がれつ

金にならぬ詩(うた)をいつまで書きよると　秋は母恋う命さびしも

母われにかけにし夢を裏切り来て鳴らすハモニカの音外れゆく

石投げて水の底よりかえりくる音さまよえる父の声して

竿竹を父と売り歩きし九州の町々竿はまだあるだろか

かけまわるこだまのなかに父あらん韓(から)の山河を恋いやまぬかな

同化ではなく異化という在日のひとの横顔ファウストに似て

ぬるま湯のような平和という友とわれと成り損ねの革命戦士

マチュピチュに行きたしとふいに声あぐる友リストラに心病ますな

生徒問うA級戦犯あやふやに答えしのちの悔いと疲れと

戦争を消すべくアラジンの魔法のランプ探して歩く少年もいん

ウラン弾にて癌になる子どもたち増えおりアラビアンナイトの国に

飢餓人口八億という　仰ぎ見る高層ビルの飽食の窓

生(あ)れたれど木の中に入り消えゆきし神ありしぐれ降る東京に

剃刀の刃に浮かぶ血は韓(から)と日本の血をし誇りとして羞(やさ)しかり

世に居場所なきとかなしみ来しわれや　いな欠けし月満ちし月の下

竹の鳴るしじまのなかに垣間見し人の孤独に似たる孤独を

知命越えし花盗人のわれゆえに奈落に落ちん髭ぼうぼうと

きみの掌に昼間摘みにし野の草の香はする香はも移るわが背に

屋根伝う日本狼まなうらにのせてわたしのはかりごと昏し

「イマジン」の流れきて目をとじたれば愛に渇ける地球目に見ゆ

きざし　特集「写生」

見たままを写すとすればエベレストにジャンプする蚤のことは書きえず

鶏頭の十四五本も咲く夏はまだ来ず種子をこぼせるひびき

蟷螂のふくらみし腹ふるわせて黒髪食めり月に光(かげ)りて

あかしょうびん火の玉のごと飛び込める水にじゅうっと音立てて去る

窓を入り帰りくるチビ着けて来し盗人萩ははじらいの色

こうこうと月照る海に無灯火の舟　密航の父顕たしめて

馬じっと見ているものをわれも見る地球の首が落ちゆくきざし

実在の影濃くたたえいる人の見えねば水のかすかな余韻

アーカイックスマイル

凝然と「古拙(アーカイック)の笑い(スマイル)」見つつひと　澄みとおりゆくうつそ身持てり

石走る水たましいを洗うとぞ告げにしひとはまだ生まれいず

水満ちてわが肉体を取り払うひとありひとつの生にかえらん

死者たちのかなしみのみぞ透けていてわがふるさとの山　花ざかり

満開のさくらの下に妻はいてシュペルビィエルの「動作」をしたり

ヘルダーリン幽閉されし塔見ゆる眼を持つわれを嘲笑(わら)うかきみも

修羅住むといいつたえある森を背にたたずむ人ぞ非在の詩人

亡国はいつならん　虹の架かりたる山いっせいに満つる蝶の声

空蟬の羽音に目覚めたるわれの午睡の夢に見し猿田彦

負いて重き生きるかなしみ　川に来て　水に卵を産む魚(うお)と居き

たましいの青く染まるはふるさとの海に沈めし肉体ゆえに

韓の山河にこだまするべしわが呼べるアボジの声は翡翠(かわせみ)の声

認知症の義母との会話かなしみてひとりの部屋に見入るチチェン＝イツァ

一粒のなみだをためて尾根の雪見る妻　ぼくを忘るるはいつ

うっすらと繭光りたり繭のなか人型のだれかありなんだれか

迷い来て異境に入りぬ墓標にはすでにわが名のしるされていき

みなかみへさかのぼりゆく鮎の影とらえんとしてなりなん水に

揚雲雀ハーモニカ吹く少年と見つつなずなになりてゆくべし

きりぎしの上青年はあやうげに立てりつばさを持たざるわれら

わたくしは蛹のままに風化せし蟬のうまれた森なのである

ずぶ濡れのヘクトパスカル十一の品詞教えん職場へ向かう

頭部欠けし彫像ふとも涙してわれに返り来るアーカイックスマイル

水の星　特集「言葉の捨て場所」

亡き友の思い出捨つる場所探す地上いずこも泣き虫ばかり

巌頭に日本オオカミ咆哮する　すがた滅びし　もの呼びいるや

しののめの海のおもてに　りひりひとたちのぼるヨハネの首のごときが

巨魚一尾打ち上げられし浜にわがハングルの名の言葉の果て方

誇らしく母に思わるる希いもて書き継ぎし詩歌無残なるべし

尹東柱（ユンドンジュ）詩集をつねに持ち歩きし少年逝かしめし　日本（イルボン）

ひとつしかない地図きみは書き上げき国境もない水の星の地図

蟬うたう夏の挽歌ぞ　戦にて逝きけるはヒト　だけじゃないって

生きている意味問うなかれ仰向けに蟬はいまわの声挙ぐ　ジジジ

ひこばえは音符のかたち　春の森の楽譜にはずむようなる♪

人型の凪

みなかみへ人型の凪わたりけり見よいく万の鮭引き連れて

山々を木霊は翔けてゆくものを今はあやうき木霊もヒトも

人類の祖先とうカルポヘルテスの目は見ゆ夜半の公園のすみ

みなそこに沈める神のゆくりなく水にもどりてゆく夕まぐれ

浜辺には口にビニールくわえける亀ぞ　びっしょり涙せし眼ぞ

鬼やんま鬼になれざる切実を知るや日本の未来暗澹

卑弥呼(ひみこ)の戦いし卑弥呼　歴史とはかかわりのなき生さびしきか

むなしかる営みと言え詩も歌も変革を成し得ざるものならば

幽暗にひそめる鬼のしゅうしゅうと鳴かず飛ばずのわれも修羅たり

訛ある国語講師のわれは「せ」を「しぇ」と言いて笑い誘えりたまに

自裁せし友のあと追う夢なれどわがうつそみもヒトにあらざらん

剣をとぐごとく心を研ぐ闇におり木偶のぼうとして生き来しが

片っぽだけの赤き靴流れいる運河戦後の語彙も消え果てし国

平和せつに希う声する少年兵の癒ゆることなき傷より　しんと

核実験がずたずたにせし惑星の野にカゲロウと遊べる神は

分断の国境線に少年はグサッと刺せり木工用ナイフ

人はみな仇とおもえ思えとや父りんどうの花陰に居て

木のこぶは父のひざがしら触れてわが継げざる恨(ハン)の思いをたどる

在日の名にくくられてなお呼ばるる異形の者と　花のさかりに

炎昼に咲ける向日葵　戦争の絶えざらば見よ　うなだれしイエス

淋しさの消え果てぬ夜をしまい忘れし風鈴鳴りぬ寂しかる音(ね)に

産卵のとうしみとんぼ見ていしや地球はうでも足も欠け落ちて

透明な月のひかりのなかきみをいだけば小鳥のようなる鼓動

プチトマト食べしくちびるあかあかと九十九島の夕日恋わしむ

かけがえもなしと日本と韓(から)の血を持つわれをほめてくれた君だけ

妻の背は菜の花畑ひとひらの雲の影もつわれのてのひら

母読みくれし童話のなかの子犬来て幼年期より眠る　かたえに

孤高とは未生のものに帰りゆくことかも風に問わんゆくてを

内部へと切り拓く道こうこうと希望へつづく道となるべし

冬の日の木漏れ陽に身を洗いつつやさしき森の精たれ　ひとよ

たましいの牙をなくして――日々雑感

特集「社会詠は可能か」

くずれゆくビルも地球も　人間は内部失い果つるや　いつか

実行されぬマニフェスト　風に吹かれいて見よ傷心の国のかたちを

美しき国と言う人映したる大画面よりわれ敗走す

官僚の天下る国　天照らす国ならで泣き虫の僕・小市民

もはやいかなる思想もこの世救わぬと街路樹Aはひとりごちたり

劣化ウラン　弾にて癌になりし子等　見捨て給うやアラーも

イエス　も

圧政の跫音とおく聞こゆるとバー「Ｔａｉｌ」にてあしたのジョーは

ホロコーストくり返すこの惑星に捧げんかわが「ラプソディ・イン・ブルー」

自爆テロのニュース背後にドア開けて向かう勤めの道炎上す

戦争がほくそ笑んでるニンゲンに人も木も風も土も殺させて

「ラプソディ・イン・ブルー」のように

限りなき遠さを歩み会いにゆくひとあり内に待つのみのひと

森の木の緑の葉陰さやさやと遙かなりわが内部への道

夏空に存分に枝伸ばしゆく木々の内部になるべきわれら

千年の樹木とわれと見分けがたくなるまで森のしじまとわれと

倒木のうえかわせみは止まりいて水面（みなも）見入れり　餌（え）を捕る時間

たましいは光を満たすうつわなれば草に臥(ね)て流離の生を乞うべし

縄跳びの輪のなかに月くくられて空までつづく流離の道は

さようならささやく誰や振り向けば触角ひとつ欠けし黒揚羽

遺骨なき戦死者われの大伯父も夏の挽歌をうたえる蟬も

ゴッホなぜ耳を切りしかスクランブル交差点にてふと　われは思いき

肉体をずたずたに描きしピカソそのキュビズムの絵のごとき新宿

若きウェルテル歩みゆく背が寂寞の谷に似たると思う街角

どこにいても異邦人わがまなうらになみだに濡れしマヤのピラミッド

哄笑と人いきれのなか頭(ず)を垂れて火を点けぬ煙草われは銜えぬ

ソクラテスのまぼろし顕(た)てる街角をのがれるように消えし青年

悲しみは故もなく湧く我が胸の奥処ムンクの『叫び』なすひと

禾の尖の雨のしずくは禾伸びん　として弾けたり　李少年よ

ジョバンニを夜空にさがす少年を月の光は愛してやまず

銀河鉄道に乗りたしと言う君の手のなかに降りやまぬ春の淡雪

生と死を貫くものの在処(ありか)へといざなう波のまにま飛ぶ蝶は

なぜ泣いているのかぼくは　帰ろうか　反転する鳥の群れのなかへと

さくら降るくるおしく降る石畳夢見る時を過ぎし影法師

そそりたつビル崩れゆくきざしありてわれはアルカディア求めてやまぬ

街路樹につばさなくして鳴いている鳥まなうらに歩み入る街

天の誰にささやきいるや朴の花卯月の半ば眉月のころ

尾根奔(はし)る日本狼たましいの牙なくしたる俺に吼えつつ

蜘蛛の巣の雫てのひらに受けとめてわれに帰り来る夢に羞じらう

セロニアス・モンクのピアノ流れいるｂａｒ　聖痕を持つ人待ちて

アマゾンの奥にてひとつ人間の種族滅べり　かなしくは　ないか

薔薇の棘に刺されし妻の血球に浮かべりリルケ「世界内存在」

花追人　特集「盗作」

たましいは光を満たす壺なれば天心をひた指して立ちたり

木の葉みな否定の身ぶりで落ちるゆえ地球も落ちる　深き孤独へ

日本人はどこから来たか朝鮮の血を受けて日本に生まれしわれは

水にすぎぬニンゲンもろき存在のゆえかぎりなきかなしみの甕(みか)

煙草臭き国語教師のわれいまだひとり革命の語彙を弄せり

官僚のほしいままなる国　幻視ならねば〈日本脱出したし〉

「にんにく・牛の胃(せんまい)をうる」店のすみ戦後はうなじ垂れてひそめり

母の遺伝子伝えるミトコンドリアＤＮＡ広がらんいつか地球の外へ

誰も乗らぬ空中ぶらんこゆあーんゆよん揺れいる夜の公園にいる

つね愛に遅れて生きている地上に花追人ぞ私生児われは

ダンスダンス

かまどうま鳴く夜のあると妻の言う　耳かたむけり妻の孤独に

水平線とおく映せる妻の眼のなかクロールで泳ぐぼくがいる

病みし金魚みのもに浮きてひたすらに抗える死をじっと見入れり

追いかくるたんぽぽの綿（わた）あらがいの生のよりどころとなしけるひとつ

葉の裏に羽化なす蝶のふと死者の貌をしたると思（も）いし　なにゆえ

晩年は竿竹売りとなりし父　韓恋いて哭く夜々を抱きて

水霊のつどえる場所と聞きしゆえ訪（おとな）いし岸にアボジも友も

父逝きて十七年を鳴かず飛ばずのぼくが黄土に帰れぬ理由

月光に照らされて　ほら　きりぎしをのぼるさかなぞ　こころのかたち

オオカミの奔（はし）る稜線まなうらに滅びゆく種とならんかわれも

肉は言葉とならぬこの世の果てに傷ひとつなく在る神とうものは

分断の国の痛みを泣いている三十八度線の花鳥草木

野の草の手帳を持ちてさまよえる村ゆえもなく湧くかなしみは

ハルモニはわがために仔牛売りにけりはじめて黄土訪ねゆきし日

削除さるるや「自決・軍が関与」の記述この国のかたちのこわれゆくさま

ガマの裡　子や親を刺す光景の浮かぶまなうらより敗走す

痩身のビルをぞろぞろ出入りするわれら精神の痩せてゆくさま

チェ＝ゲバラ今もさまようジャングルのあるらし　誰も死んではいない

草ひばりたわむるる野にいっぽんの道は通れりきみの待つ道

通りゃんせ聞こえ来る路地入りゆけば幼なじみのこうちゃん・みっちゃん

さようならを言う前にひと貝殻を拾いては笑みし故郷恋おしも

在り　戦(いくさ)絶えざる星にヒトとしてしかも無用のうたびととして

笑止　**特集「トリック」**

佐世保橋渡らんとして振り返れば敗れし者としての少年期

バー・フロリディータにとおく焦がれて渡る橋われも異人とかつて呼ばれき

カウンターの向こうするどき眼をわれに向くるはゾシマ神父か知れぬ

ラスコーリニコフにこがれし杳(とお)き日のわれや林檎に赤き血をにじませて

〈アポロンの島〉へ発つべしかなしみを生のさなかに見るはなにゆえ　と

ロシナンテ嘶けりわがあらがいのこころなくせしと詰(なじ)るや笑止

寄る辺なくさまよう街にすがるごと目に浮かぶテオティワカンのピラミッド群

義眼の中にダイヤを埋めしだれかわがうすき背中をじっと見ている

東水道

シーソーは誰も乗らぬにギーコンバッタン揺れおり死して遊ぶはあわれ

メガネウラ見しふるさとの夏恋おし見果てぬ夢を見けりその夏

黄土より帰り来る鳩待ちて木となりしか崖上（がけ）にわが少年は

ソクラテス立てる街角探すとう少年はどこに行ったのだろう

きりぎしを昇れる魚見し冬の日の親不知・子不知の道

遠からず死は来るものを森となりし少年とその父さがしゆく

木のこぶは父ののどぼとけ　耳当てて聞きし「ヨゴニ」の懐かしき声

木蓮の花のあわいに笑（え）まう人垣間見し死者も生者もなかれ

むかしむかし古本店の百円カゴの中より聖書盗みしわれは

夢のまた夢のかなたにむせぶごと土丸く盛る墓に降る花

目になみだ浮かべし鳥の名を問えば都鳥とう問わねば父ぞ

東水道へ遠ざかりゆく巨魚をわが父と名付けり　十七回忌

ままごとのさくらの花を食べて子等空腹満たしいし幼年期

花の香にふと立ち止まり見渡せば垣根の奥のちんちょうの花

アマリリス葉を幾枚も差し伸べて春の空気をふるわせており

商いは牛のよだれと書き継ぎてわが生業の日々過ぎゆけり

今日が去る合図の時計十二時を打つとき風になりたいぼくは

ガスコンロにアイロンかけてあたためいし義母は昭和を恋いやまぬかも

きさらぎは友逝きし月髭面のおもかげさがす雪解け水に

天の河わたれる友ぞさようならさようならもう自死などするな

きみのみが知る樹齢千年の木の精とぼくは　友達（チング）ということ地上（ここ）に

勿忘草の青くちいさき花の瞳に忘れないでと言う妻かなし

清冽な水のしずくのかたちして生き得ねば鋭（と）き牙を持つべし

形容詞の活用教えいしときにふとかなしいと思いしわれは

標本箱の蝶いっせいに飛び立てるけはい滅びゆく種にはあらねど

空と海に見えざる国境線引きしヒトよ美しく青き地球に

わが身よりうすいみどりは噴き上げて山となりゆくは晴れがましかり

鬼がもの云う　特集「もの」

ものとして時に呼ばれていたこともありしゆえ職転々としき

妻の誕生石買いてやりたしと思えども高くて買えず　ものを買い来ぬ

潮だまりだね　涙はきみのかなしみを手に掬（く）みもせで　来しぼくはもの

詩サラダとうわがブログには訪える人少なくて無用のもののごとしも

藻のように人は歩けばいいものを交差点にてものとなるわれは

チビわれの胸の上に来て寝入る夜は「わがごとものやさびしかるらむ」

月を拾って来たでしょおふとんに寝かせているってわかっているもの

われ父を殺めんとせし夕暮れを鎖ざしてこころものと化せし日

樹になるけはい

かつて血を二度も吐きたる肺はほらもみじの山のようだと思え

だれも弾かぬピアノある部屋　鍵盤に雪は降り積む雪降り積めり

腹いっぱい卵をつめし沢蟹のいとしくて手に触れし漢江（ハンガン）

青梅市に蛹のようにぼくはいる真空を持つまでは飛べない

指示語さす内容は死　黙々と生徒らは解く　春の盛りに

〈百代の過客〉行き交う街道に千鳥足われの影も交じれり

味噌汁のみ作りて妻は出てゆけりもう帰らぬというメモはなし

くちばしに星をくわえて来し鳥のオルフェスうたうとき星こぼす

尾根奔る朝鮮狼のまぼろしを見つつ眠りにつくがならいぞ

大丈夫ですか　星も月も夜泣きですって　お母さんは心配ですよ

八十三歳の母は四つ葉のクローバーさがしおり家族のさいわいのため

田一枚いちまいと苗植えてゆく棚田を守る来世はおんな

〈…和銅四年…〉多胡碑の碑文描かれしTシャツを着て千鳥ヶ淵へ

俎板の魚切らるるときに眼をしばたたけりと嘘つかんだれに

星ひとつ拾いて帰る酔いどれのわれに寄り添う幸魂・奇魂

かなしいのはぼくじゃないんだ僕の中の真空に光り微笑する人

不登校なりし少年にほほえみの甦（かえ）り来る日々を支えとなして
雨上がりのビニール傘に銀杏の葉舞い落ちぬ〈浦のとま屋〉
訪（と）う道
四十億年前にアミノ酸創られき生命の長き旅の終わりは
ふるさとの九十九島の海にわが失いし椅子ただよいていん
車窓にてああジョバンニがほほえめり午前三時の回送電車
引き潮に取り残されし潮だまりの魚ぞやがて陸を這いゆく
食欲のうすれゆく日々を藻のごとくあり　悔やしくも非国民
たりえず
蔦のごとく手足からませていしゆえかクリムト The Kiss 浮
かぶ汝が背に

怒りのペンネ　特集「異種交配」

原爆忌黙祷終えし老人の涙のあとを見たり砂上に
　原爆忌砂上のなみだ吸える蟻
戦争を命じける貌しゅるしゅると花火あがれる闇にひろがる
　昭和とは蜃気楼なり遠花火
終戦の日ぞ行列を外れたる蟻しあわせをさがして歩く
　雲雀揚がるしゅるしゅるしゅるしゅると昼の月
戦後とう言葉聞こえず街じゅうにあふれたる生と死へだつる
膜
　行列のいつしか葬送となりし春
少年は銃にて砂の国に逝く日本にわれは呆けし詩人
　狂院を勧められけり田植え時

キリストの渇くとひとこと言いし声ふと聞こえ来しいずこやここは

犠牲死の少年蛍になりたいか

戦禍の町のニュース流るる昼下がり食（は）みおり辛き怒りのペンネ

戦後とう死語ひっさげて雁ゆけり

文明に価値あるや否や葉の裏に羽化なせる蟬見し夏の位置

ラエトリの親子を恋うや蟬時雨

戦争よ絶えねば絶えねアフリカのはじめの母の血のめぐる間（ま）に

渇くという声降りこぼす落ち葉かな

ラエトリの親子の足跡いずこへと向かわんとせしや今を生くるわれに

アフリカの母（イブ）のおもかげ見しすみれ

たんぽぽの唄

凪の海見つつ百済の人乗せて漕ぎ来る舟を載するてのひら

補陀落は風のたよりに父眠る土盛る墓を飾るたんぽぽ

地図開き祖父の故郷を指せしときいぶかしき顔したりき吾子は

郷愁は父より継ぎし統一（トンイル）とつぶやく声も父に肖（に）るべし

さみどりを噴き上げる樹になりたしと思う人として生き来し悔いに

水霊の旅人となり越えて行く倭（やまと）も韓（から）も恋いながら生く

見上ぐれば父の流離の跡たどる雲かもしれず　アンニャンハーセーヨー

婚姻の夜に出奔の父なくばわれは日本に生まれざりけり

父われに賭けにし夢を拒みける少年の日の痛みは裂けて

波荒く寄せては返す波戸岬若き日の父遠く顕たせて

父乗せし密航の舟まなうらに林檎を嚙めば血はにじみたり

父渡り来し海峡を蒼き馬に乗りて駆け来る聖家族かな

とんぼの眼見ているとおき富士山の上の白雲　アボジのごとし

黄海を見晴るかす丘に土饅頭の父の墓あり　われも添わんや

海峡をへだつる肥前松浦に母生きながら建てけり墓を

わらび摘みて来し妻と母さいわいは凛としてこのひとときの冴え

われを知る人はいませず黄海にひとり鳴らせり海ほおずきを

にわとりのとさかのようなさみしさの突き上げり逝きし友思う日に

正面を向きし阿修羅像光州に逝きにし友ぞ青年のままに

寂しくば『ユダ記』読む癖流れいる韓（から）と日本の血は分けがたく

透明なかなしみと言え散るさくら咲けるさくらのあわいにあれば

たんぽぽの綿帽子吹く捨離（しゃり）という言葉浮かびし道の途中に

天と地の閾（しきみ）をのぞくまなざしをいかんせん地にしるすニンゲンと

斧挙げしラスコーリニコフに肖（に）て立てる木々よなにゆえに人は罪なすや

風に散る木の葉も人の無念なる死も変わらぬや問うべき誰に

十八のとき訪ねける父生（あ）れし全羅南道吹雪きてありき

ハルモニはひとときも我を離さざりきはじめて黄土おとない
し日々

ハルモニに添寝の夜に見し宇宙泳ぎまわりし夢にやすらう

ユーラシア大陸に落ちてゆく夕日あかあかと韓(から)も日本も祖国

さみどりに木々は萌えたり愛憎もふたたび少年のように鮮(あたら)し

悠久の時間のなかで　特集「祝祭」

だれだろう　ぼくのなかの草原で
小さなつばさを生やして　空へ
翔けようとしたひとは　鳥に
なれなかったけれど　なおも空へ

だれだろう　ぼくのなかの海で
青いうろこを生やして　水平線へ
泳いでいったひとは　生命のはじめの
母をさがしながら　なおも海へ

だれだろう　ぼくのなかの空で
祝祭のように　星の子どもたちを集めては
青くすんだ水の星を　作ろうと
しているひとは　ぼくのなかに居て
ぼくではないというひと　悠久の
時間のなかで　だれでもないというひと

月の地平に青き地球は浮き上がるあのいずこかに祝祭の町

星々は祝祭のごと煌めけり死ののち往かん星はいずれぞ

利休の死必然と書く「本覚坊異聞」教えおり秋祭りの日

生に意味あろうはずがなく祭終えて鎮守の森に月と遊べり

フラメンコよみがえらせしカンテ・ホンドの祭りは見たし暗
殺されしロルカよ

「東京に来なければよかった」ひとりごつ夜半鳴く虫の声の
カーニバル

目隠しのわれ置き去りて友はみないずこ行きしや祭りの夜に

人生はお祭り騒ぎから騒ぎ在ることまさにかなしみゆえに

何ひとつ夢は叶わず逝くべしや祭り囃子の笛よ太鼓よ

悠久の時間のなかで生命の祭典ぞこの惑星(ほし)に生き　死す

ティッシュペーパー・ブルース

滅びける種のなみだとぞ草の露見つつ登校拒否の児童は

ははそはの母の孤独ぞ韓(から)にある土まんじゅうの父の墓恋う

生と死のしきみにじっと見えざる木佇めり木はぼくを見ている

木に耳を当ててすすり泣く人ありて名を問えば言う修羅に候

東水道渡り来にしと母の身にまつわりて蝶ささやくらしも

目のなかに入る八月の雨よむかしむかし戦争が黒い雨を降らせた

草炎ゆる道を行きつつ抱卵の蛇に会いたり蛇の目のかなしさ

ラスコーリニコフの斧のごとしと水に映る月拾い来ぬ　たれか殺めん

世界より欠落したるものに似てショットバー「tail」の椅子に眠れり

義義(ぎぎ)が浜と名付けられける海にわが少年の日の椅子はただよう

磔刑の人を愛して嫁(ゆ)かざりしひと慰安婦と呼ばれしのちに

批判なきうた詠むひとを詰(なじ)り来てかなしも銀河鉄道に乗る

ふるさとの海に浮きつつ遠くなるかもめはかもめぼくの詩ではない

千鳥足にて帰る夜空を見上ぐれば光州に逝きし友の顔見ゆ

三日月のぶらんこに乗りほほえめる友よ「生きるだけ生きよ」と言うか

母われの手を曳きて入水せんとせし水源地つね恋わしむ生を

火のごときかなしみひとつ胸に飼い滅びゆくまで「もはらわたくし」

買い物のティッシュペーパー提げて帰る道コスモスは空に真向かう

刃とならず　特集「中毒」

三日月は白眉のごとく薄明の空にあり死ののちは何せん

太宰治中毒の少女たわやすく死を語るあまき口臭をもて

連翹の花の盛りに逝きし人ゾシマ神父に似ていた　妻よ

電線に天使あらわにおちんちんさらして並ぶ　幻視者われに

断念は刃(やいば)とならず今日もまた時代遅れのうた書きており

魔女の箒わが家(いえ)訪ねて来たるゆえ招き入れたり魔女の箒を

草いきれする野にひとを待ちにけりいっぴきの蛇となるかもしれぬ

ヘルペス後後遺症(ごこういしょう)にて麻酔科に通えりチェ・ゲバラのTシャツを着て

卓上に腐蝕の時間さらしつつ林檎はわれの晩年にあり

夢のつづき

尹東柱(ユンドンジュ)思(も)いて歩けば見上げたる空いっぱいにゴッホ「星月夜」

死なないでいるは卑怯や光州に逝きにし友にときどき問えり

父の喉のような木の瘤に耳当てて聞く望郷の切(せち)なき声を

肺のような林に迷い入りし子の帰らぬというあの母鳥

百済より来しと浜辺に砂の城築く少年　父にあらざり

父の手垢つきし朝鮮史読みつぎし〈ふるさとの山　ふるさとの川〉

父の見し夢のつづきを見ておらんわれに過酷な生などあらじ

土盛れる父の墓にてサランサラン骨鳴りいだす母の誕生月

木の中に半跏思惟像あるという母乗り越えし死の数々を

妻の指いびつに曲がるもう治ることもなしと言うくちびるを吸う

まだ夏のしぐさをしたるいっぽんの木に寄りてわが恋うかもきみを

きみ見よや蝶の触覚とくとくと叩きていたる夏の扉を

病(やまい)いつかむしばみてゆく肉体をからませてなお生きたしと言う

風の背のさびしくあれば追いかけていずこや神に会うべき時ぞ

生のほとり休みては死の淵のぞむわれら魚貝のように生き来つ

李舜臣(イスンシン)教えいるときほこらかな思いわくけげんな生徒のひとみ

ほら跳んだ月のウサギは生きてゆく愛しみの海あふるるほどに

街路樹の精かなしかる眼にて追う群衆　進化の過程にあれば

じゃらじゃらと鎖引きずるはぐれ犬〈死者いん〉桜の根をかぎており

死者生者へだつる何もなかるべしふふふと笑う小鳥を見たり

素数階段

わたつみのかなたに雲は消えゆきてついに途絶えし声ばかりなり

言うなれば都会の運河漂えるコンビニエンスの袋を愛す

少年の素数階段昇りゆく夜空を見つつ〈もはらわたくし〉

死ののちに生は始まるほんとうの生に憬(こ)がるる草木とあり

こくこくと表情変えてゆく石の存在感の魅了しやまず

たわやすく死を恋うる夜のふえてゆく老いこそ罪のごとく思わめ

まだだれも殺めしことなきてのひらを広げてみせた菜の花畑

ちびしトンボ鉛筆をもて描きたる地球セザンヌのりんごのように

仕事場の机に深夜置き去りて来たる比喩にもなれぬことばを

輪ゴムにて撃ちしおもちゃの兵隊の倒れないのでかなしくなりぬ

母よりも先に亡びてゆくものか「朕となのれる」声も聞かずに

土盛れる父の墳墓に突き刺せし刃(やいば)にあらず恨(ハン)にもあらず

生きて行くかなしみ父母より受け継ぎて野の人となる時間が好きさ

母さんを叩かないで　ふと洩らしたる声にくぐみて木となるべきや

父母よわが胸奥深く黄海も九十九島もまぐわうごとし

水に浮かぶ月に李白を思いおり千年残る詩のこころとは

こころをはかることはできない霜踏めばきゅうきゅきゅきゅっと鳴るをたのしむ

空き缶を鳴らして風は過ぎゆけりトルガルト峠まで吹くべきぞ

夕ぼたる闇をさがして行くごとし追いかけゆけば亡友(とも)に会わんか

森いっぱい包むがごときアサガオの花を見ている幻視者われは

彼岸よりわれを見ている男ありたまきわる命輝かせつつ

誰もいない部屋をのぞきて帰りゆく寺山修司の背の見ゆるまで

月光仮面いずこゆきしや悪人の果てることなき秋祭り

昴(すばる)さす妻のみじかき指とてもかなしくて見る淵のなき宙(そら)

アウヤンテプイ呪文のごとくつぶやきて妻に作りし卵のおかゆ

葡萄の種吐きてくさむす原ゆけば水漬くしかばねとなるけはいあり

戦争の絶ゆることなきこの星の母たちはみな娼婦か知れぬ

アウシュビッツの映像夜半(よわ)に見入りつつ胸に兆せる詩は明日(あす)のため

あこがれいでてたましいは空に消ゆるなしゆくえもしれぬいのちなるべし

祖国など持たねば軽い身の上となりてたんぽぽのかたえに咲けり

〈〉・「」の中のことばは岡井隆の短歌より

競詠

「泳ぐ　溺れる」

ハングサラミの老兵ぞ「水漬く屍」をうたいつつ流す涙も恨(ハン)も

「エロスではなくあくまでもエロ」
天と地の閾(しきみ)と思う波打ち際流木にすがり　きた戦争が

「ド演歌」
父われにいつか殺されんと言いし日を演歌のようにうたえと言うか

昔も今も、今も昔も　特集「古典との遭遇」

谷底に落ちて九死に一生を得ながら、拾い残したキノコを残念がって、損をしたと言いつのる受領。そうした階級の欲深さは、今も昔も変わらないなと思いつつ

――『今昔物語』『宇治拾遺物語』より――

烏だます狐は国家のことならん昔も今も変わらぬものを

月よりの使者はうさぎか今はむかし金のしっぽを人持ちしとき

若子つかみ鷲はいずこに去りにしや空仰ぎ見し武蔵の国に

清水(きよみず)の谷落ちゆきし子はだれのてのひらにふわりと載ったのだろう

山脈(やまなみ)の暮るるに早き里ながら夕日追いかけてゆく少年ら

詩一篇添えて国司になりしとう羨ましかり詩に病むわれは

馬盗人射落とせし父子の物語今は亡き父に語るごとく読む

彼岸よりぼくを見ている己(おの)が影を怖るる男「手をねぶり」つつ

葉桜の隙より見ゆる空の下　幸・不幸を分かついく万の町いく億の人

大柑子(おおこうじ)のほどなる瘤(こぶ)とう比喩よけれなれど瘤ふたつの老かもわれは

かいもちひ　ひしひしと食う音(ね)に起きてだれかと見ればソウコウの妻

さくら見て泣く子いとしもふるさとの父に実りの麦秋を恋い

良秀のよじり不動を見てみたし所得とは身に得る所とぞ

面白きは興言利口（きょうげんりこう）水の上歩く老僧に思うイエスを

報恩の雀求めてひょうたんを育てよ女刀自のきみは

青柳の歌初雁の歌ともにくりかえしくりかえしうたわんきみ
に

空をとぶ鉢を見けりと生徒らの告げ来て仰ぐ秩父山系

わらしべを一本持ちてさまよえり利生（りしょう）を得んとしたる青梅
辺

福島の原発事故にあてはまることばかも後の千金・轍鮒（てっぷ）の急

ネの文字の十二個の読み「猫の子の子猫・獅子の子の子獅子」

篳篥（ひちりき）の隠題歌（かくしだいか）ぞ百千度（ももちたび）散りきさくらは地異のかたみに

ミッシングリンク

牛の胃（せんまい）にぬたかけてわが食べるとき父はうしろの正面にいる

ふるさとのかごめかごめの輪の中にありてわれ呼ぶ人の声す
る

卓上に出エジプト記酢醤油で鯛の身食べていし青年と

放射能の水たまりに雲映りつつだあれもいない町を抜けたり

震災は歴史にむごく記されん行方不明の死者をうたうな

海獣の舌のようなる津波その映像に目をそむけし亡父も

卵黄を落とせし器ラジオより父喪いし少年の声

巨口の魚（うお）捕らえしやガレキ残りたる浜辺を映すテレビも刹那

なにゆえに懺悔のこころ湧くか陽のそそげるうすきみどりの
木々に

びしょぬれのビルに有り得ぬ形して船ありノアの方舟じゃない

浜辺には砂の城築く少年の振り返りせばわが顔したり

ユーラシアまで行くべしと黄海の浜の破船に語りかけし日

人類の滅びしのちに明かされんミッシングリンクいかなる種にて

死者生者分かつ扉の把手(ノブ)じっと見入りたるまま帰り来にけり

烏瓜緋色に熟れしきりぎしはむかし青年の飛び降りしところ

邪心なくわれを見返すひとみありさかなとなりし人たちに似て

襤褸着て現れしイエス無力なる彼は街路樹の陰に隠れて

後ろ手にドアしめてわが目指せしは荒野ぞ今は昔のことさ

コンビニのビニール袋春風に吹かるる路を向かう明日へ

愛に渇くなど面映ゆく消しゆける五・七・五・七・七の罠

銃声に似し音耳を眠りより醒ませりなれど革命は死語

ハーメルンの笛吹きはぼく報わるることなど地上になきと思えど

ラスコーリニコフの斧や上弦の月仰ぎつつ家路をたどる

タンチョウの求愛の踊り美しく語らんとしてきみを起こせり

ラマンチャの男のはなし夜も更けてきみに言うきみの耳眠らせず

むろん木の精霊となる資格などないけれどきみを誘えり森へ

コゲラ木を叩く音する蜘蛛の巣の水の念珠はふるえつつ落ちぬ

麦の穂を這い上がり来て羽化なせる蜻蛉(せいれい)よだれを母と想うらん

棄民の歌　特集「儀式」

日本(イルボン)に父渡らねば生まれざりしわれ　ぐうぜんに生(あ)れしや否や

晩年はこころ病みける父うたうトラジの歌を聴けわだつみに

まいまいの舞う空の下年金も何ももらえず父は逝きけり

棄民として父はありしやニッポンにかたつむりの這いし痕のごとき一生(ひとよ)

なにゆえに韓(から)を捨てしや問うすべもなく黄海の浜をさまよう

灰のみの父を入れゆく土饅頭の墓ぞ異国に死にゆきしゆえ

父の骨壺胸にいだきし母は言う日本人なれば黄土(ここ)に永眠(ねむ)れぬと

儀式めき父の骨壺大いなる穴に恥じらうように収まりぬ

ユーラシアに夕日落ちゆくころ父の土盛る墓に額づくわれら

土盛れる墓ゆえ墓の上に咲く春はたんぽぽ秋はコスモス

時々ラ・マンチャの男と飲む　そのほか

金木犀の花の香のして立ち止まるここ人生の岐路にはあらず

あんずあんず実りしここはふるさとにあらずこころのなかにもあらず

収穫を終えし田んぼに赤とんぼ尾をちょんちょんと羞しかりけり

雲間より射せる光の飯(まま)を食むおのれ耳順ののちは修羅たれ

ラ・マンチャの男とわれと飲み交わす何かかなしきことある日には

萩の花咲くかたわらを過ぎ行けるわれに老いたる影の寄り添う

遮断機をくぐりて蝶の飛び去りしのち青梅行き電車の軋み

すすきの穂かきわけてわが見し光りかがやきて微笑たたえたる人

熱帯魚・金魚・めだかを飼いおれば水替えるたび命の儀式

父われを失いしこの地上には鳥泣き魚の目は涙して

愛に理由問うは愚かぞ父と母結ばれてわが生まれ落ちけり

ローマ字を小学三年生に教えいる十月は父の逝きし月なり

ふるさとへ麦わら帽子の少年は帰りゆく海と空のあわいに

こがらしを追いて突堤に立ちつくす少年ぞ手にしたる朝鮮史

大津波に父奪われし少年の海に真向かう頬そげ落ちて

四千余名の行方不明者いまどこをただようや生を欲しておらん

除染とう言葉はむごく列島を飛び交う棄民とうコトバの裏に

あわれ荒野目指す青年いちにんもあらざるやぬるま湯のようなる日本

つつがなくメランポジューム咲く花壇過ぎつつ仰ぐ友のいる空

独裁に反抗(あらが)いて逝きし友よそのたましいにまだわたしはいるか

手話なせる青年二人在ることをよろこぶ蝶のごときてのひら

砂時計の砂のうえゆく駱駝そのまぼろしを見し弓張月(ゆみはりづき)の夜

東京の運河に浮かぶコンビニのビニール袋と月とわたくし

冬眠に向かう獣の目のように澄みたる星に向かいて歩く

震災にもテロにも無力なるわれらニンゲンというかなしみの群れ

妻も母もいのち宿せしよろこびに育てていんか淵なき宇宙(そら)を

ふたつの国のいずれ故国と問う風やシュラシュラシュラとこの身を裂きて

たやすきは死ぞ　寒椿落ちるときかすかに届く心の耳に

ふふふふふ　特集「わらう」

原発の全廃を地のはじめての母も天皇も希っているさ

下賤の身なれば笑って済ますべし節操のなき政治家の怪

眼底につね見えてくる難破船のように未来を漂うＪＡＰＡＮ

笑止わが立ちたる位置の何かひとつ欠けし染色体のごとき島国

朝鮮人と嘲笑受けてありし日の蘇えりくる夜中の汗は

植民地史ひらけば父のなみだのあとしみじみと笑まうはかなきわれは

日本人の国籍を持つわれを怖れ父は一度も笑みしことなし

どですかでん太鼓鳴らせて休日を呆けつチビという名の猫と

ふふふふとわらう声する花の中にかつてほほえむ人見しや君

ラ・マンチャの男の像を購いて目覚めればまだ日本は昏し

夏のたましいの光(かげ)

七十パーセントは水という肉体(にく)　冬のプールに降りている雪飽かず眺めぬ

白昼に妻の爪切る音はしてこの世に在るをさいわいとせり

トンボ玉ひとつ買いきぬ夜の闇にしずもれり光放たんとして

高層ビルの窓という窓割りてゆく人影あれは天使か知れぬ

恋唄のひとつくちずさみ廃線の線路へ向かうわが影法師

戦争で人撃つこともなく一生（ひとよ）終わるや「日本に生（あ）れてよかった」

朝鮮人居住区にわが住みしことなくば後ろめたき人の生（よ）

父恋えば密航の船のまぼろしの瞼の裏につねに顕ち来て

父に殺意抱きし十代木槿の花あおぐたび嚙みしめるくちびる

統一と父のくちびるかすかにも動けり死者になりゆく前に

異臭放ちて人歩みゆく雑踏にきょろきょろとせり途方に暮れて

魔法にて何を変えんか死者生者分かてる膜の見えている今

被爆地の地平に立つと旅立ちし半身よまだ帰って来るな

またひとり故郷の友の訃報聞く耳「アレキサンドリア種」にあらざれば

やがて死にゆくはいちにんのわれならん今は見よ世界の広さ深さを

ニジンスキーの狂気の踊り見しこともなくば還暦に至る羞（やさ）しさ

くじら雲追いかけてわがふるさとの海に振りたる麦藁帽子

酢の底に静まり返る海ありて浮かぶ果実の名は知らぬとも

生まれざりしおとうとよ明日は東水道回遊する巨口の魚（うお）にならんや

飛び立たん姿勢のままに草の穂に蜻蛉（あきつ）はいたりカミュのごとく

さくら散る水のおもてに水霊は立ち上がりたり亡友（とも）の貌して

心臓にめぐる血の音聞きしかば哀憐はなお研ぎ澄むと言え

リルケ忌に降る雨に頬濡らしつつ薔薇の眠りへ堕ちてゆくべし

三月は水のひとみに映りゆく生きとし生けるものみな美しき

里芋の葉をすべりゆく露の身とおのれいとしめばいちにんのわれ

いぬふぐり・すみれ・たんぽぽははそはの母よ地上のいずこも故郷

すれちがう見知らぬ他人わが生にかかわりもなく川越えてゆく

ありていに　特集「壊れゆく楽器」

毀れたる楽器のように生きて来し幸いひとつ抱きて生きゆく

路地裏にかつて跛行の犬じっと我を見入りて吼えし「人でなし」

かまきりの斧ひくひくと落ちてゆく秋の夕日に振り下ろされき

ありていに言えばあまりに存在の軽きに耐えで吹く風媒花

地にしるす名はハングルのわが名にて韓も日本も愛していない

原発の毀れし果てにあらわれんアレキサンドリア種の祈り

夕あかねしてふるさとは歴然とあり遠き日の傷跡のごと

月明かりの道に添う影ひらひらと羽根持たぬもののダンスダンスを

あんぐり

昼顔の閉じゆく刻の時まさに生まれんとする未生の神は

すみれすみれ咲く野に亡友と遊びおり生死いずれもまぼろしの世に

七十億もニンゲンのいる星の上ひっそりときみはまぶた閉ざしぬ

つねきみは痛位の椅子に座りいて草笛鳴らす　だれもいないよ

友逝きて十年　ひとり残されしわれはあんぐり口あけている

ひょっこりと雲の切れ間にあらわれし会いたくてたまらなかった友よ

怨霊とならでうぐいすと化(な)りてきし友鳴けりホー呆けよ今日も

呆けたるまねにはあらず呆けいるわれはほんとうの不幸も知らず

つづら折の坂駆けのぼる長距離の走者たりし日の故郷喪失

シーベルトなる言の葉の飛び交える《日本脱出したし》ペンギンよ

進入禁止区域としるす立札に降る雪・さくら・もみじうるわし

この国の政治喜ぶこといっさい映さぬと言いし若松孝二逝く

水の弦(いと)弾きていたり父の恨(ハン)しるす詩調(シジャン)の音とこそ言え

水たまりの月を拾いて帰りゆく家路ぞ誰も殺しはしない

抗(あらが)いを枷としてわが生き来しは韓(から)と日本の混血(ダブル)ゆえにあらず

無窮花(ムグンファ)の花の下にて幾千年わが耐えん韓の血のさわげるを

太陽を憎みしムルソーに憬(こ)がれいし二十代にして氷原にありき

あくがれて出ずる魂魄(たましい)いづくにも拒まれてまたわれに帰り来

男わが身の上ばなしに飽きたればいぎたなし涎たらして眠る

日に照れるむらさきしきぶ目にとめて妻は問いおり老いのゆくえを

無力なる身なれば共に生きんため老いゆくきみに書くラブソング

生まれ来し元も取らずに死にゆかんわれかもでんでん太鼓を鳴らす

天の河銀河かかえこまんとし両手広げぬ李少年は

夏の扉開けていづこに行くべきやつねたましいの夏に焦がれて

けたけた　特集「暴力をふるう」

慰安婦の必要性を説く男あわあわとこの国は幼し

小企業主の権力ふるい解雇する少年兵のごときいちにんを

父われに言いつづけしは「きっといつかおまえおれを殺す日本人奴(め)」

黄土にて曾祖父は国家の権力に殺められしと聞きし少年時

こころ病みてゆく父ついに救えざりしわれは日本の国籍ゆえに

批評なきうた詠むわれを厭と言う妻は林檎の皮むきじょうず

暴力を重ねし十代恥としてふるさと離れて花いちもんめ

リサイクル工場の廃墟黒々と暴力を振るうことも忘れて

楡となるまで

すきとおる晩秋の野の果てにあるあわれ原子力発電所たち

〈Xへの手紙〉読みつつカジカ鳴く声に醒めおり生とは孤独

見よ都会の暗渠に落ちる花のみなネオンの光を曳きてうつくし

ノジギクのひとむらほうと立ち上がる東京の路地裏のおかしさ

さかな哭く声するときみ言いしのち津波にさらわれし人の名呼びぬ

地雷にて失くせし足に義足つけダンサー夢見る砂漠の少女

照準をのぞくアフリカの少年兵の顔おさなくばいとしき地球

サックスのなかより出で来しエヌよマザーグースのうたうたってよ

マスのぼる川のみなもとめざしたるわれは三枚おろしが得意

『無能の人』買い来し妻は暴力をふるうがごとく笑いぬ

カジカガエル鳴く夜をここは何処という母に故郷を捨てさせしわれ

さくら散る水面を母は見入りつつふとくちずさむうたぞわが歌

かるいかるい父の骨片集めては空に返している母あれは

水のうえとどまると見えてクロアゲハやすらうやわれにやすらえと言う

連翹の黄の花ひとを愛すとは殺されたくなることかもしれぬ

八子谷の北向地蔵訪(と)うひともなくばひっそりとまなこ開きぬ

孤独ゆえ死はよろこびと書きしのちドリップコーヒー作りに降りる

エリュアール詩集片手に飛び乗りし最終電車は銀河へ向かえ

「VIEの犬」めざめてわれのかたわらに尻尾振りおり生はよろこびや

フェルメールの地理学者日本の着物着て五月のカレンダーのなかに生きおり

非在の騎士

対岸の森にけものの金色の眼ぞ戦争を知らずに生きよ

森に入りてつねに一本の木に凭（よ）りて考え深げな虫となるわれ

蜘蛛の巣にかかりし九月の蝶低くひくく鳴きおり成木四丁目

多摩川のうえ飛び交えるアキアカネ生者と死者と分かつ目をして

マンモスの牙のようなるかなしみが胸にあり在るというかなしみが

木の花に木の花咲けり何ひとつ殺むることなき生のあかしに

百済へと泳げる蛇の在ると言え　父の永眠（ねむり）を語るものなし

蛍ひとつふたつ飛び交える川に母　手を差し伸べり　「父さんがいる」

いのちなどあやかしと言え母われに「だれ」と問いかくる日のふえゆけり

無窮花（ムグンファ）を買い来て庭に植えたれば花から花へ父渡りゆく

シンドバッドと冒険をせし少年時父を韓人（からびと）と知りし日の夏

韓（から）見ゆる岬に立ちて母呼ぶは父の名たったそれだけのこと

月草のほつほつ咲ける道の辺にひぐらし鳴けばヒグラシの声

桃のごとく傷つきやすいこころ持つ異星人Mに会いし少年時

鮮人とののしられリンチ受けし日のとおさはかなさ五十年を経て

少年は老人となり消えゆきぬ釣瓶落としの空を背にして

原発の汚染水そそぐ海の話禁句となして夕餉の魚

赤紙の届く夢見き目覚めては妻の乳房に頭（ず）をうずめたり

鏡には遠い砂浜映りいて妻弾きている波のピアノを

天使らは翼狂おしくかきむしり原子炉の上落っこちてゆく

オオカミは御霊櫃峠（ごれいびつとうげ）越えゆけり滅びたる種は還らぬものを

にんげんは焼かれて骨になるだけだから話してごらんワイエスのことも

かたつむりの殻の中にて棲む夢を見たんだきみをお腹にのせて

手の甲のしみふえている老いるとは死へのいそしみあるいは落下

きりぎりす鳴く日は月もいちだんと冴えわたりしんと静まる地球

天幕に映し出されし星座より鳴き声のするプラネタリウム

半島の統一の日にまた会わんとソウルにて友となりにし人は

いっぽんの木の中に行住坐臥の友まずほほえみをたたえゆくかな

妖歌(およずれ) 特集「妖怪」

政治の怪経済の妖真夜中の電話にて話す友も逝きけり

なぜかゲゲゲの鬼太郎ですよという路上生活者Sと知り合いし夏

巷には妖歌(およずれ)の流行りいて時代の虚無を見透かせきみは

音立てて体じゅうの水漏るるごときひと日を愛に渇けるわれも

ホロコースト忘れられゆく現実の妖怪じみてもう死んだっていいの

無傷なる人などなくば少年時憬がれし妖怪人間ベム・ベラ・ベロ

年輪をほどきて倒れし木はやがて物の怪またはヒトになるらし

原発の再稼働する音はして世界の蓋は閉じられゆけり

最終の列車の窓に映る顔われと敵対する者のように見つ

地の精　特集「プロパガンダ」

父よ長き流浪の果てに辿りつきし佐世保かわれを異人となして

父の背の荒寥とした野に見えて少年時より父（テテ）なし子われ

ひまわりの高くかかげし花は見ん空深く住む父のけはいを

植民地史父の蔵書に見出して読みふけりしよ十三の夏

父の無念晴らさんとして書き継ぎし短歌ぞ鳴かず飛ばずの混血（ダブル）

祖母（ハルモニ）の死を聞きし夜の暗闇に父の哀号果てしもあらず

東水道渡りゆく蝶よ土饅頭の黄土の父の墓にまみえよ

日本人の母の私生児冷蔵庫のすみに腐れていしじゃがいもが

くきやかに地に影落とす蝶ふたつたとうればわれら地の精にして

千年の孤独に耐えて父眠る黄土ぞ生まれ変わりても父

途上あるいは虹色ペンギン

われには職も家も妻もいないと認知せる母しゃわしゃわと薔薇を食みおり

認知症進みゆく母夜半深く母さん母さんと呼びて徘徊（さまよ）う

水たまりの中の満月拾えるも両手に重く解き放ちたり

あふれたる闇をいだきて森はあり金輪際も夜半鳴く蟬も

沈黙をよすがとなして生きる人かつて抗いのうたびとなりき

思想する短歌と言うは何ならん問えど答えぬ頭上の星は

日本と韓（から）いずれも祖国と思うゆえ我に甘さの生じると友は

中華思想の巨大化する脳　テーブルに腐食の時間耐えいる林檎

地図帳をざっくりとナイフで切るきみも憎みているや北緯三十七度線

批判なき詩は詩にあらず匿名にて送られて来し手紙の名「無用之介」

身の程も知らず反権力の旗あげしむかしむかしぞ佐世保事件は

戦争の惨禍をしるす文字飛ばし読みする本の明治・大正・昭和

戦争をなさざる時代生き来しをさいわいとして「鬼さんこちら」

シャーロック＝ホームズ録画して夜は妻と見ている妻眠るまで

たましいは二十一グラムの重さにて人間は水の袋にすぎぬ

成木川のホタル飛び交う川の面（も）に見え隠れする聖者います国

日を浴びてバスを待ちおり青梅市の成木地区クマもニホンカモシカも

ひとひらの空降りてきてアジサイの空色の花のなかに染みゆく

非常口ランプの緑やさしければ非常口より出でてゆく　誰

かなしみに打ちひしがれているとしてももう死んだっていいよと言うな

るり色パンとブルース　特集「和歌の声をきく」

東の野に炎の立つ見えてかへり見すれば月傾きぬ　（柿本人麻呂）

人間の種族はとうに滅びいて神に似て創られしもののみがいる

多摩川にさらす手作りさらさらに何そこの児のここだ愛しき　（東歌）

愛しもきみが　バンドエイドを巻きし指幼かる日と変わらぬ気がして

父母が頭かき撫で幸くあれて言ひし言葉ぜ忘れかねつる　（防人歌）

星雲のなかへ旅立たん日も来るや地球人には父母（ちちはは）がいる

春の園紅にほふ桃の花下照る道に出で立つをとめ　（大伴家持）

春にれの木の精ヒトの形してさまよえる地はほのかにあまし

人はいさ心も知らずふるさとは花ぞ昔の香ににほひける　（紀貫之）

よるべなき心は知らずほうほうと鳴くふくろうの声の領土に

秋来ぬと目にはさやかに見えねども風の音にぞおどろかれぬる　（藤原敏行）

オオカミは見えねど影はさやかにて原野を奔る在りし日のため

道の辺に清水流るる柳かげしばしとてこそ立ちどまりつれ　（西行法師）

あらがいて生きしかわれは踏切にて立ち止まりおれば否と言う声

玉の緒よ絶えなば絶えねながらへば忍ぶることの弱りもぞする　（式子内親王）

戦争のはびこる星ぞながらえば放送禁止のブルースうたう

恋する旅人あるいはシャオシャオ

イーハトーヴいずこに在るや　ひかりも風も土の匂をぷんぷんさせて

ゆえもなく青空に湧く白雲のわれに似ている今のみを生きん

雷鳴にいっせいに木々のふるえおりいっせいに木々歩くと見えて

半身は神なる人と会いし夜は蛍の多く飛びちがいたり

西行を恋うて旅せんさくらさくら咲くころ死なん身のほど知らず

金輪際帰らぬ友の名を呼びてわれありうすいみどり噴く日に

と　とんぼの眼に映りいるわれという存在のはかりしれない謂れ

秋の夜の草生のなかにひそみいる神にあらねば滅びしものが

サランサラン

祈られてあることもはや望むまじ母はわれの名を忘れゆくらし

自転車は夜露に濡れて街灯に照らされりまるで眠れるけもの

河鹿鳴く声しんしんと沁みてゆく空　真空を持たねばならぬ

闇よりも黒き光の射すというナスターニコフ・ヤコブの庭に

永遠へ続く鉄路と聞きしゆえ乗りけり蒸気機関車α

精神は土のうつわぞシーソーのひとりでに揺るる公園にいる

にくしみもやがて哀憐に変わりゆくことわり　生きる日も死を恋う日にも

帝（みかど）とは何と問う子の澄みし眼に答えきれずに鳴くほうほうと

黄金色の稲田を渡る蝶の群あの中にきっと父さんがいる

韓と日本どちらも祖国聞きたまえ倭迹迹日百襲媛命（やまとととひももそひめのみこと）

住みつきしそこが祖国と教わりし遠き日を恋う父恋うときは

おかあさん深夜に母の声はして長崎松浦の地なり階下は

アキアカネ多摩川のうえあまたあまた飛びおり「ｖｉｅ」の犬も吼えおり

うふふふふ花々がみな声あげている野の原で死ねないでいる

とんぼの目よりこぼれゆくなみだひとつふたつみっつやっつ数うる母と

芥川の『河童』読みつつ暮れたれば視力弱りし河童となりぬ

義母逝きしきさらぎ妻の見る夢にわれはジェヴォーダンのけものの姿

ブルースを聞きつつ亡友（とも）と話しおり分断されし半島の明日

アルチュール・ランボーの詩のことばにて傷つきし十五の心なつかし

寄る辺なき精神にかたちなどなくば測るべし世界の深さ広さを

サンチョ・パンサひとり疲れて帰郷せしここ悲しみの封印を解け

（石原吉郎より）

沈丁花の花の香のして立ち止まるここ戦争は終わらせねばならぬ

砕氷船見にゆくと李少年は旅立ちぬ今日に牙を剝くため

ユーラシア・黄海・韓（から）と越えて来し蝶在りて打つあおき触覚

戦争はつね雑踏に紛れいて手招けり顔赤らむほどに

たましいに育つと聞きし見えざる木見えざる人を探して君は

生きるだけ生きよと夜半に鳴く虫はささやくや修羅と変わらぬ声で

牡丹園に薔薇の花咲く不可思議のほほえみ見せて行き交う人等

空を飛ぶ虹色ペンギンまぼろしにあらねば母を訪（と）う「福わ家（うち）」

ここに来し日よりじっと動かざる石透明なつばさ生やして

アーモンドの花となるべし死後われは星を浮かべし宙（そら）を背にして

石塀をくきやかに尻尾なき蜥蜴這いゆく五月羞（やさ）しくもあるか

砕かれし希望のかけら集めきてわれは希望にすがらんなおも

ふうわり

公園にひとりでに揺るるぶらんこのあればたましいのみと成り果つ

波止場へと徒手空拳の少年は何捨てにゆく　入日は赤し

ごらんあれをあんずの花のぽっかりと空にちいさな穴あけながら

白き露つつみゆく森や川の中ぼわっぼわっとねむりゆくもの

風葬の谷へ散りゆく枯葉たち死者を埋むるほどの軽さで

玩具の銃買いきて弾をこめたれど殺したいほどの人などいない

悲しいのはぼくじゃないんだ僕のなかのだれか世界を失うほどに

戦争で銃持つこともなく一生（ひとよ）終わるや平平凡凡として

死者いく人送らばわれの順番になるや雪降る雪降り積む

夢中夢とわれは砂浜に書くきみは素足で弾けり波のピアノを

蝶放つ刻こそ来たれ青空の淵さぐり来よその触覚に

蟬が鳥に変容するを見ていたりわれのうちなるいっぽんの木に

マイナンバー制にて計らるる丸見えのわたくしなどは私ではない

母の肩に夕日の雫落ちていて掌にのせり命継ぎしかたみに

象いっぴきわれにつき来る夕月夜青梅街道新宿辺まで

芥というか安保関連法案に抗する老いし人の相を

光州の事変に逝きし友よ木のなかに住む人に肖（に）てゆけ君は

手にしわの増えにし妻は在ることのわがかなしみを包み来しゆえ

移ろいは限りもなかれ滅びゆくものみな秋をよすがとなして

対岸の杉の木立のなかにほう　ほうと光れる未生のものら

草の向こう不可思議のひとあらわれてわれを見ているいとおしむように

朴の花ふうわり咲きぬ山という山は笑いをこらえておりぬ

「さて」一号～五号　（二〇一七～二〇一九年）

それから

春のひと日生まれいずるもののほほえみを見たり世界を肯うべきか

ヒヤシンスの風に吹かれて揺れている道に拾いし青き釦を

雪降れり雪は☆☆のかたちして降る　手のひらに受け止めている

石の目のかっと見開きて見入りたる天の奥処(おくが)の友のいる星

そこに在る日より億年動かざる岩あり今はつばさ生やして

ザクロ赤き裂け口見せて熟れたればかなしきものぞ熟すというは

指をもて地図にたどれり父生(あ)れし黄海のほとりの村はいずこや

はこべはこべ咲く野に春の精はいて目に見えざれば笑えるごとし

糸吐きて蜘蛛渡りゆく谷の向こう村あり祭囃子聞こゆる

翅の在る生き物ばかりしたがえてセロ弾きのゴーシュ過ぎるわが町

地球脱出考えあぐねて夜深む卓に置かれしレモンの輪切り

広島の被爆樹木の七十二年もの語らねば瞋恚(いか)りは深し

茗荷刻む音する朝を下りてくるぴーたーぱんや天使のナウラ

沈丁花の香のしてふとも立ち止まるここ過ぎて二度と戻るなき旅

青サギと白サギと二羽寄り添えりここ通る水　冲(むな)しきが若(ごと)し

鶏の売らるる声のする市場はみ出してゆくものの羞(やさ)しさ

月光のなかに浮かびて見えてくる正義の町と言われた場所が

鍵ちゃりん落ちし音して目覚めたり夢の扉の向こうは見えず

鳥葬の丘にて死なんたんぽぽのわたの飛び交う春の盛りに

未生なるものぞいのちへ変容す　はるのわたりをなすものの下

標本箱の蝶の羽音の聞こえ来る耳少年の日々恋いおれば

紅梅と白梅と寄り添えるごと咲きたり人のはからいの外

生くる日のよろこびを言うひとありてほほ伝いゆく涙ぬぐわず

さくらさくらミルキーウェイに散り落ちて星となりゆくまぼろしがあり

それからときみ聞きしのち領したる沈黙のなか鳴くつくつくし

愛に遅れているのではないか風媒花の種子越えてゆく野に立つ木々も

風のゆくえ

はたはたと触覚を打つ蝶よまだ人の世はつづくかもしれないね

虹を追う子のありごらん水たまりに足踏み入れどなお駆けゆくを

あの夏の原爆投下忘られてゆくかは花という花に聞く

憎しみは長く続かぬことわりを拒みて立つかこのあら草は

永遠を探して歩く旅人の八子谷北向地蔵まえ過ぐ

いっぴきの蟬鳴き出して全山の蟬鳴きしげる成木・山の中

半獣半神のすがた恥じらうものありてまつわりて飛ぶ蛍もわれも

おみなえし咲く野を母とさまよいて見たり微笑み光(かげ)れる種族

路上には仰向けに蟬寝転びてジージーと鳴く声絶やすまで

生まれたての空を背負いて地に降りるきみ見しか世界の広さ深さを

ぼくという存在のいわれ問いかけて向き合う一本の大いなる木と

今のみを生きんと母に書きし手紙手に持ちて訪ねゆける施設に

母われを幼かる日の呼び名にて呼ぶふるさとの海にあかんべえ

アゲハ蝶ゆらりと天を背に負いて発ちたり父の墓ある韓(から)へ

振り向けばやさしいキリン首のべて薄氷(うすらい)のような月食まんとす

ほんとうの生はいずこに在るか地のはてまで歩く木を見しと言え

風のゆくえ戦争のない国と言え秋ものみなの滅びゆく日に

春雷あるいは蛍火

ほんとうの生本当の死も知らず生きそして死ぬ少年も僕も

生死いずれも夢まぼろしと思うゆえ友の名を呼ぶさくら吹雪く日

ことば途切れ途切れに話をする人の哀しみに寄り添うほかなくて

魚（うお）氷に上がるを見たりさやさやとさかなは神になりゆくけはい

千年前木だったぼくがいまここに人として恥多き人生（ひとよ）ぞ

なぜ生まれ　生きるか花に虫に木に聞きつつ詩（ことば）手繰り寄する日

無念なる思いかかえて逝きし父か植民地史を机上に残し

年金ももらえざりし父の晩年は廃品回収そして竿竹売り

三十年音信途絶えし韓国の従弟妹（いとこ）たち逝くと聞きし春雷

トタン屋根に降る雨音の懐かしきいもうとと二人だけの夕餉も

安楽寺通りを歩き会いにゆく母はアリスの国にいるべし

プリーモ・レーヴィ『これが人間か』取り寄せて哀しみを重ね合わせし妻と

ホロコースト見ゆる窓あり鬱の日の僕の心の中のことなれど

蛍火に手を差し伸べし修文さん忘れられねば星に伝えん

虹に手を伸ばして虹をつかもうとする子摑んだら離してはならぬ

頑是ない子供のように鳴きしげる蟬かと思う秋の気配に

成木街道ヌスビトハギの実をつけて風の又三郎過ぎてゆきけり

山茶花の花ぞほとりと落つる音聴けりしずけさを残すその音

アブラゼミ羽化なす葉裏一瞬を永遠にする魔法の眼をして

湖底より上り来たりてじっと月見ている魚思いみるべし

阿呆

断念をよしとしてわが行く道に言の葉もなくさくら散り交う

ふっと嗚咽漏らせり母の骨壺を持ちて義義（ぎぎ）ヶ浜の波音聴けば

ギーギーと鳴り砂の鳴る砂浜に母と永遠に暮らさんものを

義義ヶ浜の向こう元寇の鷹島は見ゆ撒くべきや母の骨灰は

透明な海の底にてキラキラときらめく星のかけらか母は

呼ぶものは誰か　あたりを見まわせば母のけはいに満ちてゆく海

野の花のいちめんに咲く野に遊ぶいまは偏在する母を捜して

私生児としてわれ生みし母かってごめんねと夢のような一生（ひとよ）に

なぜわれは生まれ来しかは　ははそはの母生みくれしゆえなり　阿呆

母の目にもう映ることなきわれのこころを翔けてゆくものばかり

千年を　生きて来し木の　ように母　思われて木に　頭（ず）を当てて哭す

ふるさとに母は墓建てり　韓（から）にある父の墓には共に眠れねば

母は風の通り道をいま行き過ぎぬほのかに実存の香を残しつつ

雲の峯よじのぼるごと翔けてゆく鳥　母の住む星まで翔けよ

父われを打ちしことなし同化ではなく異化をとげよと言葉託
して

性愛やとるこぎきょうのむらさきの花にかさなるように降る
百合

励ますように叱りし母ののどの骨　箸にはさみてまばゆきも
のを

六月は母とぼくとの誕生月断ちがたくまた毀(こぼ)ちがたき何

手をのべて蛍捕らえんとせし母のたましい光り微笑むを見き

ビッグバン以前

岩の中命ある人住むけはいありありとわが話しかけたり

影踏みの影失いてたたずめるふるさと　うしろのしょうめん
だあれ

ゴッホその耳のようなる蝶飛びていずこ向かうや夏　麦畑

遺書のような　蝶在ることの　悲しみを　抱きて雲間に　消
え果てにけり

幾重にも父と母とが重なりて雲間に顕てり　交尾するものよ

遠空に魅かれてひとり歩み入る町ぞちょうちょやトンボを連
れて

もう母に祈るることなきわれのかなしみにふと寄り添うキ
リン

人として在る虚しさを注がれし器のごとく割れて砕けて

白鷺の足踏み入れて霜月の川面見入れり　さみしきはわれ

夢はみなやぶれしものを草に寝てただよう雲を見てありしか
な

居酒屋の天井にある扇風機うす汚れたり時代のように

文明のおごりしるしてゆくばかり　いまここに在るホモ・サ
ピエンス

ふわふわと水面ただようかげろうに命ゆずりし母かもしれぬ

さくらさくら水面に散りて花筏作れりもはや会えない母に

ニンゲンの形まといて今ここにあるものよははと呟きてみよ

母さん人を　殺してしまったと口ずさむ　言問い坂を越えながら　ふと

柊の小さき花にまつろえるやさしきははのようなるものが

夜と霧　読みさしのまま出でし外（と）に人の骨片のような月あり

かまつかの朱き実成れり実存の淵光（て）る水と成りゆくわれは

野あざみの花いっしんに天上を見上げていたりヒト科のごとく

色変える木の葉存在のいわれとは　遠のく雲に手を差し伸べて

波のピアノ妻は素足にて弾きおりぬ原始の青いあおい海見ゆ

波のあわ妻のくるぶしにまつわりぬ四十億年前生まれしものも

ごらんいまアルディピテクス・ラミダス猿人手折りたる薔薇一輪

生き急ぐニンゲンの歴史かなしめばわれら草族となりゆくけはい

冬芽そのくれない誰の血ならん生みたし地上のいずこにも父母を

永遠のある　場所から雪の　ように降る　光を君に　届けに行くよ

ムーンリバー渡りてゆけば差別なき世界とう言葉に至るか友よ

ビッグバン以前からここに在るという生き変わり死に変わりして

かなしみのあとよろこびのくるというつまのことばのかたわらにいる

（編註）「Ｅｓ」「さて」誌掲載の歌集未収録短歌の内、歌集『ひかりの拳』収録作品の異稿とみられるものは除外した。また、同二誌の内で作品が重複した場合は、後に発表されたものを除外した。

3

辞世の短歌と俳句

（「コールサック」一一五号 掲載）

〈病中苦吟〉

――妻―― （必ず妻に渡して下さい。）

望郷はいづこより来るつくつくし

桜咲く越後の空の丸く見ゆ

記念樹を抱きてすみれは咲かんとす

鑑みるかたちに咲きしごぎょう・はこべら・仏の座

ひいさんと妻呼び慣れし春の野ぞ

一の蟬鳴きて全山蟬の声

地虫鳴く声一途なる虚空かな

牛蛙鳴く声しんとしみ通る

一寸の芽に　触れて立ちたり大地かな

春は来ぬラクダの瘤にまたがって

ハーモニカ吹く少年ぞスカンポ咲く

未生なるものの声満ちる荒野（あらの）ゆく

苦界とふ言葉はずれて秋の虫

とんぼとも蝶とも仲良くなりにけり

神様はちんぷんかんぷん春の月

きつつきの大工仕事のせわしくて

神の類人のたぐいぞルリタテハ

もみじ葉の郵便配達きりもなし

神は来て田毎の月を掬いけり

蟬の声入院患者のあこがれぞ

月明の川を渡りて蝶いづこ

ある真昼蜂の太郎の活劇ぞ

蝶の影路上に落ちて拾われぬ

卵産むとんぼの背より日暮れゆく

幽明を生まれ続ける神の如きもの

キーマカレー春の嵐の吹くなかに

しののめの空にとけ合う鳥とぼく

死に変わり生き変わりして田植えかな

蛍飛ぶ土地贖ひて家建てにけり

蛍飛ぶ天の磐戸の開く音

ままよ風十五の春のこころかな

妻と共に生きたかりしよ蛍の如く

ヒカリゴケ秋夜に光るを見にいかむ

妻は手に虹採りてわが胸に置く

タッ刑の人をさがして飛ぶ蛍

微笑みは遠くぶどうの木のかたえ

天と地のしきいに見ゆる地に蝶々

木も雲もつひにあなたに愛されり

父の孤独を抱けば咲くべしにんにくの花

書けざりし崔家の一族木槿咲く

おほかたは旅立ちにけり地球の外へ

ミズナラに兆見えたり春霞

大見栄は切らぬ約束仏の座

寂しさに火のつく頃ぞ萩咲けり

虹の足盗人萩を越えゆけり

木の芽時静かに萌ゆるといふこと

ごらんさくらの花びらが作る聖家族を

中くらいなりかなしみもさびしさも

さくらさくらしあわせはあきらめてはならむ

行人のゆく手はるかにさるすべり

澄む水にのどのかわきをいやしたり

澄む水が「全体性を覆い尽くす」

寂漠が澄む水となり流れおり

すみれ咲く花かんざしに仕上げたり

海潮音鳴り渡る岬に彳(た)ちにけり

木の股に生(あ)るる人あり雲の峯

神よりひそかなるべし駒草は

気のいいみかんにせちないりんご

君までの距離コスモスの咲ける道

蟬の声絶えしか八月(はつき)半ばと言ふに

九十三歳まで生きて来し白采(はくさい)は

竹林に問答得たり春真昼

静けさも沁み入るばかり月天心

たんぽぽの綿毛となりしかなしみは

つくし摘む何やらゆかしさりながら

つくし摘むもはらわたくしと成り果てて

木の葉にはほのかに宿るフリードリヒ

けなげなる心にて向かふ春の嵐

蛍飛ぶ川に寄り添い家建てぬ

恋しきはひーさん木槿咲ける日に

春ゆえにひーさんと呼び慣らわせし愁みは

太陽がのぞく…そして日傘をさせる女(ひと)あり

たんぽぽの聖家族その愛らしさ

つくしより丈高きものにさくらあり

木の芽吹くどこもかしこも春尽くし

鳴く蟬は一匹自らを語る如く

コスモスの花占いはいつも吉

蟷螂の斧ぞ夕陽を砕きたり

三界に用なき我や我亦紅

*

辞世

少年の頬にひと筋のなみだの跡かなしみは生まれ来し日より

少年は春の綿毛を吹きしのち駆け出しゆけり地球の外へ

第四部　小説、エッセイ、評論

星（ビョル）

少年は、帰化しない、と言った。

岬に打ち寄せる波の音が、その声をかすかなものにさせていたが、断固とした口調で、少年はそう言った。岬の上に立つ少年の背はすっくと立つ樹のように厳しく、その意志の確かなものであることを証明していた。

洋一は、少年の中で、海が満ちているのだなと思った。はるか遠くを見ている少年の瞳の奥で、たゆたっている海は、洋一が生まれ育った日本の西の果てにある、この長崎県のS市の海ではなく、少年の父祖の地である韓国の済州島の海であることが、切なく感じられた。

今は、佐賀県のT市に住んでいる洋一は、少年を誘って、この海に来た。洋一は、同じ町に住んでいる少年に、自分の生まれ故郷の海を見せたかった。しかし、この岬を尋ねたのは、別の理由からだった。少年は鳩を飼っていた。その鳩を、少年は「星（ビョル）」と名付けていた。その名の由来は、洋一が愛する韓国の詩人尹東柱の「星をかぞえる夜」という詩から来ていた。洋一が、少年に尹東柱の存在を教えたのだが、少年もまた、尹東柱の詩とその永遠の匂のする魂を深く愛し、その鳩を「星」と名付けたのだった。少年はビョルを、一人で訓練していた。その訓練飛行を、始めは親鳥のつきそいで、十キロ、それから親鳥のつきそいなしで二十キロ、三十キロと伸ばしていた。ビョルは、その度に、少年の期待に応え、親鳥の待っている巣へ、自らの巣へ、どこにも寄り道することなく帰って来た。

少年は、ビョルをこよなく愛していた。自分の分身のようにいとおしんでいた。少年はある日、洋一の家を訪ねて来た折、ビョルを海辺から飛ばしたいと言った。伝書鳩の仕事の中で一番難しいのは、海を渡ることだ。海の天候はすぐ変わるし、海には、陸地のようにはっきりしためあてとなるものがないから、まだ海を渡らせる勇気は自分にはないけど、海辺の町からビョルを飛ばしたい、と少年は言った。少年は実に根気よく、細心の注意を払ってビョルを育てていた。日曜日ごとに、少年はビョルを連れ出し、野や山や、少年の住む佐賀県のT市を中心に、見知らぬ町へ出掛けた。

洋一は、少年からそう聞いたとき、すぐに自分の生まれ故郷であるS市に行こう、と言った。今のところ家業であるビジネス旅館の仕事は、日曜日は暇であるし、何よりも洋一は、少年に、その海を見せたいと心から思ったのだった。

そして今、洋一は、岬の上に立ったまま、先刻から黙っている少年の後ろ姿を見、また海を見つめていた。二人の間を領している沈黙に重苦しい感じはなく、少年の殻然とした姿と海が、一幅の絵のように感じられていた。リアス式海岸のS市の海は入り組み、たくさんの小さな島を、その海のふところに抱いていた。遠くの島と島の間に水平線が見え、少年の眼は、さっきからそこにそそがれているのが、洋一には、しかし痛々しく感じられていた。洋一は、少年と海から視線を外らし、秋の日の太陽を見上げた。

「太陽は美しく輝き、あるいは太陽の美しく輝くことをねがい……」

洋一は、伊東静雄の詩をつぶやきながら、そのあとふかく息を吸い、そして空に向かって息を吐いた。そんな洋一に気付いたらしく、少年は、洋一の方を振り返ると、姿勢を正し、

「すみません、黙ってばかりいて……」

と、頭を下げた。洋一は、その姿に、一本の丈々しいあら草が、吹く風にひととき揺れさざめいたような感じを受けた。

「いいんだよ。いいんだ。海は、人に考えることを強いるからね。僕もよくこの海に来て、いろいろなことを考えたものだよ」

洋一は、そう言うと、その岬の上に腰をおろし、また凝と海をみつめた。洋一は、そうすることで少年を庇った。今、少年は、海と対話している。海と少年は、一対一で対峙しているのだ。僕も、そんな時があった。洋一は凪いだ海のおもてを、ずっと遠くの島と島との間に見える水平線まで追いながら、そう思った。少年は、そんな洋一にうなずき返すと、また海の方に向き直し、どっかりと腰をおろすと、波光が静かにきらめきを返す海に見入った。洋一は、波の音が少年の鼓動のようにも思えた。

洋一は眼を閉じて、波の音に聞き入った。それはむかし懐かしい波の音だった。洋一はこの波の音に、父や母や友や、妻や子や、洋一にかかわりのあるすべての人の鼓動を聞いてきた。洋一にとって、かけがえのない人々の鼓動を。波の音はその人々との生きる日の縁をひそかに祝ってくれた。そしていま、洋一は、このふるさとの波の音に、少年の鼓動を聞いている。少年は、洋一にとって、かけがえのない存在になっていた。

少年はいま、思い悩んでいる。父と母の帰化の問題について。もとより少年の父と母は、少年の将来を配慮して、日本に帰化することを考えていたのだが、少年は、頑なに、それを拒んで来た。先刻、洋一は聞くともなく、帰化しない、という少年の声を聞いたが、あれは、自分自身に

言い聞かせていたのだろう。

海に向かって、海のかなたに向かって、自分自身の決心のひるがえることがないことを、少年は約束していたのだ。洋一には、しかし少年がなぜ、こんなにも強く帰化することを拒むのか、つまり朝鮮の血にこだわり続けるのか、何かいぶかしかった。

その見方は、洋一自身を日本人の立場に位置させたときの見方であった。しかし、韓国人としての立場に、みずからを規定したとき、少年のこだわりは、洋一自身が今まで曳きずって来たこだわりに過ぎないことも、洋一にはわかっていた。韓国人の父と日本人の母との混血であり、それも母の私生児として日本の国籍を持つ洋一は、つねに日本人として、または韓国人として、二つの視点からものを見、考える癖がついていた。そしてときどき、その二つの視野の視線が、糸のようによれもつれ、洋一を苦しめた。どちらの国にも組せられない、と言うより、何処にも存在していないような不安感が、洋一を襲い、洋一は、暗い海の底の藻のようにふるえ、父と母の名を呼び、一個の人間としての父と母の名にすがった。

故郷喪失者、そんな言葉をたぐり、その言葉に酔い痴れようとするとき、民族を超えて、一個の人間として、この地上で一つの生命を分け合っているものとして、もっと自由に生きたいと思うのだった。この広い宇宙の一存在、悠久の時の流れからすると、一瞬の生命を与えられ、生きるだけの人間にとって、民族などただの概念に過ぎないように思えるのだった。そうは思っても、洋一自身、民族というものへのこだわりから脱け切れないでいた。兵器や核などといったもので、自らの民族や国家を守ろうとする人間の愚かさが、それを問うことを、強いるのだろうか。打ち返す波のように、いつ果てるともしれない問、それは呪詛のように洋一の耳にひびいた。

洋一は、頭を強く振りながら、眼を開けて、少年の後ろ姿を見た。少年は、膝小僧を両腕にかかえ、まだ海と対話していた。海の上にいるだろう少年自身の半身と自問自答を繰り返しているのだ。坊主頭の少年のうなじが右に左に揺れた。何を否定したのだろう。帰化することをか。何十回も何百回も、帰化への問いに、少年は首を振り続けるのだろう。これから先も。

カサコソと、まだ青いところの残った雑草が、風に吹かれる音が、洋一の耳に届いた。洋一は、その雑草の吹かれるようすを見回した。九月の終わりとは言え、もう人の足の遠のいた岬は、やはりうらさびしい感じがした。そのうらさびしさは、人の心を不意に襲う虚無感に似ていた。洋一はまた、少年の後ろ姿を見直した。少年の背は、この岬の岩に貼り付いてでもいるかのように動かなかった。その背は、物思いに沈んだまま、岩になる人の物語を編むことを洋一に強いるかのようだった。

しかし、髪の生え際のそろった端整な感じのする少年のうなじが、洋一に他のことを連想させた。洋一は、再び雑草の揺れるさまを見た。その雑草のなかに、一本の白い野の百合が秘められて咲いている気がした。白い野の百合、それは少年のうなじのイメージだった。洋一は少年のうなじを白い野の百合に見立てた自分が、何か気恥ずかしくはあった。しかし、洋一は、イエスのような賢者が現れて、少年の問いに答えてくれることをしまいに祈っている自分が、少年のうなじと野の百合とをつなげたことを否定する気にはなれなかった。洋一と少年が初めて出会ったのは、T市のカトリック教会の日曜日の礼拝の時だったから。

クックククと、鳩の鳴く声がした。少年の肩がピクリと動いた。少年と洋一との間に、ビョルを入れたカゴが置かれてあった。ビョルが鳴いているのだ。少年は、立ち上がった。そして大きく伸びをした。少年はしなやかな体軀をしていた。少年は、洋一の方を振り返ると、

「そろそろ、ビョルを飛ばします」

と、言った。顔には、今まで大切なビョルを放っておいたことに対する気恥ずかしさのようなものが現れていたが、声には何か吹っ切れた晴れやかな明るさがあった。

「そうだね。もうここに来て、小一時間は経つね」

洋一もそう答えながら、立ち上がり、ビョルを入れたかごの方に近づいて行った。

秋の日は、その光りの強度を増し、かがんでビョルをかごから出す少年の頰は、さっきまで蒼白く感じられていたのだが、赤味が差して燃えるようだった。少年は、ビョルをかごから出すと、

「ごめんよ、ビョル」

と、言いながら、その頰を、ビョルの顔や嘴にすり寄せた。ビョルも、秋の日の光を浴びて、さも嬉しそうに、ククッと鳴いた。洋一は、少年とビョルとの間に通い合っているものに、ふと妬みのようなものを覚えた。洋一は、空を見上げた。空は青く澄んでいた。その透明な青空のどこかに、洋一の心を見透かし、たしなめている人がいるような気がした。洋一は苦笑し、一度大きく深呼吸をした。

洋一は青空と同化した。

「ヒョニム」

と、少年の声がした。ヒョニムとは朝鮮語で「兄さん」という意味だが、少年は、いつの頃からか、洋一をそう呼び慣らわしていた。洋一が見下ろすと、少年は胡座をかいてすわり、そのふところにビョルを抱いていた。ビョルの頭

を指で撫でながら、

「ヒョニム、僕は賭けをすることにしました」

と、言った。賭けという唐突な物言いに、洋一は戸惑い、聞き返す言葉を失った。少年はそれを察したかのように、その胸にビョルを両の掌でしっかりと抱きながら立ち上がると、

「ええ、そうです。賭けです」

と、にっこりと洋一にほほえみかけた。洋一は、真意が呑み込めない様子で聞き直した。

「どんな賭け?」

「来年の春休み、僕、ハルアボジの住む済州島に行くでしょう。そのとき、僕、ビョルを済州島から飛ばそうと思ってるんです」

「ビョルを?」

「ええ、海を渡らせることは、鳩にとってもっとも危険なんですけど、僕、やってみようと思うんです」

　少年の瞳は、きらきらと輝いていた。その輝きは日の光のためばかりではなかった。二つの海の雫のように、洋一には感じられた。少年の瞳は、青色ではなく、茶色をしていたが、少年の一番の魅力は、そのどこまでも澄みとおった瞳だった。洋一は昔から、その瞳は、少年に決して嘘をつかせないだろうし、悪いことをさせないだろうと思っていた。また、その瞳の清澄さが、少年に多くの人の信頼を得させるだろうと。その澄んだ瞳に、洋一のけげんそうな顔が映っていた。

「しかし、ビョルとその賭けと、どんな風につながるんだい」

　洋一は、たずね返した。少年は、しばらく黙っていた。そして、

「やっぱり、少しおかしいかな」

と低い声で、ひとり言のように呟いた。

　洋一の口が半ば開き、何か問い返そうとしたが、ゆっくりと唇を閉じた。少年はうつ向き、ビョルの頭を、人さし指で、ゆっくりと何回も撫で返した。ビョルは、気持ちよさそうに少年の胸に抱かれていた。少年は、顔を上げ、洋一に向かって照れ笑いを浮かべると、踵を返し、海の方へ歩いていった。洋一も、少年のあとをついて行った。風は、午後の陽光のせいか、あたたかく感じられた。草のそよぐ音と潮騒とがとけ合い、洋一はそれらが一つの生のよろこびを表現した交響曲を奏でているように思われた。その思いの中にひたることで、洋一は少年の心をさぐろうとするのをやめた。洋一と少年の眼に、午後の日を浴び、海はまだどこかに夏をとどめているかのように、まぶしく照りかげっていた。

岬の端に来ると、少年は立ち止まった。洋一も、少年の真横に足を運び、そのまま無言で居た。岬の下の岩に当たる波の音が、洋一と少年の間を、しばらく領していた。寄せては返す波の音が、高くなったり低くなったり、生き物の叫びのようにも呻きのようにも聞こえた。それは洋一にとって、少年の沈黙が重苦しく感じられていたからだった。洋一は、自分から口を開いた。

「大丈夫かな、ビョルは。済州島から帰って来られるだろうか」

洋一は、少年の横顔を見た。少年は、何か考えていたらしく、不意を突かれたような表情をした。

「ビョルは大丈夫です。僕はビョルを信じています」

少年は、そう言うと、ビョルを光にかざすように両手で高く持ち上げた。それは今にも飛び立たせるような構えだったが、少年は掌を離さなかった。ビョルは空の方に頭を上げ、空を恋うように鳴いた。ビョルの目が美しく硝子のように光った。そしてすぐれた伝書バトの血筋を示すふくらんだ耳がかすかに揺れた。少年は一度ビョルを自分の胸元に引き寄せた。と思うと、大空に向かってビョルを投げ上げた。ビョルは、力強くはばたくと、大空の高い方に舞い上がり、一回、二回、少年の頭上を中心に旋回した。それは、少年の意志を確かめるかのようだった。少年は、ビョルをじっとみつめていたが、大きな声で

「行け！」

と命じた。

その声が聞こえたのだろうか。ビョルは、その生まれつきの方向感覚で、確かに自分の鳩小屋のある方に向かって飛んでいった。その飛翔する姿は、青い空を背景にして、ひと筋の光のようだった。ビョルは、すぐにも山陰に隠れて見えなくなったが、少年と洋一はビョルが飛び去った空を見入り続けた。洋一の瞼のうらには、その翼に光と風をはらみ、一つの光点となって飛翔するビョルの姿が、貼絵のように焼きついて離れなかった。

「ヒョニム、ヒョニム」

少年の呼びかける声がした。洋一は、われに返った。洋一は、いつからか自分が一羽の鳥となって、父の生まれ故郷である韓国の全羅南道の木蒲の黄海の岸へ飛翔している幻を追っていた。洋一が少年の方を見ると、少年は、意を決したかのように、

「ヒョニム、さっきの話の続きなんですが、僕の賭けというのは、ハルアボジの家からビョルを放し、ビョルが家に辿り着いたら帰化しない、もし辿り着かなかったら帰化するということだったんです。でも、おかしいですよね。帰化という重大な問題を、そんなことで解決しようとするの

は……。と言うより、ビョルの命を、そんな賭けの犠牲にするのは、まちがっていますよね」

と、いつもの少年の声より低い声で呟くように言った。その声は弾みのない抑揚があった。そう聞こえたのは波の音のせいかもしれなかったが、洋一には元気のない声に聞こえた。少年の表情にも、かなしみともさびしさともつかないものが漂っていた。ただその目だけは、洋一の反応をうかがっているかに見えた。洋一は、少年の目から視線を外らさないようにした。少年はまばたきをした。しかし少年も洋一から目を外らさなかった。祈るような眼をしていた。何でもいいから、答えてくださいというような眼を。

「さっき、ビョルを信じている、と言ったよね。つまり君の心の中では、帰化しない、帰化したくないと思っているわけだね。でも迷っている。そしてその迷いは、はっきりと黒白をつけるように決めなければ、ずうっと続くことだと僕は思う。もしビョルをそうすることで、迷いが吹っ切れるなら、翔ばしてみたらいいと思う。僕も、ビョルが帰って来ることを信じるよ」

と、洋一は言った。少年の眼が、一瞬光った。その顔に、みるみる明るい表情が戻っていった。

「僕、やってみます。ビョルに賭けてみます。ビョルはきっと帰って来ます、きっと」

と少年は言うと、海に向かって、また大きく伸びをした。洋一も、少年にならってみた。爽やかな気持ちになった。胸につかえていたものが、みんな海に吐き出される感じだった。吐き出されたものは銀の鱗の魚になるだろう。苦しみから解き放たれた魚は、美しい海の底で、静かによろこびの卵を孕むだろう。洋一は、少年の中で、またそんな海が満ちているな、と思った。

　その日の少年の姿、少年と交わした会話は洋一の心に、ビョルの飛翔する姿と共に深く灼きついて離れなかった。


　十月の始め、T市の町外れにある洋一の家の庭には、洋一が東京からUターンして来た二年前、種子を蒔き、丹精して育てた桔梗が、去年よりも茎太く、むらさきの花を咲かせていた。洋一の父の好きな鳳仙花の花は、盛りの時季を終わっていたが、素朴な風情のする花を、あわれげに一、二輪ほど、最後の名残に咲かせ、父を喜ばせていた。しかし洋一の日常は、繁忙をきわめるものになっていた。佐賀と福岡の県境を、有明海にそそぐ筑後川に橋を架ける大阪の業者が、三十名ほど宿泊することになり、一時正月の休暇で帰る十二月まで休む間もない日が続くことになった。洋一と妻とでほとんどきりもりしていたので、朝の五時半から夜の十二時過ぎまで、働きずくめの日が続く。

毎日々またたく間に時は過ぎていった。少年の足も遠ざかっていた。多忙な洋一を煩わせまいとする少年の遠慮からだったが、少年の顔を見たいと思う時が、日に何度かあった。洋一は、少年を愛していた。聡明で、純粋さが、その魂に発掘されることなく秘められた鉱脈のように宿っている少年を、洋一は愛した。それは、過ぎて来た日への悔恨のなせるわざだろうか。それとも、少年が自分自身の半身とも、あるいは弟とも思えるからだろうか。洋一はそのどちらも否定した。なぜなら少年は、そのどちらの考えも否定せざるを得ないほど、美しかった。外見の美しさというのではなく、美しい魂をもっていた。その魂を、果実を実らせる樹のように育てているかに見えた。もっとも輝かしい青春の時を、真剣に思い悩み、苦しむ少年の姿は、糸を紡ぐ野の繭のように思えた。繭の中で日毎、美しい魂の織物が編まれているのだと、洋一は思った。

洋一は、料理の仕込みを終えて一息ついている昼間の時や一日の仕事を終えた寝床の中で、ふとビョルを飛ばす少年の姿を思い浮かべたりした。その時は、少年に対して羨望とも憧れともつかないものが、心の中を支配している気がした。

そんなある日、十月の末の日曜日、少年が久し振りに洋一を訪ねて来た。庭に四本植えてある金木犀が、やさしい芳香の時を終え、土の上に小さな十字の花を重ねるように散らしていた。洋一の三歳になる長女が洋一の母とともに、もうほとんど種子をこぼしてはいたが、鳳仙花の実に幼い指で触れ、その種子のはねる様子に興じていた日だった。

少年は、日焼けした顔をしていた。そのうなじも。洋一は自分の部屋に通して、小さなテーブルをはさんで座った。

「日焼けしたね、少し見ないうちに」

と、洋一は自然と笑みがこぼれるのを自制できない様子で言った。

「ええ、サッカー部に入ったんです。それで毎日練習しているものですから」

「そう、それはいいことだね。でも、ビョルの訓練飛行は出来てるの?」

「はい、やってます。この前、志賀島に行ってきたんです」

「うん、それでそこからビョルを飛ばしたの」

「はい」

「ビョルは?」

「帰ってみると、自分の鳩小屋で餌を食べてました」

「そうか、それなら済州島からも大丈夫だね」

「ケンチャンスンニダ(大丈夫です)」

と、少年はおどけたように韓国語で答えた。その顔には、ビョルに対する信頼があふれていた。部屋の戸をノックする音がした。洋一の妻がコーヒーを持って入って来た。

「ヒョンスーお久し振りです」

と少年は言うと、深々とお辞儀をした。日本人の妻は少年の礼儀正しさにいつも感心していた。年上の人を敬う気持ちが、韓国には生きているんだと、洋一はその度に言っていた。

「ところで、ヒョニム、仕事の方はいいんですか」

と、少年は妻の方を見ながらちょっと済まなそうな顔をして言った。

「うん、ちょうど今一息ついているところだから。ケンチャンスンニダ」

と、洋一は少年を安心させるように笑ってみせた。妻も少年の方にうなずきかえした。妻が部屋の戸を閉めると、しばらくして、

「そうですか。今日は、ちょっとお聞きしたいことがあって来たんです」

と、少年は急に真顔になって言った。

「うん、どんなこと」

と、洋一は軽く受け答えたが、少年の表情に身を引きしめざるを得ない感じがして、ちょっと居ずまいを正した。

「以前、ヒョニムに、どうしてわざわざ朝鮮の姓で詩を書くんですかって、聞いたことがありましたね」

と、少年は言った。洋一はただうなずいただけだった。少年は間を置いた。洋一は、そう問われた日のことを思い出しているかのように黙っていた。

「あのとき、ヒョニムは、償いなんだと仰言(おっしゃ)いましたよね。今日は、その償いの意味をお聞きしたいと思って来たんです」

問いかける少年の眼には、制し切れないほどの光が湛えられていた。その光は、少年の真剣さを直截に表していた。洋一は、思いもかけない問いかけに、一瞬言葉を失くした。ポケットから煙草を取り出し、一服、二服と続けざまに吸った。少年は、自分の手元の方に置いてあった灰皿を、洋一の方に差し出した。洋一は、しばらく無言でいた。洋一は、少年の問いかけに対する答えをまとめていたわけではなかった。少年が、そんなことを考え続けていたという事実に驚き、そして動揺していた。少年は、うつ向いて、いつかしら正座した膝に両手をつき、肩をすぼめていた。洋一は少し落ち着きを取り戻すと、少年が思い悩んでいることに行き当たった。帰化の問題とか民族とか在日朝鮮人としての立場や境遇とか、少年が毎夜問い続けているだろう事がらが、洋一の胸にも沸々と湧き起こって来る

のを感じた。洋一は、答えなければいけない、と思った。口下手な洋一は、少年が納得するほど、うまく答えられない気がしたが、おもむろに話し出した。

「僕が初めて、韓国の全羅南道の父のふるさとに行った時、十八歳の時だったけれど、そこでね、祖父と伯父の死について聞かされたんだ。二人とも、植民地時代、日本人によって殺されたということを、つまりそれがきっかけだね。父は黙っていたんだ。僕のためにね。でも僕は、その事実を聞かされた時、自分の心の中に、朝鮮人として生きたい、と叫ぶ僕を見たんだ。僕の中の日本人の血が、朝鮮人の血を償わなければいけない、と。そのためには朝鮮人として生きなければいけない、と。でも、そう考えるのは、朝鮮人を弱者と見做しているからではないのか、朝鮮人に対する同情やあわれみからではないのか。その考えには、日本人としての傲りや慢心がひそんではいないか……とそれから考え続けたよ。しかし、それが僕の宿命なんだ。二つの血を生きること。二つの血を生きるためには、結局償いの道を歩むしかないということ……」

洋一は、話しながら、次第に激してゆく感情の昂まりを抑えるように、そこで言葉をとぎらせた。少年は、うつむいて、肩をかすかにふるわせながら聞いていたが、

「わかりました。ヒョニムは自分の血に帰っていったんですよね」と、顔を上げ、洋一の顔をじっと見入った。

「そういうことになるのかな。でも今の僕は、朝鮮人とか日本人とかいう意識を超えて一人のよりよい人間でありたいと思う。でもそう思う時、つねに二つの血が問いかけて来るのも確かだ。よりよい人間って何だ、民族を超えうる人間って何だって。そのためには、どう生きればいいんだって……」

洋一はそう言ったあと、その言葉が、二倍もの三倍ものふくらみとなって、自分自身の胸に帰って来るのを覚えた。そのふくらみゆえに洋一の胸をつねに張り裂けそうにさせる問、しかしその問は、永遠に解けない謎のように洋一の胸を占め、洋一に詩を書かせて来た。少年は、またうつ向いたまま、何か考えている風だった。洋一が煙草を取り出し、火をつけようとしたとき、電話が鳴った。妻は庭に出て、長女の相手をしていた。洋一は部屋を出て、電話を取った。酒屋からの電話だった。酒とビールの注文をして、洋一が部屋に戻ろうとすると、少年は、すでに玄関に立っていた。

「今日は、どうもすみません。ヒョニム、僕が言いたかったのは、鳩が自分の鳩小屋に帰ってきますよね、たとえ方が悪いかもしれませんが、鳩小屋を自分の血、朝鮮の血とすると、僕の心もまた、つねにその血のもとに帰っていく

と思ったんです。僕、やはり帰化しません。今日は、ヒョニムの気持ちがわかって嬉しかったです。また来ます」

と、少年は言うと、やさしく微笑んで帰って行った。少年は、洋一に呼び止める暇を与えなかった。裏庭の方でひとときの憩いをいとおしむように、娘と妻と母の笑い興じる声が聞こえていた。

それから、また同じような日々が明け暮れていった。洋一は、少年のことが気がかりだったが、生活に追われ、時の流れを見送るばかりだった。庭には、もう山茶花の花が咲いていた。

少年の父親から、電話がかかって来たのは、十二月の中頃、夜の十一時を過ぎていた。未だ帰って来ていないとのことだった。洋一は、胸騒ぎを覚え、すぐ行く旨を伝えた。洋一はすぐに、タクシーを呼んだ。妻が、洋一の体のことを心配し、引き止めたが、洋一は聞かなかった。洋一は最悪の場合を考えていた。あとになって振り返ると、取り越し苦労であったが、洋一の脳裏には、少年の自裁している姿があった。

タクシーの中で、洋一は少年とのかかわりの糸をほどいていた。少年を見知ったのは教会であったが、少年の父親と洋一の父親とがT市の韓国居留民団員であったことが、少年と洋一とを結びつけた。少年が中学二年の夏、洋一に勉強を見て欲しいと言って、少年とその父親とが、洋一を訪ねて来た。少年も洋一もその時二人が一本の糸でつながっていることを悟った。教会で顔見知りだったことが、洋一と少年を急速に結びつけていった。

そんなことを思い出しながら、やがて洋一は、少年との縁の糸を胸に引き寄せ、生きなければならない、自分の考え、信じていることを生き抜かなければならない、死んではいけない、と何度も呟いていた。

少年の家に着いた。少年の家はT市の繁華街で韓国料理店を経営していた。ネオンは消されていたが、店の中は灯りがついていた。時計を見ると、十二時を過ぎていた。洋一が扉を開けて入ると、椅子にうなだれて座っている少年の姿が見えた。洋一は、ほっとした。少年の母親が、すぐに椅子から立ち、洋一の所へ来て詫びた。少年が振り返って洋一を見た。その眼は泣き腫らした眼だった。洋一は、少年にほほえみかけた。少年は、急に椅子から立ち上がると、洋一の前に来て、深深と頭を下げた。「すみません」と、何度も言いながら。最後は、泣き声で、声をつまらせていた。洋一は、少年の父親と母親の了解を得て、勝手知った二階の少年の部屋に、少年を抱きかかえるようにして連れて行った。少年が落ち着きを取り戻すまで待ち、少年の話を聞いた。聞き終えると、今日はもう眠るように言い、階下に降りた。少年の父親と母親が、心配そうな顔をして待っていた。少年の父親は、律儀で真面目な人だった。料理人としての職人気質を持った人だった。母親は、温和（おとな）しいが、芯のしっかりした働き者で、夫に対して愚痴をこぼすことのないのが取り柄だ、と少年の父親が、洋一の父親に話していたのを小耳にはさんだことがあった。

「今夜は、ゆっくり寝かせて下さい」

と、洋一は、椅子に座りながら言った。

「そのつもりです。教会に行っていたそうです」

と、少年の父親は、洋一にビールを注ぎながら言った。洋一は、軽くお辞儀をして、

「おかまいなく。ビョルのことを祈っていたそうです。ビョルのことはお聞きになりましたね」

「聞きました」

「それで、どう思われます。帰化のことですが」

「本心を言うと、あきらめました。あの子の決心が固いのを知らされましたよ」

「でも、ビョルは飛ばすそうです。一生迷わないように」

「そうですか。実を言うと、今日あの子と、ちょっといさかいをしたんです。指紋押捺が近いんですが、帰化すれば、こんな煩わしいこともしないで済むんだって言ったんです。そしたらあの子は、指紋押捺が朝鮮人であることの証だから、いくらでも押すと言うんです。朝鮮人でなくなったら、ハルアボジが可愛想だって……あの子は……」

少年の父親は、言葉を詰まらせた。母親は目頭を押さえていた。洋一も胸が熱くなっていた。洋一は、少年の家に来て良かったと思った。それからしばらく、世間話などをして、洋一は少年の家を出た。

少年の家を出たのは、午前一時頃だった。月が冴えわたった空に輝いていた。帰りのタクシーの中で、洋一は指紋押捺のことについて考えていた。洋一の父には、韓国に本妻がいた。洋一は、母の私生児として生まれ、日本国籍だった。だから、指紋押捺の経験はなかった。洋一には、少年の純な心にとって、指紋押捺はむごいやり方だと思われた。日本が戦争に敗れた時、他民族を支配し、虐待し、また多くの自国民を犠牲にしたことを反省したならば、人権尊重を憲法に明記したとき、人権を無視した指紋押捺は排除すべきことだったはずだ。指紋押捺は、暗に国民の心に、差別や少数民族への偏見を植えつけているのではないか。真に指紋押捺を、否定しなければならないのは、日本国籍を持つ僕自身だ、と洋一は、少年から訴えられている気がした。少年の泣き顔を宿した胸が、ずきんと痛んだ。そして潮が満ちるように湧き起こる憤りを、少年の家庭、そこに通い合う情愛を思うことで、洋一は鎮めていった。

それからも少年は、三、四度遊びに来た。来るたびに、表情に和やかさが増していた。そして、ただ態度には、礼儀正しい点は変わらなかったが、きびきびとして野の草のような精悍さが見えて来ていた。洋一は、少年の成長を、誰にともなく感謝せずにはいられなかった。

いよいよ、少年が待ちに待った春休みが訪れた。桜の枝には、びっしりと蕾がふくらみかけていた。少年は出発の前日、洋一に挨拶をしに来た。洋一は「ビョルの無事を祈っているから」という言葉を餞（はなむけ）にした。妻は、羊羹の包みをハルアボジに、と言って渡した。甘いものが口に合うかどうか、と言って洋一と少年は笑った。少年は、洋一の娘のままごとの相手をして遊び、それから帰っていった。

少年が出発してから二日後の夕刻、その日は快晴だった。少年の父親から電話がかかって来た。少年の父親は、

「ビョルが帰って来ました。もう私も、二度と帰化のことは口にしないつもりです」

と涙声で伝えた。

「良かったですね。本当に良かった」

洋一は興奮していた。溢れるように、洋一の胸の奥に、ビョルが渡って来た海が満ちて来た。胸に満ちた海は、洋一の瞼を濡らした。電話を切ると、

「ビョルが帰って来たよ、ビョルが」

と、洋一は妻に告げ、外に出て行った。洋一は空を見上げた。夕暮れの空のかなた、ひとつの星がかすかな光を放っていた。その星が、一羽の鳩となり、羽ばたきながら飛んで来ると、洋一の頭上を旋回し、洋一の差し上げた腕に降りて来て、止まった。「ビョル！」と、洋一は呟いた。少年は、お前のように自由に国と国を越えるだろう、一人の人間として、お前と共に分け合う生命を自在に生きるだろう。洋一はその幻のビョルに向かって何度もそう呟いた。放心したように立っている洋一の耳に、足音がひびいた。見ると、洋一の母と散歩をして帰って来た娘が、洋一に向かって走って来ていた。洋一は娘を抱き止めると、頬ずりをして、ゆっくりと空に抱き上げた。

「高い、高い」

「サラン橋」編集後記

サラン橋　創刊号　2006.3.22

◆二〇〇五年五月、『在日コリアン詩集』（土曜美術社出版販売）が刊行された。画期的な詩集だと思う。一九一六年から二〇〇四年までの、日本で生きた在日の詩人たちの声や思いが、一冊の詩集になって、ひっそりと届いてくる。ひっそりと生きていた在日のあかしのように。一人一人の詩人が、また詩のひとつひとつが、野の花のように、つつましくもけなげでいとおしく思われる。

この詩集は、二〇〇五年の「地球賞」を受賞した。この詩集のもうひとつの特色は、編集者の佐川亜紀氏が、一人一人の詩人について、温かい解説文を寄せていることだ。真摯に誠実に、この詩集を編んだあかしのように、一読に値する優れた作品となっている。

この詩集に編んでいただいた一人として、心からお礼を述べたい。

将来、文学史として、また日本と朝鮮の歴史をとらえるにあたって、資料的にも貴重な詩集になることと思う。

二〇〇六年、勉誠出版から、『在日コリアン全集』が出版される。在日の小説家・詩人・歌人などの代表的作品が掲載される。全十四巻の大作である。多くの人に読まれて欲しいと願わずにはいられない。ちなみに自分の作品も、十四巻目の詩歌集に採り上げられている。

韓国と日本の詩を含めた文化の橋渡しをなさっている鈴木比佐雄氏が、『詩の降り注ぐ場所――詩的反復力Ⅲ（1997~2005）』（コールサック社）という詩論集を出版された。造詣深く、示唆に富んだ読み応えのある詩論集となっている。非才の僕は、枕元に置いて、詩の学習の教本としている。僕の作品に触れた文章も掲載されている。本の題名は、昨年五月、僕の住んでいる青梅で、鈴木比佐雄氏、趙南哲氏、李美子氏とお会いして、話し合っている折、果断にも決められたことを思い出す。

短歌を寄せてくれた原田千万は、三十年近くの歌友である。歌集に『こころの傾斜』がある。尚、今年六月に邑書林から『凪に帰らむ』（仮題）を上梓する予定である。ほかの二人はご想像にお任せする。ただサランは各家族からと言っておこう。

日本と韓国と、また北朝鮮との間に、いろいろな問題が取りざたされている。日本の植民地支配の負の歴史を、うやむやにしたまま過ごしたことが、一番近い国を、ある意味で遠い国にさせている。詩や文学に、微力ながらも携わるものとして、何ができるかを考えるとき、また日本と韓国のどちらの血も流れている人間としての生き方に思いをはせるとき、このような拙い誌面を編むことを思いついた。知命半ばに至ろうとする自分の人生に、在日の人々の誰もが夢見る架橋の意味を、問いつづける道をしるすことにした。等身大の誌面作りしかできないことと思うが、おひまな折にでも、手に取って、読んでいただければ幸甚である。

サラン橋　二号　2006.9.27

◆日本人には加害者意識が希薄なのかもしれない。大手を振って靖国参拝をする人達が為政者なのだから。害を被った人達にとって、戦後六十一年経っても戦争の傷跡は消えはしないのだ。決して風化させてはならないことを知っているから。

第二号をお届けする。一家族の生と抗いのささやかな記録として。

サラン橋　三号　2007.9.27

◆今年は暖冬で、寒がりのぼくにとっては、日光をあびるたびに、ありがたい思いがした。しかし、本当に暖冬といううだけで済む話だろうか。温暖化の顕著な兆候だとしたら、身ぶるいを禁じ得ない。寒さによる身ぶるいの方がもっとましだと思う。

地球という青い水の星の楽園が、どこかでほころびはじめている。ほころびは早く手当てしなければ、急速にほころびが広がってゆき、取り返しのつかない状態になるのは、目に見えている。宇宙に浮かんだオアシス。しかし、そこにたたえられた青い水は、地球の涙に変わりつつある。花が咲き、鳥が啼き、水が流れ、魚たちが踊るように泳ぐ。そんな自然の営為に目をやる時、地球は美しいと思う。

地球の四十六億年の歴史から言えば、ほんの一瞬存在するにすぎない、ちっぽけな自分だが、生を得たことに対して、感謝の思いを抱く。いのちを受け継ぎ、次の世代にバトンする役目を持ち得たことを、莞爾と受け止めねばならぬ、と。人間の織りなす世界が、戦争や憎悪の連鎖や、力と報復の論理で汚濁に落ちていようと、ぼくという存在が、自然の一部、命のひとかけらであることに変わりはない。

なぜ生きているのか。なぜ存在しなければならないのか。ぼくとは、ほんとうにぼくであるのか。詮無いことを問いかけて、日々を過ごしているわけだが、そして答もみつからないまま、死んでゆくのであろうが、生まれたことは事実であり、幻ではない。

たとえ地球が、その生命を終え、気泡のように消え去ろうと、命の営みに対して、そこなうことなく、きずつけることなく、自然に、充分自然に、生き、そして死んでいけばいいのだ、と独り合点に考えていたが、そうではなく、五十を半ば過ぎる命を、たまものとして受け止め、インカの神話の鳥、クリキンディのように、自分には何ができるかを考え、美しい地球、その美しさを織りなす命を守るために、微力を尽くす生き方をしたいと思う。

春が来る。新しい生命が、あちらこちらから顔を出す。この春を途絶えさせてはならない。人間の手によって。

◆介護法、教育基本法、憲法九条…すべてが改悪にむかっている。いったい、この国はどうなっているんだ。お坊ちゃん政治家と、頭でっかち官僚と、人の痛みのわからない輩と、手をつないで、この国を、どこへ連れていこうとしているんだ。鼻をツンと上げて、上ばかり、自分のことばかり、見ていちゃだめだよ。もっと下を向いてよ。大地に根付いた政策、地球市民という時代に見合った政治をところがけてくださいよ。美しい国って言うのは、老人や子どもや弱い者たちに、微笑みの絶えない国の謂いではないですか。

サラン橋　四号　2007　秋

◆北海道・釧路・北の大地に、一人の詩人がいた。詩人の名は林直樹〔享年七十二〕。妻の義理の叔父に当たる。どこの馬の骨ともわからず、その頃、定職もなかったぼくが、無謀にも北海道・北見に住む妻の実家に、結婚の許しを乞いに行った折、あちこちの詩誌に投稿し、掲載されていたぼくのことを知っていたこの北の詩人は、ぼくの味方をしてくれた。ぼくを、受け容れてくれた。

生活力もないまま、どのように生きていけばいいか、迷っていたぼくを、温かいまなざしで見守ってくれた。啄木のような流離の心もて、釧路を訪れたときも、その詩友である川村竜氏や藤田民子氏などを紹介してくれて、歓迎の宴を張ってくれた。どんなに心強かったろう。詩を書き続けてきて、詩によっていい思いをしたことは、数えるほどしかないが、その折の歓迎の宴は、ぼくにとっても誇らしい思い出となった。

先に「一人の詩人」と書いたが、ぼくは、「一人の」の上に冠すべきことばを捜した。しかしこの北の詩人の詩友、川村竜氏が、その追悼集に書かれてあるとおり、「あくまでも虚飾を嫌い、儀式に価値を見出せない生き方」に徹した人には、どんな形容もおこがましい気がした。
この度、上梓された、その追悼集の書名は『夜と蟹』。その冒頭の詩を引用しよう。

火葬

友の
（いたみ）の灼ける　日

ちりちり
造花の　焦げる　日

鋭く切れた　宙の傷に
友のけむり　のにじむ　日

「ぼくは　ボロボロに風化した墓石を
たずねて回った」

「遠くなげこまれた　孤影をめくろうと
たずねて回った」

からから
紙の花　ゆれる　日
ぼくが　一人になった日

錆び曲った　注射針　と
焦げ穴だらけの　バイブル　の頁と

ちっぽけな（いかり）と

白い　ノートは
ひっそり　炎えつくしていった。

心を打つ詩である。今でも風化しない力を持っている。強靱で豊かな内面性と、ポエジーの何たるかを知っている詩精神が紡いだ、研ぎ澄まされたことばのゆえだろう。
生きてゆくにあたって、転々と職業を変え、住む場所を変えているうちに、いつしかこの北の詩人とは疎遠になってしまった。もっともっと会って、話をしておくべきであったと、深く後悔している。
追悼集『夜と蟹』は、北の詩人の家族〔隆子叔母と妻の従妹である千津・千尋姉妹〕によって、今秋、上梓された。北の詩人の真正な詩精神は、その家族によって見守られ、見出されたのである。
直樹叔父、さようなら。ぼくを、生かしてくださった。そして、ありがとうございます。ぼくを、生かしてくださった。北の大地で、ぼくは、詩を支えにして、妻と共に生きようと決心したことを、忘れない。

サラン橋　五号　2008.6.10

◆ミャンマーのサイクロン被害、中国四川省大地震、自然の災害で、多くの被害者が出た。中でも痛ましいのは、そのどちらも、たくさんの子どもの生命が奪われたことだ。ミャンマーの場合、軍事政権の弊害があり、中国の場合、官僚たちの賄賂政治が、学校などの校舎の建築を、ずさんなものにしたための結果だという。
子どもの生命をないがしろにする政治が政治と言えるだろうか。子どもへの愛のない国家がほんとうに存続しうるだろうか。
そして僕は問いかける。文学で何ができるか、と。何もできないと言う前に、インカの神話の鳥クリキンディのように、こつこつ自分にできることをやっていくしかない。

サラン橋　六号　2009.1.8

◆加藤周一氏が亡くなった。二〇〇八年一二月一四日NHKの特集で病をおして、発言する加藤周一氏を見た。鬼気迫るものがあった。評論家、思想家、人間としての矜持と自恃がそこにあった。氏の言葉で、胸に残っているもの。「知識人は、思想的影響を及ぼすことが大切」・「人間らしさを世界の中に再生させる」耳が痛い。今は心からご冥福を祈るしかない。

サラン橋　七号　2009.9.27

◆今回衆院選挙では政権交代のドラマが起こったが、この国を変えたいという民意の表れだろう。分かち合おうと提言された痛みは癒されることはなく、傷を広げ、血を噴き出していたのだから。
孫が生まれた。子や孫に、永久の平和を約束する、この国の健全な国体と懸命な精神世界とを残せたら、と切実に思う。

サラン橋　八号　2010.2.27

◆山田消児氏。短歌同人誌『遊子』『Es』所属。歌集に『風見町通信』『アンドロイドK』『見えぬ声、聞こえぬ言葉』がある。今回二〇一〇年一月五日に評論集『短歌が人を騙すとき』（彩流社）上梓。好評を博している。

サラン橋　九号　2010.12.25

◆世相は何となく曇り空の天気のよう。はっきりしない。あれほど政官分離を声高に言っていた民主党も、結局官僚に圧さえられている気配。たった一度の政権だと思って思い切り膿みを出せ、とこの一週間、歯痛で右頬が腫れ、酒も呑めない日々を過ごしたせいか、言葉が口に出る。信念をゆるがせてはならない、ぶれてはならない、などと自分に言い続けるしかなく、たった一度の生、いろんな痛みに耐え、不意の病気に悩まされながらも、残りの時間を大切にしながら、少しでも多く作品を残していきたいと思うのだが、生活に追われ、それもままならない現状、晴れやかな天気のような世相を待望するしかないのだろうか。

サラン橋　十一号　2011.10.12

◆死者・行方不明者合わせて二万人を超える大地震。今も心にあの日の揺れが残っていて、少しの揺れにも三・一一の揺れがよみがえり、恐怖が胸をひたす。すべてをさらっていたあの日の大津波の映像も、瞼の裏に残っていて、何かの折に浮かんでくる。肉親のほかに、家も仕事も失われた人たちの心痛や悲しみを思うと、無力な自分を見出して、どこにもいないような感覚に陥る。そしていつか手を合わせている自分に気付く。御冥福を祈るしかない。生き残った人たちには前向きに歩いてくださいと祈るほかには。◆佐藤渉（ワタリ）君は、オーナーシェフのお父さんと一緒に『いまここ』という店をやっている。ぼくの息子たちよりも少し若い。時々通わせてもらって、美味しいお酒をいただいている。詩集やサラン橋なども置かせてもらっている。そんなきっかけで、知り合ったのだが、ある時「読んでください」と、作品をわたされた。一読して面白いと思った。渉君は、自分の作品は詩ではないと言う。コトバだと。佐藤渉という存在のありったけの思いをこめて創られたコトバたち。原石のような純粋さ。そこに含羞うような光を秘めて。

サラン橋　十二号　2012.4.29

◆日々の仕事の話になるが、一昨年塾を移転し、少し広くなったので、中三生だけで九十九名入塾してくれた。その全員が高校に合格した。それはあたりまえのことかもしれないが、全員合格の声を聞くまで必死の思いで当たっている。高校入試は人生の第一の関門、そこを無事に通過させる案内役のようなものかもしれない、ぼくの役目は。だがもう年をとって、その役目ももはや果たせなくなる日も近づいてきている。老いを嫌がる生徒もいる。さて、その後どうしよう。必死に生きてきた思いが、ぼくに詩を書かせていたとしたら。老いの「日々の仕事」を見出さねばならない。

◆三・一一の地震から一年余がまたたく間に過ぎてしまった。日々の生活に追われ、何為すこともなく時を見送ってしまった。テレビに映るガレキの山やまだ見つからない行方不明者の数を見るたびに、居ても立ってもいられない気持ちになるのだが、自分の小ささを痛感するばかりだ。だが自分にできる小さなことを少しずつでも積み上げていくしかあるまい。目をつむると、東北の山河や海の慟哭が聞こえてくるのだから。

サラン橋　十四号　2015.1.31

◆二年が過ぎてしまった。時は無情だ。人間の思いを置き去りにして、つれなく過ぎ去ってゆく。言い訳めくが、無為に過ごしていたわけではない。

ひとつ目の理由は、おととしの五月、丘と山をひとつずつ越えたところに引っ越して、九州からひとりで住む母を連れて来て、一緒に住むことになったこと。だが母の認知症の症状は思ったよりも重かった。自分が午前中、妻が午後、看取ることにしたのだが、夜中の徘徊、同時に「おかあさん、おかあさん」と階下を叫びまわって、眠ることができない日々が続いた。母の頭の中では、この家は、自分がそれまで住んでいた市から委託されて管理している家。ぼくら夫婦は、居候という位置づけで、傲慢な態度をとる。ぼくには職もないらしく、妻を女中のように見下し扱う。

こんなはずではなかったと思っているうちに、ふつうどんなことにも音を上げない妻が、精神的にまいってしまった。自営している仕事も忙しく、「サラン橋」どころではない地獄に似た明け暮れのうちに二〇一三年が過ぎていった。

そして二〇一四年二月、母を施設に入れた。福祉関係の仕事をしている娘が、大局から見れば、その方が母のためにもぼくらのためにもなるということで。ひとつ屋根の下で、母と一緒に暮らすというのが、ぼくの夢のひとつだったのに。人生は、思うようにはならない。

二つ目の理由は、笑い話になるだろう。ひとつの区切りがついて、少し平穏な日々を取り戻し、いざ「サラン橋」発行というときに、木田が、作品を保存していたUSBを壊してしまったのだ。最初から作品を書き直すことになり、待っていたら、無常にもまた一年が過ぎていた。発行は年に二回と考えているが、これからまた続行できるかどうか。世の中、何が起きるかわからない。ただ生きている限りは、生きているあかしに、不定期になろうとも、続けようと思う。ただ木田と小津に、その覚悟があるかどうかだ。兎も角、遅くなってしまったが、一二号を発行できるはこびになった。お暇な折にでもご照覧くだされればと願ってやまない。

◆失政を隠蔽するための国会解散そして年内投票。だが結果はアベノミクスという大企業や一部富裕層には有利な経済政策を標榜する党派の圧倒的勝利。臭いものに蓋をされて目隠しまでされた国民を乗せた船はいったいどこに行こうとしているのだろう。党利党略に明け暮れる党派を水先案内人として、座礁そして沈没という憂き目にあわなければ良いが。やはり選挙に使われた費用は、震災復興や原発対策や多発した自然災害などに襲われた人々を救済するために使うべきではなかったか。だが今更何を言っても遅すぎる。

ただそんな流れの中に救いがあったとすれば、沖縄知事選・那覇市長選であったろう。基地建設反対運動など、これからの沖縄の人々の戦いに希望を見出しているのはぼくばかりではあるまい。それにしても船を下りてしまって、ぼくらはどこを漂流すればいいのだ？

サラン橋　十五号　2015.12.27

◆今号の「客船サラン丸」のゲスト、写真家・永井勝さんとは三十数年来の付き合いだ。実は家内同志が北海道の同郷の友達で、小津・木田も小さい頃、一緒に粟島という島に行ったり、金沢に行ったりした折、何かとお世話になった。生まれは宮崎、ぼくとは同じ九州人。永井さんは、スチールライフ（静物画）というジャンルの写真を主に撮っている。スチールライフとは、花・器・食品・人形・時計・貝・石などの実物（ライフ）を組み合わせて静物画（スチール）のように撮影する技法だ。◆今年十一月、新宿の新宿三井ビル、エプサイトギャラリーで個展を開き、入場者数六百人を突破し盛況だった。おおらかに見える人柄からは、想像もつかない繊細で象徴的な作風。◆今年も一年が過ぎてゆく。またたく間だ、時の流れは。だが感謝しなければならない、生きている不思議に。今年は一月に義母が逝った。誰かが言った。やっとまた一緒になれたわねと。八月に義父の墓のある北海道に行き、骨を納めた。生を得た限り、生を返さなければならない、大きな命の流れに。その流れもまたいつか途切れるのだろう。永遠なものは何ひとつないのだから。宇宙の百三十八億年の時間を一年のカレンダーに見立てれば、三十五億年前の地球の生命の誕生は九月二十一日、十一月九日に生命は動きまわるようになった。十二月十七日は特別な日だ。生命が陸に進出した。最初の花が咲いたのが十二月二十八日、十二月三十日、午前六時二十四分、小惑星が地球に衝突し、恐竜が滅びた。恐竜を恐れ、こそこそ生きていたネズミほどに小さな哺乳類はかろうじて生き残った。十二月三十一日、午後九時四十二分、人類が生まれた。狩猟や採集の生活をしながら命をつないだ。午後十一時五十九分、人類は洞窟に絵を描くようになった。天文学もその頃成立した。残り十二秒、文字を発明した。モーゼは七秒前、仏陀は六秒前、キリストは五秒前、マホメッドは三秒前にこの世に生を享けた。そしてわれわれの一人一人の生は宇宙カレンダーの時を計るスケールから言えば、０コンマ…の世界。そう思うと生に果たして意味があるのかと、ひとり見えない誰かに向かって問わざるを得ない。命の継ぎ穂になることだけが生の意味だとしたら、哀しくはないか。だがその哀しみを負いながら、解くことのできない生の意味を問い、人は生きていかなければならない。それが人の業と言えば言えるだろう。逃れることも捨て去ることもできない業。生きている限りどんなことがあっても、生きていかなければならないのだから。（ＮＨＫコズミックフロントより参照）

◆去年の十二月二十四日。クリスマス＝イヴ。家の前を流れる川に、シラサギとアオサギとカモが一同に会していた。妻と二人、家の中から息をひそめるように見守った。人の気配を感じると、カモはとも角、シラサギとアオサギはすぐ逃げてしまう。鳥たちがいなくなったので、妻と庭に出た。カメラを持って。すると川に張り出した枝に、今度は青い宝石、カワセミが来て止まった。カメラを向けて必死にシャッターを押した。写真は全てピンボケに終わったが、心は幸福感で満たされた。神のクリスマスプレゼント？……そんな素敵なプレゼントには程遠いが、拙い家族誌をお贈りします。

サラン橋　十六号　2016.12.27

◆今号に掲載した十円玉の詩は、思い入れのある詩だ。今年九十一歳になる母との思い出の詩だ。小学校三年生の頃、母に使いを頼まれて隣町へ買い物に行った。隣町には小さな商店街があった。多分夕食の買い物だったと思う。その帰り道、釣銭をじゃらじゃらポケットに鳴らしながら歩いているうちにチャリンと音がした。「あっ、お金を落とした」と立ち止まって釣銭を数えた。確かに十円足りない。ぼくは道路のすみずみを見回した。どこにもない。必死になって探した。やはり見つからない。ぼくは意気消沈して家路についた。帰って、正直に母に話した。すると母は「もう一度探してきなさい」と言う。「えっ」まさかの母の答えにぼくはたじろいだ。あたりはまだ少し明るいとは言え、夕闇がせまっているのだ。母はいっそう強い声で同じ言葉を繰り返す。そして母の眼は真っ赤にぬれていた。家の貧しさを肌身に感じているぼくは探しに行かざるを得ない。闇があちこちに腰をおろしにかかる通りを、ぼくはとぼとぼとお金を落としたと思われる場所へ歩いて行った。その時の何とも言えない心細さが残っていて、時々きゅんと胸をしめつけに来る。その心境を詩にした。母に捨てられたような思いと、母というものの厳しさのようなものを見せられたという思いと、ふたつながら今もそっくり心の中にある。なぜか？◆ついでにもうひとつ母にまつわる思い出を書こう。ぼくは、やはりその頃、近所の中学生のいじめにあっていた。母は慣れない外人バーをやり出していて、父も母もいない家に、夜八時を過ぎると、その中学生を中心に三、四人ほどぼくを呼び出しにきた。暗がりに連れていかれて、小突かれたり、殴られたり、一度チェーンで叩かれたこともあった。だがみんな手加減していた。あの頃は本気で攻撃する者などいなかった。だがそれは月に一度の割合でくり返された。そのことをぼくが言ったがどうか。ある日、その中学生を、太った体で追いかけてゆく母がいた。手には箒を持って。ぼくも後を追うと、母はその中学生を石段を登って、山の中腹まで追いかけていった。中学生はどこかに消えていたが、箒を持って立つ母を、ぼくはいつか見た不動明王のように思った。決して観音様とは言えなかった。その後も中学生のいじめは続いたが、ぼくも五年生になるころには、反撃するようになっていた。けんかは相手にしがみついて、決して負けを認めなければいいのだということを知った。中学生のいじめは終わった。そのかわりに、ぼくがガキ大将になっていた。そして小学生の時には近所のガキ大将から、町内全体の子供会の会長に推されていた。家から小学校まで三十分ほどかかる通学路全体がぼくの住む町だった。その途中に朝鮮人部落があった。ぼくの家も三畳と四畳半のバラックのような家だったが、川沿いに立つ部落の家はぼくの家よりも、もっと粗末だった。数世帯が住んでいて、よく町内の子供たちが、石を投げては「朝鮮人、朝鮮人」と囃し立てていた。ぼくは子供会の会合のとき、子供会会長として断固として抗議をした。そしてそういうことをなくすように、みんなで協力しあうことを誓った。ぼくが会長をしていた一年間、もうそのようなことはなくなった。ぼくの六十余年の人生の中で、誇れる一年があるとしたら、その一年だ。あの日々、ぼくの中に不動明王のように立つ母がいた。その母は今も心の中にいる。その母がいる限り、批判精神を第一義として、詩を書くことはやめない。◆世界はこれからどうなるのだろう。アメリカは来年からトランプ大統領の治政だ。世界有数の大金持ちの政治は、いかなるものだろう。アメリカの選んだ変化とは、いったい何なのだろう。◆来年にならなければわからないと言うほかないか。それにしても世界は病み、傷ついている。その傷は深く広がっているかに見える。癒されるときは来るのだろうか。◆トランプは果たしてわかるのだろうか。社会の底辺にいる人たちやテロや戦火の国で生きる人たちの痛みを。◆しかし他国のことだ。心配することはあるまい、という声がする。いや世界は近くせまくなっている。ちょっとしたことが、大きな病になりかねない。「少しのことにも先達はあらまほしきことなり」だ。ゆえにその先達は、道を誤ってはならない。いつか世界が一瞬でもほほ笑むのを見てみたい。

◆朝起きると、家の前を流れる川に、アオサギとシラサギがいる時がある。ただ警戒心が強く、ぼくや妻の気配を感じるとすぐにどこかに飛び去ってしまう。しかし、アオサギは、時々対岸の杉の林の上へ止まり、あたりを睥睨するかのように、凛とした姿でいる。まるでこの辺りの王（おおきみ）のように。そしてどちらかと言うとダミ声で「ガァ」と鳴く。その声を聞いていると、抗議している、または嘆いている、としか思えない。◆それならば何に抗議し何を嘆いているのか。この国への政治への抗議・嘆きであろうか。無難なことで言えば、「これ以上環境を悪化させてはならない」とでも言っているのであろうか。引っ越して来て三年にしかならないので、よくはわからないが、近所の人に聞くと、昔は川は清流と言えるほど美しかったとのこと。この川の上流に砂利を採る会社ができて、それから川が変わったと言う。ぼくも美しかった頃の川を見たかった。今も六月下旬には蛍が飛んだりしているから、美しくないとは言えないのだが。近所の人が言う、美しかった日の川へのあこがれは募るばかりだ。アオサギもその頃の川を恋うて鳴いているのだろうか。よくあの頃の山は、あの頃の海は、あの頃の川は、という声を聞くが、自然は美しいままであってほしいものだ。

◆今回、客船サラン丸に招待した天草季紅さんは、古くからの短歌の仲間だ。去年まで「Ｅｓ」という短歌の同人誌で十五年間、苦楽を共にした。またその以前「氷原」という結社誌でも、数年間ご一緒した。そして今度、元「氷原」の仲間と共に新しい短歌の同人誌を出すに当たり、編集人として同人を引っ張ってくれることになった。ぼくの好きな歌人小中英之の研究者としても知られる。歌集に『夢の光沢』『青墓』、評論に『遠き声　小中英之』がある。

◆年二回の発行を目論んでいた。だが前号も一年半の空白があり、今号も結局年一回発行ということになった。息子たちに文学への情熱が薄れたらしい。というより仕事の忙しさのせいか。しかしぼくは、こののちも批判精神を第一義として詩を書き続けねばならない。ということで年二回発行のためにも同人誌へ移行することにした。同人を募ります。詳細はお知らくだされば文書あるいはお電話でご連絡します。

サラン橋　十七号　2017.11.13

◆今夏、八月の下旬、関西方面に旅に出た。その紀行文を書こうというわけではない。

九州の西の果て、米軍基地のある町の公立高校に通っていた。一年先輩に村上龍氏がいた。その頃から尋常でない雰囲気を漂わせていた彼のことを書こうというわけでもない。修学旅行に行けなかった話だ。ちょうど大阪万博の年だった。

韓国人である父と日本人である母のカップルは、山あり谷ありの波乱万丈の人生を送っていた。基地の町佐世保で、母はいわゆる外人バーを経営し、父は中古バイクの販売、質屋、焼き肉屋、屑鉄業など手広く商売をしていた。だが基地でなくなるということで経営は傾き出していた。それでも父は取り巻きを連れて、毎夜豪遊していた。

ある日家に帰ると、家具や電化製品にべたべたと赤い紙が貼ってあった。ああまたみんな持っていかれるんだなあと、溜息交じりの感想が湧いてくるだけだった。なぜならそれは、三度目の経験だったから。その幾日かあと、担任の先生に呼ばれた。「修学旅行の積み立てが途切れているが、修学旅行はどうするか。」ということ。ぼくは、その日の情景を思い浮かべ、「行きません。」というほかはなかった。そしてそのことは、母には言わなかった。母は、ぼくが修学旅行に行かなかったことを知らないままでいる。それがトラウマみたいになっていたのかどうか、母を連れてよく旅をしたが、関西方面は敬遠してきた。今回奈良に行ったのだが、この年齢で、詩や短歌に接していながら、奈良は初めての訪問となった。

ついでだから、二回目の赤紙事件のことを書こう。中学二年生の時だった。その頃は六畳と四畳半と二畳の台所のアパートの二階に住んでいた。階下で母の言い争う声がしていた。「ちゃんと払うけん、もっていかんで」と言う声。寒い冬の日で、ストーブなどというものはなく、たくさん重ね着をして、僕と妹はこたつに入って、期末テストの勉強をしていた。すると背広を着た二人の男が入ってきた。若い男とちょっと年のいった男の人だった。無言で、小さな冷蔵庫や中古のテレビや炊飯器などに赤い紙をところ構わず貼っていった。そして最後に若い男の方がこたつにその紙を貼ろうとした。「よせ」と鋭い声がした。声のした方を向くと年のいった男の人が若い男に向かって首を振っていた。世の中には、血も涙もある人がいるということを言いたいわけではない。

父と母のせいで、時代の巡り合わせもあって、悲しい目にもたくさんあった。だが、なかなか味わえない面白い経験もたくさんしたなあとこのごろ思うのだ。父は反面教師にもなったし。母は九二歳。毎週一回を目安に、母のいる施設に行く。ぼくを見ると、周囲の人たちに息子だという。他のことは忘れていても。そのたびに涙をこらえるのがやっとだ。

◆衆議院解散。選挙は、案の定、自民党の大勝。二大政党の政治をと言いながら乱立した党。権力の座につきたい人、権力にしがみつく人、権力という幻に惑わされている人ばかりに見えた。「政治とは、大偽に過ぎないのか」(『天空の舟・宮城谷昌光』)欲深さを押し隠し、微笑みながら嘘を言い、夜叉や鬼のような心を持たなければ、政治家にはなれないというのか。そうではあるまい。中国の夏から商の時代、伊尹という政治家がいた。自らを捨てて、民衆のために生きようとした政治家がいた。人々の暮らしをよくしようと私心を捨てて、民衆のために生きようとした人間がいたのだ。三千数百年も昔に。そして今、名もない民衆のために努力している人もいよう。懸命に人の役にたとうとしている人を、僕は信じたい。物質文明から、精神文明への脱却はいつか。人間の種族にはいつまでも望めないことであろうか。

◆北朝鮮の脅威に対して、同じ血を半分引いている者として恥ずかしいという思いと断固抗議したいという思いと、いつものことながら苦しめられる。また詩を書く者として、なおさら平和への願いと戦争放棄や核廃絶の祈りを強くする。これでは述志の詩から脱け切れない。

◆今号から当誌は同人誌へ移行することになった。再出発するに当たって、実力・実績のある二人の詩人が加わってくださった。感謝の思いに堪えない。気を引き締めて、しかし力まず坦々と歩みを記したい。

◆秋も深まり冬が来る。一日一日を大切に生きていかなければと思いはするのだが。

サラン橋　十八号　2018.5.22

◆詩の病にかかったのは、いつだったか。高校に入学したばかりの時だ。引っ越したばかりの家の居間で、父が古新聞に何か文字を書いていた。父は、父なりの勉強のつもりだったのか、古い新聞の上に、その新聞の文字を拾って、よく字を書いていた。いろいろ字体を変えて。だがその時は、整然と一行が七字で四行の文字が丁寧に書かれていた。それは、中学の時に習った漢詩の形だった。新聞紙の紙面には、漢詩らしきものはなかった。だが父が漢詩などすらすらと書けるはずがないと思っていたので、何を書いているのか、父に問いかけた。すると父は、漢詩だと答えながらも、普段声をかけないぼくに問いかけられたのが、うれしいらしい表情で、書かれてある詩を読んでくれた。

月落　烏啼　霜満天
江楓　漁火　對　愁眠
姑蘇城外　寒山寺
夜半　鐘聲　到　客船

月落ち烏啼いて　霜天に満つ
江楓漁火　愁眠に対す
姑蘇城外　寒山寺
夜半の鐘声　客船に到る

それは『寒山寺』の名で知られている張継の『楓橋夜泊』の詩だった。父の声は朗々として部屋に響いた。情景が思い浮かんだ。何か寂しい気持ちが、心を領した。「詩って、いいな。」と思った。

それから僕は、学校の図書館で、漢詩に関する本を借りてきて、漢詩の勉強をした。そしてついに一篇の漢詩を書いた。きちんと韻を踏んだ五言絶句の詩だった。それを父に見せた。戦争の傷のせいか、それまで過去のことを一切語らなかった父が、その時はじめて、祖父や曾祖父のこと、つまり代々漢文学者の家系であることを明かした。「お前の中におじいちゃんたちの血が脈々と流れているな。」と、父が独り言のように呟いたのを、今でも覚えている。兎に角、ぼくが最初に書いたのは漢詩だった。

そして高校二年生になった。のちに佐世保事件と呼ばれる大きな嵐に至る不穏な風が吹いていた。著名な小説家になるM氏と友人だったN君が、その学生運動に関わって、高校を退学することになった事件だ。僕もデモに参加するようにN君から誘われたが、同人誌を出して支援するということで断った。同級生三人で同人誌を発行した。その同人誌仲間のK君（拙詩集『遠い日の夢のかたちは』の「Kとの時代」のKとは別人）から、冒頭の「詩の病」という言葉を教わった。あれから五十年が経っている。今、K君の所在を知らない。そして、その同人誌の費用を全部出してくれた母も、この二月に亡くなった。九十二年の生涯。

母に苦労ばかりかけた五十年は、あっと言う間だった。取りつかれた感のある詩の病にも困り果てている。
◆今号から、『水天のうつろい』で今期の日本詩人クラブ新人賞を受賞した岡田ユアンさんが同人に加わった。本多さん曰く「若く力ある人の参加は、励みになる。負けまいという気持ちが湧く。」と。全くの同感である。頑張らなければなるまい。
◆古くからの知り合いである詩人の趙南哲さんから拙詩集に対して、熱いお手紙をいただいた。今回、同人の三冊の詩集が出ているなかで、自分だけの書評というのは遠慮すべきだと考えたが、価値ある書簡形式の書評と思い、同人の許しを得て掲載した。
◆引っ越して来て五年。朝、春の気配に、ふらりと庭に出ていくと、ガサガサと音がして、下を流れる川に石の転がる音、バシャバシャという水音がしたので、覗いてみると、ニホンカモシカが振り返って、じっとこちらを見ていた。目が合った。悲しげな眼の色だった。庭に上がってきていたのだろう。ひょっとしたらここは、彼の縄張りだったのかもしれない。僕は、侵略者なのかもしれない。人というものは、自らの気づかないところで、優しい動物たちの心を傷つけている。対岸の杉の森へ消えていく後ろ姿を見ながら、ごめんね、と呟くほかなかった。

サラン橋　十九号　2018.11.13

◆二月に母が逝った。梅の花がほころぼうとする夕べ。母はこの世を捨てた。入れ歯を外された口を大きく開けて。母の魂が、その口から出てゆくのを見た、と思った。それから救急車に乗せられた。救急隊員が、何度も何度も心臓マッサージをしていた。大きく口を開けた母は、そのたびに起きだしそうな格好になった。それは、病院に着くまでの儀式だった。後から振り返れば。
　母は紛れもなくこの世を去った。母の焼かれた骨を拾うとき、もう二度と会えないという思いが胸をいっぱいにした。

　その骨壺をもって、今夏、母の故郷、長崎県松浦市今福というところへ、妻と娘と行った。納骨のためである。母は、生きながら、先祖の墓域に、墓を建てていた。父は、海を隔てた韓国の、土を丸く盛った墓の中に眠っている。父は韓国で結婚しておきながら、日本に渡って来て、母と一緒になった。そのおかげで僕と妹とは、この世に生を受けたわけだが、母は父の戸籍に入れないまま一生を過ごした。もちろん日本人である母は、父の墓には永眠できない。その土饅頭の墓を造ったのも母だ。父の骨壺を持って、異国へ渡り、祖国に眠りたいという父の遺言どおり、大きな墓を建てて、その骨壺を埋めたのも母だ。そのとき母は、何を思ったのだろう。父と一緒に眠れないと悟ったとき、奇しくも海峡を隔てた対岸にある地に、墓をつくろうと思ったのではないか。母は、そんな意地を通す人だった。

母は、ぼくが小学校に上がったころ、基地の町佐世保で、外人バーを始めた。商売などしたこともなく、まして英語もしゃべることもできず、生きるために、父の命じるままに始めた仕事は、なかなか軌道に乗らなかった。学校のわずかな諸費用さえ滞納するほどに。帰ってくるのは朝方。ぼくと妹は、板張りの隙間風がヒューヒュー入る四畳半一間の部屋で、二人だけで夕食を食べ、そして眠った。夕食を作るのはぼくの係り。献立はだいたい同じ。七輪をおこして、近所の魚屋で買った鰯や秋刀魚を焼いて食べた。キャベツの千切りと、母に教えられた牛肉とわかめと玉ねぎのスープを添えて。幼いながらそういう生活ができたのは、母の苦労が身に沁みるほどわかっていたからだ。母の手助けをしようと思った。母はいつも泥のように眠っていた。そして父は、めったに家に帰ってくることはなかった。小学校時代、ぼくも妹も、朝食はほとんどとらないで、学校に通った。

だが五年ぐらい経って、母はやっと仕事に慣れてきたようだった。引っ越しを重ねながら、十年余経ったころ、一軒家に住むことができた。ぼくも妹もそれぞれ自分の部屋を初めて持った。そのころからだ。ぼくが詩を書きだしたのは。たくさんの言うに言われぬ不条理を感じていた。母は、僕が欲しいと言う本は、たいてい買ってくれた。だからそのころ付き合い始めた友達は、ぼくをお坊ちゃん扱いした。詩にのめりこんでいったぼくは、そう見られても仕方のないくらい、ワルぶった文学青年へと変容していった。母は信じていた。僕が小説を書いて、文学で暮らせるようになると。そうなることもできないまま、詩しか書けないぼくは食えない詩を書いて、母を逝かせた。

母の墓の近くに義義が浜という鳴り砂の浜がある。母とぼくと妻と子供三人と、九州に帰ってくるたびに、先祖の墓参りもかねて遊びに来た。ギーギーと砂が鳴る。目の前に元寇の鷹島が見える。元寇で亡くなった人たちの魂が鳴るのだ、と母は言った。

八月の終わり、義義が浜に人影はなかった。明日の納骨式を控えて、墓の掃除を終えたぼくと妻と娘と三人で、生きていた日の母の幻を追いながら、ひとときを過ごした。

全身を濡らして、ミナと呼ばれる貝を採っていた母。原始の母のようにたくましかった母。その母はもうどこにもいないということが、生のよりどころを失ったようで、さみしくてならなかった。波のかなた、何度も心の中で、おかあさんと呟いていた。その心の声は、鳴り砂の音と重なって響いた。母に、産んでくれてありがとうと言った。声は届いたろうか。

淵なき器へ

1

意志表示せまり声なきこえを背にただ掌の中にマッチ擦るのみ

ぼくが短歌を詠むきっかけとなったのは、岸上大作の右の作品を読んだことだ。それまでは単発的に短歌を書いていたが、本格的に短歌を詠んでいこうという気になったのは、この一首に触れたことだと確信できる。もう三十数年も前のことになるが、その頃の記憶が鮮やかによみがえる。

ぼくの生まれた佐世保は、その頃異常な事件の嵐の只中にあった。一九七〇年日米安全保障条約改正前夜、一九六九年十二月の、いわゆる佐世保事件である。アメリカ軍原子力空母エンタープライズの入港に反対して、全国各地から、その阻止を唱え、改正反対を訴える学生や若者たちが、続々と佐世保に集まってきていた。ぼくはまだ高校の二年生だったが、友達からデモに参加するように誘われた。高校のリーダー格は、現在は著名な小説家となった村上龍氏であった。ぼくよりも一年先輩だった。

ぼくは悩んだ。そのころ、ぼくの母はいわゆる外人バーを営んでいた。佐世保に入港するアメリカ軍の兵隊たちを相手にするバーだ。その日々の営みが、家族の生計を支えていた。参加することによる母への影響は甚大である。まして、捕らえられでもしたら、母が相当なショックを受けることも懸念された。父君に影響を受けられていた村上龍氏とは、ぼくの場合明らかに事情が異なっていた。その頃の生活は、母の努力なしではありえなかった。母が苦労している姿を、目の当たりにしていたぼくは、デモへの参加を拒否した。その代わり、当時、数人の仲間を集い、同人誌めいたものを作っていたので、その誌面で、支援することを、友達に伝えた。その同人誌に、何を書くか、どう書くかを迷っていたとき、図書館で、件の岸上の一首に出会ったのだ。何とも言いようのない衝撃を受けた。「ただ掌の中にマッチ擦る」しかない〈私〉とは、ぼく自身ではないか。

棍棒にたやすく見えている背後いたけだかなる罵声を許す

装甲車踏みつけて越す足裏の清しき論理に息つめている

当時のぼくには、父の姓字である崔という名で、軍事独裁政治である朴政権に支配されて動揺する韓国のことや、そこに生きて苦悩する民衆への支援、また在日として生きる父の苦しみや孤立、その父を支えようとして、生活に奔走する母のことなどを書いていこうという考えは芽生えていなかった。だが、この一首との出会いが、その後のぼくの心の内部を変化させていったのだと思う。

誕生日へなだれてはやき十月にうなじ屈するゆえの反抗

撒きて来し反戦ビラの誤字一つ思うとき少年はもっともかなし

北鮮へ還せと清潔なシュプレヒコールくりかえされる時も日本語

意志表示――そうだ、ぼくも意思表示しなければならない。理不尽な現実に対して、ノーと言うべきときには、ノーと言わなければならない。五・七・五・七・七の定型のなかに思いを込めなければならない。しかし、それは、今まで書いてきた詩や短歌の模倣からの脱却を全面的に強いるものだった。

佐世保事件の渦中にあったころのぼくは、佐世保という九州の西の果ての地方都市に住んでいたせいもあって、当時の現代詩とか現代短歌とか呼ばれている作品をまったく知らないで、その当事、中央公論社から出版されていた『詩歌全集』(一九五五年刊)を、母に頼んで買ってもらい、近代詩・近代短歌の世界に埋没していた。どちらかと言うと詩への関心の方が強く、北原白秋、萩原朔太郎、三好達治、中原中也、立原道造などの作品を愛読して、その模倣から詩を書き出していた時期だった。「高一時代」・「高二時代」、「高一コース」・「高二コース」という雑誌の投稿欄に、やみくもに投稿して、詩や短歌が掲載されたりしていた。そのころの詩壇や歌壇の動向も知らず、ただ単純に、『詩歌全集』に載っている近代の詩や短歌を、現在の詩あるいは短歌のありようだと信じて、それらを手本に、見よう見まねで、作品をノートに書きつづっていた。いわば「井の中の蛙」的陥穽のなかで、田舎の文学少年然として悪戦苦闘していた。短歌のことで言えば、後年に影響を受けることになる近藤芳美や岡井隆、寺山修司や小野茂樹の名さえ知らなかった。岸上大作の作品群と出会うまでは――。

2

岸上大作は、六〇年安保を生きた。その一九六〇年十二月三日に自死するまでのたった五ヶ月ほどであったが、当時の短歌の世界を駆け抜けたと言ってよい。冨士田元彦の言葉を借りれば、「岸上大作は、全学連に加盟すらしていない自治会をいただく大学の学生として、しかも「公認」左翼としての日本共産党と対立関係にある全学連主流派の闘争に、みずからをのめりこませるような形で、参加した。」〈冨士田元彦「六〇年に賭けた詩と死」〉のだ。

その最前線に立つような形で、うたわれたものが、冒頭にかかげた一首であり、以後この作品は岸上の代表歌のひとつと目されている。先述の文章のなかで冨士田は、「東京新聞」のコラム特集「八月十五日・20年は流れた」（六五年八月十五日）の中で、一九六〇年を代表する人物として、樺美智子と岸上大作が採り上げられ、「二つの若い命と共に・消えた幻の革命」という視点で述べられたことを記している。

喪の花はわたくしにのみ自己主張してきびしきになに捧げうる

ヘルメットついにとらざりし列のまえ屈辱ならぬ黙禱

の位置

岸上大作は、六〇年安保の状況の中で、「個がイコール孤としてしか認識されないし、また存在もしえないような立場に身を委ねる中で、五七五七七という定型」（前掲・冨士田）の矢を、短歌の質をそこなうことなく、緊張の弦をゆるめることなく、社会の矛盾や政治の暗部に向かって、放ち続けた稀有な歌人なのである。そのころのぼくにとって、社会と自己との相克をかくも鮮明に表現する岸上が羨ましかった。日本の暗部に短歌というメスを入れて、手術しているような感があった。傷はあまりにも深く大きく、短歌では、ふさぎようもなかったが、その批判精神にぼくは魅きつけられた。

では、岸上の闘う姿勢、批判精神はどこからうまれたのだろう。年譜を見ると、岸上大作は、一九三九年十月二十一日、太平洋戦争が起こる約二年前、兵庫県に生まれた。父繁一、母まさゑの長男として。岸上の「結実・青春ノート」によると、「ぼくの父は一介の労働者だった。酒のみの自動車運転手だった。唯一つ父の良い点は、平常は母にやさしくしたと云うことである。そしてもう一つは」その父が、「共産主義者と交わり、プロレタリア文学に接したことに、敬意を表す」とあることだ。その父は、一九四二年に召集され、一九四六年五月横須賀で戦病死した。その後、母まさゑが、岸上と二つちがいの妹を、蒟蒻を売ったり、お昼からマッチ屋で働いたり、わら加工〔縄〕をしたりして育てた。ただ祖父が生花の先生で、「田んぼも食べるぐらいは作っていて、お金も少しはゆったりしていた。」〔高瀬隆和宛母まさゑの手紙〕暮らしぶりではあった。

ぼくは思う。死の前の五ヶ月だけ、彗星のように輝いた岸上の魂が、政権や体制への従属性という呪縛を解き放ち、鋭い矢を放つつるへ変ずる転機はどこにあるのだろう。たとえ六〇年安保という時代背景があったとはいえ、短歌における閉鎖性や旧来の価値観をくつがえし、精神の矢を射続けさせ得た本質はどこにあるのだろう。

3

ぼくは二年の浪人の末、一九七二年、東京の私立大学に入学した。大学に入って、岸上と同じように、戦うことを己れに命じて。しかし、もう七〇年代安保の火は消えかけていた。一九七二年二月の浅間山荘事件などで、あさましい内部闘争などが暴露され、大衆や大学生の心は乖離していた。また、時代は資本主義の安定期を迎えつつあった。ぼくの目論見は外れてしまった。大学のキャンパスの中は平和そのものだった。学生運動を呼びかける集団の声もむなしくひびいていた。その中に入って、闘争を継続する気持ちは、ぼくの中からも失われていた。ぼくはヒッピーの格好をして、東京の町をさまよい歩いた。詩を書いて、いろいろな雑誌に投稿して、その投稿欄に掲載はされていたが、そのころの現代詩の模倣であることを自認しているぼくにとって、だんだんとむなしい営為に感じられるようになっていた。自分の主体性を見つけなければならない。詩を書いてゆく理由を。

そんなとき、韓国の民主化運動の声が聞こえてきた。韓国に留学した徐勝（ソ・スン）兄弟が捕らえられたり、一九七〇年の全泰一（チョン・テイル）青年の民主化を求めた焼身自殺が新たな闘争を生むニュースとして伝えられたりしていた。それから朴政権打倒を目指して戦い、良心の捕囚となった韓国の詩人たちの詩が翻訳されて、紹介されるようになっていた。ぼくは、自分の書いていくべき詩を見出した気がした。ぼくはまた、それまでの一切の詩を捨てて、韓国の民主化運動を支援する詩を書きはじめた。しかし、それは、ただただスローガンの羅列であり、ポエジーを持たない詩でしかなかった。本当の民衆の痛みを知らない者が、その痛みのために血を流したことのない者が、心からの叫びを書けるはずはなかった。詩と同時に、支援の手段として、短歌もまた書きはじめていたのだが、詩と同じで、何の訴求力も持たないものと化していた。投稿しても、ぼくの詩や短歌を載せてくれる雑誌はもはやなかった。ぼくは途方に暮れてしまった。もう一度はじめから勉強し直さなければならない。岸上のように「直立する一行の詩」を求めて。

　一九七五年五月、金芝河（キム・ジハ）が獄中から「良心宣言」を発表した前後だと思う。ぼくは獄中にいる気になって、部屋に閉じこもって、書を読み出した。同時に近藤芳美や岡井隆などの短歌を読み出した。また、岸上大作の短歌作品だけではなく、その残された文章を読み出した。本格的に短歌と面と向かったのはそのころからだ。

　岸上はその評論「閉ざされた庭」（「国学院短歌」三一号・一九六〇・四・十四）で書いている。

> 詩人が、革命家のように理論的に明確な現代社会へのヴィジョンとプログラムをもつことを要求しないが、しかし少なくとも彼の肌・感性が、それを感じとらないようなら、もはや彼を詩人とは言えない。まず何よりも、独占資本主義体制のもとに疎外されている自己そのものの状況を知らなければならない。庭は閉ざされているのである。ブランコは動かなければならないのである。

　庭とブランコは何をたとえているのか。また何の象徴なのか。庭を国家とし、ブランコを自己と見立てる視点も許されると思う。また庭を政治と見立て、ブランコを文学とする見立ても。だがもう一度、『閉ざされた庭』の文章を借りれば、「現代社会において自己が疎外されている状況そのものを自覚するとともに、そのような自己を疎外している原因が、資本主義体制にあることを知らなければならないのである。」という言葉から、庭は〈資本主義体制〉を指し、ブランコは〈自己が疎外されている状況〉また〈自己を疎外している原因〉という図式が成り立つ。ここに、岸上の疎外感が浮かび上がる。

> 生きている不潔とむすぶたびに切れついに何本の手はなくすとも
>
> 請い願う群れのひとりとして思う姿なきエリート描きしカフカ

　しかしぼくは、岸上の疎外感に疑心をはさむ。岸上の疎外感からは、深い孤独感や空虚感や受難のイメージが感じられないのである。たしかに岸上は深く傷ついている。資本主義体制に異を唱えている。日本の社会の病巣に定型のメスを加えている。不潔を拒否し、決してエリートにはならない自己を見入っている。そして岸上はつねに覚醒している自己と向き合っている。ここで先刻の図式に戻ろう。

ぼくの捉え方がまちがっているのかもしれないが、直截的に言うことを許されるなら、独占資本主義に於いては、疎外感イクオール貧困ということになろう。岸上の「絶筆」の中に「父が戦死して以来、ぼくの家庭は極度の貧困であったため、ぼくは少年時代から、社会主義の正しいことを、否！　社会主義が正しいかどうかではなくて社会主義しかないことを、自分の肌で感じとって来た」（「絶筆・ぼくのためのノート」・一九六〇）と記してある。時代は戦後まもなくである。日本全体がふつうの生活者であればほとんどの人が貧困であった。

そして、ここで母まさゑの手紙の一節を思い出していただきたい。先の高瀬隆和あての手紙はそのための引用だった。もう一度書くと、「お金も少しはゆったりしていた」とある。ぼくは重箱のすみをつついているわけではない。また、粗捜しをしているわけでもない。岸上の疎外感は、決して貧困から来たものではなく、純粋に、若者特有の一途な気持ちで、社会主義を欲したのだということである。ぼくのまわりくどい叙述は、その反証のためのものだった。それゆえに、「意志表示」に表明された批評精神と戦う姿勢が、読むものに深く突き刺さるのである。

4

次に、岸上が短歌をどのようにとらえていたかに触れつつ、ぼく自身の岸上から受けた影響を語ることにしよう。それによって、前述の岸上の批評精神・闘う姿勢の意味を深化させることができるかもしれないから。

〈短歌は抒情詩である〉と、いまの御時世にヌケヌケと言いうる者は余程の時代錯誤感に陥っているのだときめつけられてしまうような気がする。軽蔑される前に、〈気の毒な奴だ〉とあわれまれるのかも知れない。しかし、ぼくはやはり〈短歌とは何か？〉と尋ねられたら、〈5・7・5・7・7を基調とする五句三十一音の抒情詩だ〉と答えるしかないのである。〔中略〕ところで、この〈抒情〉とは何なのか？　辞書をみると〈自分の感情を述べあらわすこと〉とあるのだが、ぼく自身も〈抒情〉という場合は、まさにこの意味において言っているのであり、そして、この意味以上の何ものをも意味していないのである。

（「ぼくらの戦争体験」・一九六〇・六・二七）

岸上はこのあと、大時代的に「短歌は抒情詩である」といわなければならなかったことに対する説明を試みている。大まかに三つのことを取り上げている。

一、そのころ歌壇に氾濫していた〔政治と文学〕・〔感情と論理〕・〔社会詠・政治詠〕という言葉が理解できない。

二、新聞短歌などの一部に見られる作者不在の短歌が存在している理由が理解できない。

三、岸上自身の作品に対して、デモや赤旗を素材として使っているという理由で〔スローガン短歌だ〕・〔新聞の見出しだ〕という言葉が投げつけられていることが理解できない。

そして、「短歌は抒情詩である。」を筆頭に、「短歌における論理は、感情の高度化された形態として把握しなければならない。」また「すぐれた作品は、時間および空間を超越する。しかし、超越と遊離とが異なることをぼくらが知っていれば、時間および空間の超越はまさに時間および空間への執着により獲得されるのであり、時間および空間への執着なくして、その超越はありえない。」という三つの短歌に対する基本的態度に、岸上は言及している。

ここで、岸上の短歌を出発点として、ぼく自身のことに触れておくと、ぼくもまた、短歌を発表し出した当初から現在まで、ぼくの短歌に対して〔スローガン短歌〕とか〔新聞の見出し〕という批判を受けてきた。岸上に私淑したものとして言うならば、ぼくも岸上と同様の批難を受けているという点で、むしろ光栄に値すると言えばいえよう。

短歌は、いかに社会や政治などの外部世界に対峙しようとしても、個人的であることは否めない。個の内部世界に、目指そうとするもの、根付かせようとするもの、アイデンティティとして植え付けようとするものが、いかに外部の現実世界との格闘から芽生え、根を張り、一本の木に成長しようと、岸上の言葉を借りるなら、「文学者の社会的存在は何らの特権的地位を約束されるものではなく、つまり文学者は文学者として社会的に存在するのではなく、あくまでひとりの人間として存在するのであり、そのひとりの人間として存在するものが、自分自身の「個」と現実社会との格闘の苦渋のなかから文学を生もうとするのであるから、それは無償の、またそれによって何らの社会変革への貢献もなしえない営為」なのである。〔「寺山修司論」・一九六〇・九・二四〕

ぼくの場合、個としての「私」を認識しようとすればするほど、対峙する現実社会の不条理や矛盾との相克にぶつかざるを得なかった。また、「私」の必然性を確立しようとすればするほど、日本人の母の国籍を持ちながら、在日である父の苦悩や受難を自らに負うことを強いざるを得なかった。そして作歌という行為の中で、自己の作品に訴える力を求めるとき、岸上が作歌態度として筆頭にかかげている「短歌は抒情詩である」という認識をよりどころとして、習作を試みるしかなかった。

ただ、ぼく自身の主体性の根拠として採り上げたはずの〔差別〕とか〔韓国・朝鮮〕とか〔独裁〕という語彙は、はじめ空回りするだけだった。それこそ、「スローガン短歌」とか「見出し短歌」という批難を受けても返すことばのない代物だった。岸上のように心打つ作品「一行の詩」として「直立」した作品を生むためにはどうすればいいのか、自問自答を繰り返す日々が続いた。長い暗闇の時期が続いた。なぜならぼくの内部には他者が育っていなかったのだ。ぼくを完璧なまでの孤独に陥れる他者が。たとえひそんでいたにしても、当時のぼくはまだそれを理解しうる精神を持っていなかった。他者に対して、あるいはぼくの中に芽生えていた疎外感に対して、ぼくは拮抗しうる思想を持ち合わせていなかった。また、ぼくには独占資本主義に対して、共産主義が、はたして真実のよりどとなるべき思想とは思えなかった。その頃の韓国の民衆は、朴政権という政治機構と独占資本によって苦しめられていたが、北朝鮮もまた金日成の共産主義独裁政治によって、民衆の幸福はないがしろにされているということを聞いていたからである。

ぼくが「韓（から）」とか「朝鮮」とかいう語を用い、六〇年代後半から七〇年代にかけての朴政権下での独裁に抗う民衆の戦いを詠んでも、それは個人的のものとしか映らない。「変革」とか「革命」とかいうことばで新しい精神のありようを探っているとしても、「個」の世界での空しい営為であることは否めない。だが「個」を意識すればするほど、「個」の必然性が問われ続けるのである。「個」として、旧来の差別や閉鎖性、歴史における半島の分断と対立、その原因の一つとなった日本の植民地支配の悲劇、そうしたものに「個」としての目を向けることによって、旧い関係を断ち切り、新しい世界を求め、自己＝個を知る葛藤の闘いから自らの主体性や正体性の所在を見きわめ、確立する道すじを岸上は示していた。岸上が述べている「底流するものは、今日の時点においてぼくという一個の〈私〉が生きている事実であり、その〈私〉にとって信じられるものは、〈私〉の皮膚感覚＝感性であるという事実にまで高められた〈私〉の認識である」（前掲・「ぼくらの戦争体験」）という作歌姿勢の結語にいたることばに目が開かれる思いがした。

そして岸上の言う「抒情」また岸上の持っている、ゆらぎつつも一行の詩の中に刻印される批判精神、そこから一行の詩として、読む者に訴えるポエジーのありようを、うすうすであるが直感的に嗅ぎ取るようになっていた。だがいくら書いても、長田弘氏の文章を引用させてもらえば、「岸上大作はこうしてわたしにとっては完璧な他者であったし、あり続けてきた。岸上大作のいくつかの一行の詩は、かれがあくまでも完璧な他者であることをわすれさせないことによって、わたしの内部にいまもなおあざやかに、消点のように刻まれている」（一九八三年・「詩人であること」）と言わしめるほどの短歌は書くことができなかった。岸上のように夭折しても、作品が残るというような自己を見出し、確立することはできなかった。ついにぼくも、岸上がその遺書で、「生き残った奴等」と呼んだ、長田弘氏が奇しくも言いえている「失敗の真実しか手にならなかった」または手にすることのできない一人にならざるを得ないという断念のそこに陥った。

贖罪の証したやすく口にして男につながる家系は長し

岸上に自らを投影しながらも、岸上に拒否されている自分をもてあましながら、なおもぼくは自分自身を見出す旅を続けようと思った。岸上にほど遠いという諦念に沈みながらも、岸上の背中を追うほかはないと思っていた。その屈折にかすかに射してくる光を感じながら、ぼくは韓国に渡ることを決意した。一九七八年の春のことだ。岸上の歌集や幾冊かの詩集を手にして。「私」を発見しなければならない。韓国に行って、虐げられた人たちと接しなければ、「私」を地に根付かせることはできないと思った。

そして、そこでまた岸上が手を伸べてきたのである。つまり、ぼくにとって「完璧な他者」として。孤独にあえいでいたとき、岸上が、その長所として持っている抒情と批判精神とポエジーの融合した短歌へ導こうとしたのである。その地平には、岸上の戦いの歌と共に、岸上の相聞歌が屹立していたのだ。

5

プラカード持ちしほてりを残す手に汝に伝えん受話器をつかむ

海のこと言いてあがりし屋上に風に乱れる髪をみてい
る

岸上大作は、その「遺書」にあるとおり、「恋と革命のために」死んだのだ。「恋」と「革命」と、岸上の内部において、どちらが重きをなしたか。ぼくは、こんな愚問を自分に投げかけてみる。本当に革命を信じていたなら、生き抜いていたはずだと思うからだ。一九五八年九月九日の「作文」には、「今の僕にはもっと大切な勉強があるのだ。〔中略〕本格的に社会主義を勉強しマルクス主義で武装することだ。」とあり、早くから目的意識を持ち、同世代の若者たちより目覚めていたような感すらある。また最後の母あての手紙〔一九六〇年十一月二十二日付〕には、「選挙は今度はじめて投票しました。しかし、国会をそんなに重く考えていません。大事なのは革命ですから。」と記されている。岸上は、この年の十二月三日に自死したわけだが、高瀬隆和の年表や母あての手紙を参考にするかぎり、「革命」の方が比重は重かったように見受けられる。

十二月三日までの十日ほどの間に「恋」というより、「文学」その「夭逝」に向かわしめたものは、何であったのだろうか。その「遺書」に「これは、気のよわい、陰険な男の、かたおもい、失恋のはての自殺にすぎないのだ。」と書かしめたものは、何だったのか。死の理由づけに「恋」を置いたのは。「ぼくは最後まで自分の誤算に賭けよう。」と記した誤算とは。失恋による自死とは、冨士田元彦が指摘するように、「タテマエあるいは形をととのえることをこだわったポーズ」であったろうか。ぼくは、こうした問いに対する答えを用意していない。なぜなら、岸上の信じた「夭逝」の冠詞を、もう持てないぼくは、「彼の魂は、権威に対するとき無援であったのではなく、『負け犬』のくじをひきつづけることによって無援だったのだ。」〔佐佐木幸綱「現代短歌」・一九七〇〕という「負け犬」の死を選ばざるを得なくなる可能性もあるからだ。

血と雨にワイシャツ濡れている無援ひとりへの愛うつ
くしくする

ここから、岸上をその「ポーズ」において死に至らしめた『恋』＝相聞について述べていこう。先に引用した佐佐木氏の文章の前に「岸上はカッコワルク生き、みっともない恋をうたい、ぶざまに死んだ。が、美しい戦いの歌を残したのであった。」とあるが、「みっともない恋」をうたった相聞に、岸上の真骨頂はあったように思う。はじめ書いていたように、ぼくは、岸上の「美しい戦いの歌」に魅せられ、短歌の習作を繰り返したわけだが、岸上の相聞を読むと、長田弘氏が示唆する「岸上大作は、『相聞』を可能にする他者の間で、うたわれるものとしてのじぶんをなによりも信じたかったのだ、とおもう。」（前掲・「詩人であること」）という言葉が、重くのしかかる。岸上の自殺の要因も、解答しえないが、仄見える気がする。

耳うらに先ず知る君の火照りにてその耳かくす髪のウェーブ

岸上の相聞には、二十歳を越えたばかりの甘ったるさが、あまり感じられない。恋に酔いしれているという印象が稀薄だ。デモとか闘いの場でうたわれたからだけとは言えない。恋の「火照り」を見ながらも、同時に「耳かくす髪」を心の目はとらえている。敗北を意識している。しかしそこに、せつなさとか悲しみという感情を挿入していない。切ないほど、かなしいくらいに。

耳うらに知りたき火照り欺きを搏たせてつねにはげしからんに

拒絶してくれぬをすでに枷となす詩集の扉に書きし恋唄

その彼におよぶ会話よふせている面にやさしき嫉妬をみする

岸上の語彙は暗い。相聞という対話を試みながらも、「欺き」とか「拒絶」とか「嫉妬」とかいう負の世界をイメージさせる語彙を選択する。二十歳の若者にありがちな憧憬や願望というものはない。恋による魂の広がりや清めや癒しを拒んでいる。岸上の身にふくまれた闇、こころの全体を占有しているかのような暗いなにものかの表象を覗き見させてしまう。岸上は、短歌を負の器として選び取っているのだ。岸上は、自らの短歌の器に、明るさや希望ではなく、葛藤や苦悩を盛り込むことを課しているかのようだ。はじめから、成就する恋ではなく、敗北する恋を選び、そこで傷つき、けもののようにみっともなくうめくことを、受容していたように思う。その地点からしか、自らの短歌の種子は、芽を伸ばし、一行の直立した詩には育てられないかのように。だが、岸上の相聞は、しっかりと根を張り、葉をしげらせたのだ。このことについて、冨士田元彦氏は書いている。

女性をうたった恋歌に、むしろ重く、作品的にも質の高いものが多い。それは、彼が「ぼくのためのノート」で、執拗なほど、「これは失恋自殺」だと言いはっていることと、無縁ではない。その点、彼はただ、六〇年安保をうたった歌人としてだけみなして、その角度からのみとりあげることは、評価を決定的にあやまるおそれがある。そして、これらの相聞歌がまた、ほとんど、対話や呼びかけの形をとっているようでありながら、その実、自分みずからの内部への、一方通行のモノローグ、斎藤茂吉流に言えば、「独詠歌」でしかないことも、見のがしてはならないところである。それほどに岸上大作は、激流の中で醒めていた。

（「六〇年に賭けた詩と死」）

ぼくは、冨士田説に異論を唱えるつもりはないが、岸上の相聞には、もっと切実なものを感じる。ひたむきさを感じるのだ。純粋に愛を希求していた、と。叶えられない愛というポーズを取りながらも、純粋に愛を希求していたのではないか、と。だから、それが「独詠歌」であろうと、心の琴線にふれてくるのではないだろうか。はじめから失恋と覚悟していても、それは異形な恋でも愛でもない。二十歳の青年の魂の発露として、孤高な透明さと、そのポーズゆえかもしれないけれど、控えめなかがやきを持っている。やはり長田が言うように、他者は内包されていたのだと思う。「われ」を解体させるための他者として。そして、岸上が自らの詩を「失恋自殺」と言っている限り、岸上の相聞と自殺とをリンクして、ぼくは考えてしまうのだ。異論を唱える人は多々あると思うが、ここで、岸上が書いた「寺山修司論」をもう一度引く。

寺山修司は、短歌リズムの駆使あるいは短歌リズムへの投身によって、「われ」を多様な状況に設定し、つまり拡大安定期にある日本の国家独占主義社会の現実に呼応・迎合し、「われ」をそこへ拡散し、そこで「われ」を喪失する。そのことが、寺山修司のいう社会性なのであり、また「われ」を喪失し、それに呼応・迎合することが現代社会でいわれるところの社会性でもあるのだ。

岸上は、「われ」の「喪失」をはかったのであろうか。六〇年代の現実と自己との相克の中で、戦いに身をおく「われ」と恋に身をおく「われ」とに、引き裂かれてゆき、苦悶と断念のうちに、いっさいの「われ」を「喪失」

させようとしたのだろうか。岸上は、現実の「われ」も恋する「われ」も、誤算から出発していることを自覚している。それを醒めた目で、「うたわれるための自分を信じる」(前掲・長田弘)ために、みつめていた。そうした認識がある限り、ふつう、現実も自己も、そのはざまに立つ苦悩も、受容した地点に、敢然と身を置くのではなかろうか。

しかし岸上は、たった五ヶ月の短歌作者としての自己を死へと放擲した。夭折の歌人として残ることに賭けた。ぶざまな失恋による死。それを岸上は、誤算と書いているが、それはやはり、ポーズとしか言いようがない。計りつくされていたのだ、と。そして、「戦いと革命」に生きた歌人としても、岸上は、「彼の作品が、「方法上の必要から思想の面を描いて」おり、「作品を位置づけている論理にいま一歩欠ける弱さ」が、「内容のもつリアリティの稀薄さにつながって」「折衷的だ」」(前掲・冨士田元彦)という篠弘氏の言葉が、「短歌」一九六〇年・十二月号に死後残されることを知っていながら、死を選んだ。〔みっともない失恋者〕〔中途半端な革命戦士〕というレッテルを貼られかねないのに。

岸上は、自らの夭逝の文学を残すことに賭けた。彼は見据えていた。弱者の文学が、言い換えれば「負け犬」の文学が残ることを。勝者には手厳しいこの国の民族的心理を。だが、そうした岸上のいう誤算つまり計算を差し引いても、岸上は、意志表示ならぬ問題提示を掲げて死んだことはたしかだ。

岸上は書いている。「文学(短歌)することは、あくまで選ばれたる少数者の苦しい、しかし空しい営為なのである。」(前掲・「寺山修司論」)と。今、時代は、この日本は、バスタブの中のぬるま湯のような平和のなかにある。テレビでは、自爆テロや戦争が、日々映しだされているのに、まるでゲームの中の仮想現実のように、無力なまま見入るばかりだ。アフリカや開発途上国を見れば、貧困も飢餓も終わっていない。世界の飢餓人口は、八億人という。民族の違いということを楯に隣同士の国でさえ、差別による殺戮が行われている。思想や宗教の対立も、水面下で続いている。憎悪の連鎖という言葉通りに。このような時代に、もし岸上が生きていたら、どのような短歌を作っただろう。空しいと知りつつも、また無力であるとあきらめの淵に沈みつつも、短歌という矢を射続けただろうか。

いま、世界はまだまだたくさんの垣根を取り払っていかねばならないとしても、少しずつボーダレス化している。このような状況下にあって、「文学する」者は、人間の不幸と罪障の現実を、その思念のうちにとらえなければならない。またひとりの人間として、この現実のありようを見極め、未来への指針となるべき言葉を少なくとも表現者としての自覚に立って、紡がなければならない時代だと思う。常に、そんな「少数」の批判精神を持った人々の言葉や作品が、その時代時代の矛盾や不条理を指弾し、その空しいとも徒労とも思える営為を繰り返すなかで、大国の政治的圧力や策略によって虐げられる民衆の声となり、そのほそぼそとした声が、環境の破壊や戦争の惨禍や核の脅威の広がりに対して、警鐘を鳴らし続けていると言えなくもない。その声も届かずに、環境破壊も戦争も飢餓の民を生む政治的談合も一向に消える気配はないが、その届かない声の悔しさや怒りを引き継いで、「文学する」者の血は営々と流れていくのだとぼくは信じる。

短歌では、何もできない。時代を変革させることは不可能だ。と言う前に、いまある現実に、誠実・真摯に向き合うことで、批判精神を獲得し、空しい営為あるいは誤算だとわかっていても、あえて踏み込んでいくことで、ポエジーを内包する一行の詩を成立させなければならない。岸上が開いた時空を、負や剝落などと見るのではなく、あえてその時空へと離陸する必要があるのではなかろうか。当然岸上の生きた六〇年代と、それから四十数年経た今とは違う。今の時代が要請するものを見極め、この世界を明るくする計らいを為すべきときではなかろうか。短歌という五・七・五・七・七の日本伝統の文芸というのではなく、この傷ついた世界を担う、抒情と批判精神を盛り込むことのできる、淵のない器としての短歌を造り出すべき時では。

鈴木比佐雄詩論集『詩の降り注ぐ場所』に寄せて

――「Ｅｓナシマ」第12号（二〇〇六年）に初出
――「鈴木比佐雄詩選集一三三篇」（二〇〇九年）に再録

平和はあるのか。いや、何処にもない、と鳴いているではないか。ムラサキツユクサの咲く草むらのなかから聞こえてくる、そんな虫の声が。それは一つの声ではなく、いっせいに、地球のいたるところを、ずたずたにしたものたちを、断罪するかのように鳴いている。この地上のいたるところ、戦争の傷跡をしるさない土はない。その土の記憶のしみついた虫たちが、訴えているのだ。

しかもこの国は、核を投下された唯一の国ではないか。核の痛みは、この列島を形成する津々浦々の土壌にしみついている。

一九四五年八月六日、「リトルボーイ」と名付けられた原爆が、「やすらかに　美しく　油断していた」（石垣りん『挨拶』）広島の地に投下された。そのいまわしい原爆について、

私はチビ、すべての鉄たちの孫／本名はリトルボーイだ。／リトルボーイはルーズベルトのニックネームだ。（略）／私はニューメキシコ州北部／ロス・アラモスで生まれた／

という詩行で始まる韓国の詩人、高炯烈氏の八〇〇〇行近い長編詩集『リトルボーイ』の日本語版が、今夏、出版された。悪魔の子「リトルボーイ」を擬人化して、「人類の文明が生み出してしまった核兵器の意味」、「原子爆弾の二重三重の被害者である朝鮮人の悲劇」、「原子爆弾そのものの破壊のさま」（柴田三吉「人間の頭上にいまも落ち続けるもの」『コールサック55号』）という三つのテーマを交錯させて描き切った、たぐいまれなこの詩集について、僕は語ろうとしているのではない。

この詩集の訳詩を長年掲載し続け、出版元となった「コールサック」という個人詩誌の主宰者である鈴木比佐雄氏の詩論集『詩の降り注ぐ場所――詩的反復力Ⅲ（1997―2005）』について語りたいのである。

長い前置きになってしまったが、なぜ先に鈴木氏が、その情熱をもって出版した『リトルボーイ』を取り上げたかというと、そこに詩人であり、詩論家である鈴木氏の素顔が、言わずもがなで伝わるのでは、と思ったからである。『リトルボーイ』を出す意義を、言いたいのではない。鈴

木氏の真実を見極めようとする視線、その視線が降り注ぎ、価値あるものと認めたものを、存在せしめようとする精神的態度を言いたいのである。そして氏が見極めた真実や、価値を認めた詩人達を、世に埋もれさせまいとする志の高さは、どこに由来するのであろう。

『詩の降り注ぐ場所』を繙いてみよう。この書は、五部構成から成っている。「I　場所のエネルギー」・「II　『山河』『列島』の詩的精神」・「III　戦後詩と内在批評」・「IV　詩的現場の透視力」・「V　詩の降り注ぐ場所」である。

まず「I　場所のエネルギー」では、氏が師と仰ぎ、敬愛する二人の俳人、能村登四郎と福永耕二との出会いによってもたらされた、詩を書くきっかけについて語り出しながら、強烈で真正な詩的精神の発露をもたらす「場所のエネルギー」について言及している。鈴木氏の独自の視点であり、考えの基点ともなっている「場所のエネルギー」とは、

> 私は詩を書く際に、いつ、どこでという時間と場所から促される驚き又は衝撃がなければならないと考える。その時に意識に立ち現れてくるものを想起し、映像、意味、感情などを再構成していく者こそ「場所エネルギー」だと気づかされる。「場所」とはアリストテレスの修辞学の「発見」の「場所」（トポス）であり、フッサールの「原故郷」や「生活世界」であり、ハイデッガーの「世界内存在」であり、西田幾多郎の主観客観以前の「純粋経験」の述語的「場所」など多くの優れた哲学者たちが意義の根源を考察したことと重なってくる。

とある。それに加えて、氏は、ここで浜田知章氏の言葉を借りて、「他者のために書く」ことを提示している。他者なくして、われわれは在り得ない。他者の存在、他者が立っている場所に、自分を置き換えることで、自己の存在の意味や、自己の立つ場所を認識し、詩的言語の内在化が行われる。鈴木氏のいう他者とは、広義にとらえるべきだろう。一匹の虫、一本の草、あるいは花、ひとりの傷ついたけもの、生命を分け合っているあらゆるもののなかの、個々それぞれを指していると考えられる。

またこの章で、もう一点大切なことは、蕪村、萩原朔太郎、硬質の抒情としての伊東静雄とともに、共感と根源的場所への郷愁のような思いをこめて、宮崎の詩人たちが取り上げられ、語られていることである。宮崎という中央からは遠く離れた地に咲いた野太い花のような詩人たち。ここまで読んで、気付かされることがある。

鈴木氏は、現代の、いわゆる商業誌的な詩誌に、その詩が掲載されているメジャーな詩人達に触れていないことに。それは故意ではない。なぜなら、理解させられるからだ。鈴木氏の詩への考え方のフィルターを通して、取り上げられた詩人達は、根源的な存在に向かって問いかける詩的精神の保有者であることを。氏の胸の奥にあるものを揺さぶり、心臓を脈打たせ、体中に熱く赤い血をめぐらせてやまない詩人達を選択しているのだということを。氏の記憶のなかにある遺伝子を、つねに覚醒させるものから、あたかも呼び止められたかのように。渡辺修三、本多利通、その弟である本多寿、金丸枡一。宮崎という場所で、「原語」を発する詩人達の言葉に耳を傾け、魂を研ぎ澄ませながら、「場所のエネルギー」の本質をつかみ取っていったのだということを。と同時に、詩の世界にある垣根を取り払うべく、内在批評という観点からの闘いをしるしてゆくことになる。

それが、「Ⅱ　『山河』『列島』の詩的精神」における浜田知章、鳴海英吉の評価と全集の実現、「Ⅲ　戦後詩と内在批評」のなかの「中桐雅夫と『荒地』の戦争責任」などの追及につながってゆく。ここでまず、内容を紹介する前に特筆すべきは、先達詩人である浜田知章、そして鳴海英吉の全集刊行に奔走し、実現させたことである。氏が敬愛する詩人とは言え、全集刊行に向けての誠実で粘っこい行動力と、無償にちかい精神の在りようには、敬服するばかりである。このような魂に根ざした行為は、そう簡単に行えるものではない。稀有な行動的詩人だと思う。

ところで、内容についてだが、日本の行った戦争を決して風化させてはならないという考えを基本に、戦後、この世界の各地で起こる戦争に対して、独自のリアリズム的手法によって、自己と他者とを対峙させながら、質の高い反戦詩を発信し続ける浜田知章氏について、

一篇の詩に込められた圧倒的熱量が、その時代を生きった者だけが知る、生の危機の断面や、生の充実感を、確かな手触りとともに実感させてくれる。

とある。浜田知章氏も鈴木氏も知っている。人間は、ちょっとした優位性に立っただけで、モンスターに変わることを。われわれは、モンスターに変貌してはならないのだ。

次に、シベリアでの抑留体験を、豪放かつ繊細に、ある意味で、この二律背反的手法を、自由に駆使した独特の文体の詩を書く鳴海英吉氏については、「昼間から酒を持って、夜遅くまで語り明かした」とあるごとく、向田邦子の

一連の父に関するエッセイを彷彿とさせる、親しみと畏敬をこめた文章で描かれていて面白い。詩人でもあり、日蓮宗不受不施派の研究者でもあり、町工場で鉄板を叩いていた一介の労働者でもある鳴海英吉を、広く世に知ってもらうため、できるだけたくさんのエピソードを盛り込みながら鳴海英吉論を展開したと言える。

「Ⅲ　戦後詩と内在批評」に移ろう。この詩論集で重要な位置を占めている戦争や原爆及び戦争責任に関する論考がまとめられている。ここで最もスリリングな筆致で書かれているのが「中桐雅夫と『荒地』の戦争責任」である。鈴木氏の読みの精緻さと的確さが遺憾なく発揮されている。加えて、厖大な資料を集め、読みこなしている事実に驚かされる。ゆえに鈴木氏の筆致は具体性を帯び、自身の戦争責任をうやむやにした中桐雅夫氏の欺瞞を見いだし、それを不問に付そうとした「荒地」グループ批判に至る妥当性をも獲得している。氏によって、戦後詩史観の訂正が、刻々と行われることを期待する。

この章の後半部「『青い光』と『本当の記憶力』」や、「記憶を生きる詩人・『記憶喪失』を恥じない詩人」などの戦争と原爆に対する詩を基調にした詩論には迫真性があり、二度とこのような愚行を許してはならないと言う熱いメッセージが伝わって来る。インド、パキスタン、北朝鮮へと、核兵器が拡散している現在、地球やそこに生きる無数の生命を破壊し、滅ぼす核兵器を、廃絶させなければならないという鈴木氏の願いは、戦争や広島・長崎で亡くなった死者たちの無言の祈りや願いと重なり、響き合っている。

それはこの章のもうひとつの課題、「北の詩人の『透明なエネルギー』」などの詩論に内包されている。鈴木氏の生涯のテーマ「鎮魂」に直結してゆく。氏は夭くして弟さんを亡くしている。僕は、氏の詩集のなかの弟さんの死をうたった詩を読み、泣いた記憶がある。鳴海英吉の自称「ふさ子ちゃんシリーズ」でも泣いた。宮沢賢治の妹トシへの詩編でも泣いた。鎮魂と泣くこととと、何の関係があるのか、と問われれば口を噤むしかないが、そこには言葉に純化された、柔らかで美しい魂の実現があるのだ。氏の言う「透明なエネルギー」の発現が。

この世界は、何と鎮魂のうたを捧げなければならない死者たちで満ちていることか。言葉に関わるわれわれは、他者の痛みを背負い、他者のかなしみを共にかなしみ、他者の十字架と共に倒れてゆくことを否んではならない。それが同時に、氏の言う「他者との対話の出発点」に立つことにつながるからだ。鎮魂とは、魂の柔らかな部分で、世界の苦痛や、理不尽な死を強いられた死者の肉の傷さえ負うということだ。負って、魂をできるだけ「透明なエネルギー」の集まる場所とすることだ、と僕は氏の論考を読み返しながら考えさせられた次第だ。

「Ⅳ　詩的現場の透視力」は、主に書評を中心に編んである。鈴木氏が、これは、と思う詩人が、または詩が、どのようなものであるかを把握することができる。そんな仕掛けがほどこされてある。鈴木氏と同じ透視力をもって、精神性や詩の根源性の深い淵を覗き込むことができる。「他者の生きる姿勢を掬い上げる眼差し」を持つことが。

最後はこの詩論集の標題となっている「Ⅴ　詩の降り注ぐ場所」で、この章は韓国、アジア、在日の詩人をとり上げるとともに、「新大久保駅で関根史郎さんと一緒に日本人を助けるために死亡した李秀賢さん」への挽歌とも言うべき批評文、それを契機に行われた釜山での文化活動に、韓国の「原故郷」を探し当て、両国の「真の和解」を切望する文章で終わっている。

詩の本質とは何か。詩は民族を越えて存在する。だが詩人は、それぞれの国の通時的な歴史と共時的な現実とを、つねに内包している。詩人と詩人の出会いは、互いの精神の強度を増し、深化させ、火花を散らすものでなければならない。認め合ったところで、先へ進むものではない。一方の詩人の読みが的確であればあるほど、もう一方の詩人は、それに応えるべき詩を求めて緊張する。緊張は苦痛を伴う。鈴木氏は書いている。「いい詩を読んだ後、……その時伝わってくる感動とは、確かに他者の経験や認識が、自己に直接届いた稀有な瞬間なのだ」と。その「稀有な瞬間」をもたらさなければならない。この苦痛は、脱皮や自己変革を要求する。こわれてゆくかもしれないという不安、恐怖、そこを乗り越えなければ、新しい自己、あるいは詩を獲得することはできない。

鈴木氏の詩論集は、それを突きつける。鈴木氏の詩への愛情を認識すればするほど、それに応答するための自己との戦いが必須になってくる。また鈴木氏の詩論集には、重要な問題がいくつも提起されている。例えば、「日本の戦後詩はどの国よりも少なくともアドルノが提起した問いに応答する、倫理的課題を宿命的に負っていた」など。鈴木氏の言葉は、荊軻（けいか）の匕首の鋭さで、詩を書く者に擬せられている。少しでもその詩に権力への傾斜や人間の傲慢などがしるされたら、容赦なく打ちすえるとでも言うように。

さて、どのような詩を書けばよいのか。今夜も眠れない。

第五部　追悼文、崔龍源論

（「コールサック」一一五号 掲載）

詩を生み出す泉のような人

川久保　光起

パパ、というのが家庭内での父の呼び名だった。自分と弟は思春期が始まるまで、母と姉はいまもそう呼んでいる。父自身、一人称でパパを使うこともあった。基本はオレ、ときどきパパ。居酒屋でいっしょに酒を飲める年になっても、店内で「パパは――」などと父から臆面もなく切り出されると、店主や他の客にナメられるのではないかと、バツが悪いと感じてしまうことがあった。

パパというくすぐったいような響きとは裏腹に、父は厳しく激しい人だった。他者への思いやりや配慮を欠いた言動をすると、どんなに些細なことでも延々と叱られた。

こちらが物心ついてから高校生の頃までは、父は毎晩のように酔って帰って来ては、朝鮮人と差別されてきた自らの生い立ちをとつとつと語った。不当な権力や社会に対して、世界は腐っていると激しく憤った。激しさのままにわかったかと問われても、「はい」としか言えないことが多かった。どうして毎晩憤るのか、父自身でも御しきれていないような感情の塊が何なのかはわからなかった。

遅まきながら、父にとっての詩というものを私が意識したのは大学に入って以降、父の経営する学習塾でアルバイトを始めたときだった。何年も父をどう呼んでいいか困っていた私は、塾長と呼ぶことにした。

塾の職員室、父の机の上には、広告やプリントの裏紙を束にしたメモ帳がいつも置かれていた。ある日、父がいないときにそのメモの束をパラパラとめくって見たことがあった。

メモは明らかに授業用ではなく、独特な癖のある字体で、何百という言葉たちが、裏紙何枚分にもわたってぎっしりと連なっていた。そこには一見、何の一貫性も見受けられない。ふと湧いてきた言葉も、何かの文章を読んで気になった言葉も、ワイドショーで聞いた言葉も混在しているようだった。

不意に鳥肌が立ってしまった。毎日こんなことをしているのかと。

そこで思い至った。きっと父は、詩を生み出す泉のような人なのだ。詩作を止めるという選択肢がない人なのだ。

それから、父の全ての詩をきちんと読みくだしたわけではない。ただときどき読んで、口に出してみたりして、どんなものなのだろうと考える。

そうすると、父の詩に通底しているかなしみは、ものすごく原始的なものを捉えているのだと感じる。どうして民族などという違いがあるのだろう、どうして憎しみや争いがあるのだろう、というかなしみ。遡って、たとえば人であること、命であること、いまこの宇宙にどうしようもなく存在としてあるがゆえ、いつかいなくなるのだというかなしみ。

しかし、父を動かしていたエネルギーはそこから翻って、現代の日本に朝鮮の血を受けて生まれたからには、人であるからには、命であるからには、いま存在しているからには、というふうに、その意義を問い続けてもがく強さにあったのではと思う。詩でも生活でも。

塾長としての父もまた、講師や生徒に厳しさを隠さなかったが、同じくらいにひょうきんでお茶目な人でもあった。

たとえば塾の打ち上げでボーリング場に行ったとき、ボールも持たずに急にレーンの中に走って行って転び、救急車で運ばれたことがある。カラオケ店の部屋にて、なぜか背中からテーブルに向って謎のダイブをして、部屋を酒浸しにしたこともある。茶目っ気というか、狂気の沙汰と言えなくもない。

「バカになれ」

と、酔っ払っては口癖のように言い、ときに自ら実践して見せていたのだ。

生徒たちに対しても、ふだんはおおらかに面白おかしく接していた。ヤンチャな子にも、声の大きい子にも、声の小さい子にも等しく。

また一時期、競馬のテレビゲームにハマり、本格的な研究ノートまで作っていたことがある。そのゲーム内で父は最強の牧場主と化していたが、その牧場は牧歌的な雰囲気とはほど遠く、異常な数の馬たちがひしめいていた。馬には全て、自分や家族・親戚、友人や塾の講師にちなんだ名前が付けられており、引退していてもまったく活躍していなくても、愛着ゆえ、仮想空間内の馬たちすら売り飛ばせなかったのだ。

こういった思い出には、生徒たちや講師をしてきた人たち、地元の飲み屋に集う人たちから、「塾長、塾長」と呼ばれている姿が繋がってくる。それから「パパ」とか「おじいちゃん」、「崔さん」と呼ばれている姿、それから、少年の日々、青年の日々にあった姿。

父が抱えていた感情の塊があるとしたら、詩に現れてくるどうしようもなく揺るがないかなしみだったのだと思う。それはまた、どうしようもなく揺るがない愛情となっていたのだと思う。その愛情には思春期の少年のような繊細さと純真さが綯い交ぜになっていた気がする。この愛の広さと深さを自覚していたわけではないだろう。自然な想いの発露があった。だから老若男女多くの人が、父に対して呼びかけ、求めたのだろう。

不当な権力や社会に憤っていたのは、弱い者たちの痛みがわかるから。子どもや生徒に厳しく当たるのは、不当な権力や社会が渦巻く中でも強くやさしく生きていってほしいから。痛みのわからない人にはなってほしくないから。自分の想いを少しでも伝えたいから。いまなら、そういうことがわかる。

詩人として、生活者として、父はこのかなしき世界へ向けて何度も呼びかけ、真摯に愛を示し続けることをやめなかった。その声が聞けないというのは、いまやはり寂しい。

詩人崔龍源に関わって下さった方々や詩の世界での関わりが、父にとってどれほど励みになり、救いになったか、計り知れないほど大きかったと思います。生前の交流に心から感謝いたします。本当にありがとうございました。

崔龍源氏追悼

存在の悲しみを世界の悲しみに転換し詠い続けた人

鈴木　比佐雄

「崔龍源氏が二〇二三年七月二日に亡くなった。享年七十一」と妻の川久保ひふみ氏から連絡があり、その直後にお通夜と告別式の日程がメールで届いた。驚いてメールでお悔やみを伝えた。思い起こすと四年程前に崔氏から電話があり、「突然、パニック症に襲われて、今は外出や人と会うこともできない。治療は長いと五年間位かかると言われている。詩も書ける状態ではない」との悲痛だが、けれど淡々とした希望を残した電話があった。そして私は崔氏から再びぼそっとした人懐っこい肉声で電話がある日を待ち続けていた。返信メールの後にひふみ氏に電話をすると、「今年になり癌が見つかり転移もしてしまった。六月初旬には病院から家に戻り、夫は三人の子供たちと米国から帰国した妹と食事もし、家族の一人ひとりとお互いに感謝の言葉を交わして、お別れもできました」と語られた。私は崔氏がかつては毎日、詩や短歌を書いていたことを聞いていたこともあり、遺稿のことを尋ねると、「体力的に詩は書けなかったらしいが、俳句と短歌が遺されています」と言われた。そしてお通夜の前にその手書きの遺稿を見せてもらえることになった。

崔氏とは、二〇〇〇年の初めの頃から知り合い二十年間の交流があった。私は文芸誌「コールサック」一九九九年冬号から韓国の詩人高炯烈氏が在日朝鮮人被爆者のことを記した『長詩　リトルボーイ』（韓成禮訳）の連載を始めた。その連載や新大久保駅で日本人を助けるために死亡した留学生李秀賢氏への私の追悼詩「春の天空」（韓国語・日本語）などを読んだ崔氏から、突然電話で連絡があって交流が始まったと記憶している。崔氏とは話を始めると、どこか旧友のような親しみを覚えた。なぜなら私は東京の下町生まれで小学校のクラスには在日の子供たちがいたからだ。中学校になった時にも在日の野球部の友人がいて彼らが日本で生きていく上での差別や苦悩も聞いていた。崔氏は文芸誌「コールサック」に体調を崩される二〇一八年頃まで寄稿を続けてくれた。その間には私が出版社コールサック社を二〇〇六年に設立する直前の二〇〇五年の暮れに刊行した詩論集『詩の降り注ぐ場所――詩的反復力Ⅲ』に対して長文の評論というか鈴木比佐雄論を執筆してくれた。私はこの評論を『鈴木比佐雄詩選集一三三篇』の中に宝物のように収録している。七年間の連載を終えて高炯烈翻訳詩集『長詩　リトルボーイ』を二〇〇六年に刊行した際や、二〇〇七年から始まった『原爆詩一八一人集』などのアンソロジーにも毎年参加してくれて、私の評論や文学運動の最も良き理解者だった。崔氏とは毎年、彼が経営していた青梅市内の塾の新学期が始まりその目途がついた五、六月頃に、青梅に隣接する奥多摩の温泉に一緒に行き汗を流した。その後に彼の行きつけの何軒かの青梅の店で酒を終電まで酌み交わした。その時のことを私の詩「奥多摩の碧緑流　――水香園にて」に書いているので引用したい。

《奥多摩の碧緑流　――水香園にて
藍染めの途中では／光の白と闇の黒が出逢う瞬間／緑色が現れ　一瞬で藍に変わる／と人間国宝の染色家志村ふくみさんが語っていた／／
白石の川原の先の水辺には／白が溶けて白茶色になり／だんだんと濃い駱駝色になり／さらに鶯色から／碧緑色へと変色していき／命の宿る緑色が光り輝いている／その色もまた藍色から紺色に移り／いつしか墨色へと深まって／その果ては淵に連なり／暗闇に沈んでいくのだ／／
きみは疲れているから／と友が案内してくれた湯船にひたりながら／渓谷の流れを描いた絵を見ていたが／絵の川は流れて瀬音がして／今は釣り人が浅瀬を歩いて／釣り場を探している／／
友は無言で湯にひたり／湯煙の中で／ぼくらは碧緑流に見入っているだけ／時間が止まっているか／創造主がこの川で藍を染めているのか／／
温泉宿の木蓮や梅が咲き／石垣からタチツボスミレが顔を出し／対岸の山々は黄緑が透けて見える／眼下の緑の淵の奥底から／若い鶯の啼き声が木霊する》

崔氏は毎年、崔氏の慈しむ奥多摩の碧緑流を見る機会を与えてくれて、私の疲れを癒し励ましてくれた。ささやかな一日の休息であったが永遠のような時間であった。私は純粋な詩的精神を体現した崔龍源氏が私にこの世で多くの憩いと創造を促す時間を与えてくれたことに対して感謝し続けるだろう。

お通夜の時間の二時間前に青梅のセレモニーホールに到着すると、遺族はまだ来られていなかった。式場の担当者が棺に案内してくれて崔氏のお顔を拝見できた。痩せていて白髪が増えていたが、まだ老人には見えない崔氏の素顔だった。もっと詩や短歌、構想していた小説をも書いて欲しかったと心の中で語り掛けて、この青梅で過ごした多くの時間を回想していた。

しばらくすると奥様のひふみ氏や三人のお子さんが来られたので、お悔やみの言葉を伝えて、遺稿を読ませて頂いた。遺稿は入院中に記された『〈病中苦吟〉——妻——〈必ず妻に渡して下さい。〉』だった。Ａ４サイズの用紙に細かい文字で、八十九句と辞世の二首が書かれていた。私は「コールサック」でこのすべての作品を収録して追悼の特集を組ませてほしいと提案し、了解を頂いた。また崔氏は若い頃から短歌を詠んでいて短歌の幾つかの賞も受賞していたが、その膨大な短歌から崔氏は約三〇〇首を自選し、六章に編集された歌集『ひかりの拳』をまとめていた。そのコピーも手渡された。実は私は何度も崔氏に歌集を勧めていたが、実現することはなかった。しかし崔氏はその準備をきっとされていたのだろう。私はこの歌集を出版させて欲しいとお願いをして承諾を頂いた。また追悼文をお願いしたところ、長男の「光起なら書けそうです」と言って執筆してもらえることになった。

お通夜の受付が始まると、ジョン・レノンの名曲を集めたベストアルバム『ＬＥＮＮＯＮ　ＬＥＧＥＮＤ』の冒頭の曲「Imagine」が流れてきた。私もよく聞いているアルバムが流れたのは、きっとご家族の崔氏が最もよく聞いていたジョン・レノンの曲や歌詞が葬儀に相応しいと話し合って決めたのだろう。崔氏の葬儀の前奏曲には相応しいと私は直観した。葬儀には詩人・歌人たちはわずかだったが、学習塾の関係者が多く会場は入りきれない人びとがいた。曹洞宗の僧侶が入場する前に、ジョン・レノンの曲は終えたが、その世界平和を想像して世界の人びとを愛する想いの余韻は式が終わるまで続いているように感じられた。親族の挨拶は、きっと泣いてしまい言葉が出てこないと言い、ひふみ氏の代わりに長女の希世(きよ)氏が行ったが、希世氏も泣きながら溢れるばかりの父の愛への感謝を語り、私を含めて参列した人びとはもらい泣きをしてしまった。最後に塾の後継者である次男の良祐氏は崔氏の第五詩集『遠い日の夢のかたちは』の二番目の詩「路上」を朗読した。その一匹の路上に横たわる蝶と死を意識した崔氏の存在の重なりを詠い上げた朗読は、父の作品をいつも愛読していて身体に沁み込んでいるような朗読であり、崔氏の魂の在りかを今後引き継いでいきたいと言う願いに満ちていて、私はこのような朗読を聞けたことに心から感動した。

崔氏は韓国人の父と日本人の母から生まれ、戸籍は「川久保龍源」だったが、韓国と日本の狭間で苦悩した父母の悲しみを背負い続けた。そしてナショナリズムという国境を越えて地球人として、また青梅の地域文化を育む一人の教育者として崔龍源氏は生きた。その間に崔氏はその存在の悲しみを世界の人びとの存在の悲しみに転換して優れた詩歌を数多く書き続けた。三人の子たちは、父の想いを受け止め誇りに思い、崔氏が種をまき育てた青梅に三十五年以上も続く学習塾で、地元の子供たちに学ぶことの喜びや生きていく希望を与えていく事業を継続していくだろう。きっと崔氏はひふみ氏と三人の子のこの存在がどんなにか心強かっただろう。

私は葬儀からしばらく経ってひふみ氏に、崔氏の一周忌には、崔氏の五冊の詩集と歌集『ひかりの拳』などを収録した全詩集と短歌・俳句などの作品集を刊行させて欲しいと提案した。ひふみ氏も賛同して下さり、その編集をこれから開始したいと考えている。その際には崔龍源氏の作品を評価しそれを愛する人たちのご支援を心より願っている。

詩人・崔龍源小論

趙　南哲

人間はその出自、生い立ちに根源的な影響を受ける。詩人・崔龍源（チェ・リョンウォン）を語る時も、同様である。いや、彼の場合は、あまりにもそれらが苛酷であったため、成人して書いた詩を創作した源泉は、まさしくそれらだったと言っても良いだろう。

崔龍源の本名は、川久保龍源（かわくぼたつもと）である。朝鮮人の父親をもち、日本人の母親の私生児として、一九五二年、長崎県佐世保市で生まれ、国籍は日本だ。妹が一人いる。不幸な過去をもつ両国の血を引き継いだことによって、幼い時から彼は葛藤に苦しむ。親への激しい反発もあった。

長じて二浪し早稲田大学文学部に進むが、一九七〇年代に流行したヒッピーを装い、のほほんとした大学生活を送っていた。しかし、韓国の民主化運動のシンボルだった金芝河（キム・ジハ）らの詩と出会って打ちのめされ、心揺さぶられ、彼らの影響を深く受ける。そして、人間としての在り方を見直し、怠惰な自己を解体しなければならない、その頃の日本の現代詩を模倣した詩と訣別しなければならない、と決意する。

「孤独だった。ゆえに自己変革が必要だった。宿命的に自分が背負っている二つの民族の問題と立ち向かうと同時に、民族を越えた所に立つ必要があった。また日本と朝鮮の歴史書や哲学書、宗教書や外国の詩人たちの詩を読みあさった。学校からは足が遠のいていって、生活も読書と思考との絶え間ないくり返しで、人目から見ると狂気じみたものであったが、今考えると、それで良かったのかもしれないと思う」（月刊誌『詩と思想』二〇〇四年七月号）、と告白している。

詩人ではリルケ、シュペルヴィエル、思想家ではシモーヌ＝ヴェイユらの影響を受けるが、「観念のかたまりが、詩のところどころに石のように陣取ってしまう」（同右）物足りなさを感じて、大学を中退して働くことも考えたが、母の反対に遭ったため、「韓国の苛酷な立場にいる詩人たちのそばで、蟻のような歩みでも、自己形成を夢みて」（同右）、韓国の大学のエクジビジョンスクールに留学する。

これが「日本人」である彼が、「崔龍源」というペンネームを使って「時代の証言」（同右）としての詩を書き始めた経緯である。崔龍源の詩を書く志、目的というものは、第一詩集『宇宙開花』の「後記」で早くも明らかにされている。読者はこの小論を読むにあたって、事前の参考にされたい。

「これらの人々（注・韓国の民主化闘争に携わる人びとのこと）の戦いと姿勢に、自ら比するとき、自分の在り様に、言い知れぬ恥と止めようのない自責の念に苛まれて来たことも事実だ。そして多分それが、私の詩の鍵と言えよう。その鍵は、私のかたくなに閉ざされた魂の扉を開けてくれた。そしてそこに見えたものが、愛であり、命の頌歌であり、宇宙の投影であった。愛さねばならぬ、生きねばならぬ、より真実な人間として在るように努めねばならぬという、人間に強いられた三つの命題を、その鍵が見せてくれたのである。ありのままの姿で。確かに……」

憎み、愛した父親を描くことで自己解放をめざす試み

今は他民族間の男女が結婚して生まれた子は「ダブル」と呼ぶが、かつては「ハーフ、あいのこ、混血児」と呼ばれ、卑下された。ましてや、日本帝国主義が植民地にし、苛酷に弾圧・虐殺した朝鮮人の血と、侵略者の末裔である日本人の母親から生まれた、厳然とした事実は幼い頃から彼を苦しめる。

「いまはたたかいの遠さを歩み／吹き荒れる風にふるえる／その胸の祈りを　ひともとの／花に育てては眠る少年よ／／血族を貫く時軸は二つに折れ／悲しい心を抱いて　愛し合い／生きゆく絆にすがる貧しい／ものたちの胸の梢を揺らすのは／少年よ　あれは海の脈搏」（「眼――ある少年の問に答えて――」より）

二つの「祖国」の相克に震える少年。誰が対立する二つの「血族」を受け継いで、生まれることを望んだろうか。少年はいつも問い続ける。ナゼ、ナゼ…、と。そして、長じて思うのだ。「絶望の甘美さよりも　信じる／苛酷へと歩み始めるその時に／少年よ　初めみつめられた世界は／つねに君を裏切る君の星座だ」（同右）、と。

早くから彼は、自分の体内に朝鮮人の血が流れていることを知っていた。

「アボジよ　かつてあなたは一度も　日本に／住んでいたことはなかった／／一つの半島を夢みて／／償いもなかったので／／アボジよ　あなたはつねに　一つだった／日の　朝鮮に住んでいた　ひとりぼっちで／（中略）／……おじいちゃんは海を渡って来たの／／……そう　鳥のように　そして翼を／失くしたのだよ　異国で　ひっそりと／／……おじいちゃんはよその国の人で／お父さんとぼくたちはここの国の人？／／……いいや　おじいちゃんはかつて地球に／生きた人　おまえたちは今から地球に生きる人」（「海辺で」よ

り）

朝鮮人として覚醒した彼は、我が子に父と自分の由来を伝える。その誠実さは、苛酷な葛藤の中で生まれたものだ。

崔龍源の父親は朝鮮で婚礼の夜に出奔し、日本に密航してきた。朝鮮では食えないから、おそらく仕事を求めて。しかし、いつかカネを儲けて帰ろうとしたが、祖国が二つに分断され、熾烈な同族相食む戦争が起き、帰るに帰れなくなった。それで日本人の女性との間に子どもを作った。

こういう例は、在日コリアンにはごまんとある。いわゆる「重婚」だが、朝鮮に残した本妻が日本に来て、本妻と後妻が同居せざるをえず、まるで地獄のようだった、というくつもの話を母から聞いていた、私にとっても身近な現実だった。

父親の本妻は今も父方の祖母を「オモニ（お母さん）」と呼び、かしづいていたと言う。このような例は少なくない。朝鮮では当時、儒教的な観念が人びとを縛りつけ、女性は一度婚礼を挙げたら、一生その夫に尽くさなければならないという「常識」があったのだ。

崔龍源は韓国の故郷を訪れた際、何十年も夫の帰りを待ち続ける本妻にも会って、せめて韓国にいる間だけでも彼女の子どもになってあげようとする。彼女は崔龍源を本当の子どものように大切にし、「アドゥル（息子）」と呼んでくれたことを、「えにし」という作品の中で書いている。彼女の墓は、父の墓の傍らに、ひとまわり小さく在ったとも。彼女の人生は何だったのか。その悲惨な事実を、崔龍源は自分の罪のように思い、胸を痛める。

おそらく心が引き裂かれていた父親も、その事実と、故郷に帰れない悲しみに苦しんでいたと思われる。その怒りのはけ口は妻に向けられ、暴力を振るう。そして、妻と息子に「おまえはいつか　おまえたちはいつか俺を殺す」と言い放つ。

「おまえはいつか　おいばころす／日本人である息子はいつか／朝鮮人である父をころすのが定めたい　と言い続けた」（「ひとひらの雲」より）

その父親の暴言に深く傷つき、戸惑いながら、崔龍源は激しく父親を憎む。

「母は父を殺したいと言った／殺したいほど愛しているとと言うかわりに／（中略）／母は父の骨をいとおしく／てのひらでつつみ／帰らんばね　帰らんばね／韓国に　かえりたかったとやろが／もう帰ってよかとよ　と言った」（「わがティアーズ・イン・ヘブン」より）

「潮騒は鳴っていた　サラン／サランと　父の骨灰を／海は　その身に溶かし込みながら〃やがて黄海の魚は美味しくなるだろう／父の骨灰をたらふく食べて／父が一つの生の実りへと入って行ったあかしに」（「骨灰」より）

殺したいほど憎んだ父親を、流浪の民（失郷民）として哀れみ、理解し、そして愛する母と息子の心が、これらの詩には描かれているが、この作品は憎悪の対象にしかすぎなかった父をうたった絶唱である。

私も、母や子どもに肉体的暴力と言葉の暴力を振るう父を憎んだが、父が死んだ後も父を許すことはできないままでいるので、こんな詩はとても書けない。崔龍源は地獄から、美しい物語を紡いだ。彼は透明な抒情として、憎んだ父親を詩に昇華させたのである。それは父親の呪縛から、自己を解放した者だけが言える奇跡なのではなかろうか。

父を憎んだために、自分の妻や子どもたちには二度と自分と同じ思いをさせたくないと、崔龍源はあらんかぎりの力で家族を守り、心から愛した。それをうたった詩も、随所に散見されることを付け加えておく。

朝鮮半島と韓国民主化闘争への共鳴と鎮魂

崔龍源の関心が、父の生まれ故郷、朝鮮半島や韓国に向かったのは自然の成り行きであった。とくにダブルという立場にいる以上、自分のアイデンティティを追い求めるのは当然である。私は朝鮮人の祖父母と、朝鮮人の両親から生まれた三世であるが、高校まで日本の学校に通い、朝鮮の言葉も歴史も何も知らなかったから、大学に入って自分のアイデンティティを探しだしたのであった。しかし、私より崔龍源の方が、その過程は数倍も複雑で困難だっただろうと推測される。

そして、崔龍源の朝鮮をモチーフにした詩の特徴は、朝鮮に対する贖罪意識が根底にあることである。

「いもうとよ　芽吹く樹の内部（なか）に／湛（たた）えられてある海のひびきが／今　お前を包み　世界を／ひとつに見立て始めたこころに／朝鮮を虐げたこの土の償いはある」（「星――ある祝婚歌」より）

「とおい母の海の脈搏を恋いながら／或る日　二つにされた君の半身を／捜し　求め合い　母にするように／その愛する胎内に息づくものが／或いは　一つの半島そのものだと」（「眼――ある少年の問に答えて――」より）

「叫びはまことのたましいの目醒めを／生むのだから　お泣き　君の統一への希いが／朝鮮の土深く染み通るまで花となるまで」（「コリアにて」より）

「机の上に開かれたままの朝鮮史／読まれた頁の上に　いくつの涙が／沁みていることだろう　繰り返す／自分への怒りと逃げようとする心と／ちいさい火のように　燃えやまぬ／しかしすぐにも消えてしまいそうな／夢を　眼をとじて　呟き　あきらめ／咲く花の名前を覚えそめた日」

（『宇宙開花』所収の「地図」より）

「かなしみばかりを産卵する国へ／魂の飛翔のみとなった鳥を放ち〃昼　野づらに拾った繭の中に／いくせんの犠牲の死者たちを／産んだ母たちは小さな胎児のように／横たわり　もう花の雫に生(な)っていく」（「宇宙開花」より）

第一詩集の多くの箇所に、父の記憶の彼方にある朝鮮半島を、そして分断された半島の悲しみと、南北統一への希望をうたった詩が散見できる。これに多くの説明をする必要はあるまい。拙い覚えたての韓国語で、花の名前を覚えた時、あれほど憎んだ父親の故郷を慈しみ、愛する感情が芽生えたのだと言える。それは、自分の体に混じった片方の血への、抗いがたい郷愁である。

先に書いたとおり、崔龍源は金芝河ら韓国民主化闘争に刺激を受けて、本格的に詩を書き始めた。私は彼の三歳下だが、ほぼ同じ経路を辿って詩を書きだした。同世代と言っても良いが、私たちは、独裁者によって引き起こされた光州事件（一九八〇年五月、無辜の市民が大量虐殺された）の悲劇で覚醒した「光州世代」に属する詩人という共通項をもつ。しかし、私と彼が違うところは、彼が韓国に留学し、闘う韓国人と生身で触れあったという事実である。その友らの一部は、光州で命を奪われた。その闘争に参加できず、安全地帯に戻った自分を苛む心が、彼を一生、苦しめる。

「種まく人のままで／死んでいった友よ／海をへだてた光州の路上に／あらがいの魂をしるして〃多摩川の水は冷たく／命の芯まで沁みる／きみの思い出のように／清冽に冴えわたる水の音／（中略）／きみのように死ねない弱さ／生きるためにつく嘘を／罪のようにかかえて　僕はいる／子供たちを守るためだと言いながら」（「水」より）

「友よ　光州の路上に　至福の死を／刻みつけようとしたのだね　てのひらと／足に　打たれる釘跡の痛みをしるそうと……」（「手紙」より）

「ぼくはぼくを支配することができない／酔いしれて　ふるさとの駅路に降りたとき／ぼくは憐れみを乞うだろう民族や宗教の／ちがいという名で行われているあらゆる戦争に／ぼくを　殺して下さい　と」（「ボーダレス・ブルース」より）

「ぼくは有刺鉄線のばりけいども／知らないし　鉄の足音も知らず／ぼくはぼくの内側にある／原始林を愛することも知らない／ただ遠くへ行くだけだ」（「しるし」より）

これらの作品に使われている詩語は、いかにもか弱い。しかし、韓国の民衆が抱える恨(ハン)や怒りを我ことのように思い、「日本人の血」をもって生まれた自分を恥じる心は、意外にも強靱な意志をもっている。

在日コリアンは本国の徴兵制からも免除されているから、戦場に行くことはない。海を隔てているから、光州民衆抗争に民衆の一人として参加することもない。言い訳はいくらでもできる。しかし、崔龍源は日本国籍であるにもかかわらず、良心の呵責からその言い訳をあえて並べたてて、強烈にそんな自分を恥じる。怒りや羞恥心から、詩は生まれる。崔龍源はそのことをよく熟知していたのである。詩は言い訳の道具であるとともに、彼にとっての唯一の戦う武器だったのだ。

鳥のように俯瞰する眼で人類を見る力

崔龍源は「鳥」「花」「樹」「水」「虫」などの詩語を好んで使う。とくに「鳥」という言葉は至る所で散見される。彼はいつも鳥のように空を舞い、飛び、時には急上昇したり、急降下したりしながら、自分を含めた人類を見つめる。

ゆえに、モチーフやテーマは無限に広がる。時には朝鮮半島であり、日本列島であり、そして世界で繰り広げられる愚かな戦争だったりする。それらを俯瞰する眼は、怒りと悲しみに満ちて、時に涙で曇ったりする。そして、ついに彼の眼は人類誕生の太古の時間まで遡るのだ。

「水の音を聞きなさい／この星のはじめの母の／声を聞くために／風の音を聞きなさい／いまも漂白をつづける／人間の種族の／はじめの父の声をさがして」（『遠い日の夢のかたちは』所収の「地図」より）

「わたしの乳房から　小麦は芽生えた／わたしの秘所から稲は生えた／わたしの唇から葡萄酒はあふれ／（中略）／わたしが消えた地点から／地上のはじめの母は生まれたのだ／毛むくじゃらの　やっと二本足で立った彼女は／家族のしあわせのみを祈って死んだ」（「空のひとみ」より）

崔龍源は書く。人間はアフリカのたったひとりの母から生まれた、と。アダムとイブではない。実際に、それは歴史的真実だ。なのに、ホモサピエンスたちは憎しみあい、殺しあっている。ホロコースト、難民キャンプ、ストリート・チルドレン、少年兵、ホームレスなど、彼の眼はどんどん拡大し、拡散し、悲劇を凝視する。何故、一人の母から生まれた兄弟姉妹なのに、殺しあうのか。遠い昔の、忘れ去られた過去だとしても、そのことを思いだすべきなのだと、崔龍源は叫ぶ。

最後の詩集『遠い日の夢のかたちは』は、崔龍源の最高傑作詩集だと、私は思っている。この詩集を一気に読んで、私は感動のあまり彼に長い手紙を書いた。その一部をここに再録することを許していただきたい。私はこれ以上の、賞賛の言葉を思いつかない。

「詩人の想像力は人類が生まれた遥か彼方の時代にまで遡り、人間は一人の女性から生まれ、派生した末裔、一枚の葉っぱに過ぎず、そして返す刀で現代史の、現在進行形の人類の愚行や卑劣で残虐な行為を、自らの身を震わせて嘆き悲しみ、鋭く告発している」

「時代を超え、国境を越え、時空を超えて、偉大なる人類の母が、愚かな現代の人間たちを空から見つめている。女性は太陽であり、人を生む唯一の存在でありながら、想像を絶する苛酷な不幸と深い悲しみに踏みにじられながらも、連綿と命を繋いできたことは奇跡としか言いようがありません。その光り輝く存在の前に、愚かな人間たちはみなひれ伏し、最後の審判を仰がなくてはならないのです」

今のウクライナやガザやミャンマーなどの生き地獄のような惨状(ジェノサイドや建物を破壊し尽くすドミサイド)を、崔龍源がまだ生きていて見たら、憤死するかもしれない。どんな怒りの詩を書いたことか、想像に難くない。

追記すると、各媒体に発表した詩篇を選んで五冊の詩集に編んでいるが、一つのテーマを決めて連作詩集とすれば、訴求力が増し、もっと高く評価されたのではないだろうか。あまりに書きたいことが多かった詩人だけに、非常に惜しい気がする。その時々でまとめてきたものだから、ない物ねだりなのは分かっているが、勿体ないと思うのは私だけだろうか。

二七歳で詩誌『無限』新人賞を、五一歳で第三回「詩と創造賞」などを受賞するが、「『遠い日の夢のかたちは』は、結局、賞を取れませんでした」という彼の最後のメールは、怒りと悔しさが滲んでいた。

さらに追記するなら、崔龍源はナガサキで生まれ、私はヒロシマで生まれたという共通項もある。もちろん二人とも直接、被爆したわけではない。崔龍源は佐世保に生家があったから、おそらく家族や知人にも被爆者はいないだろう。しかし、私と同じように崔龍源も原爆の詩を何篇か書いていることは、注目されるべきである。

紙数の関係で原爆や被爆者をうたった詩のタイトルだけ紹介しておく。

「朝——或いはリトルジョン」、「渇く——To Hiroshima and Nagasaki」、「遊行あるいは鎮魂歌」、「この国の夏は美しい」、「ハンマー」、「わがティアーズ・イン・ヘブン」。

最後に「はじらい」の一部を紹介して、この小論を終えたい。

「あの日　広島に原爆が落ちた日/僕は鳥であった記憶が

ある／そしてあなたは　空を浮遊する／花粉であったような／僕たちは　上になったり／下になったりして　あの日／空をかいさぐっていた」

天国を鳥のように舞い、飛びながら、崔龍源は滅びゆく地球と、殺しあう愚かな人類を今も俯瞰し、凝視しているのだろうか。恥じらいと自責と憤怒の心を抱きながら。

（チョ・ナムチョル、詩人・評論家・翻訳家）

解説

「宇宙開花」と「うまれたての空」を感受し思索した地球人
――『崔龍源全詩集・全歌集』に寄せて

鈴木　比佐雄

1

二〇二三年夏に他界した崔龍源の作品集『崔龍源全詩集・全歌集』が刊行された。第一部「全詩集」には既刊五詩集の約一五〇篇、第二部「詩未収録詩篇」には約一七〇篇、詩は合わせて合計約三二〇篇が収録されている。第三部「短歌・俳句」には、「歌集　ひかりの拳」〈私家版・遺稿〉三〇六首、「歌集未収録短歌」約九六〇首・俳句十句〈短歌雑誌に発表された作品〉、「辞世の短歌と俳句」〈辞世の短歌二首・俳句一一九句〉、合わせて短歌約一二七〇首、俳句一二九句が収録されている。妻の川久保ひふみ氏による本書の「謝辞」によると、十代から亡くなるまでの創作ノートは数十冊になると記されている。その中にもかなりの作品が存在していると想像される。本書は崔龍源が自ら発表を意志し活字化された作品だけを収録している。但し第三部3の〈病中苦吟――妻――〈必ず妻に渡して下さい。〉「辞世の短歌二首、俳句一一九句」〉は遺稿として「コールサック」115号に掲載されたこともあり、ひふみ氏の承諾を得て収録させて頂いた。さらに第四部では「小説、エッセイ、評論」〈小説「星」、「サラン橋」編集後記、「淵なき器へ」〈岸上大作論であり崔龍源の十代・二十代の自分史〉〉など、第五部では「追悼文、崔龍源論」が収録されている。巻末には解説文・年譜・謝辞が収録されている。

崔龍源氏と私は二十数年の交流があり、年一度は受験シーズンを終えた五月頃に、恒例のように彼の経営する青梅市の学習塾を訪ねた。そして昼過ぎから最終電車まで塾長として彼が慕われている馴染みの店をはしごしながら語りあった数多くの思い出があり、彼の人となりや詩文学の精神はある程度理解しているものと考えていた。しかし本書の約三二〇篇の詩、約一二七〇首の短歌、約一三〇句の俳句、小説、批評文、エッセイなどを通読してみると、私は崔龍源の抱えていたこの世界の深みに達する重層的な詩的世界の全体像を、本当は理解していなかった、忸怩たる思いが湧き上がってきた。彼が目指しついには獲得していった「地球人」への思索を理解しているつもりではあったが、なぜそのような思想哲学に至りついたかの険しい道程を、真に理解していなかったと痛感できた。特に私は崔龍源と知り合った際に、詩集『宇宙開花』のコピーを頂いていた。当時はじっくり読み込む余裕がなくて遅くなって心苦しいが、私はこの託されていた読解から始めたい。

2

本書の作品について「第一部　全詩集」から触れていきたい。一九八二年に三十歳の時に刊行された第一詩集『宇宙開花』二十四篇は、序詩「よおらん」から始まり、三章は「I　生きることに捧ぐ、II　愛することに捧ぐ、III　人間であることに捧ぐ」に分かれている。この三つの章タイトルを読むだけで、崔龍源のテーマが「生きること」、「愛すること」、「人間であること」を明言していて、彼は書くべきテーマを若くして明確に自覚していた。彼は昼過ぎに塾の事務所に行き、授業が始まる前に毎日詩や短歌などの作品を書いていると語っていた。溢れるような創作力があり、書かざるを得ない天性の詩人だったことは明らかだった。

なぜそのような天性の詩人が誕生したのだろうか。崔龍源は生涯数多くの詩歌を書き続けたが、詩と短歌のどちらを先に始めたのだろうか。この問いは数十冊の創作ノートを調べれば明らかになるかも知れない。しかし本質的なことはどちらが先であるかが重要ではなく、彼の詩や短歌は切り離せないほど密接な関係を持っていて、二つの表現領域を必要としてきたとしか言えないだろう。ところが崔龍源が一番初めに書いた詩は漢詩であると、第四部の「サラン橋」十八号の後記を読むと書かれてある。父が古新聞に七文字四行の漢字を書いていたので、尋ねると中国の張継の漢詩「楓橋夜泊」だと言い、その漢詩を父が朗読してくれたそうだ。それに刺激されて崔龍源は漢詩を独学し、韻を踏んだ五言絶句を作り、父に見せたところ「お前の中におじいちゃんたちの血が脈々と流れているな」と呟いたと記している。また歌論である「淵なき器へ」では、次のような詩歌に初めに関わったという証言をしている。

佐世保事件の渦中にあったころのぼくは、佐世保という九州の西の果ての地方都市に住んでいたせいもあって、当時の現代詩とか現代短歌とか呼ばれている作品をまったく知らないで、その当事、中央公論社から出版されていた『詩歌全集』（一九五五年刊）を、母に頼んで買ってもらい、近代詩・近代短歌の世界に埋没していた。どちらかと言うと詩への関心の方が強く、北原白秋、萩原朔太郎、三好達治、中原中也、立原道造などの作品を愛読して、その模倣から詩を書き出していた時期だった。（略）いわば「井の中の蛙」的陥穽のなかで、田舎の文学少年然として悪戦苦闘していた。短歌のことで言えば、後年に影響を受けることになる近藤芳美や岡井隆、寺山修司や小野茂樹の名さえ知らなかった。岸上大作の作品群と出会うまでは——。

中央公論社の『詩歌全集』とはたぶん『日本の詩歌』31巻のことを指しているのだろう。全てではないかもしれないが母から買ってもらったこれらの近代の『詩歌全集』を読破していた崔龍源は、七五調を残した近代詩や韻律や響きを大切にした白秋、朔太郎、達治、中也、道造などの詩を学んで、自らも詩歌の創作を始めたのだろう。

第一詩集『宇宙開花』の序「ようらん」を引用する。

　さみしき庭に桜あり／いま咲き匂ひ輝きぬ／はたいつよりか知らねども／よおらんありて揺れてあり／／誰ぞ寝ぬるか見もすれど／ただはかなくも風に鳴り／あゝうつろなる音立てて／百たび千たび揺れてあり／／されば地に落つ影寒く／ゆううつなりし律呂ゆゑ／はなびらは散りさまよへり／まぼろしの庭　かなしかり／／誰ぞ寝ぬるか見もすれど／ただはかなくも風に鳴り／あゝうつろなる音立てて／百たび千たびよおらん揺るる

後記によると詩「ようらん」については、《文語体の詩であるが、私の一七歳の時の作品であり、この詩を書いたことによって、詩を書き続ける行為者になろうと決意した記念に掲載した》と記している。一読すると桜の花びらが舞う七五調のソネットのような音楽的な詩であるが、「ようらん」と言う響きが「揺籃」の柔らかなイメージとは合わないためにあえてひらがなで記したのだろう。それは「ようらん」という響きがどこか漢詩的であるからだろう。初めの一行の「さみしき庭に桜あり」は赤子を父母たちが讃美している癒しの空間を読者の心に刻んでいく詩ではない。二連目の「誰ぞ寝ぬるか見もすれど／ただはかなくも風に鳴り」も赤子が不在の「ようらん」が風に揺れているさみしい光景を暗示している。三連目の二行目の「ゆううつなりし律呂ゆゑ／はなびらは散りさまよへり」は、中国から由来した「律呂」という「雅楽の十二律の律と呂」である音階が原因で、桜の花びらが散ってしまうと嘆いて彷徨っていくようだ。崔龍源は漢詩にも日本の文語詩にも強い関心を持ち、それらの韻律を活用しながらも赤子がいない「まぼろしの庭」の悲しみの光景を、自らの幼少期の頃と重ねて幻視したのかも知れない。

第一詩集の特徴としては、崔龍源が自らの内なる韻律的な言葉の能力に気付いたことを記しながらも、その韻律を現代詩の基層に置いてさらに応用していく喜びに目覚めたことだろう。I章「生きることに捧ぐ」の初めの詩「音楽」の一連目を引用する。

おまえの頰の涙の跡を／ぬぐうのを許したのは／美しい潮騒のいたずらだったと／寂寥に住むものの言葉で／呟いたのは　あれは／あれは見えない生きる明るさ？

崔龍源は「寂寥に住むものの言葉」を逆転させて「生きる明るさ」を目指していこうとする決意したのだろう。他の連に出てくる「思い出の糸車」、「海の旋律」などの詩的言語が次々に溢れ出てくる。最後の二行は「愛するひとよ私たちは見た　あれは／あれは見えないはずの生きる明るさだった　と」という人生を肯定する一連目に出てきた「生きる明るさ」という言葉をリフレーンさせる。そして自らの来歴を直視して生きる希望を詩に託して詩を終えている。

「I　生きることに捧ぐ」の他の詩篇でも時空を超えて異質な他者を結び付け読者に未知のイメージを喚起させ、生きる意味を問い掛けてくる詩語が生まれている。

例えば詩「種子のうた」では「僕には重過ぎる呪咀と恨みと／呟きやまなかった父との亀裂／そこに歴史の悲惨は積み上げられて／敗れるためにだけ／逃げ惑うためにだけ／民衆のやさしい心はあったのか」と、極限状況を生きてきた父の存在の中に「民衆のやさしい心」があったかを自らに問い掛ける。

詩「詩篇」では「海と空の　それぞれの婚の／饗宴に僕は招かれた」と空と海が出逢う朝焼けや夕焼けなどを「婚」に立ち会うと感じ取る。

詩「軌跡」では「他者の明日が／きみの遠い日の夢の重さと共に／支えられているのを」と記したが、最後の詩集『遠い日の夢のかたちは』のタイトルはこの詩行「遠い日の夢の重さと共に」が深まり展開されたのだろう。

詩「星　――或る祝婚歌」では「旅に如かないこの世を／寂寥の深さに届く愛に満たし／あふれさせ　みなぎらせる壮大の／楽曲のひとつの音符へ」と、「寂寥の深さに届く愛」が可能かと問い続けていたのだろう。

詩「鎮魂」では「とおくかすむ山の稜線を／越えてゆく父よ／あなたが逃亡兵であることを／こんなに跪いて希うのは」と、崔龍源は父が韓国で婚姻の日に故郷を捨てて日本へ逃亡したことの理由を、同胞と殺し合う戦争に加担することを嫌った逃亡兵であったと希っていたようだ。

詩「血脈」では「この夜の皮膚をいとおしみ／静かに黎明の彼方へ／拒絶でなく　酔い痴れる／肯定の　腕を上げるだろう」と他者をいかに「肯定」出来るかを模索していたのだろう。

このように崔龍源の詩篇は韻律を奏でるように、「生きること」、「愛すること」、「人間であること」を問い続けることなのだろう。

「Ⅱ　愛することに捧ぐ」の詩「風」の最終連では、「人・・・それは今まで誰もが／見たことのない風を見ていた／愛している　愛されてある／生きられる・・・と　世界に告げ始めたその時に」と、「生きること」が「愛すること」によって成り立っていることを気付かせてくれる。

「Ⅲ　人間であることに捧ぐ」では、詩集のタイトルになった詩「宇宙開花」の後半のⅢを引用したい。

蕾のなかで　どんなに世界は／うつくしい生の連関
風が／香り　空は冬に言い溜めた／愛語を　光の言葉にして降り零す〳〵命の方へ　その遠さへ　すべてが／翔けてゆく羊水のそよぎのようだ／徐かに　桜花は総身をふるわせて／この星のこころ揺らぎのように〳〵地上を　舞う　或いは生命の奥深く／住むという否定者の身ぶりのような／絶え間ない散り交いよ　みひらけば／少年よ　桜花は今や寂かな尊形である〳〵「燕よ、お前はなぜやって来ないのか?」／金芝河／──燕となるべき少年へ捧ぐ

「愛語を　光の言葉にして降り零す」の「愛語」とは曹洞宗の道元の教えによると「慈悲の心」を指していると言われる。崔龍源の葬儀は曹洞宗の僧侶によるものだった。崔龍源の母の家系は曹洞宗であったのだろう。崔龍源は「愛語」が天から降りそそぐ「光の言葉」として受け止めていたようだ。『無量寿経』の言葉として「和顔愛語」もある。崔龍源は十代二十代に数多の本を読んだと語っていたが、仏教書や聖書も相当数読んでいたことが分かる。また崔龍源は「少年よ　桜花は今や寂かな尊形である」と、少年という未来の人間に向けて、花を代表する桜花の美しさをこの宇宙の中で「寂かな尊形」として拝むべき存在だと告げている。崔龍源は母から日本人の血を、父から朝鮮人の血を引き継いだ。花に関しては「寂かな尊形」とまで言うように桜花を愛する想いは人一倍強かった。たぶん短歌を詠うようになったのも日本語を母語とせざるを得なかったことへの詩人としての宿命に忠実だったのだろう。しかしこの詩の最後には韓国の詩人の金芝河の詩行「燕よ、お前はなぜやって来ないのか?」を引用する。「燕」に何を

託しているのか。崔龍源は金芝河が「燕」を「光の言葉」と見なしていると解釈して引用したのかも知れない。崔龍源にとって「光の言葉」とは自らの基層から湧き上がる批評性のある未来を創造する「愛語」であるのかも知れない。「宇宙開花」は「Ⅰ　少年、Ⅱ　架橋、Ⅲ」の三つのパートに分かれている。どうして「Ⅲ」には小タイトルがないのか不思議だった。たぶん崔龍源は「愛語、光の言葉、桜花、燕」などのどれにするかを迷ったのだろう。そして何も付けないことにしたのかも知れない。

崔龍源は第一詩集の後記の最後には《その夢とは、たとえば〈神の愛と隣人愛の一致〉(金芝河)、戦争のない世界。国境のない世界。飢えた子のいない世界…、書けば、限りがない…。少くとも、「神のはかりごとを暗くしてはならない」(十字架の聖ヨハネ)のだ!》と締め括っている。このような志を体現したのが《「生きること」、「愛すること」、「人間であること」》の三つのテーマを抱えた『宇宙開花』だった。そのような世界観や思想哲学を問い続けて構築しながら、崔龍源は詩人として詩集を世に問うたのだった。

3

一九九三年に第二詩集『鳥はうたった』三十二篇が刊行された。これらの詩篇はこの世界の様々な関わりの中で、数多の生きものたち、数多の他者の生きる姿が崔龍源の複眼で多様性に満ちた観点で描かれている詩集だろう。最後に置かれた詩「鳥はうたった」の一連目と最終の四連目を引用したい。

一本のやせた稲の穂のために／縛られ　束ねられた手のために／飢えて　やせさらばえた子のために／頭上を翔ける鳥はうたった／もろもろの生きもののなかで／変わりやすい仮面をつけた人間の心のなかで／鳥がつばさを失わないために／水がその美しい鼓動を途絶えさせることのないために／ぼくは生きたい　と／（略）／死の灰で空を汚さないで／海をからっぽにしないで／銃火に子供の顔を向けないで／母の乳房を　帆のように張らせて／みじめな死を　無数のぼろぎれのような血で／草や石や壁ににじませないで／ああ明晰な道を／吹き過ぎる風でありたい　と／すべての大地を翔ける鳥はうたった／傷ついた樹々や花々のために／鳴きしげる昆虫や魚たちのかき乱された棲家のために／無数の生あるもののなかで／ひとがつばさを失わないために／水が　その美しい鼓動を途絶えさせることのないために／ぼくは　生きたい　と

崔龍源の「頭上を翔ける鳥」は、「飢えて　やせさらばえた子のために」うたったのだ。これほど人類が負うべき貧困や戦争による子供たちの飢餓などの問題を詩に記す際に、崔龍源は脚韻の「ために」を響かせて音楽的に表現してしまう。「鳥」は「やせさらばえた子」となり、「ぼくは生きたい　と」頭上から私たちの心に歌いかけてくるのだ。

第三詩集『遊行』二十五篇は、旅の詩篇と言えるだろう。それは父母と暮らした長崎県佐世保市や遠くに見える九十九島、暮らしている青梅周辺、都会の居酒屋、家族との旅先、広島・長崎などの悲劇の場所、父の朝鮮半島、詩人たちの故郷、この世に存在していたことを伝えてくれる声の住まう場所などを詠う旅の記憶だ。その詩の中から詩「祈禱篇」の「I　父の声」を引用する。

朝鮮に帰りたいと言った／父は乾いた唇をふるわせて／／僕のことを死んだ兄さん（ヒョンニム）と言った／すでにたましいは黄土にあった／／朝鮮はかなしい国だと言った／ふりしぼるような声で／／わたしの兄さんは日本人に殺されたのだと言った／今度は僕を加害者でもあるかのように言った／／閉じた父の瞼からなみだが伝い落ち／涙は引き裂かれた国の国境のようだった／／半島が一つになりますように／僕は父の死の床の傍らで　祈るほかなかった

この父と最期の会話を記した詩は、「朝鮮はかなしい国だ」という父の言葉が日本人の心に深い棘を刺して、その「かなしい国」の原因を作った日本人の戦争責任を問い続けるだろう。崔龍源の最後の二行の父の願いだった「半島が一つになりますように」と祈る言葉は、胸が疼くような真実の思いとして感銘を受けるのだ。崔龍源の父を看取る姿に日韓の歴史を背負った重たさを再認識する。

二十五篇の中には「遊行」という詩は存在しない。しかしあとがきの代わりに「遊行」という文章が記されている。

丘を越えると、藁葺きの小さな家々が、体を寄せ合う水鳥のように、一つの群落をなす父の生まれた村に着いた。（略）幾ばくもせず、繁栄の酔いに慣れた僕の心身を洗ってくれるように、二十余軒の家々の戸口から、以前にも会ったことがあるような微笑を見せて、みんな血族だという人々が迎えに出てくれた。その中に八十歳を越えたその日まで、僕に一目会うことだけを祈り続けて来た白髪の祖母(ハルモニ)の姿があった。その澄んだ瞳から、いくつも涙がこぼれ、黄土に沁みていた。僕も泣いた。涙はとめどなかった。／その夜、歓迎の宴も終わり、疲れのせいか、僕はいつの間にか眠っていた。――僕は夢を見ていた。僕は、はてしのない宇宙に浮かんでいた。野の原を翔けるように、僕は宇宙をはねまわっていた。翼あるもののように、小動物のように……。無数の星々は、野に咲く花のように思えた。少年時、僕はどんなに韓の血をいとい、否定し去ろうとしていたことだろう。しかし今は、こんなにも自由だ。本当にこんなにも魂は解き放たれて、宇宙を翔けることが出来るのだ。そんな思いと不思議な飛行感の中で目が醒めた。／気が付くと、白いチマ＝チョゴリの胸元に、僕を抱いて眠っている祖母の姿があった。その顔は微笑んでいた。しかし、その頬を流れ落ちている涙が、火のように光っていた。祖母は、何度もうなずいて見せた。そして、その手で僕の背を叩きながら、低くささやくように、韓の子守歌をうたうのだった。僕はみどり児。僕は先刻の快い夢を追い駆けるようにして、いつかまた深い眠りにおちていた。／が醒めると、祖母は居なかった。外の面が白く輝いていた。窓を開けると、あたり一面、雪が降り積もっていた。その庭の隅に、水瓶に井戸水を湛えてゆく祖母の姿があった。すべてが透きとおっていた。すべての命は、祖母の水汲む姿に結晶してゆくようだった。僕は、昨夜の夢を不意に思い出し、その意味が解けたように一瞬思った。／あれは、あれは、祖母の愛の相(すがた)だった、と。その祖母も、それから一年足らずで逝った。一期一会のことだった。祖母は、貧窮ののち、黄土を丸く盛った墓になった。僕は、宇宙を遊行したあの日を、僕だけが信じていることだけれど、本当の愛の相(すがた)を忘れない。

先の詩「祈禱篇」やこの「遊行」を読むと崔龍源が朝鮮人の父と祖母に会うために旅に出て、ついに〈本当の愛の相(すがた)〉に出逢えたことが理解できる。

第四詩集『人間の種族』二十八篇は、序詩「世界」の「それが実存というものだ／性別も人種も生物的差異も／みんなとりはらわれた世界」という詩行から始まっている。そのような人種や性別や国境の壁を取り除いていく世界を目指すために、多くの人びとが努力し、その生を全うしていった苦難に満ちた実存的な姿を通して「人間の種族」の未知の姿を模索しているのだろう。多くの他者を描いているが、父のことに触れた詩「セレナーデ（虫）」の一部を引用したい。

父の手　その背中のふるえを／石に刻み／〈こうこうとかがやく肉体を／苦しみを下さい　国を捨てたゆえに〉／と父は言った／僕は静かに父の熟れたたましいや／ししむらを喰う鬼となるだろう／父は沈黙のはて／鳥の影を追い／〈赦しを〉と言った〃ああ人をひとり／撃つのを怖れ／雪のかぶった山を　荒野を／父はけもののように逃げたという〃僕はなだめることができない／父の血の中に／立っている木や草のそよぎ／父の血の中を／泳いで魚になるほかは／風景の片隅で／父の代わりに郷愁を叫ぶほかは気が／くるうほど／国を愛したことがあるか／人を／国境はないと言い終えることで／断念の意味が果たされるのなら／すべてをあざむき尽くすべきだ／人をさえ／国をさえ〃野の原で　僕は石に刻むだろう／国境もなく鳴いている／虫たちの言葉を

キルケゴールは父が神を呪ったことを生涯の衝撃的な精神的な事件と考えて苦悩していたが、崔龍源もまた父が「人をひとり／撃つのを怖れ」て「国を捨てた」ことによって自己を断罪していたことに衝撃を受ける。また国境を越えて日本に脱出して母と出会い自らが誕生したことに対して、その出来事の意味を生涯問い続けていたことをこの詩行から読み取れる。私の恩師である詩人の宗左近は、戦時中に気がふれるまで心身を病ませて徴兵を忌避した。ある意味でそれと似たように崔龍源の父は人を殺めることができない良心的な徴兵拒否を実践してしまったように推測される。「セレナーデ」は、夜曲であり好きな女性の窓辺でその想いを歌に込めた歌曲のことだ。崔龍源は国境などがない虫の鳴き声と父の生き方を重ねてこの詩を記したのだろう。あとがきの中から次の箇所も引用したい。

《生きるあがきのように、ただ生きていたいがために。共に在る家族と、もう少し、この世界に生のあかしをしるし続けたという思いのために。いつの日か、民族を超えて地球上の人がひとつになる、そんな叶わない夢を抱き、詩を書くしか能のないぼくは、詩を光のように渇望する。詩をたましいのほほ笑みのように憬がれる。》

「民族を超えて地球上の人がひとつになる、そんな叶わない夢」とは父から受け継いだ倫理的な平和思想であったのかも知れない。

4

第五詩集『遠い日の夢のかたちは』に関しては、この詩集が刊行された際に、「コールサック」93号で書評を執筆した。それらを一部修正をして左記に引用したい。

永遠の相の下で根源的な詩を奏でる人

崔龍源氏の第五詩集『遠い日の夢のかたちは』が刊行された。この三十一詩篇を読んでいると、崔氏がこの世界にあることの意味を問い続け、ついには表層の意味を解体させて、その果てに新たな世界の根源的意味を再構築し、それを出現させようとする格闘の痕跡が美しい言葉の響きとなり、それに聞き入ってしまう。そこには世界の実相の哀しみが直ちに身体の痛みに転化される共苦ともいえる共感が、深層から湧き上がってくる。在日朝鮮人であった父の名字の崔を取った崔龍源はペンネームであり、母の名字である川久保龍源(かわくぼたつもと)が生まれた時からの本名である。この実生活の川久保龍源を生きることだけでは埋められない精神性があり、佐世保市に暮らした高校生の頃から詩を書き始めて崔龍源という詩人が誕生したのだ。日本語を母国語にするが、日本人を逸脱する意識がある。だからといって韓国人ではないが、ルーツである韓国人の心情を濃厚に抱えている。この日本人でも韓国人でもない二つの国を同時に祖国として感じてしまい、引き裂かれるような存在感を抱いてしまうことこそが、崔氏の不条理な存在の在り様だったろう。だが崔氏はその不安な立ち位置を呪うことなく、いつしかその痛みのような立ち位置を宿命のように慈しむようになる。そして妻と多摩川上流の青梅に長年暮らし詩作を続けている。そこではこの世界に存在することとは何かを問い続けて、日韓という国を超えた世界人や地球人のあり方を模索する、崔氏の生きる課題があったと思われる。崔氏の言葉は、世界人に至りつくための人類の哀しみの旋律であり、その旋律から紡ぎ出される未知の詩的想像力の世界であっただろう。そんな詩作は人類がナショナリズムを克服するための先駆的な試みだと私は考えている。

冒頭の詩「空のひとみ」は崔氏の今回の詩集の特徴を物語っている代表的な詩であり、その詩を論じてみたい。崔氏のいう「空」とは、果たしてどんな「空」であり、どんな「ひとみ」なのだろうか。

> わたしは捨てられた巫女/だからわたしの手は青白い/わたしは一度も結婚しなかった女/わたしの静脈は世界中をめぐる川になった/それはむかしむかしのこと/戦争が　歴史にしるされた無数の戦争が/わたし

を犯しつづけた　ゆえにわたしが／産んだ子どもたちもまた　戦争で／都市や町や村や草原を凌辱した／わたしの肩を踏みにじった軍靴／わたしの髪を燃やした焼夷弾／わたしの心臓を爛れさせた枯れ葉剤／わたしを一瞬に消し去った原爆／わたしを書いた書物はみな／戦火に焼けた　わたしはだから／存在していないのだ　どこにも／ただわたしのうわさだけが／民衆の口の端にのぼり　わたしは彫像であったり／土器にきざまれた絵だったりした

（詩「空のひとみ」の前半部分）

この詩の一行目の「わたしは捨てられた巫女」の「わたし」とは誰のことだろうか。「わたしは一度も結婚しなかった女」なのだから、きっと霊感の強い女性であり、その聖なる存在を犯されたのだろうか。「歴史にしるされた無数の戦争が／わたしを犯しつづけた」と続くこともあり、この巫女のような女性とは、「無数の戦争」で犯された女性たちの存在を指し示しているのだろう。その次の「ゆえにわたしが／生んだ子どもたちもまた　戦争で／都市や町や村や草原を凌辱した」とある。この戦争によって犯された女性たちが身ごもり生まれた子供たちは、再び戦争になると母が犯されたように、他国の国土や女性や子供を凌辱し続けてしまう復讐の連鎖に陥ってしまう。この人類の負の歴史の隠された真実を語ろうとする崔氏の筆致は、犯された女性たちの心情を物語る恐るべき叙事詩のようだ。「わたしの肩を踏みにじった軍靴」を履いた兵士たちの行為や、「わたしの髪を燃やした焼夷弾／わたしの心臓を爛れさせた枯れ葉剤／わたしを一瞬に消し去った原爆」といった科学技術が生んだ大量殺戮兵器が、女性たちをどのように破壊し続けどんな激痛を与えたか、そんな「わたしを書いた書物はみな／戦火に焼けた」という。そしてただ「彫像」や「土器に刻まれた絵」としてかすかに暗示されているらしい。詩は次のように人類の歴史を高速で遡っていくように展開されていく。

わたしの乳房から　小麦は芽生えた／わたしの秘所から稲は生えた／わたしの唇から葡萄酒はあふれ／わたしは果樹園そのものでもあった／（略）／わたしが消えた地点から／地上のはじめの母は生まれたのだ／毛むくじゃらの　やっと二本足で立った彼女は／家族のしあわせのみを祈って死んだ／わたしは満足だった　彼女はつつましく／こころやさしかったから　わたしは彼女を誇りとした／アフリカの大地の緑／わたしはやがて一本の樹木となった

（詩「空のひとみ」の中間部分）

神話的な筆致で犯された女性たちは時空を超えていき、人類のＤＮＡの基にあったアフリカの「毛むくじゃらの女性」に辿りつき、自分たちの遥か彼方の祖先である彼女を誇りと感ずる。と同時に「わたしはやがて一本の樹木となった」というような人類を超えた地球に森の緑を与えた樹木になってしまう。けれども崔氏が生み出した「わたし」は「樹木」だけに止まらないで、後半には次のように自分の息子を語りながらも、様々な存在へと転換していく。

一度も結婚しなかったわたしにとって／世々生まれた息子たちはわたしの息子／世々地球儀をまわしつづける子供たちも／ストリート・チルドレンも　地雷で／足を失くした少年兵も　戦車に／轢かれた老人も　ホームレスの男も／わたしがいちまいの枯れ葉でないとしたら／わたしは大地であるだろう／わたしが貝殻でないとしたら／わたしは海であるだろう／わたしはまだ名付けられていない／わたしはたしかに生まれたのだ／大地にはわたしの足跡があり／海辺にはわたしの築いた砂の城がある／わたしは生きつづけている／わたしが一羽の鳥でないとしたら／わたしは広がる空であるだろう／ほら　空には　わたしを映しているひとみがある

（詩「空のひとみ」の後半部分）

「わたし」の「世々生まれた息子」は、犯してしまう兵士であり、またストリート・チルドレン、地雷で足を失った少年、戦車で足を轢かれた老人、ホームレスの男たちなどである。「わたし」はそんな息子を見守るために生き続け「大地」や「海」に成り代わり、「まだ名付けられていない」存在になろうと決意する。そしてついには全ての存在を見詰める「空」となるが、その時に「わたし」を見ている神のような「空のひとみ」を感受するのだ。他の三十篇もこのような力作が並んでいる。ここには抒情詩、叙事詩、純粋詩、リアリズム詩などの境界はなく、永遠の相の下で「遠い日の夢のかたちは」という魂が奏でる根源的な詩篇が、読者の精神に流れてくるだけだ。

5

歌集『ひかりの拳』（三〇六首）の成立時期は、二〇一七年に参加した短歌雑誌「さて」1～5号に発表した短歌から二十数首が収録されているため、心身の不調を訴える直前の二〇一七年～二〇一九年位だと思われる。若い頃に受賞した氷原短歌会の「氷原賞」を受賞した作品名が「ひかりの拳」三十首であり、それをベースとし新たに発展させて最終的に三〇六首でまとめたのだろう。これに収録されていない未収録短歌は約九六〇首もあり、かなりの数を落として歌集『ひかりの拳』は誕生することになった。私は定期的に送られてきていた短歌雑誌で読み感銘を受けていて、現役の歌人たちから崔龍源の短歌がとても優れていると聞いていたこともあり、何度も歌集を勧めていたが、全くその気はなかった。それよりも父親のことをいつか書きたいとよく語っていた。崔龍源は詩や歌は啄木の歌集名を借りて「悲しき玩具」だとも言っていた。彼は青梅市内で塾の経営・運営・講師を三十年も行っていた働き者の塾長であった。有り余るほどの表現力ある短詩系作家と子供や親御さんたちを励ます塾長の二つの顔は見事に両立していた。今も青梅市内で根付いている塾が二人の子供たちに引き継がれて発展していることはとても素晴らしいことだ。

　そんな経緯もあり崔龍源が歌集をまとめていたことは驚きだった。きっと詩集『宇宙開花』のテーマを生涯に亘り発展させ深めていったように、若き日の「ひかりの拳」を歌集『ひかりの拳』にするために純粋に一人で生涯を掛けて編集し推敲を重ねていたのだろう。崔龍源の短歌は、啄木のように多くの人びとに共感を与える可能性があると私は考えている。

　全体は六章「Ⅰ生まれたての空、Ⅱめだかの国、Ⅲ羽根をください、Ⅳ空き缶の中身、Ⅴ組曲のように、Ⅵ贖（あがな）わんため」に分けられている。各章で特に心に残った短歌を挙げてみたい。

「Ⅰ生まれたての空」の初めの短歌は、〈とんぼとんぼ見えるものすべてが真実とは限らぬ遠くとおくへ翔けよ〉が置かれている。この短歌は解き放つような自由短歌であり、世界と内面の出逢うところの真実を独特なリズム感で一挙に述べられている。「述志」という言葉で何度か崔龍源は作品の特徴として語っていた。この短歌を読めばまさに「述志」と語った崔龍源の精神が伝わってくる。崔龍源は現象学的還元のように、一度見えている常識を括弧に入れて、先入観を取り払い、裸眼で再び世界と対峙しようと志して新しい世界を記述したのだろう。章タイトルにもなった〈生まれたての空やわらかし天がける蝶よ引きずり降ろせその空〉にも崔龍源が全てをそぎ落として「うまれたての空」を見つめようとしていたことが分かり、「天がける蝶」も自分と同じように生きていて、古い空を引き下ろして「うまれたての空」に舞い上がることを願っている。崔龍源の短歌はエコロジー的な観点を有しているが、もっと生あるものの根源を私たちに突き付けている驚きが存在する。

仰向けに蟬息たえし路上には帰らぬ夏のたましいの光
岩場這う蟹のはさみにひらひらと桜散り交う　ちょっきんちょっきん
愛に形あるはずはなく風媒花の種子追い駆くるきみと住む町
実存の光曳きながら飛ぶ蛍　人のたましいよりも光りて
鳥葬の丘に降りゆく鳥よ死を拾いて帰るいずこの空へ

「Ⅱ　めだかの国」は、〈祖国とはひかりをあつめ蝶集め子とたわむるるこの野にて足る〉から始まっている。「祖国」とは暮らしている故郷の「ひかりをあつめ蝶集め子とたわむるるこの野」を超えるものではないことを明らかにしている。この短歌は崔龍源の感受性と思索が結晶した代表的な短歌であると私には思われる。「ひかりをあつめ蝶集める子」の拳が「ひかりの拳」なのだろう。章タイトルになった〈わが飼えるメダカの国も春に子等増えて戦争放棄を謳う〉では、崔龍源がいかに戦争放棄を記した憲法九条を畏敬し、その平和思想を根底において子供たちと接していたかが理解できる。塾にはめだかの水槽があり、その世話をすることも彼の日常だった。彼は青梅を未来に続く故郷にしたいと願い「ひと」を育てる支援をして暮らしていた。

愚直なる道歩みゆくわれをきみ支えて荒れし小さきてのひら
遊牧の天山山脈恋うわれぞ韓も日本も憎みしむかし
かなかなかな鳴き通す声のかなたより秋は来ているヨブ記閉じたり
われ父にあらがいはじめし十五の日殺めき蛇や天使や神を
四十億年前にいのちは生まれけり　そのときも居ていまも在るひと

「Ⅲ　羽根をください」は、〈窓を射るひかりの拳（こぶし）あやまたずわが胸に住む逃避者を打て〉から始まっている。崔龍源にとって「ひかり」は「ひかりの拳」という自らの「逃避者」を内省させ叱咤激励する批評的な「ひかりの言葉」であったのかも知れない。「Ⅱ　めだかの国」の「ひかりをあつめ蝶集める子」の拳であると同時に、自らの「逃避者」を撃つ批評性のある「ひかりの拳」であると語っている。章タイトルになった〈いちまいの羽根をくださいたましいはふかき断念の底にあるゆえ〉では、きっと小さな自己の欲望を「断念」した後に「ふかき絶望の底」から見えてくる「たましい」を願ったのだろう。

民族の違いを言いて戦争す　そのかなしみを父母は教えき

原爆ドームの影にてんてん手鞠つく童女を見つつ夕暮れにけり

紙飛行機　子等と飛ばして遊ぶ野もいつ戦場にならんこの星

鳥たちが地球の外へ翔けてゆくまぼろしを見よ幻視者われは

コッチピダ*黄土にて初めて覚えける韓国語春は野辺につぶやく　　＊「花が咲く」の意

「Ⅳ 空き缶の中身」は、〈戦争が街路樹の陰立ちつくしほくそ笑んでる地球のちまた〉が初めに置かれている。「戦争」を促す芽と言うべき偏狭なナショナリズム的な言説や武器輸出を促す兵器産業の声が巷にも広がっていることを崔龍源は敏感に察している。その標的が在日の人びとであることも危惧している。章タイトルの短歌〈空き缶のなか戦争は詰まりいて踏みつぶしけり基地・佐世保にて〉においても、人類の生存にとって役に立たない故郷佐世保の兵器・軍艦を空き缶の中に入れて踏み潰したいという軍縮の思想が見事に記されている。

幻や原爆ドームの影踏みて皮膚爛れたる子等遊びおり

数えきれぬ兵器に囲まれし平和とは　水のゆくえに問いただせども

統一(トンイル)と父の最期の言の葉のいとしさ夢のような一生(ひとよ)に

李陸史(イユクサ)・尹東柱(ユンドンジュ)ら殺めける半分日本人なるを恥じたり

光州の街路に逝きし友と乗るぶらんこひとつだけ揺れていて

「Ⅴ 組曲のように」の初めに置かれた短歌〈サランヘヨ*うわごとに父言いし声青き潮騒のまにまに聞こゆ　＊愛してる〉は、崔龍源の父の愛情の深さが伝わり、その声を崔龍源は家族が暮らした佐世保湾から父の故郷の木浦につながる海域に響かせている。この章は「組曲のように」の言葉が入った短歌はなく「1 父の伝言、2 砂丘のかなた、3 思慮深き木、4 波のピアノ、5 雲のなぎさ」の五つに分かれている。

黄海の美味なる魚(うお)となりゆかん父の骨灰撒きけり母と

咲き誇るさくらもうめも　ニッポンを愛せしや父　われ生みしゆえ

海渡り来しという蝶　触覚にて父の伝言打つにあらんや

海のなかに母が透けてる昼顔の花の茎這う砂丘のかなた

父乗せし密航の舟さがしつつ母立ち尽くす春の岬に

日本人なる母のかなしさ　土饅頭の父の墓には共に眠れねば

ふた国の血の流れいるたましいを大事にせよと母のことのは

老いし木もさみどりまぶし晩節を思慮深き木のように在りたし

春の海　人まばらなる砂浜に妻弾きている波のピアノを

原発の再稼働許す国家とは雲のなぎさを歩こう友よ

「Ⅵ　贖わんため」の初めの短歌〈さくらばないさぎよく散りてゆくはてに測りいん世界の広さ深さを〉は、「さくらばな」を日本人だけのものとせずに、有限な存在者であるからこそ、「世界の広さ深さ」を知ることができると彼が目指した「地球人」の心意気として語っているように思われる。章タイトルの短歌〈海嘯は生きよと迫るかつて日本犯せし罪を贖わんため〉では、崔龍源を含めた日本人が戦争責任である他国の民衆を侵した罪を生きて「贖う」ために、自らに課していくことの重要性を伝えている。

憎しみもやがて哀憐に変わりゆくことわり　生きる日も死を恋う日にも

旅に出れば会うかもしれぬセロ弾きのゴーシュ・ジョバンニ・野の師父・修羅に

コルトレーン「コートにすみれを」風邪ひきて眠れる妻に寄り添いて聴く

ここ過ぎてふたたびここに戻らざる水のゆくえを地球と言うべし

いのちなどいらないと手首切りし子の訪ね来て言う「また教えて」と

秋草の光れる露のなかにほら母さん見っけ父さん見っけ

アフリカの人類のはじめの母きっと祈りしは明日を生きる明るさ

いちはつの白き花咲く在ることのかなしみはかく純白ならん

これらの短歌を読みながら、崔龍源の詩の独創的な発想の源になっただろうと思われる箇所を発見し続けていた。本当に一人の詩人・歌人がこれほどの完成度の高い、世界、宇宙、自然、故郷、社会、日常、人間、生きものたちなどの短歌や詩を書き続けて来たことに奇跡のような思いを懐いている。そんな同世代の詩友を失ったことの掛け替えのない喪失感や悲しみが湧き上がってくる。もっと生きて父を主人公とした家族の小説を書き上げて欲しかった。けれども本書の詩や短歌やエッセイなどを読めば、崔龍源が書きたかった小説が『遠い日の夢のかたちは』のようにおぼろげに、一人ひとりの心に多様な物語として湧き上がってくると私は信じている。崔龍源の目指した「地球人」の文学思想や生き方が多くの人びとの心に住み着くことを心から願っている。

最後に付言しておくと、本論では触れえなかった既刊詩集未収録の詩篇や歌集未収録の短歌、俳句、小説、評論、エッセイなどはまた別の機会に論じたいと考えている。

年譜

一九五二年（〇歳）　六月五日、長崎県佐世保市梅田町一八九番地に生まれる。父・崔玄英、母・川久保邦子。翌年、妹・和美生まれる。日本人である母の戸籍。本名・川久保龍源。

一九五八年（六歳）　佐世保市立八幡小学校入学。母、外人バーを営む。

一九六四年（一二歳）　佐世保市立清水中学校入学。

一九六七年（一五歳）　長崎県立佐世保北高等学校入学。同人誌『漂流』発行（通巻一号）。

一九七〇年（一八歳）　父の故郷、全羅南道木浦をはじめて訪れる。谷川俊太郎氏に詩のノートを見てもらう。「自分にかまけるな」という言葉を頂く。

一九七二年（二〇歳）　早稲田大学第一文学部に入学。練馬区練馬に住む。父母は佐賀県鳥栖市に移住。ビジネス旅館を営む。この頃、『ユリイカ』『現代詩手帖』『詩人会議』などに投稿、掲載される。

一九七六年（二四歳）　延世大学エキジビションスクールに入学。

一九七七年（二五歳）　短歌結社誌『氷原』入会。

一九七八年（二六歳）　氷原賞受賞。阿佐ヶ谷に転居。

一九七九年（二七歳）　川口ひふみと鎌倉市材木座に転居。早稲田大学中退。鎌倉市島森書店で働く。一二月、川口茂長女・ひふみと結婚。詩誌『無限』新人賞受賞。同人誌『うた』発行（通巻五号）。

一九八〇年（二八歳）　妻の実家、北海道北見市に転居。三月、長女・希世生まれる。佐賀県鳥栖市に転居。実家の旅館を手伝う。

一九八一年（二九歳）　一〇月、長男・光起生まれる。

一九八二年（三〇歳）　文芸誌『海燕』〈地域の文学〉に詩を投稿、掲載される。以来一九八八年まで掲載される。小説「星（ビョル）」も同誌に発表。

一九八三年（三一歳）　第一詩集『宇宙開花』（私家版）出版。一二月、次男・良祐生まれる。

一九八四年（三二歳）　再び鎌倉市材木座に転居。茅ヶ崎市美住町に転居。平塚市「エース・セミナー」専任講師。

一九八七年（三五歳）　李恢成氏主宰『民濤』に参加。詩人高良留美子氏の知遇を得て、『詩と思想』

『新日本文学』などに詩を発表。高円寺ジャズライブハウス「ペンギンハウス」に就職。国分寺市に転居。

一九八八年（三六歳）短歌結社誌『短歌人』新人賞受賞。同人誌『鳥』発行（通巻一二号）。羽村市文理塾専任講師。青梅市河辺教室室長。青梅市師岡町に転居。

一九九〇年（三八歳）青梅市河辺町に駿台セミナー設立、経営。現在に至る。青梅市東青梅に転居。

一九九三年（四一歳）第一詩集『鳥はうたった』（花神社）出版。H氏賞候補。

一九九五年（四三歳）同人誌『舟』入会（二〇〇六年退会）。

（右記まで著者自筆年譜）

二〇〇一年（四九歳）詩誌『禾』に参加。詩誌『コールサック』三九号に参加。以来一〇〇号まで詩を発表。

二〇〇三年（五一歳）第二詩集『遊行』（書肆青樹社）出版。H氏賞候補。丸山薫賞候補。第三回詩と創造賞受賞。

二〇〇六年（五四歳）『サラン橋』発行。

二〇〇九年（五七歳）第四詩集『人間の種族』（本多企画）出版。第九回現代ポイエーシス賞受賞。

二〇一三年（六一歳）青梅市成木に転居。

二〇一七年（六五歳）第五詩集『遠い日の夢のかたちは』（コールサック社）出版。『さて』同人。

二〇一九年（六七歳）パニック症、うつ病を発症。

二〇二三年（七一歳）癌を発病。七月二日、肺炎併発により死去。

謝辞

崔龍源は大変正直な人でした。正直すぎると言っていいほど、心にある思いを率直に口に出す人でした。生来の崔は、屈託がなく素直な人だったと思います。

三十余年にわたり学習塾の経営を生業とし、子どもたちと若い講師の方々と関わり合う日々を大切にしていました。経営には困難な局面も多々ありましたが、彼は逆境にこそ立ち向かう強い精神の持ち主でもありました。また、お酒を呑みながら人と話すことを楽しみ、さり気なく道しるべとなるような言葉を与えてくれる人でした。

二〇一九年、塾の経営を二人の息子に任せ、これから思う存分詩作に没頭しようとしていた矢先に、パニック症、うつ病を発症、更に胃癌の告知を受け、余儀なく闘病生活を送っていました。

ふた国の血を受け継いだことを自らの運命と受け容れ、日本人でも韓国人でもなく、一人の人間として言葉を紡いでいくことを課し、生涯その戦いを貫き通しました。

詩を書くことが生きるよりどころであり、毎日書き続けた精神力、その純粋な魂に、今改めて圧倒されます。十代から詩と短歌を書き留めたノートは数十冊に及び、それは亡くなる間際まで続きました。生死と向き合った病室での、最後の時間の中で書かれた辞世の句が心に残ります。

少年の頬にひと筋のなみだの跡かなしみは生まれ来し日より

少年は春の綿毛を吹きしのち駆け出しゆけり地球の外へ

軽やかな足取りで地球の外へ駆け抜けていった少年、崔龍源の姿が目に浮かびます。かなしみは綿毛とともに吹きちらし、彼の魂は自由に解き放たれ、宇宙で遊行しているのかもしれません。地球の外から、誰もがしあわせに暮らせる平和な世界を祈り、やさしい眼差しが、私たちに注がれているように感じます。
不器用ながら誠実に自らの意志を貫きとおした、このような詩人がいたことを心に留めてくだされば幸いです。

詩、短歌を通じて知り合えた方々、かけがえのない時間を共に生き、関わりをいただいた皆様方お一人お一人に、崔龍源に幸せな時間を与えてくださったことを、この場をおかりいたしまして御礼申し上げます。

このような本を企画、出版していただいたコールサック社の鈴木比佐雄氏に心より感謝申し上げます。崔龍源が何より喜んでいることと思います。

二〇二五年一月

川久保　ひふみ

〈編集付記〉

刊行に際し、明らかな誤字、脱字を訂正し、読みにくいと思われる漢字にふり仮名を付した。

崔龍源全詩集・全歌集

2025年3月21日初版発行
著者　崔龍源
著作権継承者　川久保ひふみ
〒198-0001　東京都青梅市成木4-671-1
編集　鈴木比佐雄　座馬寛彦
発行者　鈴木比佐雄
発行所　株式会社 コールサック社
〒173-0004　東京都板橋区板橋2-63-4-209
電話 03-5944-3258　FAX 03-5944-3238
suzuki@coal-sack.com　http://www.coal-sack.com
郵便振替　00180-4-741802
印刷管理　（株）コールサック社　制作部

装幀　松本菜央

落丁本・乱丁本はお取り替えいたします。
ISBN978-4-86435-643-5　C0092　¥5000E